顾问　徐大隆

金色回报	毕鸿彬（135）
奋飞	毕鸿彬（145）
油海旭光	兰　晶（155）
志驰大数据	兰　晶（169）
炼化品格	朱凤鸣（181）
不负韶华	殷亚红（191）
志不求易者成，事不避难者进	陈文燕（201）
钻井男儿真本色	石小勤（211）
从羊城到油城	孙作兰（221）
责任在肩上，道路在脚下	孙作兰（231）
……的抉择	孙作兰（241）
……架上的梦想	卢建武（251）
……牛	卢建武（261）
……逐鹿	卢建武（271）
……扎根	薛雅元（285）
	薛雅元（295）
……人	薛雅元（305）
	万　丽（315）
	张新兰（323）
……路	冯炜凯（333）
……半边天	冯炜凯（343）
……"八六"	冯炜凯（353）

荒原筑梦

克拉玛依城市工匠纪实（二）

申广志　主编

复旦大学出版社

目　录

编者的话

戈壁红柳

会呼吸的纸媒

为了不被"卡脖子"

云是鹤家乡

危难之际显身手

钟情科研，铸就辉煌

铸剑人生

好钢是这样炼成的

停不下来的脚步

矢志为油皆壮歌

圆梦采油路

管子画家

知识的光辉

编者的话

早在七八千年前的原始社会末期，人类出现了第二次社会大分工，手工业从农业中分离出来，出现了专门从事手工业生产的"工匠"。此后，随着生产力的不断发展，工匠活跃在越来越多的行业中。

从砍柴到挖煤，再到采油，人类一直挺进在不断发掘新能源的泥泞之路上，尤其石油和天然气，已成为现代社会发展不可或缺的物质基础。克拉玛依是中华人民共和国第一个大油田，从一穷二白起家，以"有条件上，没有条件创造条件也要上"的气魄与斗志，诠释了整个中国石油工业从无到有的全过程。

铁塔成林，已不见当年的"木井架"；高楼成群，已不见昔日的"地窝子"。历史呼唤工匠，工匠创造历史。

"建设知识型、技能型、创新型劳动者大军，弘扬劳模精神和工匠精神，营造劳动光荣的社会风尚和精益求精的敬业风气"，谋求"高质量发展"，无论对于因油而生、因油而兴的城市，还是对于"依城而安，依城而美"的油田，都恰逢其时，时不我待。为此，克拉玛依市委、市人民政府毅然擂响"一号井，再出发"的战鼓，意在继续弘扬工匠精神，打造匠心之城，使"大西北的宝石"更出彩，让"沙漠美人"更靓丽。

本书得到克拉玛依市委、市人民政府的大力支持，由市委宣传部牵头，市文联实施，市作协编撰，市工会、团委、妇联及驻市企业给予配合。书中记述的这些工匠，只是这座城市成千上万名工匠的缩影，但他们无不葆有永恒的匠心，跳动着时代的脉搏。因时间、水平有限，错谬在所难免，敬请读者谅解。

2020 年 7 月

工作的乐趣在于创新,知识的乐趣在于分享

肉孜麦麦提·巴克

◎ 全国劳动模范
◎ 全国优秀共产党员
◎ 全国民族团结进步模范工作者
◎ 全国青年岗位能手

戈壁红柳

李春华

亿万年前的地壳运动
挤压、碰撞、分裂与沉沦
让克拉玛依这块土地之上的
星光、红柳,异常夺目、绚烂
越过天山的记忆,抽油机的声调
高昂与低垂
唱响了多少奋斗的故事
温暖在我们老百姓的心坎里

——题记

驴车上的梦想

巴格其乡巴扎日,尘土弥漫,喧嚣沸腾,坐在驴车上的肉孜麦麦提·巴克正专心致志地看着手中的小人书。

一辆驴车就是一个家。他当乡村教师的父亲坐在辕上,妻子、孩子、货物,全都在车厢里。

巴扎日,总有一些食物富余到卖不出去,因此同时有一些东西换不来,比如自己和弟弟们的学费,还有母亲一直梦想的艾得来斯连衣裙。

肉孜麦麦提再次伸开手掌，几辆驴车过去，尘土落在手上，掌心纹路看着更加粗糙。一辆驴车飞驰而过，尘土落在车辙上，风一吹，什么都不见了。父亲看着空空如也的车辙，眼神里没有任何的表情——贫困的生活，早已视为平常，并甘之如饴。在这份平常里，让孩子重复自己乡村教师的人生，在他看来也没有什么异常和需要改变的地方。

叛逆气盛的少年肉孜麦麦提·巴克，看了一眼固执、不愿让孩子远行的父亲，他重新抚摸着手掌里天山的脉纹，内心的梦想愈加坚定——一定要跨越天山去看一看，那个新中国石油工业的长子，喷薄出助力新中国强盛的洪流。"长子"二字触动了他，下车后，他一个人坚定地走向克拉玛依技工学校报名点，争取和田那八个名额之一。他心里默想，技校只需读三年便分配工作，身为家中长子，就可以帮父母挣钱养家。

那是1991年7月里的一天，肉孜麦麦提·巴克十五岁。

求知的少年，拼搏的青年

2015年7月，时隔二十四年，当三十九岁的肉孜麦麦提·巴克再次站在巴格其乡巴扎白晃晃的烈日下，回忆起1991年7月里的那一次冲动，自己从手握坎土曼的巴郎变成手握管钳的技术能手，从一句普通话都不会说到普通话水平八级，再到全国劳动模范的至高荣誉加身。此时此刻，追忆往昔，即见另外一片光景。

地质年代、油层、地质学、油藏物理知识，我们的少年将后脑勺重重摔在椅背上；油质、胶质、沥青质、碳质，在一滴滴黑乎乎的原油里，他什么都没有看到；千分尺、各种型号阀门，他莫衷一是……带着这份对石油的"无知"，技校三年，肉孜麦麦提非常勤奋，他如饥似渴地想多了解一些关于石油的事儿。在设备间来来回回操作，聆听老师的讲解，他渐渐感到大脑以前长期的空白和混沌离自己越来越远，思维能力渐渐提高，内心有些东西越来越活泛。鸽群在技校灰色的楼群间追逐着一丝丝冷气儿徘徊，肉孜麦麦提·巴克看着学校的宣传黑板报，陷入了沉思。

1994年9月，当有些同学被分配到稀油开采而兴奋不已的时候，他站在重油公司大门前,双拳紧握——超稠油开发,是苦难与信念,是责任与精神,更是突围与跨越的担当。那时的他根本没想到,无法承受的苦痛不仅在于自己是一个不懂稠油的采油工,更在于自己还是个只会讲维吾尔语的采油工。初入职场的兴奋也因此变得味同嚼蜡。他的不服气浮现在脸上,同事们看出了他的心事,善意地微笑,没事就和他聊天,帮他练习普通话发音,他深切感受到来自大家庭的温暖。为了学好普通话,肉孜麦麦提下班后,对照着《新华字典》把汉字一个一个地写在方格本上。为了纠正发音,他每天听广播练发音,大声读报纸。在手心、在地上,画写自己学到的字,就这样将一幅幅"画"深植大脑。

"好了,好了,醒来了!真是死里逃生。"这一声喊穿过他的耳膜,肉孜麦麦提惊喜地发现,自己对"死里逃生"这一成语的语境已了然。随之,轰然一声,意识回来了,雨后刺目的光线再次射入自己的瞳孔,从手指传送来的麻木袭击了他的大脑,失望的情绪随之而来。"暴风雨把电源上的绝缘帽冲掉了,没有了这层保护层,你再去拉电闸,380伏的电还不要你的命吗?你是无知还是……"当他再次睁开眼睛,班长景佩江埋怨又心疼的脸庞逐渐清晰,肉孜麦麦提被这温暖的声音抚慰的同时,也为自己的无知和对安全意识的不足感到羞愧,他知道班长没有说出的那个字是"傻"。"蛇说自己不弯,而说道路弯",他暗暗发誓,不要再做看弯马路的蛇,他要做展翅飞翔的雄鹰。在2015年以后多次的南疆之巡回演讲中,他对少数民族群众也是如此,一再强调汉语、技术和自己命运的关系。

戈壁滩上,寸草难生映衬着人类穿梭其中的干渴、炎热、风沙和寒冷。可是,对这环境的艰难,挥汗如雨的青年此刻是感觉不到的,他的内心充满了改变的动力。那戈壁粗犷的风,真是有力、强烈!粗劣的线条,像绳索似的把青年紧紧牵住、绑住。可是他竭力挣脱这捆绑,一招一式都坚挺有力;工作之余,他钻进工具房,思考着手中的小物件儿用什么样的角度和力度嵌进抽油机,能让采油更有效率;油管也如游龙般潜入他的睡梦里,嘴里念叨着途经的每一道关卡……功夫不负有心人,工作的第二个年头,肉孜麦麦提·巴克获得区队采油工技术比赛第一名、"抽油机悬绳器支撑盘的改造"荣获自治区QC成果二等奖,他尝到了学习和小改小革的甜头，新站924站班长一职更是公司对他的认可和嘉奖。

技术越来越硬、扎实，教练随便提问一道题，都对答如流，他被寄予"拿名次"的厚望。那一年参加新疆油田公司职业技能大赛时，恰逢妻子怀孕，他暗暗发誓将荣誉送给新生儿做见面礼。但在前八名淘汰赛中，因一篇文章输入计算机速度慢而被淘汰，三个月的封闭训练付之东流，他最终没能进入决赛，带着失败和无法照顾妻子的愧疚回到刚生产完的妻子身边，他深深感到，作为一名丈夫和父亲，不仅仅要给孩子生活上的物质保证，更要有精神的富足。他找到重油公司宣传主任，在她的帮助下每天恶补计算机，不仅仅打字，幻灯片和表格都成为他学习的对象。终于在2002年新疆油田第二届职业技能（采油）大赛上，他不负众望，获得三等奖、团体第一名，2006年，他又获新疆油田公司少数民族员工计算机竞赛第三名。

2012年大班组建设，6个人一下子增加到22个人，924采油站也改成了采油六班，其中一多半是少数民族。他给班里的十几个民族同事讲课，精湛、专业、幽默、通俗易懂，到会议室来听讲的人坐得满满的。公司领导发现了他的潜质，2004年，他开始担任教练，一干就是十年。当时，每个选手都有自己的专业背景，机电、生物工程、法学……导致学习进度参差不齐，肉孜麦麦提从每一个学生自身特点出发，制定相应的培训方案。功夫不负有心人，2006年、2008年、2010年，重油公司选手连续三届斩获油田公司每两年举办一届的采油工竞赛团体第一名，五届获得个人第一名和第二名。

练中学，教中练，肉孜麦麦提·巴克从重油公司技术能手、克拉玛依技术能手、集团公司技能专家成长为全国技术能手。

红 柳 花 开

在戈壁沙漠上，红柳总是在人的视野里突然就冒了出来。红柳，又名柽柳，野生，成堆，没有惊世骇俗的容颜，更没有参天的气势，它们就那么兀自地将根须伸进贫瘠的土壤，抱团成长，默默地防风固沙。不张扬，脚踏实地，却志存高远；不服输，团结向阳，却默默奉献——这就是肉孜麦麦提·巴克创办"红柳石油网"和班组建设的初衷。

"石油工人应该像红柳一样，扎根戈壁，抱团成长。"他想。

"你要有一颗感恩的心。"父亲的叮咛犹在耳畔。

肉孜麦麦提大脑里的知识愈加丰富，每次外出学习，都将最新最专业的课件储存在U盘，背给同学们的是馕，背回来的是书籍……为了让U盘和大脑里的资料活起来，2006年"红柳石油网"正式上线。他说："我觉得我们石油工人应像红柳一样，扎根戈壁，抱团成长。"

然而网站的建设却很是曲折。最早调试服务器时，要面对难懂的专业英语词汇。普通话都攻克了，英语又有何难呢？

他虚心向做英语老师的妻子请教问题，坚持自学英语。接踵而来的域名被盗无法访问、恶意灌水被封闭、服务器因提供商欺诈瘫痪，宛如翻山，他越过一重又一重。为了网站建设，他陆续投入了五六万元后，终于见到了曙光，肉孜麦麦提沉浸在点击率不断上升的喜悦里。更让他意想不到的是，在网络的世界里可以结识到同道挚友。

宋宝玉是大庆油田的一名工人，称赞网站上什么内容都有，特别是设备的原理构造一目了然，背后的图解说明通俗易懂，对技术工人来说有着很大的启发性和吸引力，对他带徒弟有很大的用处。宋宝玉在肯定的同时也疑惑：你这样免费为同行服务，图个啥？肉孜麦麦提朴素地说，自己是一个农民的儿子，是油田培养了他成为一名技能专家，只有自己将现有的知识毫无保留地传授给同行，奉献给企业，他才会心安。从那以后，他们成了很好的朋友，一起管理网站。如今，宋宝玉已和肉孜麦麦提一样都成为中石油集团公司的技能专家。

对于网友提出的需求，他都是有求必应，有言必回，有建议必改进。可是一个人的精力和时间毕竟有限，他只能利用工作之余细碎的时间，下班后就钻进书房，次数多了，妻子会抱怨他没有帮她做家务，孩子会抱怨他没有给自己开家长会，父母也会抱怨他不爱惜自己的健康……来自家人的抱怨，都被时间化解了。一个个网站用户的捷报传来："我通过了技师考试"，"网站的知识包罗万象，给我的专利发明提供了很多资料"……肉孜麦麦提对家人们说："你们看，我的工作多么有意义，虽然对他们而言只是一点点帮助，可是无水滴不成江河啊。"

目前，他的网站所开设的栏目包括了石油工程、石油地质、技术培训、职业技能鉴定等十多个大项，每个栏目根据需要分设了采油、修井、钻井、安全等二十多个子版块。网站收纳专业性各类文章四千多篇，各专业培训、鉴定资料两百多篇，各类成果、技术更新一千多篇，石油百科名词解释几千条……在重油公司的帮助下，网站目前也有了专人管理，朝更专业、更丰富的方向发展。

"每个人活成红柳的样子"

2013年对重油公司而言是不平凡的一年。这一年，重油公司决定改革一线标准化班组管理模式，打破"大锅饭"生产工作现状，实行属地化管理。改革是大势所趋，但改革推行之难和所带来的阵痛也无可避免。肉孜麦麦提·巴克所管理的采油六班就是先行者，成了试点单位。

焦虑、无措的情绪在班组蔓延。而这种情绪的相反面是宁静、稳重，肉孜麦麦提的性格起到了镇静剂的作用。"今非昔比，世界在改变，公司在发展，一线员工也要跟上节奏，劳者就该多得，懒汉就应少拿。如果还是吃大锅饭，没有危机感，产量就上不去，公司可能被降级，员工就会被分流。"他说。

"多得"是每个员工所希望的，"分流"变动是每个员工所担忧的。道理都懂，可是前面的路怎么走？

思路决定出路！跑领导办公室，阅读管理类书籍，上网取经优秀班组，肉孜麦麦提很快提出了方案。

将油区划分为单元，每个单元量身分配给两名员工负责，一个巡井工，一个维修工，共同承担属地区域内的生产、安全、材料成本等责任，通过考核，奖金按"分"分配。"我们每个人应该活成红柳的样子，"他看着窗外的红柳对大家说，"每个人坚守一份责任田，将根须往更深处扎，我们就能抱团成长。"

奖金按劳分配，同事间多了一份竞争。为了不让竞争把大家变对手，每天中午，肉孜麦麦提利用午饭的时间将大家聚在一起，谈工作，聊家常，学习中国传统文化，让大家在快乐和轻松中工作。就这样，六班的每一分子，既相互竞争又相互合作，也在相互关怀和相互包容。

现在，班组已经是38人的大班组，含21个少数民族，管理井区面积更大，班组成员业务能力更专业。在肉孜麦麦提·巴克带领下，班组荣获"克拉玛依区民族团结特色文化活动项目基地'民族团结班组'""中石油天然气集团公司'铁人先锋号'""全国企业文化研究会企业文化基层践行'五十佳班组'"等诸多荣誉称号。

晨钟响彻黄昏

专利发明和荣誉傍身的中石油技能专家、全国劳动模范、全国优秀共产党员……对肉孜麦麦提·巴克而言，一本本证书翻过去，仿佛小半生一页页重现，训练和啃书的每一个日夜、精神世界的一次次裂变依旧会在某一瞬间令自己心悸。已是不惑之年的他，深知自己诸多荣誉的背后，更多的是一份担当。他想将聚焦在自己身上的光与热散发出去，想说些什么、做些什么，又想撕掉些什么，在中石油系统有所建树。2014年开始，肉孜麦麦提宣讲的步伐在新疆迈开。

回到南疆，他习惯于一顶花帽和白底绣花衫，因为这是他最初的样子。在宣讲会上，肉孜麦麦提总会提及自己小时候的愿望：身为长子，成为家里的顶梁柱。终于在工作后，他分担了父母的经济压力，资助弟弟们上学读书。2002年，家里终于有钱盖新房，装房梁的那天早上，父亲把他拉到大梁前，让他仔细去看看上面刻的字，顺着他的手指，他看到了自己的名字！2016年在和田、喀什、克州南疆三地举办了30场宣讲会，在喀什的最后一场报告会结束时，有一位大爷紧紧地抱住他说："我真的太对不起自己的孩子了，我有三个孩子，我自己没有上过学，也没有让他们上学，我现在太后悔了！"老人黝黑的脸膛，因劳动深藏在褶皱间的泥垢，从此刻印进肉孜麦麦提的脑海。

那天晚上肉孜麦麦提躺在床上，久久不能入睡，脑子里反复浮现着老人殷切的眼神。他觉得虽然自己所做的并不能彻底改变什么，但至少为父老乡亲们指明了前进的道路。他希望自己的经历成为一个窗口，推广给更多的人，为中华民族的复兴做出更多努力。

2016年10月，在全国总工会组织的全国班组长交流会上，他抓住了自由发言的机会，向来自全国各地的一线劳动者介绍了自己的班组是由四个民族组成，民汉不分，是一家人！同样，在他参加纪念抗战胜利70周年阅兵仪式上，别人总能因为一顶花帽和红工服注意到他，他就主动向别人介绍新疆的美景、美食、风土人情和石油工人的工作，总是希望通过自己的努力拉近他们对新疆的距离感，厘清外界的认知误区。

2019年8月，肉孜麦麦提再次抵达喀什。三天的时间，他在叶城县10个村宣讲5场。他回忆起2014年5月开始担任克拉玛依市第三中学内初班普通话宣传员，第一个宣讲题目叫作《梦想的足迹》，回顾自己十五岁的那次离家，讲自己为什么学汉语、怎么学好汉语。回忆起初入职场自己因为汉语不好遇到的沟沟坎坎，他深情地说："你们一定要学好普通话！学会一技之长。"他没想到的是，这一场演讲之后就没有停下来宣讲的脚步，尤其2015年荣获全国劳模和2016年摘得全国优秀共产党员以来，共演讲300多场，听众16万余人次。

"嗨，麦麦提。"我们再轻轻唤一声，肉孜麦麦提·巴克仿佛从巴格其乡的巴扎里再次走来，往昔尘土飞扬的巴扎被琳琅满目的商品所替代，各民族其乐融融地生活在这里。他再次现身的天山以北的克拉玛依，也不再像二十多年前那样荒无人烟了。2019年，克拉玛依途经乌鲁木齐到和田以及直飞喀什的航线已开通，"麦麦提们"到天山那边看一看的梦想就在眼前。

> 只有让读者一见倾心，才能在竞争中取得优势

唐跃培

- ○ 中国传媒年度创新人物
- ○ 全国新闻出版行业领军人物
- ○ 中国新闻奖获得者
- ○ 新疆十佳新闻工作者

会呼吸的纸媒

尹德朝

好儿女志在边疆

唐跃培最初是以一名青年诗人的形象走进克拉玛依的。早在1980年，未满十六岁的他，在即将从四川省犍为县一中高中毕业的时候，就在学校发的一张志愿表格上填写了自己的理想，他郑重写道：我愿为祖国的文化事业做出应有的贡献。

1984年，唐跃培大学毕业后主动申请到新疆工作。出发前，在同学们为自己壮行的酒桌前，他挥笔写下了一首气吞山河的诗句："我是天下第一饮者/我以自己为酒/我是天下第一剑客/我把自己当剑……"

豪迈的诗句，不仅深藏着一个年轻人扎根边疆勇敢献身石油事业的雄才胆略，也展示着他今后必将成为将才的美好未来。

之后，他扛着简陋的行李卷儿和两箱书籍，来到了新疆克拉玛依，做了一名新闻记者。因为只有记者，才能更有条件和机会接触到最艰苦、最危险的工作环境，最底层的群众生活；只有在那里，才可以获取最有价值、最为鲜活的新闻素材。他立志要用自己的文字为这座戈壁滩的城市增添一抹文化的绿色。

工作初期，他一边深入基层采访，一边投入到他的诗歌创作之中。他写出了大量既有文采又有生活的好作品。

虽然他一直奔波在油田，吃住在戈壁，但他的诗中却不怎么出现"石油""钻机""采油女"。他认为，写一首好的作品是不能仅限于表象思维和空泛的名称载体，一些被当地诗人频繁使用的字眼过于简单，缺乏艺术的内涵表达，要真正写出大漠戈壁的灵魂，就要有独到的灵魂和氛围。因而他的创作很快就引起人们广泛的关注。

比如：路幽长/孤独的骑手驰向天边/飘扬的马尾拂着夕阳/道旁的红柳寂寞地自语："他能找到她么？"

我们可以从这首诗歌里，清晰地触摸到年轻的他当时的心境：路漫长，孤独的骑手，夕阳，红柳寂寞，还有那个寻找的她……这些以景生情的诗句无不叙述着一个青年对生活对爱的向往。

1998年，《光明日报》新疆记者站、中新社新疆分社曾专门为他的诗作《颂辞》《漫游乌有之国》召开了研讨会。在研讨会上他说："艺术的最高境界就是在一目了然中透露出无穷意味。"他的诗歌也因这一追求而清澈凝练，韵味深长。

然而，随着他对生活的不断理解和工作阅历逐渐丰富，他渐渐发现，作为阳春白雪的诗歌和文学终究还是离现实的生活有很大一段距离，身为一名记者，只有在一线岗位脚踏实地，真实反映广大职工群众朴实生活的点点滴滴，记录他们的酸甜苦辣、喜怒哀乐，才是一个写作者真正要做的事情。于是，他对自己从事的新闻事业有了新认识，开始尝试开拓传统的新闻传播方式，立志为推动新闻事业的发展而奋斗终生。

当年他和钻工一起看月亮

唐跃培深爱新闻工作，他经常到油田沙漠的最基层，和职工群众们同吃同住，写了大量反映群众呼声的好新闻、好作品。这样的艰苦的工作经历一直延续到他走上领导岗位之后。

他说："现在，由于自己进入管理岗位，虽然很少有机会再到油田一线采访了，但是我每次想起当年和钻井工人一起躺在古尔班通古特沙漠的沙丘上看月亮的情景，就不禁心驰神往。直到现在，我心里依旧认为，只有深入到一线的记者，才能触摸到工人们跳动的脉搏，才能将自己的真实感情融化在他们的血液里，才能写出有人情味的好报道，同时才会感到记者这个职业的光荣和神圣。"

他回忆说，记得那是在1986年的中秋时节，他到沙漠腹地某钻井队去采访，夜幕时分，他和几个二十多岁的钻工坐在沙梁上，他见到了这一生见过的最美的月亮。当月亮从地平线火球一般升起的时候，把整个沙漠的傍晚都染红了。他和钻工兄弟躺在沙坡上，一边喝着劣质的白酒，抽着呛人的莫合烟，一边欣赏着月亮，大家唱着那首当时最流行的歌曲《十五的月亮》。最后，大家都流泪了，他也倍加思念远在四川家乡的亲人，在这特殊的中秋之夜，他突然想写点什么，于是掏出笔记本，借着幽蓝的月光，挥笔写下了一首诗。

一个炎热的夏天，他深入戈壁采访，很晚了，井队上已经没有值班车回克拉玛依，他只好搭了一辆拉泥浆的卡车。烈日炎炎，在沙漠里奔波，水是多么重要呀，可他们仅剩下半壶水了，但还有一天的路程要走，于是，他和司机相互推让，谁也舍不得多喝，就那样，你一滴我一滴，一点一点省着喝，终于坚持回到了克拉玛依……

"从那时开始，我发现我是一个多么幸福的人，作为一个记者，我的责任又是多么的重大呀……"唐跃培说。

要有思想地办报，办有思想的报

在1958年后的几十年，克拉玛依一直没有自己的城市日报，创办《克拉玛依日报》一直是唐跃培执着的梦想。他在各种场合反复呼吁，又将创办日报的构想写成文章发表在《新疆石油》上，引起了市油田党委的高度重视。

2004年5月，他担任了报社总编兼社长，立即全力以赴筹办《克拉玛依日报》。在市油田党委的大力支持下，2005年2月1日，《克拉玛依日报》诞生了，从此结束了克拉玛依建市近五十年没有城市日报的历史。在短短几年中，《克拉玛依日报》迅速成长为一张高度本土化、都市化、群众化的党报，创造了平均每十名市民拥有一份日报的发行量。

当我们聊到如何才能做一张好的报纸时，他沉思片刻说："法国作家巴尔扎克曾经写出了卷帙浩繁的《人间喜剧》，被誉为'法国社会的一面镜子'。这位深刻洞察世界的作家说：'一个能思想的人，才是一个力量无边的人。'我们认为，有思想地办报，办有思想的报则是如何办好报纸的指导原则。"

"什么叫有思想地办报？"

他说："有思想地办报，就是报纸的决策层，对所办报纸要给予明确的定位，对报纸的理念、内容结构、传播对象、传播策略、传播目标乃至版式风格、字体选择都应该有明确的界定。办有思想的报，就是指报纸的报道要传达独到的思想观念、认识、见解、方法、主张，真正起到解惑释疑、引导舆论的作用，而不是满足于传播一般信息。"

2008年7月，在新疆地州市党报总编辑会议上，自治区党委宣传部要求唐跃培做大会发言，介绍如何提高报纸舆论引导能力的经验。面对全疆各地的同行和自治区的领导，他重点阐述了要办好一张报纸，最重要的有两点，一是要有思想地办报，二是要办有思想的报。"这个观点不是我发明的，但我确实是自觉地这样做的。我结合《克拉玛依日报》的办报实践进行了阐述，在会的同行们给予了高度的评价。"

在有思想地办报的理念指导下，唐跃培先后策划的纪念克拉玛依油田诞生50周年特刊、"天山南北行"、"追寻文明探访全国文明城市"异地采访等大型报道活动，都引起了强烈反响。

我问他："据说有很多读过你诗的人都认为你才华横溢，不搞文学委实惋惜，而你却做到了三者兼顾，有人就问，你既是一个诗人要天马行空个性十足，又是一个记者要务真求实，还是报社总编要协调八方运筹帷幄，多重身份交织在一起，不同的角色集于一身，明显给人某种眼花缭乱的感觉，你是怎么协调它们之间错乱关系和身份的转变，做到三位一体的？"

他笑着说："一点也不错乱，也无须转变，它们之间处理好了是相辅相成的，是诗歌艺术让我在新闻事业中插上丰富的联想翅膀，是多年记者工作为我积累的采访经验，才使得我在总编的岗位上运作自如，底气十足，加之我对党的新闻事业抱有大理想，有着强烈的责任感和饱满的工作激情。所以，我一点也没有感觉到这三个角色有什么矛盾，相反，它们都会在我的新闻事业中，让我更加得心应手。"

可以呼吸的版面

无论是一张报纸还是一个企业，要想得到可持续发展，最根本的还是必须有自己的一套独特系统的主导思想。唐跃培一再强调，办报如打仗，用稿如用兵。他说："我们必须要把报纸的每一块版面做得能看到它的喘息，嗅到它的呼吸。"

"可以呼吸的版面只是一个形象的说法，我是指那种似乎可以感觉到它在呼吸的具有灵性的版面。这种版面的总体特征是疏朗通透，大气别致，模块组合，轻松方便。可以呼吸的版面是运用现代版式设计出来的新型版面。它不同于20世纪七八十年代报纸版面密不透风小图小题，不同的文章在占位上互相纠缠，也不同于20世纪90年代流行的那种浓妆艳抹、色块泛滥。我们理想的版面应该像明月松间照、清泉石上流那样明亮干净，像清水出芙蓉、天然去雕饰那样清纯可鉴，然而它又显得很安静，如人闲桂花落、夜静春山空一般悄无声息。这需要一种大巧若拙、踏雪无痕的张力，需要既返璞归真又绚烂之极，既归于平淡又别具匠心的巧妙设计，看起来赏心悦目，读起来轻松方便。"

他一口气把一张"可以呼吸的版面"说得诗情画意，清晰透彻，让我感到有如一幅美轮美奂的古典绘画展现在我的面前，竟是那样的赏心悦目，委婉动听。一个没有对自己的事业爱到骨子里的人，是无法把自己的"作品"雕琢得如此精美。

然而，做一张"可以呼吸的版面"并非突发奇想、随心所欲的，而是被逼出来的。唐跃培说，随着城市化程度的日益提高，越来越多的人步入到快节奏的工作和生活之中。快节奏带来的紧张和焦虑，又使现代人越来越要求报刊版面在形式上具有缓解紧张情绪、焦虑心理的作用。当一个人在头昏脑涨、情绪烦躁时，那种密不透风的版面，那种浓妆艳抹的版面，只能使人反感。只有让读者"一见钟情""一见倾心"，才能在竞争中取得优势。

这些年来，《克拉玛依日报》有意识地借鉴杂志的版式设计方法，努力为读者提供"可以呼吸的版面"。

一套组合拳，拳拳到位

《克拉玛依日报》的成功在于有自己的拳头产品。

第一个拳头产品是新闻精品。2013、2014连续两年，《日报》都有作品荣获中国新闻奖，2014年一年就有2件作品获得中国新闻奖。到目前为止，已有5件作品荣获中国新闻奖。

第二个拳头产品是围绕重大问题、重大活动进行集中报道的主题式特刊。到目前为止，《日报》已推出主题式特刊共52本，总版数达3 518个，创造性地把报纸由"易碎品"变为了收藏品。

第三个拳头产品是不断利用报纸的宣传动员能力开展文化经贸活动。《日报》举办的汽车文化节被全国节庆委员会和人民网评为全国最受大众关注的节庆品牌。

他一手策划组织了创办《日报》的工作，字斟句酌地确定了办报的理念、宗旨、方针、内容，确定了报社精神的表述，这些东西，确立了《克拉玛依日报》的灵魂和框架。2005年2月1日，56个版的《克拉玛依日报》创刊号与读者见面。从此，"责任感造就影响力"的办报理念每天都出现在日报头版左上角的报徽下，不仅激励着报社全体员工，也激励着全市的不同读者。创刊仅仅一年，《克拉玛依日报》就被评为新疆十佳报纸。

在创办《克拉玛依日报》的同时，他又提出了"市场意识、全球视野、人本精神、朴实作风、通俗形式、时尚包装"的办报方针，以此对《新疆石油报》进行了改版。改版后，这张具有50年历史的报纸面貌一新，《胜利日报》等兄弟报社的同人不远万里前来取经。

二十多年来，在克拉玛依所面临的每一个关键时刻，都有唐跃培采写的相关重点报道和系列评论，都体现了他对克拉玛依这片热土的深情关注和独特思考。

能让社论和"本报评论员"文章成为报纸受欢迎的文章和记者，在全国恐怕都不多，但他做到了。不少读者明确表示："非常喜欢看他的评论。他写的评论有深度,有说服力,我们一读就能看出是他写的。"最多的时候,《新疆石油报》同一期报纸的一、二、三、四版都有他写的评论。2008年,克拉玛依日报社推出了庆祝建市50周年系列特刊,特刊中由他采写的重点专访和卷首评论就达6万字。

近十年来,《日报》推出的主题式特刊就达50多本,3 500多个版,规模最大的特刊一期就达156个版。这种特刊在全国地市报中绝无仅有,被市委书记称赞为"克拉玛依的一道亮丽风景"。

创新经营管理,锻造一流的新闻舆论团队

唐跃培注重以文化来营造积极向上、奋发有为的氛围,进行有效管理,一手主导、制定了由报社"123456"发展战略、办报理念、办报宗旨、办报方针、报人风格等组成的理念文化体系。他亲自起草了报社一系列基本制度,健全了报社内部的激励机制和竞争机制;他以身作则,在重大报道策划、重要文稿撰写、重要稿件修改上亲力亲为,起到了良好的行为示范作用,锻造出一支敢打硬仗、能打硬仗的高素质新闻队伍。这支队伍通过这一系列做法在重大新闻实践中经受住了考验,取得了成绩,令许多地市报和省级乃至中央级新闻媒体都叹服。

在唐跃培的带领下,《日报》先后开展"追寻文明探访全国文明城市""走进鄂尔多斯""天山南北观大潮""寻访他乡克拉玛依人"等特大型异地采访活动。以"天山南北观大潮"为例,本报采访组用了两个多月的时间走访新疆各主要地州市,总结它们的好方法、好经验,发表了近30万字的报道,总规模150多个版。

自2005年以来,《日报》牵头主办了汽车文化节、房展、博览会、大讲堂、诗歌朗诵会、歌王大赛等一系列文化经贸活动,有力提升了报社的品牌价值,也有效促进了报社的创收,繁荣了克拉玛依文化事业。《日报》在创办的最初几年间,广告以每年至少100万元的速度增加,最高达到年创1 800万元的纪录。在仅有40万人口的克拉玛依市,这不能不说是个奇迹。

作为总编辑,唐跃培不仅是首席评论员,还是首席策划,同时还十

分注重新闻理论研究。《日报》所有重大新闻报道活动、文化经贸活动的策划书几乎都由他亲自撰写,《日报》的重要评论也几乎都由他亲自撰写。近年来,唐跃培在实践中不断地探索发展新媒体项目,他先后主导创办了克拉玛依网、克拉玛依手机报、克拉玛依日报微信平台、"嗨克拉玛依"新闻客户端,等等,使报社锻造出新老媒体交相辉映、共生共荣的媒体集团军。

殚精竭虑服务于党的新闻事业

唐跃培在新闻媒体一干就是三十多年。他由记者、编辑到部主任,再由副总编到总编、社长,无论在什么岗位上,他始终认为自己是一名记者。

他经常给同事们讲:"我们不仅要争当名记者,更要争当大记者。所谓大记者,就是对自己所报道领域的大问题、大事件有深入的研究,敢于报道这些问题和事件,并能提出独到的看法和建议的记者。"

唐跃培在成为一名媒体经营管理者后,虽然下基层采访的次数少了,但是他一直都没有停止写作,许多大的事件报道、重要评论、指导和建议性的理论文章,他都亲自操刀。他主政报社工作后,《新疆石油报》《克拉玛依日报》在全疆乃至全国新闻界开创了多个第一,《新疆石油报》多次在全国企业报晋京展评中荣获金奖。他采写编辑的新闻作品四次荣获中国新闻奖。1997年荣获"新疆十佳新闻工作者"称号;2014年获"中国传媒年度创新人物"称号;2007年当选新疆维吾尔自治区首届"四个一批"人才。

2015年4月,在第十届中国传媒大会上唐跃培被授予"金长城传媒奖";2016年,他被国家新闻出版总署评为"全国新闻出版行业领军人才"。

近年来,《日报》多次被评为新疆"双十佳"报纸,连续被十大新闻学院评为全国十大最具影响力地市党报、全国十大公信力地市党报、全国十大传播力地市党报、新疆十佳广告媒体,等等,自治区记协主席评价《克拉玛依日报》的成就时说:"在全疆绝无仅有,在全国屈指可数。"

唐跃培,不仅是一位党的新闻事业的忠诚而勤奋的实践者,还是一位精益求精的媒体雕刻家。他的谦虚、他的儒雅、他的执着、他的睿智和低调做人的品格,更让人钦佩和景仰。

自信加自强，就永远不会被"卡脖子"

罗 维

◎ 中国石油天然气集团公司优秀共产党员
◎「开发建设新疆奖章」获得者

为了不被"卡脖子"

杨晓燕

2020年9月24日,北京昌平科技园中石油旋转导向系统集中研发项目基地。

"真的搞出来了?"焦方正眼中闪出了惊喜的目光。

此刻,一向沉稳的中国石油天然气集团公司副总经理没有抑制自己的激动。

"目前室内实验抗温能力达到了175摄氏度以上,可以满足中国陆上绝大部分油田的生产需要。"一位五十出头的中年男子摘掉眼镜,揉了揉干涩的眼睛,神情严肃而不甘地回答:"美国同类产品抗温能力的最高纪录是220摄氏度,虽然我们可以不被'卡脖子'了,可是差距还是存在。不过,我们有信心在短时间内超过美国人!"

这个中年人是中石油西部钻探公司钻井工程技术研究院研发中心首席研发师罗维。他与焦方正讨论的正是我国一直受制于人的"旋转导向系统"。

目前,中国所有的旋转导向钻井系统全部要靠进口。这个系统可以大幅度提高石油钻井工作钻遇油层的准确率,大幅度提高单井乃至整个油田的产量。

在年过半百之际,罗维被点名参与这个国家重点攻关项目。他为自己能够参与这场研发战役倍感荣幸,为了我国不被国外公司"卡脖子",

他夜以继日地忙碌在实验室和井场上。

不愿被父亲"卡脖子"

罗维的父亲是个木匠,20世纪80年代,父亲做起了建材生意,收入颇丰,于是就想让读高中的罗维停学以子承父业。

罗维天生就喜欢探索未知的世界,重复性的劳动对他没有任何吸引力。罗维坚决不从,高中毕业后考取了独山子石油学校钻井工程专业。

父亲对不知好歹的儿子选择读书不屑一顾,给了他90元路费了事。

独山子石油学校虽然只是一所专科学校,治学之风却严谨务实,藏书丰富。罗维如饥似渴地学习专业课,尤其喜欢上计算机课,读计算机类书籍。一本计算机信息教程他只用一周就读完了,在当年体积最小、主机却很大的计算机上编出了一个可以打出"日出东方,光芒万丈"的程序交给老师。

半个月之后,老师把学校那个庞大而神秘的计算机房的钥匙给了罗维,允许他把自己的想法在当时显得很是"高大上"的计算机上大胆尝试。

毕业时,罗维各科总分在班里排名第一。学校想推荐他到华东石油学院深造,条件是毕业后回校任教八年。

罗维虽然向往继续深造,但是,继续上大学,就意味着还要伸手向父亲要生活费。他不想再被父亲"卡脖子",最终选择了直接工作。

不想被老外"卡脖子"

1987年7月,他被分到新疆石油管理局钻井工艺研究所工作。

在钻井现场实习时,看到井队工人们高强度的工作,罗维想起曾在书上看到的介绍,国外的钻井作业很大程度上是由计算机控制的,他悄悄在日记本上写道:"把电子信息技术与钻井结合起来,提高自动化水平,应该作为以后探索的方向。"

1989年，新疆石油管理局和美国公司合作，在夏子街油田用空气钻井技术打第一口井。空气钻井相对于常用的液体泥浆钻井压力更低，更有利于保护油气层，风险是井下可能会出现爆炸或着火。

本来美国公司要带着中方打三口井，结果这些美国工程师因故被提前召回国，后面的几口井只能由新疆石油管理局的员工独立完成。

没有了掌握着先进技术的美方人员参与，短时间内给中方员工带来了一定的困难。

拿当时罗维的工作岗位来说，美国工程师走了之后，他就必须在地面通过压力表观察地下压力变化情况。可是，人再怎么全神贯注地观察，也会有松弛疏漏的时候，何不用计算机连接到井上实现真正意义上的连续监测？这样，小的波动可以迅速通过计算机屏幕放大观察，比肉眼观察要迅速精确许多。

当时，罗维每月工资只有100多元，他借了朋友一些钱，加上积攒的工资，花了1 000多元买了一个"中华学习机"，这个价格相当于他一年的工资。

在风城乌24井进行空气钻井施工中，他把"中华学习机"拿到井上，连同买来的电子元器件，并联到流量计上，做了全国首个空气钻井数据采集系统，用来记录地下压力波动情况。"中华学习机"果然比人提前20分钟捕捉到信号波动情况，罗维报告之后，井上工作人员才发现井下出水量变大，及时调整了参数。

小小的自主创新成功，给年轻的罗维带来了难以言表的成就感。

不能被见识"卡脖子"

尝到了计算机解放人力的甜头，罗维大胆向领导提出申请：买一台计算机连接到井上，进行压力监测。

当时的计算机身份高贵，每个单位都设有专门的计算机房来存放，进入计算机房，要穿白大褂，换拖鞋。

领导觉得罗维的想法好是好，可是太超现实，昂贵的计算机扔到戈壁滩上风吹日晒的，没同意。

1990年在百口泉进行空气钻井，当时只能进行地面监测。正好是其他同事当班，地下着火，地面却毫无感知，导致钻具烧断，打捞了很久才打捞出来。

在事故分析会上，大家讨论如何能够早期发现地下着火情况。罗维旧话重提，领导说："可以给低压室配一台计算机。"

这台十几万元的计算机价值不菲，当然只能放在室主任的办公室。罗维三天两头去主任办公室使用计算机，主任说："我也不大用，就搬到你办公室去吧。"这台计算机就成了罗维的专用计算机。

遨游在计算机的世界里，罗维如鱼得水，脑子里时刻蹦出激情的浪花。他如饥似渴地自学计算机和网络知识，先后获得了网络工程师全球资格认证证书、亚洲及太平洋地区3DMAX设计证书。

1999年年底，他开始着手给单位建网络。当时计算机还没有普及到每个员工，可他认为，人手一台计算机将是很正常的事，坚持给每个办公室每个人预留了一个网络接口。

这些计算机应用技术为他后来编程、开展科研工作奠定了坚实的基础。

力挫国外公司"卡脖子"

2009年，新疆油田公司决定使用蒸汽重力辅助泄油技术（SAGD）大规模开发风城油田稠油资源。

罗维闻听，敏锐地意识到这种采油工艺需要一种全新的、高精度的三维磁场空间定位仪器。

西部钻探公司领导说：国内这种先进的仪器、工艺技术，甚至施工价格长期被国外油服公司垄断，我们给加拿大公司三倍的价格，人家都不卖。

石油人都知道，超稠油的开采是一项世界级难题。

如果把轻质油比作"水"，可以很轻松采出的话，超稠油就像凝固的蜡油，需要经过加热，将其变成像"烛泪"一样流动性更好的"水"，才能开采出来。

20世纪末，加拿大一项名为成对水平井（简称SAGD）的技术成功解决了超稠油开采中的瓶颈问题。为了保持垄断地位，加拿大一直对这项技术奉行"只提供技术服务，不出售设备"的政策。

SAGD技术之所以叫成对水平井，就是因为钻井平台上成对出现两口井——I井与P井，从地面的井口开始，它们像一对孪生兄弟，竖直往下，进入稠油或者超稠油油层后，它们又向水平方向打一段水平井段，总体呈"L"形。

进入油层以后，I井在油层的顶端，用于注入蒸气，P井在油层的下端，用于开采。被I井持续加热后的稠油或超稠油变成可流动的"水"，由于重力的原因，"水"会流入P井的采油管道中，继而实现连续开采。

这个新技术给钻井提出了更高的要求，I井和P井这一对孪生兄弟必须保持绝对的平行，垂直方向的误差不能大于5米，水平方向的误差不能大于0.5米，否则，就开采不出油来。

可是，在几千米深的地下，看不见，摸不着，如何能做到这种绝对的平行呢？

通过上百次的理论研究和探索，罗维和他的团队决定用成对水平井磁定位系统去解决。

2012年5月初，在钻井工程技术研究院克拉玛依分院的停车场上，五个穿着红色工作服的小伙子，围着一个铁架忙活着。

为了验证磁场能在运动中确定轨迹，研发小组制作了一个双层铁架，上面一层模拟I井，他们在这一层放了一个磁铁，下面一层模拟P井，来追踪I井的轨迹，最终目的是达到绝对平行。

这个试验需要一个人在铁架一端操作摇臂模拟钻井过程。一个夏天，他们摇坏了三个铁架、六个摇臂。

这一年，新疆油田公司启动了56口成对水平井的开发工作。

西部钻探工程有限公司总经理马永峰问罗维："能不能在半年内把成对水平井磁定位系统搞出来？"

已经做过一些试验的罗维心中有数，便很有底气地回答道："原理是通的，如果全力以赴，可以搞出来。"

这个系统如果真能成功，不仅可以为西部钻探工程有限公司创造效益，还可以在工程技术方面打破国外公司的垄断，不再受国外企业的制约。

在一次交流时，外方人员说："你们搞不出来的。"罗维问："为啥？"他们说："国外研发过程中有大量高素质人才，经过了600多次试验才成功。"罗维说："我们脑子又不傻，已经做了1 200多次试验，一定会成功的。"

罗维和项目组的成员在无数的数据、模型、图纸中度日，饿了简单吃个饭，困了就在办公桌上趴一会儿，全身心地投入到研发工作当中。

2012年6月8日，是上井检验的日子。结果在上井前两小时，仪器电路烧了。罗维临时改变思路，用传感器代替。他盯着屏幕上的各种波形，兴奋地发现，入井后的信号效果比在停车场上的试验效果还要好。

波形好并不代表着没有问题，第一次入井只引导了垂直方向的轨迹，水平方向的轨迹数据粗糙，角度有一些偏差。经过技术修改之后，他们又进行第二次入井试验、第三次入井试验。第四次试验时，罗维灵机一动，把计算方法反过来，结果所有数据全部正确。直到第五次，新疆油田公司将他们仪器所测数据与国外仪器所测数据进行比对，在事实面前，新疆油田公司最终确认了罗维他们仪器的定位精度。

经过专家鉴定，罗维和他的项目组历经四年研发的一整套具有自主知识产权的成对水平井钻井轨迹磁定位精确控制系统完全符合要求，填补了国内技术空白，达到了国际先进水平，一举打破了在稠油热采方面国外油服公司的技术垄断，迫使国外公司服务价格一降再降。

该技术被新疆油田公司成功应用于75对水平井，市场占有率从15%提高到80%以上，为新疆油田公司风城油田钻井至少节省了2亿元，被集团公司授予科技进步一等奖。

不会被年龄"卡脖子"

具有创新精神的人永远有一颗热情年轻的心，这是他们之所以能持续创新的精神动力。

2014年,"罗维创新工作室"挂牌成立。罗维带着一帮年轻人继续在科研创新的路上攀登。

为使年轻人能够更快接手科技项目研发,罗维精心为每一位成员制定了详细的学习计划,针对成员不同技能掌握程度、不同工作经验、不同岗位的特点因材施教。

工作室成员性格各异:刘琛胆子大,能力强,敢担当,但粗枝大叶;孙鹏冷静细致,能发现别人看不到的漏洞,但是胆子小。

罗维就给他们每个人都安排一个研究课题,让他们彼此配合,取长补短。这样一来,效果很好。

科研人员的思维方式对于项目研究至关重要。罗维很重视引导年轻人树立辩证思维。

"罗工,这个搞不出来。""罗工,我不会。"有人出现畏难情绪。

罗维说:"拿破仑有句名言:'在我的字典里,没有不可能这个词。'我干的工作从来都是不会的。"

罗维所说的确属实。他学的钻井专业、所承担的项目均属机电领域,很多知识都是他以前从未接触到的。就拿他所学的钻井来说,学校教材里介绍钻井技术时对于空气钻井只有一句:另外还有充气钻井、泡沫钻井、空气钻井等。而他工作后面对的第一个钻井技术便是空气钻井技术。

为了解决工作难题,罗维不分节假日,看了一本又一本前沿书籍。工作几十年,他每向前走一步,都是从不会、没有答案开始的。

在他的影响和带动下,工作室形成了过硬的工作作风和良好的团队精神,每一位成员都能自觉开展科研项目、工艺技术的攻关和研究工作,积极参加工作室的各类交流研讨,优质完成自身工作任务。

目前工作室的6名成员都已成为西部钻探工程技术研究院科研战线的顶梁柱,其中,2人已入选集团公司"青年科技英才",分别在国家级、集团公司级等多个重大科研项目中担任项目组长或课题组员,在各自的科研领域开始独当一面,发挥作用。

从事科研工作以来,罗维先后参加了国家级项目"井下安全监控系统""旋转导向系统"和集团公司项目"空气雾化钻井技术""声波信息传输系统""随钻地层压力测试系统"等十余个技术研发项目，获得国家、自治区、中国石油集团公司、西部钻探公司级科技进步奖11项，获得了国际发明专利1项，国内发明3项及适用新型专利19项，软件著作权11项。

他负责研发的"智能钻杆与声波信息传输技术研究""随钻测量与传输装备研制"属于世界钻井前沿技术，能够将井下数据通过声波高速传输到地面，对于钻井数字化、信息化具有推动作用；他参与研发的XZ-VDS自动垂直钻井系统，是高效开发易斜地层的重要工具，现已完成了样机研制，进入现场试验阶段。

破除垄断技术"卡脖子"

2018年10月，西部钻探公司钻井工程技术研究院研发中心的首席研发师罗维奉命前往北京昌平。

下了飞机，他就风尘仆仆直奔昌平科技园的中国石油集团智能导向系统（旋转导向系统）集中研发项目基地。

旋转导向钻井是现代钻井技术的前沿技术，被形象地称为"地下导弹"，是长水平段、非常规、超深油气藏经济有效开发的核心技术，我国页岩油气勘探开发对旋转导向工具需求迫切。根据规划，中石油近几年部署的超长水平井、大位移、平台绕障等需要依靠旋转导向进行施工的油气井在1 000口之上，需旋转导向系统80余套，市场缺口大。

国外几大油服公司斯伦贝谢、哈里伯顿、贝克休斯、威德福等早在20世纪50年代就开始进行理论研究，现在已推出了系列成熟产品。

我国中石油、中石化、航天科技集团、中国科学院相继开展了研究工作，但尚未完全掌握其核心技术。

于是，中石油做出决定：成立集中研发团队，进行科研攻关，立足长远，兼顾眼前，研制出满足国内需求的旋转导向系统，提高核心竞争力。

罗维和其他20人领命，完成"两年一代，六年三代"研制自主品牌旋转导向系统的任务。

详细地说，他们将在两年内完成备用旋转头的互联互通，实现配件的基本国产化，到2020年，研制满足非常规油气区块性能指标需求的第一代样机4—6串，并形成规模化生产能力，初步形成中石油品牌的旋转导向钻井系统；到2022年，完成第二代产品的研发任务，产品性能满足国内各区块地质条件，具备年产二十套的生产能力；到2024年，研发出目前国际指标的旋转导向系统，性能指标满足国际市场需求，具备年产30套的生产能力，使我国对外依存度下降20%以上。

就在罗维带领一班人刚开始准备攻克这项重大科研项目的时候，美国特朗普政府突然发动了针对中国中兴公司和中国华为公司的无理打压。而他们正在进行的旋转导向系统研发的主板，就建立在美国公司生产的芯片之上。

罗维敏锐地意识到："这绝不是简单的贸易打压行为，而是要借其垄断性技术优势卡住中国科技创新的脖子。"

他当即建议实施"备胎计划"：将旋转导向系统研发所需芯片全部更换为国产"龙芯"。这条建议被决策层采纳。

只有执着于中华民族伟大复兴的科技创新人才，才有如此强烈的忧患意识和使命感，才有这样睿智的战略眼光和超前思维。

罗维目前所攻关的很多工作，是需要保密的，很多细节尚不能透露。但可以肯定，这套旋转导向系统的综合性能以及下一步的产品，注入了人工智能的应用工艺——而这些思路和探索，已经在世界石油钻井工程科研领域居于领先地位。

苟日新，日日新，又日新

刘雁湖

◎ 新疆维吾尔自治区「天山英才工程」培养人

◎ 新疆维吾尔自治区第十届哲学社会科学科研成果二等奖获得者

云是鹤家乡

杨晓燕

一夜秋风,黄叶满地,晨曦微寒。

这天是周六,克拉玛依市委党校大院内一片宁静,只有树枝摇着稀疏的秋叶。

一位五十多岁的中年男子身着风衣,踏着落叶,不疾不徐行走在林荫道上,稳健而儒雅。

进了一栋僻静的小白楼,男子熟练打开"刘雁湖高层次人才工作室"的房门,对面墙上一幅颇具画面感的书法作品赫然在目——"海为龙世界,云是鹤家乡"。

两排书架上排满了古今中外历史、文学、艺术等各类书籍,门类众多。

泡一杯香茗,主人便安坐一隅,捧起一本砖块般的大部头,遨游在书的世界里……

这位男子便是小白楼里这间工作室的主人刘雁湖。

直面挑战

人生的轨迹有时说变就变,机会来时是否能够抓住,那得看你是否是一个有准备的人。

1998年10月，克拉玛依市委党校、电视大学、教育学院、卫生学校四校合并，成立了"克拉玛依文理学院"。

在克拉玛依卫生学校任教十一年的普通学科主任刘雁湖，成为文理学院政治系副主任。

合校以后，一个非常突出的问题就是电大的学历教育与党校的党员干部培训是两种完全不同的教育模式，许多人感到不适应。刘雁湖也陷入了"去南方"还是"留下来"的矛盾中。

教务处主任张守玲费尽口舌鼓励老师们结合党校培训工作需要讲专题课，然而应者寥寥。

"我虽然从来没有讲过专题课，但我愿意试试。能否给我提供一些素材？能否安排我出去接受一些培训和学习？"面对机构改革，陷入苦闷的刘雁湖想挑战一下新任务，为自己开辟一个新的教学领域。

张守玲给他提供了基层单位反馈上来的培训需求和许多讲课资料，也提供了一些原党校老师的教案。刘雁湖开始查资料，选题目，搭结构，写教案。

然而，讲过几次课之后，一些理论水平较高的党员干部反馈意见，某个历史事件、某个人物讲得不够准确，课堂气氛不够活跃。刘雁湖听得直冒汗，事后赶紧查找资料核实，有的地方果真是自己讲错了。

他心急如焚，晚上做梦梦见学员不爱听他讲课，甚至都跑光了，教室里空空荡荡，只剩下他一个人尴尬地站在讲台上的场景。

1987年毕业于郑州大学政治系的刘雁湖第一次感到了"专业"危机。大学时学的很多学术观点已经十分陈旧，党史、国史、党建、法学等各方面的知识体系亟待完善更新。既然命中注定是一名党校教师，那就必须下死功夫进行系统学习，进一步完善自己的知识结构，成为一名真正的专家学者，这样站在党校的讲台上才会有底气！

2001年，入世谈判进入倒计时，中国即将正式加入世界贸易组织。为此，各级党政官员和国有企业领导干部都迫切需要了解国际贸易规则。

那年10月，自治区政府在香港生产力促进局举办了一次"新疆公务员世界贸易组织知识高级研修班"，克拉玛依市、新疆石油管理局党委组织部决定，选派刘雁湖和赵首智两位党校老师前往参加培训。

这次培训让他大开眼界，老师们都是用多媒体授课。这是他第一次知道课还可以这样上，不需要黑板和粉笔。

从香港回来，刘雁湖也学着用word文档借助投影仪来给党校学员讲大课，在一年多的时间讲了五六十场，把世贸组织规则讲得头头是道，一时名声大噪，被大家戏称为"WTO"老师。

初尝了多媒体教学的甜头，快到不惑之年的刘雁湖开始拼命学习电脑操作技术。他向身边的年轻教师求教，学习如何打字，如何制作PPT，如何进行多媒体操作，渐渐将其运用得娴熟自如。慢慢地，他也能够使用多媒体讲课了，从此告别了黑板和粉笔。

党的十六大、十七大召开之后，他被选进了市委讲师团，到政府、油田、学校、社区各单位宣讲"三个代表"重要思想和科学发展观，成为克拉玛依市的理论宣传骨干，声名鹊起。

2005年以后，刘雁湖任市委党校政治理论教研部主任。他深入研究了斯坦福大学戈尔曼教授的情商课，结合中国传统文化开发了一个新专题——"情商与人际关系"。没想到一炮打红，大受欢迎，他先后应邀在"准噶尔大讲堂"和"油城讲坛"宣讲，这一课程成了广受青睐的精品课。

就像在黎明时分看到了灿烂的朝霞，进入不惑之年的刘雁湖驱散了曾经笼罩在心中的"雾霭"，彻底看清了自己未来的人生方向。

史 海 泛 舟

2006年，刘雁湖经过深思熟虑，重新规划了自己的专业研究方向，决心主攻党史、党建，坚持走教学与科研并重的治学之路。

可是，在克拉玛依这样一个小地方，怎么进行党史和党建研究呢？

古人云：读万卷书，行万里路。

又云：听君一席话，胜读十年书。

开国领袖毛泽东说：没有调查，没有发言权。

刘雁湖似乎从这些至理名言里得到某种启迪，开辟了一条自己独特的治学之路，读书、调研、思考、研讨，成为他生活和工作的常态。

他常常根据讲课的需要，从一个知识点拓展开去，系统学习领袖原著，大量阅读领袖传记，再去研究一些知名专家教授的相关学术专著，并在网上查找下载相关资料，甚至一些很少有人问津的地方志和野史资料，他都会穷尽各种办法进行学习研究，相互印证，去伪存真。

他对每一部党章的制定和修改情况进行了仔细研究，烂熟于心。特别是对六大、七大、八大和十二大、十四大、十六大、十八大、十九大党章，更是花了很大精力进行研究，真正做到了融会贯通，有些段落甚至可以倒背如流。现在，刘雁湖对中共历次代表大会及每一部党章的熟悉程度，已经让疆内同行很难望其项背。只要跟他提起党章方面的问题，他就会信手拈来，如数家珍，而且绘声绘色地给你讲很多背后的故事，让人大开眼界！

刘雁湖差不多把每一次外出开会学习都变成了红色之旅、研究之旅，乐此不疲地收集各种资料，实地考察印证党史上的各种人物和重大事件。

从一大到七大会址，除了六大（在莫斯科）以外，他都参观过。2017年，他自己驱车2 000多公里，从河南新县、安徽金寨到湖北红安、麻城，实地考察了鄂豫皖革命根据地旧址和红四方面军司令部旧址。2018年暑假，他带着老岳父去陕北旅游，特意去了延安杨家岭、王家坪和南泥湾等革命圣地。"毛主席当时就住在窑洞里，和另外一个窑洞打通，很像一个套间，但比我们想象的要小很多。""七大会场其实并不是很大，但布置得庄严肃穆。"在课堂上，他总能身临其境地给学员讲述自己现场考察的情景和感受。

2011—2012年，刘雁湖到华东师范大学做访问学者，参与了导师唐莲英教授主持的国家社科基金重大项目"保持党的纯洁性研究"。这期间，在唐教授指导下，他博览群书，撰写论文，随时向导师请教学术上的种种疑惑，在党史研究方面跨上了一个更高的台阶。

在项目研究过程中，项目组曾经在华东师大闵行校区和井冈山干部学院、浦东干部学院举办了三次高规格的理论研讨会。这三次会议刘雁湖都受邀参加，提交了学术论文并在会上发言，相关研究论文发表在《上海党史与党建》等专业期刊上。

通过参加这样高规格的学术研讨会，他接触到国内党史、党建研究领域非常著名的专家学者，与他们进行面对面的交流，眼界大开，真正站到了学术研究的最前沿。难能可贵的是，他随后加入了"红旗论坛""当代社会主义研究""学习时报""炎黄春秋""昆仑策"等多个学术研究微信群，在这些学术圈里，最新的演讲、文章、课件都能够及时看到。如此一来，他的学术视野完全打破了克拉玛依的地域局限。

在党史研究的探索中，他的学术功底越来越深厚，事业也进入了黄金发展期。

2010年以来，刘雁湖每年至少制作五六个新专题，有时一年甚至多达十余个，这在其他老师看来简直不可思议。

从2006年到2017年，他完成的调研课题达几十个，既有国家级的，也有省部级的，大多数是市、区两级党委和政府各部门委托他做的地市级专题调研。其中"构建克拉玛依和谐社会评价指标体系"研究项目，荣获自治区2014年度哲学社会科学研究成果二等奖。

有了"读万卷书，行万里路"的铺垫，又有了开阔的学术视野，加上他多年博览群书的积淀，他满肚子故事，满脑子数据，这让他站在讲台上底气十足，挥洒自如。

他的党史党建专题课生动活泼，看似信马由缰，实则精挑细选，信息量如瀑布一般倾泻而下，学员们被他精彩的讲述深深吸引。听过他讲课的学员，对他深入浅出又生动活泼的教学风格赞不绝口。市委组织部电教室主任罗能说："每次听刘教授的课，总有新内容，总有新的感悟和意想不到的收获。"

有学员在听课后留言：听刘教授讲课，仿佛被带进一个理想信念教育的殿堂，每一堂课都是一次党性的锤炼，灵魂的洗礼，使人产生强烈的思想共鸣，心灵上受到深深的震撼！

建 言 献 策

长期研究党章党规，讲授党章党规，使他产生了浓浓的党章情结。每次党代会他都非常关注，对党章的修改也充满期待。

2017年年初，他觉得现行党章中有一些与时代不相适应的地方，很想表达自己的意见和建议，却苦于找不到提意见和建议的渠道。

这种感觉如鲠在喉，不吐不快，他感到很纠结。

党章明确规定：党员对党的工作可以提出意见和建议。在给学员讲党员的八项权利和义务时，他也多次强调党员应用好自己的权利。自己为啥不能行使一下党员的这个权利？

习总书记也多次说：要畅通基层党员干部对党的工作提出意见和建议的渠道。

经过反复思想斗争，刘雁湖想，自己虽然只是一名基层党校教师，一名普通党员，但也应该本着对党负责的态度，实事求是地向党中央反映自己对党章修改的意见和建议。

在十九大召开前，他提笔写了一封信，提出了修改党章的八条意见，并进行了阐述。

可是，信写好之后，他又纠结了，怕别人说闲话。犹豫再三，一个月之后，才终于鼓起勇气，将信寄给了十九大党章修改专家组。

十九大修改的新党章一颁布，刘雁湖第一时间通读了全文。他发现自己提出的八条修改意见，大部分都没有被采纳，但有一个地方确实修改了，那就是社会主义初级阶段基本路线的最后一句话，在"富强、民主、文明、和谐"后面加上了"美丽"一词。虽然不能断定这是他一个人提的意见和建议，但依然让他感到很高兴！后来再给学员讲党员的八项权利和义务时，他就举这个例子，"党章把权利给你了，用不用是你的事。每一个共产党员都要敢于讲真话！"

刘雁湖经常到基层调研，强烈的社会责任感促使他在每年两会期间写了许多意见、建议和提案，直面现实问题，大胆建言献策。2010年以来，刘雁湖先后当过克拉玛依区、市两级人大代表，他提出的有价值的意见、建议和提案就有三十多条，被采纳的有十余条。

初心不改

2012年6月，刘雁湖饶有兴趣地逛着上海城隍庙附近的收藏市场。

在一堆老照片、老画报中,他看到了一本由马兰纸印的旧党章,眼前一亮,拿过来一看,是1950年5月中共中央华东局出版的党章。

他略有点失望地问摊主:"有没有1945年出版的党章?"

"没有。就这一本。"

"多少钱?"

"2 000元。"

"能不能便宜点?"

"六十多年前的东西啦,现在很难找到。"摊主一副奇货可居的样子。

可遇不可求,1950年出版的党章确实也不容易找到。刘雁湖心一横,掏了2 000元,买回了那本旧党章。

这只是他搜集党史研究资料过程中的沧海一粟。为了研究党史,他收藏了各种年代久远的红色书籍,仅党章就收藏了上百本,从七大党章到十九大党章他都收齐了。

2012年,他还在上海花了5 000元订购了一套《红色记忆》,里面收录了"五四"运动到建党初期的《新青年》等进步杂志的影印本。

2011年,在乌鲁木齐旧货市场的一个废书堆里,他发现了一本积满灰尘的《中共八大文件汇编》,是1956年10月出版的,便兴奋不已地花400元买了回来,像捡到了一件宝贝。

不管出差学习还是旅游度假,碰到这类具有科研价值的红色书籍,他都如获至宝,高价买回来学习。到现在,他个人藏书已近万册。

2019年5月,在他的建议下,克拉玛依市委党校创建了一个"不忘初心,牢记使命"主题展厅,他收藏的党章等珍贵书籍全都捐赠给学校,陈列在展厅里,以飨观者。

在党言党,在党爱党已经融入了他的血液,成为他的自觉行动。

在课堂上佩戴党徽,带动学员亮身份,增强党员意识;在电视台做节目,以嘉宾身份出镜,他也佩戴党徽;甚至到外地出差、旅游,他都会佩戴着党徽。

有一次在浙江义乌参加一个学术会议,他认识了一位年轻老师,是个党外人士,刘雁湖便给这位老师上起了党课:"一个党不可能没有问题，要看主流。你这么优秀，前程无量，应该早日入党。跟着共产党走，绝对没有错！"自豪之情溢于言表。

2020年教师节时，这位老师发来短信，告诉刘雁湖，自己已递交了入党申请书。

在儿子、侄子、外甥们上大学前，他也会给孩子们叮咛："到大学一定记得早点写入党申请书哦！"

研究了半辈子党史，讲了几十年党课，刘雁湖真正做到了知行合一。

勇做头雁

"名师工作室的人你来选。""你点谁就是谁。"2018年，在党校校长王咏剑、副校长丁赛的大力支持下，刘雁湖将郑博、战伟平、潘勇勇、白俊莉、阿迪拉5位青年教师选进了名师工作室，挑起了培养青年骨干、优化党校教师队伍梯次结构的担子。

2019年7月2日，"克拉玛依市委党校刘雁湖高层次人才工作室"正式挂牌成立。

根据青年教师的不同性格特点，结合他们的实际情况，刘雁湖给每个人"量身定制"了五年发展规划，确定了年度工作目标，鼓励他们规矩做人、踏实做事，走好人生每一步。他时常与工作室的青年教师促膝谈心谈话，释疑解惑，手把手指导他们如何读书、如何备课、如何搞科研、如何进行社会调查，为培养年轻骨干教师倾注了大量心血。

毕业于湖南科技大学中共党史专业的硕士研究生郑博，说来是被刘雁湖"一脚踹上讲台的"。

有一次，党校同时开了很多班次，刘雁湖有四个专题课同时在讲，他感觉嗓子快要冒烟了，就想让郑博把党史这个老专题接过去讲。腼腆的郑博却很胆怯，说自己还没准备好。

"你入职这么长时间了，怎么还没准备好？你还需要准备多长时间？五年还是十年？"刘雁湖不免有些生气，"明天就上讲台。"

"能否给我一周时间再准备一下？"第一次给党员干部讲课，郑博确实感到有压力,觉得没有把握。

"好,一周后上讲台。"

第二天,郑博又来找刘雁湖,说自己还是没有信心。

刘雁湖鼓励说:"这个课件你已经很熟悉了。再说,你学的就是党史专业,有啥怕的?下周必须上讲台。"

一周后,郑博走上了讲台,结果学员反响还不错。后来,有的单位还邀请他去讲课。尝到了讲课的甜头,郑博越来越有信心。

现在,郑博已接过刘雁湖的班,担任党史党建(政治学)教研部主任。

工作室其他几位青年教师进步也很快,目前都能够承担一些重要培训班次如处干班、中青班、基层党建示范培训班的专题课,而且颇受好评。他们在科研方面也硕果累累,5个人共有12项科研成果先后获得自治区和克拉玛依市科研成果一、二、三等奖。

2017年教师节,刘雁湖作为光荣执教30年的老教师代表,在全市教师节大会上发言时这样说:"我们这些一辈子做老师的人,不仅要学会改变自己,让自己成为亮光,还要去照亮别人,改变别人。"

这就是他为人师表的信念。

云 鹤 之 志

2019年9月,党校培训中心602教室座无虚席。

台上,刘雁湖正在做"不负新时代,争做弄潮儿"的主题演讲。

"党校老师的看家本领就是要有点书底子——读经典,学历史,悟原理,提境界。学习要有'挤'的精神,要有'静'的心境,要有'思'的习惯。……

"党校教师不仅要理直气壮讲政治,而且要用学术讲政治,不仅要讲中央精神是什么,而且要讲中央精神背后的学理是什么,要回答为什么。"

三十多年来,他正是这样饱读经典,潜心钻研,以学术讲政治,用理想之光照亮自己,引导他人。

不仅系统研究了党史，他还深入研究了中国近现代史，特别是对甲午战争、戊戌变法、辛亥革命和大革命史、苏区历史、长征史、西路军战史、抗日战争史、抗美援朝战争史都进行了非常深入的研究。在课堂上，他娴熟运用"大历史观"，带着感情讲党史，剖析西方"宪政民主"为什么在中国行不通，自觉把爱国主义、民族精神教育融会其中，从而达到"以学术讲政治"的目的和效果。翔实的史料、无可辩驳的论点不仅让听者动容，讲到动情处，他自己也常常眼眶湿润，不得不稍稍停顿片刻，整理一下情绪。

除了市委中心组的学习会场，野战营房、沙漠帐篷、油田公寓、社区课堂都留下了刘雁湖的教学足迹，他还到喀什、霍尔果斯等地送教，多次获得市委讲师团、普法讲师团"优秀宣讲员"称号。仅最近3年，他开发各类专题课40多个，在校内外承担各类培训任务1 000多场次。

近十年来，他公开发表学术论文13篇，省部级学术会议交流发言5篇，参与和主持国家级课题3个，省部级课题3个，地市级课题12个。

可他并没有就此满足。已经五十六岁的刘雁湖还有几年即将告别讲台，为了将自己多年研究成果和教学经验留给学校，他正在集中精力开发一些精品课，作为退休前献给党校的礼物。

"马克思主义的科学体系与历史地位"是刚刚通过试讲的一个新专题，凝聚了他多年的教学和研究心血。

"世界怎么啦，我们怎么办？——百年大变局之下的中国"是他正在着手准备的另一个大课，将对习近平总书记提出的"百年未有之大变局"进行深度解析，从而启发更多的党员干部为实现中国梦而努力前行。

他像冲天的云鹤，眼界已看到了更高、更远的地方……

有一种神圣，叫消防精神

刘林库

◎ 新疆克拉玛依市十大杰出青年
◎ 新疆克拉玛依市十佳政法干警

危难之际显身手

邹文庆

刘林库，我并不陌生。多年前，克拉玛依电视台《克拉玛依人》栏目曾以上下集、片名为《特勤队长》的专题，报道过他。

2020年10月1日，国庆、中秋同一日。这天，我从市区驱车六公里多来到世纪大道600号。这里是刘林库所在单位克拉玛依市消防救援支队。按着事先约定，我怀着急切与兴奋的心情，赶到了队长刘林库的办公室。

见到正在当班的刘林库后，我立刻被他直率的举止、快人快语的言谈吸引。他个头不高，腰板笔直，体格敦实，身着得体整洁的"火焰蓝"制服，国字脸上一双大眼炯炯有神，浓密乌黑的平头，虽已四十，却透出一种特有的阳刚、精干和勃勃生气。

天下至德，莫大乎忠。一直以来，克拉玛依市消防救援支队靠忠诚建功立业，以忠诚书写华章，凭着对党和人民的无限忠诚，紧密团结在党的旗帜下，蹚过生死战场，走过风雨征程，战胜艰难险阻，成为保卫人民生命财产的守护神。

危急关头，一马当先

消防救火是消防队员的职责使命。作为消防队长的刘林库只要接到报警，就会像箭一般飞速赶赴火灾现场。

2015年3月25日，克拉玛依忽然刮起九级大风。夜里12时40分，消防支队接到报警，位于风华小区附近的大西沟棚户区由于垃圾池有遗留火种，被大风引燃附近连片的柴草垛，造成火灾。

消防支队即刻一面调集市区各消防队伍，一面组织支队力量由刘林库带领6辆消防车、40余名队员急速赶赴火灾现场。

大西沟棚户区为外来务工人员搭建形成的生活居住区域，屋顶采用木材、毛毡、芦苇等可燃材料建造。棚户区占地面积约22 000平方米，现存A、B、D三个区域，其中着火区域占地面积约7 000平方米，住户60家，暂住人口691人。居民区内户户相连，许多家院内堆放着柴草垛等可燃杂物。

夜空漆黑，狂风呼啸，风助火力，火势更旺，火苗蹿得有几十米高。

刘林库带领队伍抵达现场后，现场火势已很猛，且有多处着火点，对火灾扑救工作极为不利。

险情炙烤着刘林库的心，棚户区东侧与风华小区、液化气站相邻，一旦火势蔓延至液化气站，后果不堪设想。

"保护人民生命财产安全"这句铮铮誓言，在刘林库的脑海里翻涌。他果断命令全副武装的队员们将水枪对准着火点，开足压力猛烈扫射，但因火势由低向高，火苗在屋顶高处跳跃式向四周扩散形成火海。狂风致使水枪射流很难准确击中着火点，难以有效控制大火。

刘林库立即对现场力量进行再部署，他决定将救援力量分成三个灭火及搜救组：在A区北部上风方向出两支水枪逐步推进灭火；在B区北区域侧风方向再出三支水枪堵截火势向风华液化气站蔓延；在D区上风方向出两支水枪逐步推进灭火。搜救小组则在水枪掩护下，搜索抢救A区、B区被困居民。同时，通知消防支队机关备勤人员随时做好灭火救援准备。

凌晨1时18分，火势得到一定控制，并成功抢救出两名受伤居民。随后，油田消防支队等社会联动力量几十辆水车、铲车、救护车陆续增援到场。

此时，火灾现场仍烈焰滚滚，红通通的明火四处燃烧，空气中弥漫着令人窒息的烧焦气味儿。

人们常用"血与火"来形容所面对的考验。

刘林库和战友们此刻正身陷其中，真真实实地经受着这种"血与火"的考验。

刘林库与其他指挥员商量，决定采取"全力控火，分割堵截，搜索救人"的方案，明确控火、堵截为灭火重点。由刘林库带领队伍在B区北区域上风方向再出两支水枪逐步推进灭火，而各参战单位在液化气站、换热站等下风区域重点设防。

3时30分，在堵截阵地稳固、火势基本被控制的情况下，刘林库带领救援力量集中穿插分割，逐片灭火，并继续在A区北部出四支水枪堵截火势，推进灭火。

"明知山有虎，偏向虎山行。"刘林库与战友们个个无所畏惧，紧握水枪步步向前，强大的水流直射大火，就像战士手中的冲锋枪，子弹颗颗扫向凶恶的敌人。

5时30分，现场火势得到控制；半小时后，明火全部被扑灭，棚户区内被困居民和伤员被全部救出，救火工作基本结束。

刘林库命令大家对所有着火区域逐片、逐点开展余火清理，对现场可能存在的复燃点全面清理收残。同时，再次组织搜救组分片逐户开展搜寻，察看有无被困人员。

当脱下救火服装和防护装备的时候，刘林库和战友们大口大口地呼吸着新鲜空气，他们的头发被汗水浸湿贴在头皮上，红一块紫一块的面颊上淌满了汗珠，身上的衣服也被汗水浸透……

清理工作结束后，刘林库留下几辆消防车与20多名战友，继续驻守现场，进行监护，以防复燃。

都说"养兵千日，用兵一时"，可对消防队员来说则是"养兵千日，用兵千日"。哪里发生火灾，他们就会赴汤蹈火；哪里出现危难，他们就得面对死神。

距离大西沟棚户区大火不到一年时间，刘林库和战友又一次接受了生死攸关的考验。

2016年2月2日凌晨6时许，克拉玛依万利城东市场发生火灾。该市场位于前进路与光明东路交汇处，东临前进路第五小学，南临民主小区21栋，西临该小区17栋，北临该小区20栋。起火市场有商户65家，其中31家副食品店，34个摊位，面积1 135平方米。市场内部东侧为超市、阿罗十八品湘菜馆、银行，南侧店铺有10个，西侧店铺有7个，北侧店铺有12个。

时任市消防支队指挥长的刘林库闻令而动，率支队全体指战员及相关救援人员急速到场，并与先期到达的南林中队一起，成立了现场灭火指挥部。

浓浓的夜色里，黑烟四起，警笛长鸣，商铺上空及东侧大楼窗户有浓烟和火苗冒出。火势蔓延迅速，火场热辐射强烈，火焰高达六七米，不时传出爆炸声，已经直接威胁到民主小区20栋和21栋住宅及南、北两侧居民楼。

刘林库迅速分析了万利城东市场的状况，该市场屋架采用钢架式网架结构，网架结构内设有大量电线电缆、大功率灯具等。钢架受热膨胀，遇冷水后易收缩变形，使钢构件失去平衡稳定，容易垮塌，造成人员伤亡。市场内粮油、酒、塑料制品等大量易燃易爆物随时可能起火。火灾发生后大火燃烧猛烈，已形成不易控制的大面积火势，烈火产生的大量高温烟气内含有毒成分，情况十分危急。

面对异常严峻的火情，刘林库非常镇静，沉着指挥。他深知，此刻作为指挥者的心理情绪对身处火场一线的战友来说至关重要。

刘林库果断决定，从东、西、北三个方向采取内攻近战、上下防御、阻截控制的救火措施。他向各灭火组命令：第一组负责东侧阵地，阻止火势向东侧和向上蔓延；第二组负责西侧阵地，阻止火势向西、向上蔓延；第三组负责北侧阵地，坚决控制火势往北和上方蔓延；第四组负责火场的不间断供水。他嘱咐大家在注意自身防火的同时，还要十分小心部分道路和建筑物已结冰，不能发生滑跌摔伤事故。

各灭火组迅速投入灭火战斗，多辆消防车和消防员手中如林的水枪将整个火场包围。消防员们将生死置之度外，面向火海步步向前，层层推进，强力减弱现场火势。

一个多小时后，社会增援力量相继赶到，水源供给能力大大增强，保证了火场的供水。

刘林库与指挥部的同志在密切观察后，调整了部署，下令强行内攻，再次组织四个灭火分队深入内部全力强攻，并派专人负责调整水枪阵地的移动。

市场四周建筑受到的热辐射威胁逐渐减小，火势得到有效控制。11时5分，明火基本被扑灭。明火虽然被扑灭了，但市场内部还有部分地方不时冒出零星火苗，随时有复燃危险。

刘林库组织消防队员转入监护火场、清理垃圾、处理阴燃等工作。在监护清理过程中，由于市场内部构件倒塌多，积水已结成厚厚的冰，直到下午4时许，足足用了九个多小时时间，大火才终于被彻底扑灭，十分艰难的清理工作也宣告结束。

在这九个多小时的艰苦鏖战里，刘林库与他的救火勇士们每个人都舍身忘死地灭火救人；九个多小时的分分秒秒，每个人都在死神的阴影下搏杀！鏖战之后，刘林库与战友们的身体已经极度疲惫，胜利的喜悦让他们每个人的脸上露出了欣慰的笑容。

救险救急，情系人民

在一般人的印象中，消防员的工作就是防火灭火。其实，消防员的工作和任务早已扩展到交通事故救援、地震救援、洪涝灾害救援、建筑物倒塌救援，以及搜救等多灾种大应急的全方位救援工作中。消防队伍不仅是防火灭火的专业队，也是抢险救援、处置突发事件的主力军、国家队。

2013年7月6日13时左右，一场三十年不遇的特大暴雨突袭克拉玛依市白碱滩区。全区平均降水量达49.1毫米，最大降水量达100毫米，有五个社区降水量接近100毫米。两个街道办的七个社区不同程度受灾，暴雨导致大面积的道路、地下室、棚户区被淹。一时间，东滨花园告急，三联路告急，钻井市场告急，钻井立交桥居民区告急，康宁小区告急！

此次暴雨险情共接到受灾报警点十余处，受灾群众74户400余人。

险情就是命令，时间就是生命。市消防支队接到报警后，针对强暴雨持续不断的态势，命令正在担任维稳任务的刘林库及消防队员们"兵不卸甲，马不卸鞍"，迅即带领4车30人的救援力量在暴雨洪峰中前往救援。同时命令各大中队全体消防员集结待命，并快速成立了抢险救援组和后勤保障组，各组按照任务分工，合理安排，备足器材装备与救援设施，做好应急救灾准备。

从13时起，康宁小区、钻井立交桥居民区、钻井市场等均大面积被淹，多人被困，消防支队先后出动多台消防车、泡沫吸液泵等设备进行救援、疏散、救出被困群众，转移贵重物品。

哪里险情最严重，时任特勤中队中队长的刘林库就出现在哪里。

东滨花园有54户老式平房，地势低洼，住着200余名群众，救援任务艰巨而繁重，刘林库就在这里进行救援指挥。他将队伍分为三个抢险组。第一组立即对该地区实施交通管制和警戒；第二组利用浮艇泵和泡沫吸液泵及多台小型抽水泵，在受灾居民家中实施抽排水作业；刘林库带领第三组的消防队员对受灾严重的道路进行挖渠引水。他还只身一人到每户受灾居民家中排查，确保无被困人员，把居民受灾损失降低到最小。

终于，雨量渐小。经过近五个小时的连续作战，刘林库与战友们得以将路面积水清完，交通秩序恢复正常。居民家中及地下室积水也抽干净了，被困居民与物资也都转移到了安全地带。

在抗洪救援的关键时候，白碱滩区区委领导来到救援现场，看望慰问奋战在抗洪救灾一线的消防人员。

灾情发生后，作为第一支到达现场的救援力量，消防队全体参战将士不畏艰险，英勇顽强，在抗洪救灾中立了头功。据不完全统计，在此次抗洪抢险救援中，消防人员共救助、转移、疏散受灾群众150余人，抢救被困居民3人，转移工地工人100余人，救护商户十余家，挽回财产损失500余万元。

事后，刘林库在日记中写道："那一刻我才知道，什么是党员，什么是消防精神；那一刻让我明白了消防使命的神圣，懂得了消防精神的伟大；那一刻也让我真正理解了为什么消防员是和平年代最可爱的人。"

2013年7月17日19时53分，有3名施工人员在市迎宾路与宝石路交汇处一窨井内作业，因不慎吸入大量有毒气体而中毒昏迷，情况十分危急。

接到报警后，刘林库带领特勤中队战友们迅速赶赴现场。到达现场后，刘林库首先用照明器具照亮窨井查看险情，并向井内高声呼喊。他发现窨井直径不大但很深，听不到3名遇险工人有回应。

救人要紧！刘林库沉着指挥，科学决策，安排救援人员利用空气呼吸器向井底施放空气，以降低井内毒气浓度。随即让人员佩带好个人防护装备，带好手电下井。

"一定把被困人员火速救出窨井。"

刘林库与队员们用电筒为窨井照明，把数条专用大绳甩向井底。

时间一分一秒地过去……

"刘队，井下的工人都还有呼吸！"救援人员的大声呼叫，让刘林库一颗悬着的心放下了。

井里的救援人员一面借助绳子的力量，一面手托肩扛。井外的战友抓住大绳使劲儿往外拽，绳子一米一米地提升起来。

30分钟后，第一名被困工人被成功救出，接着另外2名被困人员也相继获救。刘林库组织人员对救出的3名工人进行人工呼吸，紧急抢救之后即刻安排救护车将他们送往医院。

由于营救及时，3名被困工人全部生还。此次救援得到了一致赞誉，又一次展现了消防队伍过硬的战斗素养和良好的整体形象。

在人民最需要的时候，消防队员总是及时伸出援助之手；在群众的生命受到威胁之时，消防队员总会第一时间到达现场。

2014年10月2日19时26分，一个两岁的儿童在玩耍时将手卡在绞肉机内而无法取出。孩子被送到医院手术室，由于手臂被绞肉机上的钢管牢牢咬住，无法手术，院方请求消防支队救助。

刘林库接警后，立即准备破拆器材，带着消防员迅速赶到医院。他和器材操作人员一同换上手术服，进入手术室，和医生一起"手术"。

孩子又哭又叫，刘林库边哄着边告诉他一定要听话。由于卡住孩子手臂的钢管较小，大型破拆器材根本无法使用，刘林库命令消防人员先用磨光机一点点儿小心切割。为了防止切割时钢管过热、动荡，对孩子造成二次伤害，只能将钢管固定好后，一边洒水一边切割。

刘林库屏住呼吸，双眼紧紧地盯着孩子的手臂，头上冒出了豆大的汗珠。

一个半小时后，钢管终于被切开了，医生顺利地为孩子实施了手术。

刘林库和战友们有警必出，闻警即动，始终奋战在人民群众最需要的地方。

就在采访刘林库不久前的一个深夜，一辆拉运瓷砖的货车突发故障，侧翻在市郊的一条道路旁。当刘林库和战友们第一时间赶到救援现场时，发现那里是一片沙土地，人走上去就像踩在海绵上一样。现场看似平常，却险情重重，极易因受力不均导致二次侧翻。

危急关头，刘林库自告奋勇："我是党员，让我来！"他第一个从车窗的一个夹缝中匍匐着爬了进去。他心里想，不管车辆会不会二次侧翻，必须先救人。

黑暗中，刘林库看到驾驶员惊恐的双眼，他握紧驾驶员的手，耐心安慰他。然后，双手不停地刨着驾驶员身旁的沙土，想把他挖出来。

就在这时，车辆突然塌陷，千钧一发之际，窗外紧紧抓住刘林库双脚的战友赶紧把他往外拽，可已来不及了。

刘林库顷刻间面临着被压的危险。

在汽车突然塌陷的那一瞬，刘林库唯一想的就是自己的天职——救人。

幸好，车辆在塌陷几厘米后，停了下来。可是，空气中仍弥漫着紧张的气氛，原本被安抚的驾驶员双眼瞪得好大，极度恐惧。

看着几近绝望的驾驶员，刘林库坚定地对他说："放心，你不出去，我也不会出去。"

驾驶员的眼里泪水滚落，心中泛起生的希望。

不知过了多久，刘林库的手上全是血，殷红的血与沙土黏在一起。他终于看到了驾驶员被埋在沙土里的双脚，大声对车窗外的战友喊道：

钟情科研，铸就辉煌

邹文庆

2020年1月25日，是农历大年初一。严冬的克拉玛依，蓝天白云，太阳也毫不吝啬地把暖暖的光芒洒向大地。

艾白布·阿不力米提难得节假日能休息，一大早，他特意带着妻子和儿子来到一号井大油泡景地。

艾白布·阿不力米提久久伫立在景区概况简介牌前，仔细地品读上面的每一句话。接着又一一浏览了原一号井采油树、原计量站遗址和至少有七十年树龄的那几棵挺拔苍劲的老榆树。

一号井大油泡景观是市委市政府于2015年为了庆祝克拉玛依油田发现六十周年而建造的。

如今，景区四周旧貌换新颜，高楼林立，松柏葱茏，秀美的景致与大油泡景观浑然一体，组成一幅大气磅礴的画卷。

"……戈壁滩出现了这人间奇迹，密密的油井与无边的工地，遍野是绿树高楼红旗……"艾白布·阿不力米提触景生情，《克拉玛依之歌》那绝妙的旋律与生动的歌词萦绕在他的脑际。

凝视着每一个历史遗物，倾慕其每一处独特人文，艾白布·阿不力米提仿佛置身于红色的海洋，眼前立刻出现了石油工人"头戴铝盔走天涯"的英雄形象。当年1219青年钻井队的先驱们历经艰难，艰苦创业，油井喷油时那种雀跃般欢呼的情景犹在眼前。

"爸爸、妈妈，快看，大油泡里有我们的影子！"刚满三周岁的儿子喊道。

艾白布·阿不力米提这才注意到，银光耀眼的大油泡钢体像镜子一样，把他们一家三口与周围的景色映入其中。

妻子麦尔耶姆古丽·安外尔也被眼前的景色感染，她不无激动地对丈夫说道："克拉玛依真美，艾白布，你当年的选择是对的啊！"

梦想起航的地方

艾白布·阿不力米提在家乡托克逊读高中的时候，就一次次听到过《克拉玛依之歌》这首耳熟能详的歌曲。歌声里对千里之外的克拉玛依的描述与颂扬，深深地打动了他。从那时起，克拉玛依就成为艾白布·阿不力米提心驰神往的地方。他立志一定要考取石油大学，因为只有那样他才能拥有克拉玛依那片热土。

2006年夏天，艾白布·阿不力米提实现了自己的夙愿，怀着无比兴奋的心情步入中国石油大学的校园，他在心里默默地立下誓言：要把自己的一生奉献给祖国的石油事业。

艾白布·阿不力米提选择了石油机械专业。他生来勤于思考，喜欢钻研。在大学里第一次实习时，导师为学员们介绍传统抽油装置工作原理时说道："抽油机有上、下两个冲程，其抽油过程是不连续的。"

艾白布·阿不力米提的脑子里蓦地产生了一个问题：为什么抽油过程不是连续的？经过进一步了解，另一个问题在他脑中闪过：为什么我们不能让它实现连续采油呢？

这之后，在导师的帮助下，艾白布·阿不力米提成立了自己的实验小组。两年里，几经钻研，几经波折，2009年5月，艾白布·阿不力米提的实验小组制作加工出了抽油机连续采油所需的全部零件，并进行了组装调试。

艾白布·阿不力米提因此获得中国青少年科技创新奖。

由于品学兼优，2008年，艾白布·阿不力米提如愿以偿，成为一名光荣的中国共产党党员。

经过大学四年、研究生三年的勤奋学习，转眼间到了2013年7月，艾白布·阿不力米提带着母亲告别家乡托克逊，满怀期望地来到了克拉玛依。

踏上河水环绕、整洁干净的城市，旅途疲惫感顿时烟消云散。艾白布·阿不力米提多年苦苦求学就是为了走进石油行业，一展自己的才干，克拉玛依油田就是他梦想起航的地方。

在油田公司入企培训中，因为成绩突出，艾白布·阿不力米提这个班上唯一的少数民族同学，以全票当选为班长。

培训学习结业时，艾白布·阿不力米提被评为优秀学员，并作为学员代表在结业典礼上发言。他说："经过这短短的入企学习培训，我更加坚定了当初的选择与目标，相信通过自己一往无前的努力，一定会为克拉玛依的发展奉献自己的力量！"

八年过去了，艾白布·阿不力米提用行动践行了诺言。

铆足干劲克难关

艾白布·阿不力米提被分配到油田公司工程技术分公司实习。在这里，他第一次接触了油田高端特色工艺——连续油管喷射压裂。

2013年9月，艾白布·阿不力米提跟随分公司施工人员到夏子街夏92井参与现场施工。通过三天全程参与现场施工，近距离接触连续油管作业设备，天性爱想象、肯钻研的艾白布·阿不力米提对连续油管作业机"一见钟情"，产生了浓厚兴趣。

艾白布·阿不力米提要为自己确定一个实习答辩研究课题。

从野外现场回来后，艾白布·阿不力米提发现虽然在校时知识学得很扎实，但那只是将知识停留在书本和理论层面，而要想深入了解设备在特定工艺条件下的工作原理就必须要熟悉现场工艺及相关技术。他深知自己需要学习和理论实践的地方还有很多。

此后，艾白布·阿不力米提跑现场时，有不懂的地方就虚心向师傅请教。由于是结合现场实地学习，犹如战士的实战演练一样，他进步很快,视野更开阔了,懂的也更多了。

即使这样,艾白布·阿不力米提丝毫也不满足,他花费大量时间不断地给自己"充电"补课。

从最简单的石油地质专业术语开始一点点地看,从有关储层改造技术、连续油管工艺、油田设备、油气井下工具的内容开始一点点地学。艾白布·阿不力米提坚信,只要坚持每天学习一点点,那么每天就会进步一点点。

分公司经理、导师达勇担心刚从学校毕业的艾白布·阿不力米提由于缺乏现场经验,驾驭应用型的课题会有难度,打算给他确定一个偏基础的研究课题。

艾白布·阿不力米提从夏92井归来后,脑子里全是连续油管工艺及工具这项技术的影子,他借助文献书籍对该设备工艺有了一定的基础性认识。他想在连续油管工具方面有更加深入的研究,于是向导师说出了自己的想法,最终定下了"连续油管底封拖动射孔压裂工艺与工具研究"这一课题。

2013年11月,分公司在百口泉百34井区的两口井上实施连续油管底封拖动射孔压裂施工,这也是公司在新疆油田使用连续油管进行多级分段压裂作业的一次尝试。

机器的轰鸣震耳欲聋,宏大的场面让艾白布·阿不力米提感到震撼,他第一次见证了连续油管的大型施工。

艾白布·阿不力米提在跟随作业队施工的十三天里,每天都工作十五六个小时。时至隆冬,天寒地冻,工作环境恶劣,呼出的气体常常刚从嘴巴里出来,就在胡茬上结了冰。

12月4日凌晨3时,工具被沙子卡住了,现场人员不得不在漆黑的夜色下,顶着瑟瑟的寒风将工具提出后进行保养。提出来的工具内还有水,为把里面的水排干净,大家只好抱住工具往复运动,水落在衣服上很快结成了冰疙瘩。

艾白布·阿不力米提在这十三天的时间里,对现场所开展的连续油管工艺、工具有了更深一步了解。对连续油管配套工具,他调动了所有脑细胞,不断地钻研捣鼓,仅用两天时间绘制出了连续油管底封拖动射孔压裂三维仿真示意图，得到现场总指挥、公司副总工程师郭新维的赞赏，郭新维将撰写此次施工总结的任务交给了他。

回来后，艾白布·阿不力米提投入到写作此次施工有关井下工具方面的资料总结及汇报材料中。

艾白布·阿不力米提出色地完成了任务。初战告捷，看到自己的工作成果能得到领导的认可与重视，他对自己当初的选择和未来的科研职业之路充满了自信和力量。

按照公司的安排，艾白布·阿不力米提开始进行连续油管配套工具的设计、分析、优化和工程图纸的绘制工作。

他将时间都花在办公室里，把办公室变成了第二个"家"。他始终坚持一个信念：没有解决不了的问题，只有不想下功夫解决问题的人。

经过四个月的连续奋战，艾白布·阿不力米提克服种种困难，绘制了上百张图纸，完成了工具管柱从设计、分析到材料的选型及每个部件的加工。在艾白布·阿不力米提的带领下，分公司作业2队的同事们对他所加工的工具在厂区进行了试验，终于将他研制的连续油管射孔压裂工具管柱从纸面上搬到了现实中。

"真是一个'匠人'，这个维吾尔族年轻人不简单啊！"看见一箱子加工好的锃亮光洁的工具管柱，和艾白布·阿不力米提一起完成两口井施工的基层作业队长王刚和同事一起向他竖起了大拇指。

"现在，就要看试验结果怎样了。"艾白布·阿不力米提红着脸笑着说。

初步试验证明，工具管柱各项参数符合设计要求，这项研究成果预示着公司连续油管工具自主研制的步伐又向前跨越了一大步。

转眼实习答辩快到了，艾白布·阿不力米提一边做着论文答辩的准备，一边再次进行着工具管柱的入井试验。

阶段性试验宣告胜利后，根据要求对工具进一步优化改进并申请专利。艾白布·阿不力米提撰写的论文《连续油管喷砂射孔多层环空加砂压裂管柱研制》《连续油管接箍定位器的研制与应用》分别在2015年9月、11月的行业核心刊物《石油矿场机械》发表。

自主研制压裂工具管柱

实习结束后，艾白布·阿不力米提选择扎根工程技术公司，继续前期的研究工作，继续走他的科研之路。

公司决定继续推进连续油管工具研发工作。此时，艾白布·阿不力米提已经是连续油管工艺工具研究室副主任，组建了创新团队。

随着对技术知识的深入挖掘，艾白布·阿不力米提明白，连续油管水力射孔压裂工具管柱是整个工艺过程最为关键的部位，当时这项技术在国内还属新兴技术，核心井下工具仍需依赖国外进口，以往每次施工都是租用国外的工具管柱完成射孔压裂工艺。而外企工具管柱租借费用昂贵、供货周期不确定、国内缺乏供货商等因素都制约着该工艺的推广和发展。

艾白布·阿不力米提下定决心，一定要为新疆油田乃至中国制造创造出属于我们自己的井下工具。

夜深静对一灯红，别人都熟睡了，艾白布·阿不力米提却广泛阅读，苦学理论；白天，只要有闲暇时间他就在现场对着一个个实际问题反复琢磨，借鉴对比，善学苦练，钻研技术。

"山峰多的地方没有直路。"艾白布·阿不力米提反复思考连续油管技术的核心问题。问题瞄准了，思路捋顺了，就好办了。有了灵感，哪怕半夜他也起身查资料。在野外现场、在车间厂房，艾白布·阿不力米提与大家反复试验，一起攻关。

"连续油管让我费尽了心思，我仍对它如初恋。"

这一年9月，艾白布·阿不力米提研制的第二套连续油管底封拖动射孔工具在陆梁油田进行了入井试验，下至1500米处工具还轨，正常座封，工具提出来后完好无损。艾白布·阿不力米提自主研制的连续油管射孔压裂工具管柱终于问世，标志着油田公司拥有了自主研发连续油管底封拖动射孔工具管柱的能力。

2020年5月，连续油管射孔压裂工具管柱在陆梁油田现场投入应用。7月22日，公司又成功采用工艺室研制的异径连续油管组合管柱工艺，在塔里木油田的迪那11井修井作业中完成连续油管冲砂解堵。此举在国内外连续油管施工领域尚属首例。

截至2020年10月8日，艾白布·阿不力米提所研制的连续油管射孔压裂工具管柱已在新疆油田应用43井次，水力喷射压裂技术应用14井次，喷射解堵23个井次并配合小修套管试压6个井次……压裂工具管柱及连续油管射孔压裂工艺日臻成熟，为之后该技术在新疆油田的推广应用打下坚实基础。

登攀不止，屡创佳绩

艾白布·阿不力米提曾说："兴趣是最好的老师，创新是最大的兴趣。"

2006年，艾白布·阿不力米提来到企业第一次戴上安全帽时，觉得安全帽戴得时间长了头不舒服，他摘下来一看，原来是六根窄布带连着中间一个金属环，怪不得难受。后来安全帽逐渐变成现在的样子，即六根宽软的布料中间连为一体，这样戴上后就比原来舒服多了，这就是创新的结果。艾白布·阿不力米提很是感谢重新设计安全帽的那个人，是他改变了自己的工作方式。

面对自己的科研成果在实际应用中发挥作用，艾白布·阿不力米提感到欣慰的同时也深刻地体会到：企业倘若没有科技创新，就如没有源泉的一潭死水。回望那一张张用汗水与心血绘就的图纸，那一次次的推论、一回回的试验，就像一粒粒科技创新的种子，其中饱含着他奋斗不息的志向，折射出闪亮耀眼的科技之光。

艾白布·阿不力米提与连续油管系列技术多年的"恋情"，如今已"开花结果"。在科技研发的征程上，他交出了一张张优异的成绩单。

他相继研发出能突破管柱长度、注入头上提下放载荷、高压高温、轴向压缩载荷等限制的异径连续油管对接装置，解决了超深井连续油管作业的多项难题；研发出能在"三超"直井及水平井中实现连续油管打捞超过2 000米连续油管落鱼的专用打捞工具，解决了连续油管打捞困难这一国际难题；研发出系列化高压水力脉冲射流工具，使得石西油田大面积低产底水油层增油35万余吨，解决了薄层底水油层精细储层改造难题。

他研制的连续油管穿管工具，使整个穿管过程在五分钟之内完成，由此解决了连续油管穿管工具穿管费时、穿管过程安全隐患多、井场受限等问题。

他研制的冲砂通井一体化工具有效地将冲砂、通井两道工序简化为一道冲砂通井工序，节省了一道提下管柱的时间和费用。

他设计的滚筒主销钉和液压回路等部件，在利用原有的导管器和储存滚筒的基础上，完成了现场工作滚筒的简易改装，为配合注入头完成多种现场施工作业节省了时间和成本，又为后续在油管内施工提供了有利的技术支撑。

2 500多张设计图纸、100余次现场试验、40多个自主研发工具、10余项技术创新、20多项技术改进成果，其中21项为国家实用性专利，11项申请国家发明专利，1项申请国际专利，并获省部级科技成果1项、厅局级科技成果1项。艾白布·阿不力米提也喜获油田公司"最美青工"、克拉玛依"十大优秀青年"等殊荣。

只有报恩，不求回报

艾白布·阿不力米提在工作中孜孜以求，默默奉献，一直怀有一颗感恩的心。他知道，自己之所以有今天，是党和国家、企业和多位恩师培养了他。尤其在面临人生困境时，那么多人温暖相助，更是让他刻骨铭心，永生难忘。

2015年8月12日23点30分，市中心医院妇产科的走廊上，艾白布·阿不力米提焦急地走来走去，满脸都是汗水，他拿着手机一个接一个地与人通话。此刻，他正焦急地盼望着一个消息。

生孩子是女人作为母亲既幸福又痛苦的事情。艾白布·阿不力米提的妻子经历了十月怀胎，就要一朝分娩了。让人没想到的是，妻子在生小孩时大出血，经过医生九个多小时的抢救，妻子的情况逐步稳定，转入ICU重症监护室。但她急需A型RH阴性血液，俗称熊猫血，这种血型在人群里的比例是1∶10 000。

艾白布·阿不力米提和妻子两家单位的领导、同事纷纷赶到了医院。同事们通过微信将他妻子在重症监护室、急需A型RH阴性血液的消息发到了微信群和朋友圈。

时间如流水一样一分一秒地过去，妻子命悬一线，危在旦夕。本来是迎接新生命到来的喜悦瞬间变为沉重，艾白布·阿不力米提感到精神都快要崩溃了。

就在艾白布·阿不力米提万分焦急、祈祷上天眷顾的时刻，有四名志愿献血者在接到消息后先后赶到医院，献出了宝贵的A型RH阴性血。

妻子得救了！她被不同民族的兄弟姐妹用爱从死亡的边缘上拉了回来，献血的好心人没有留下任何联系方式，默默地离开了。

欣喜和感动像一股巨大的暖流温暖着艾白布·阿不力米提的全身，他庆幸自己身处克拉玛依油田这个团结温暖的民族大家庭。

妻子苏醒后，艾白布·阿不力米提告诉她："你的身体里流淌着汉族兄弟姐妹的血。"妻子的眼眶霎时湿润了。

在20多万人口的城市里，这么短的时间，又是1∶10 000的血型比例，竟然有四名志愿者在半夜赶到医院献血，这个奇迹让艾白布·阿不力米提夫妇万分感动。

艾白布·阿不力米提知道，自己只有更加勤奋努力地工作，攻克更多的科研项目，用创新创效来造福克拉玛依这座可爱的城市，才能报答好心人的恩情。

在科技研发攻关这个让人奋斗不止的领域里，还有更多的新技术、新工艺等待着艾白布·阿不力米提去探索、去开发，他立志要用更多的科研成果回报克拉玛依这座热腾腾的城市。

只有不想学，没有学不会

李海军

◎ 中国石油天然气集团公司劳动模范
◎「开发建设新疆奖章」获得者
◎ 中央企业「知识型」先进职工

铸剑人生

尹 杰

1991年的夏至时节，老奇台镇二畦村，知了的聒噪声沉甸甸地挂满了打谷场边的老树。它们因为得不到凉爽的安抚和滋润，而执着地拉长声音嘶叫着闷热，却又警觉异常，有点响动就沉默上一阵子。屏息片刻，才试探着重新吹起期盼清凉的号声。

是它们老远就瞄见麦田里那道似蜿蛇游动而起的烟尘。这烟尘把越来越多的浓密细实的尘土缠裹在身上，圆圆鼓鼓地壮硕起来。它像箭一样裁开整块绿色麦田，直奔老树而来，到近前才隐约显现出里面包裹着的那辆212绿篷布吉普。一声急促的刹车声，212停住了，车身向前蹿了一下又被拉回来。车门开了，喜讯飞向村东头老李家。

"考上了，考上了，军军考上了。"那奔跑着的报喜声像雨后田野上方吹来的一阵风，使村里即刻清凉下来。知了望着眼前陌生的一幕似乎也忘记了鸣叫。片刻静谧之后，二畦村炸开了锅。

那沸腾的中心点就在老李家。此刻，老李家大儿子李海军手上握着一张克拉玛依技工学校的录取通知书。他把这张纸从头到尾看了好几遍，把那钢印凹痕上的每个字都辨认清楚确认过了才小心折好放起来。这张纸是他用全奇台县技校考试第一的成绩换来的，5门课451分，平均90来分，含金量十足。从考试成绩下来的那天起，李海军就一直在心里想象着这只喜鸟绚丽的羽毛，揣度它的温热。

填报志愿的时候，李海军把克拉玛依技工学校填在第一栏。一旁的老爹看着他写上了这几个字，点着头，也盘点着家族兴旺的未来。军军成绩好，本来完全可以上高中的，上好了，说不定还可以考个大学啥的，一出来那可就是干部指标。可谁让他是老大呢？他下面还有弟弟妹妹，家里只好把这压弯腰的担子早早地匀到他那还未硬朗起来的肩上去。可是，那也要寻副好担子来挑才行。李家父子认准了"石油"这块响当当的金字招牌。

那晚，二畦村的灯火映红了村边的大树，说笑声压过了蝉鸣，连鸡鸭狗兔都在噤声细听。李家大院里炊烟滚滚，飘旋着羊汤的香气，直冲向夜空，连星光都被熏得暗淡下来。老李家那天宰了羊，熬了汤，宴请道喜的宾客。这可是二畦村的头一遭啊。

第二天清晨，天空刚泛墨水蓝，酒肉香气还未散尽，李海军就揣好老李家上下叮嘱的眼神，收下村人们的羡慕上路了。路边菜地里的露水像撒了一片碎银子，一路走，一路的晶莹透亮。

十年厚积

李海军，你到416井站去吧，作业区区长说。

李海军没多问什么，只是点点头说好。刚把一个班组打造成"金牌站"，他实在想象不出还会有什么更难的事情在等着他。三年技校上下来，他好像还是个村里娃。再苦再累再脏的活，他都扛得下来。李海军这时已经被锤打成一个五尺身高、国字脸庞的英武汉子了。

怎么干呢？无非就是自己带头干，大家尽其所能一起干呗。井上干活，天天和铁疙瘩、和黑油打交道，可一干累了，李海军就觉得自己还是在村头麦地里收麦呢。李海军就把这井上的日子当成连在一起的一个又一个麦收。收着收着就又收获了一个金牌站出来。这期间，李海军还收获了家庭，并且为老李家贡献了一个健康的宝宝，大树上发出了新芽。当然，他的回报还不止这些。几年后，弟弟上了高中，妹妹上了大学。

这天晚上，外面已经黑得混沌成一团了。浓墨似的夜色堵在李海军家的窗口，家中灯光却轻柔明亮。李海军此刻正趴在地上和孩子嬉闹玩耍。孩子快三岁了，正是好玩的时候。李海军一家沉浸在临睡前的快乐时光里。

这时电话铃响了，一声接着一声，异常急促。果不其然，又是急事。电话里送来一个参加培训的名额，是一个高级工培训。李海军就又答应了，他不怕学不会什么。

人生就是关键的那么几步。那晚，李海军接受了命运的安排。这安排今天看来应该说是命运的馈赠。

李海军风平浪静地接受了一年的高级工培训，回到单位接受的依然是打造金牌站的任务。老瓶装老酒——这对他来说，早已经是一件稀松平常的事了。但平静往往孕育着风浪，能量正在不知不觉中聚集。

2002年，李海军接到了任务，参加新港公司采油工种技能比赛。接受过高级工培训，又加上平时的表现，他俨然就是最佳参赛选手。结果呢，就轻松拿到了比赛第一名，一切看上去都是那么平滑顺畅。接着又是2003年和2004年的比赛，他也都是工种的冠军。2004年，对李海军来说是一个不平常的年份，这是他穿上石油工服的第十个年头。李海军乘胜追击，顶着新港"三冠王"的光环参加了新疆油田公司第三届职业技能竞赛。这次参赛的全是油田各战线的顶尖高手，其中不乏全国和中国石油集团公司大赛的佼佼者。如有神助的他在这次比赛中又一次获得第一名。按照油田的激励政策，拿到这次大赛冠军的他随即就破格被直接聘任为技师。还是这一年的9月，李海军又代表新疆油田参加了新疆维吾尔自治区的技能竞赛，并再次夺魁，而且再次破格由技师晋升为高级技师。一年间，拿了三个级别的冠军，实现大满贯，而且连续两次破格，这在新疆油田公司的培训史上是少见的。也就在这一年的7月，李海军加入了中国共产党。

完美的跳跃

2004年，李海军离开他打造的金牌站，来到作业区担任培训员。2006年，他又在全国比赛中取得了新疆赛区的最好成绩。接连获得荣誉持续印证着他的实力。聚光灯下被光环笼罩，他反而沉静下来。公司给了荣誉又给了待遇，不多做些生产现场的事，好像说不过去啊。现场比赛场更大更接地气，要闯的关也更多，而且高高结满果子，正等着他去攀爬和采摘呢，那就把赛场搬到现场去吧。他为此开启了一种圆形结构工作模式，现场发现问题，研究问题，解决问题，交流改进后再去发现问题。他顺着这个螺旋上升的轨迹开始攀登油田技能实际应用的山峦。

这时，别人的一个发明，叫作快速碰泵器的东西让他惊艳不已。李海军仅仅是漫步于发明创新的大江边，江风轻轻拂过，就使他震颤不已。这是个操作简便的工具，装在抽油机上能大大减轻劳动强度。他见识到了一种力量，作为一个使用者他已完全沉浸于小发明所带来的惊喜中。仿佛是命中注定，他接受了创新的召唤。对创新的推崇使他也想尝试驾驭这股力量。发明创造的嫩芽已在他的心中稳稳地扎下根，并悄悄地开始努力伸展腰肢了。

试刀的机会来了，他把刀锋朝向那让人挠头的管线焊缝开裂。这一缺陷增加泄漏风险不说，工人们要订用电焊车，还要倒系统做措施，一直在现场疲于应对。到底怎样才能彻底从这泥潭中挣脱出来呢？李海军陷入沉思而不能自拔。面对这个难题，他不知道该从哪儿下手。这个"新手"几乎就要认定这是个自己无法完成的任务，索性坐下来在图纸上重现了管线安装的工艺流程。他发现，其实设计人员在设计时已经预估到了风险，架装管线时在下部安装了支撑座，这个支撑座就起到管线防震的作用。只是他们只想到设计上的"一"，没想到现场运行中的"二"。长时间的运行后，这个底座因为受力会发生下沉，就像一根被一下一下夯进土里的铁钉。支撑座脱离了管线就再也起不到支撑的作用，管线不受约束地大幅震荡，焊缝哪有不开的道理？道理都懂，可怎么解决呢？难道要不断地更换、安装新的支撑座吗？那同样费时费力。目前现场解决的方法不是垫砖头就是塞木片，效果也好不到哪去。就在这样一种黏黏糊糊的胶着状态中，李海军迎来了灵感的第一次爆发。

灵感分明是在李海军心里烧起的一把火。一个类似千斤顶的东西活脱脱戳在了他的图纸上。只是这东西顶着的不是车体，而是管线。他的思路是把这个千斤顶一样的支撑座安装在管道下面，基础一旦下沉，就像灌进千斤水银一样，把支撑座伸长一些，就又撑得牢固了。采油工巡检时只要记着经常去紧上一把管座就可以了。他的这个处女作很快就在现场派上了大用场，并在新港公司进行了推广。李海军把这个东西命名为可调式减震支撑器。它不仅获得新港公司科研成果三等奖，而且为李海军的创新发明在丛生的荆棘中打开了思路，成为他人生跑道上又一个新的起飞点。

2006年，是李海军的创新发明元年。也在这一年，他被评为油田公司级技能专家。此后，凭借过硬的基础和一股子钻劲儿，"碰泵悬挂组合具的设计与应用""抽油机安全销的引用改进""输油泵透明防护罩设计方法及应用""降低更换悬绳器操作中的高空坠落风险"等创新成果争相喷涌而出。李海军自己也把"技能专家"这个头衔诠释定位得更清楚了：技能专家扎根在土里，生长在现场，他们拥抱着设计者抵达不到、羡慕不已的一线实际，技能专家和设计者同样重要，互为补充。

从高级工到技师，从技师到高级技师，再从高级技师到油田公司技能专家，李海军仅仅用了两年就跳出了他职业生涯中完美的三级跳。

成 功 翱 翔

2018年的腊月二十九，年味已经很浓了。克拉玛依的街巷被红灯笼、中国结覆盖，热闹红火一片直映入人的心里。集市上采购年货的人群把喜庆装满了口袋，就连额头上晶莹闪亮的汗水都像是在圆圆地笑着。可就在这天，李海军打算好了，今年的春节就放在办公室制图板上过。

这时的李海军已经是自治区级职工（劳模）创新工作室领衔人，自治区"开发建设新疆"奖章获得者，中国石油集团公司优秀共产党员、劳动模范、技能专家。虽然有诸多头衔和荣誉加身，但一面对生产现场上的事儿，他依旧像十年前一样，精神头十足地箭上弦、弓拉满。他明白什么才是自己的立身之本。

这次他要解决的是抽油机的多重制动问题，只是这问题说大也大，说小也小，说难也难，说简单也简单。说这问题小而简单，不就是让抽油机停下来后就老老实实地不再"磕头"吗？说这问题大而难，是因为全公司有那么多台抽油机，而且型号就有六七种啊。

大年初一、初二、初三，踏着鞭炮噼啪作响的点子，他上井测量抽油机尺寸去了。量好尺寸，闻着千家万户飘出的团圆饭香，他又开始在图纸上三维建模。这七天长假，李海军是陪伴着抽油机制动装置这个铁疙瘩度过的，抽油机立体图是他这个春节看到的最精彩、最热闹的"电视节目"。晚上干到十二点，头顶星辰回家。清晨五六点，摸黑裹一身寒风又回到工作室。连早餐，也是别人早上上班帮他带过来的。

这种状态一直持续了八九个月。正如开始所想的，硬连接也好，挂钩子也好，原始的土办法也好，要想把"铁牛"拴牢其实并不难，难的是要有个样子。简便、易行、好用，不给施工现场添麻烦才是他追求的目标。这六七种机型的抽油机结构、高度都不同，就连螺栓、螺帽尺寸都不一样。每种机型班组都放一套工具，六七种机型放六七套工具，岂不是让人笑掉大牙？施工现场迫切需要一套"万能"工具，但这工具该是什么样的呢？这对他是一个挑战。李海军设计的方案多了去了，几乎每周都要修改一次方案，有时连他自己都觉得有些较真了，可"糊弄事"又实在过不了自己这道关。

李海军还是把这块硬骨头给啃下来了。他用一个150厘米长、30厘米宽的盒子就把一切都通通搞定。试验那天，李海军做好安全措施，从盒子里捧出自己的"万能"工具，像送亲人上战场一样把它"披挂"在抽油机上。为了得到科学的试验结果，他临时拆除了抽油机原本附带的刹车装置。一番"武装"之后，他毅然按下启动按钮。电动机开始吼叫起来，皮带在旋转的皮带轮上直打滑，可抽油机这个"大块头"就是纹丝不动。在一旁观看的采油工挑起的大拇指放不下来了，直说：海军，好得很，好得很呢！李海军给这个宝贝取名为"可拆卸式抽油机二次止动装置"。现场使用证明，它能完美消除抽油机刹车失灵的安全隐患，能避免因惯性旋转而引发的安全事故。

李海军家中有一个柜子，装满了各种样式的开瓶器。他并不是一个收藏爱好者，更不嗜酒。2019年一年中，克拉玛依大小商场的厨具柜台，常常能见到这个身材壮硕的汉子。一到那里，他就直奔开瓶器的柜台，问这问那左试右看。谁会想到这为人们带来畅饮和欢乐、让享用美酒轻松便捷的开瓶器，竟然有人要用到黑乎乎的石油上。

这源于一个困扰了李海军十年的操作难题。型号380·2曲杆输油泵的盘根不好掏，掏这个盘根可比掏火炉子难多了，曲里拐弯的，相当于人被绑着手拿筷子吃饭，被捆着腿踢足球射门。钩子、起子都用上，三四个人个把小时也掏不出几根旧盘根。就是掏出旧的，新的也不好加。别别扭扭地加进去，没几天又漏了。没办法，只好把外面几层再掏出来加新的，如此反复。

李海军参考过医疗内窥镜，尝试过柔性万向节，费尽心思想拔掉这根让人吃尽苦头的铁钉子，可是都不太理想。那段时间，他所做的就是不断推倒重来。头一天制订方案，测量绘图，建立三维模型，第二天起床后又全部推翻否定。这样不厌其烦地自我质疑，不舍不弃地回炉重建，表面上看还是原地踏步，实际上早已跨越了高原，爬上了更高的山峰。

能试的都已试过，能想的都已想到，也只有开瓶器这个"偏方"了。它就像一条必经小路上只有清晨才开放的花朵，是偶然和必然的结合体。

380·2曲杆输油泵常年卧在那里，换盘根就像在虎嘴里拔牙镶牙，谁也没想过请这只老虎站起来配合一下，李海军无奈之中就让它来了个头朝上。没想到，这一头朝上，天就蓝了，就像在黑屋子顶上开了一个天窗，一个全新的世界一下子就拥抱住了李海军。这输油泵立起来就像个红酒瓶，那盘根分明就是瓶塞啊，只是需要在一个低矮的酒柜里开这瓶酒。一时间，所有的箭头都指向开瓶器。

参考各类实物，李海军并不是第一次做这样的事情。当时为了解决套压阀泄压的问题，他就跑过全城的水暖器材店。数百元、五六元的各种稀奇古怪的单流阀，他买了一大堆回家细细地揣摩。

开瓶器的大方向确定了，可怎么钻进去呢？他想到了锥子，可又怎么锥进去呢？他又瞄上了电动工具。这回他选择上网浏览来获取创造的种子。他打开一个电钻视频网页，呈现的是电钻，他却注目于钻头下小小的"道具"自攻螺丝，白菜价的自攻螺丝可满大街都是，而且各种尺寸的都有，几乎是一瞬间，思想的火花飞出创新的彩鸟。

经过现场实践的打磨，就有了这个在2020年获中国创新方法大赛（新疆分赛区）一等奖的"基于TRIZ理论的曲杆泵填料拆装工具的研制"成果。现在换这个泵的盘根，就像开酒瓶，一个人连取带塞要不了20分钟。

2013年，李海军领衔成立了新港公司创新工作室。2014年10月，创新工作室被克拉玛依市总工会命名为克拉玛依市职工（劳模）创新工作室。2016年1月，又被自治区总工会命名为自治区级职工（劳模）创新工作室。

创新工作室累计获国家专利局授权的实用新型专利41项，其中11项推广投入到生产现场，2项获中国石油天然气集团公司油气田企业成果一等奖，7项获新疆油田公司成果奖，13项获得各类各级科研成果奖，12项获得劳动竞赛奖。

二十五年前，李海军还是个听话懂事的农家娃。二十五年后，他已熔铸为担当使命的技能专家和创新领衔人。他安下心，扎下根，甘于平淡，却品尝到成功的醇香。他不精于"算计"，却奉献了智慧，铸就了利剑，成就了创新人生，在平凡中做到了不平凡。

只要用心,干啥都能出成绩

张 军

◎ 中国石油天然气集团公司劳动模范
◎ 中国石油首届一线创新创效成果一等奖获得者

好钢是这样炼成的

尹 杰

熔金7月,陆梁油田作业区愈发像一块祖母绿,镶嵌在古尔班通古特沙漠腹地。这块小小的绿洲表面清凉如水,实则热潮涌动。此刻,它汇聚着两股能量,那地表上对创造的渴望与激情正试图擒获深埋于地层的油龙地火。

三年苦心志

一大早,张军就穿梭于作业区八卦城一样布局的基地,从宿舍到食堂,扒拉了两口饭菜,就来到石南采油站会议室。

他略微有些头疼。今天是上来轮班的第二天。昨天,送班车航行在沙漠瀚海,起起伏伏地把他带到这里。那条传送带一样的黑色沥青路一头连接着喧嚣繁华,一头却捆绑着寂寥荒芜,二十年来一直在尽心履行着城市荒漠间血脉连通的职责。张军很难说哪头他更喜欢。

这是个例行的晨会,平常得不能再平常,却又钉是钉,铆是铆,像呼吸一样一分钟都不能留下空白。作为站里的技术负责人,交待完该交待的,他开着皮卡车冲进层层沙浪。

今天SN6866井在测井,得去看一下。夏季的古尔班通古特,这个国内第二大沙漠,在烈日下绝无可能熔化,只会煅烧为焦土,那些啼血的沙砾因为透支的蒸发量只会变得更圆更纯。现在才是上午的十点多，太阳尚在皮卡车后面热身呢，沙子就已经白亮得刺眼，灌木丛则开始示威似的把针叶刺向天空。

从蓝天白云和黄沙形成的夹缝中，张军远远就看见那辆白色的测井车和长长的防喷管，这再平常不过的场景，起初并没有在张军忧郁的心里荡起什么涟漪。

走到近前，跟干活的测井工打了招呼，张军就敛起笑容，将目光射向那防喷管与井口测试闸门的连接处。当看到防喷管底部小拇指粗的捆绑钢丝绳时，不知怎么，张军猛地一激灵，心跳也加快了。脑袋，这个每天都装满黑油与金属的混合体，在这个平凡的沙漠此时不打招呼地就闪现出几朵夜空启明星似的火花。这火花既晃眼又熟悉，让张军不得不打起精神、竖起全身的汗毛来面对，隐藏其后的还有一丝自己也说不清楚的喜悦。

张军感觉到，有一个生灵正在脑干中不可阻挡地萌发着，已经蓬勃出了四肢和躯体。他意识到这是灵感火花闪烁的果实，因为这根钢丝绳正绑在长八米的防喷管下部位置。

此刻，张军还不敢确定，解决那问题的办法是不是已经从天而降，"咣当"一声就砸在了眼前。三年来，他一直在丛林中跋涉，挥舞布满血口子的双手和油光发亮的臂膀，试图拨开挡在眼前的杂草并挣脱藤蔓。

三年了，有一件事让这个男人老放不下来。这事说小不小，说碍事又不太碍事，时不时地就冒出来，在心尖子上扎那么一下。为了它，他没黑没白的。轮休回家，不帮妻子做饭，不给儿子辅导功课，他直接把井场搬进书房，不是翻书，就是拿起图纸写写画画，轮休和在岗的界线在那段日子被彻底消除了。梦的河流开始在深夜泛滥，轰鸣驶过，反复碾压着神经。

三年前，SN6174井的环空测试短节断了。这事不算大，可也不鲜见，要命的是没有什么好的办法应对。短节断了，就更换短节，只能这样。张军却下了狠心，顶着技能专家的头衔就得担着别人看不到也担不了的担子。

他把断裂的短节装在兜里，把失败的屈辱带在身边，好随时拿出来揣摩和鞭打自己一下，打了鸡血一样地选材和实验，屡试屡败，却越败越勇。他以为苦苦的钻研能得到回报，可成果却迟迟不来，手上放下了，心里却放不下。

现在，看着钢丝绳那扭动腰身的纹路，他几乎要泪洒黄沙，伏在井口哭泣，因为那绑绳子的槽口，恰恰就是短节断裂的位置。他已经回忆不起来是怎样回到工作室的，只把当时的短节受力分析和测绘图长久地刻绘在脑海中。这次如有天助，没等天黑，一个叫环空测试井口专用短节的设计就横空出世了。这"真经"他足足取了三年。

张军后来才知道，这个不足15厘米的短节解决了新疆油田公司30%油井的环空测试短节变形、断裂的难题，在石南21派上用场后，这个小家伙一年节约22万元费用。这个既是妙手偶得，又是偶然中的必然最终获得了国家"实用新型"专利、中国石油首届一线创新创效成果一等奖和青年百项优秀"五小"成果奖。这时候，张军却没有预想的那样兴奋，他已把热情全部倾注在那创造的过程中了。

张军觉得这东西其实一点也不"高大上"，只不过就是在短节的关键位置，圆锥管螺纹的上部增加了一个压紧螺帽和垫圈。可就是这样一个压紧螺帽，他苦苦等了三年。

张军觉得古人十年磨一剑，自己三年又算得了什么。他划拉了一下，自己用了七个这样的三年，已经创造和收获了28项发明专利。

好钢煅自火热的现场，最烈的火煅最好的钢。

面对台下黑压压的听众，张军讲完了他发明环空测试短节的故事。他是按照新疆油田公司人事处的安排登上这个讲台的。人事处管培训的同志希望他能给大家讲上个把小时，介绍介绍自己的主要发明专利和心路历程，各单位生产骨干和操作能手可都集中到了台下。

张军给这讲座拟了个题目"创新发明就在每个人身边"，人事处的同志说好，要的就是这个。

"创新并没有那么神秘，加加减减改改就会大大的不同，有出人意料的效果，正所谓事事可创新，人人可发明。"张军接着讲道，"不过最重要的还是要有心。"凡事最怕"认真"二字，但张军觉得还要再加上

"情感"这个词,他想用下面这个故事来佐证。

油田阀门数不胜数,不少都安放在阀池中。这些阀池就像老虎嘴,有毒有害气体可能就隐藏其中。对进入阀池作业,油田早出台了一系列措施来防止意外的发生。可张军又换了思路:能不能不进池子就把活干了?能不能就在和风袅袅的池子外面解决池子里面的事?

就这样,一个叫"便携式阀池闸门专用扳手"的发明在大漠中诞生了。用上它站在地面就干了池子里的活儿,不给风险和伤害留一点点肆虐的机会。张军把这杆"长枪"递到现场员工手里的时候,那些拉家带口的汉子们恨不能抱上它亲上两口。就连中国石油青年百项优秀"五小"成果奖也垂青于这个不起眼、冷冰冰却饱含深情的铁家伙,将它高高陈列于荣誉的殿堂。

百 炼 成 钢

再过几天就是"七一"了,作业区举行"爱国歌曲大家唱"小合唱比赛,迎接这个神圣的日子。张军所在的石南采油站也报了名,演唱组合的名字就叫"张军和他的朋友们"。现场音乐已经响起,张军和同事们还在小树林里进行最后的排练。

轮到张军他们上场了。灯光暗下来,张军和他的朋友们手捧灯烛站在舞台中央。掌声过后,静谧弥漫了演出现场。大家都在期待着情感瞬间的爆发。之前张军还有些紧张,现在却像站在创新讲台上一样自如了。

"每当我感到疼痛就想让你抱紧我。"是汪峰的《我爱你中国》,唱出这第一句歌词的就是张军,而且字正腔圆中带着古尔班通古特沙砾的感觉。大家不禁拍手叫起好来。张军和同事们这时已经完全融入音乐和情绪中了,神色凝重地和掌声互动。等到副歌部分,简易舞台上的灯就全点亮了,台上台下的情感也燃到最高点,开始沸腾起来。张军他们成功地完成了演出。

演出结束后,张军没在演出现场过多停留。明天徒弟们要竞聘高级技师,他得回宿舍收拾收拾。收拾什么?收拾心情。徒弟上战场,师傅也跟着放松不下来。他得想想该怎么给徒弟打打气。他给他们打了电话,明天吃完早饭临时集中一下,他要来一个赛前指导。这是必需的。即便是沙漠里的一块石头,也能百炼成钢。现在他做梦都想着把徒弟们炼成一块块好钢,让沙漠里的年轻人都长成大树。

窗外夜色正浓。月光下,树木都立成上大下小的黑影子。基地绿化让沙漠的夜晚与城市几乎没有差别,如果非要找些不同,应该是要更加静谧些。张军却辜负了这份静谧不能立刻睡去,他翻了个身,惦记着这会儿那些年轻人会不会也焦虑得睡不着觉啊。也不一定,现在的年轻人读书多见识广,心里面应该行得了大船。可当年的自己又是什么样的呢?

是技能大赛成就了张军。

1991年,张军从克拉玛依技校采油专业毕业,被分配到百口泉采油厂。当时正赶上准噶尔盆地西北缘夏子街油田开发,他就此参加了人生中第一次石油会战。在魔鬼城郊,他一干就是十二年,深夜枕着朔风的吼声入睡,清晨沐浴着克拉玛依最新鲜的朝阳。这十二年中,他参加了一次全国技能大赛、三次油田级别的技能竞赛,并且第一次参加新疆石油管理局的比赛就拿下了二等奖。此后一发不可收拾。1997年,因为拿到了新疆石油管理局采油技能比赛冠军,成为局级技术能手,两年后他被破格聘为采油技师,又过了两年,考取了高级技师任职资格。

2003年,他来到了向往已久的陆梁油田。用他自己的话说,这是命中注定的事情,陆梁油田在他心中宛若圣地。他隐约觉得自己的生命必将与这片热土捆绑在一起。三十而立的他未对远离家庭的孤寂和荒漠的冷酷细细掂量一下,就把它们放置一边,一头扎进大漠半是火焰半是海水的怀抱。

那时,国内业界已给年轻的陆梁油田戴上"创造了低幅度构造油田开发史上的奇迹"的花环。2002年,陆梁油田以原油101.8万吨成为我国新世纪开发的第一个年产百万吨的沙漠油田。它是改革开放以来当时新疆油田勘探史上发现的规模最大、油藏物性最好、评价勘探时间最短的亿吨级大油田。这不仅让克拉玛依人为之奋斗了近半个世纪的"千万吨大油田"的梦想在2002年最终实现，而且打造出被国内其他油田后来广泛采用的开发低幅度构造的一把"金钥匙"：先下后上，先高后低。你说，张军能不心动吗？

陆梁真可谓地灵人杰。借这块福地的仙气，来到沙漠的第一个十年，张军先后申报实用新型专利23项，发明专利2项。其中80%是自己在生产现场发现问题，为解决问题而进行的小改小革、技术创新和QC项目。在这场长达十年的人生战役中，他又完成了从高级技师到技能专家的飞跃。这样看来，张军走上发明之路好像没有大起大落的偶然和峰回路转的戏剧性转折，一切看上去都是那么光滑自然和水到渠成，就是干好自己的本职工作而已——接地气的"工匠"应该都是这样的。

如果非要总结出张军有什么过人之处，就只有一句话："只要用心，干啥都能出成绩。"

好钢需要好铁匠

张军的起飞跑道逐渐从参赛选手转向大赛教练员。作为赛手和教练员，他参加了全国、自治区、集团公司、油田公司等各级大大小小的无数比赛，获奖无数。他挥舞着管钳，在赛场上摸爬滚打，在哨声和掌声中奔向了不惑之年。他把职业生涯最美好的时光一掰两半，一半给了创新发明，一半给了比赛带徒。他把它们都浸泡在汗水中。

他梳理了自己的成长脉络，发现技能操作是关键要素，而技能大赛提供了一个增强技能的平台，他想把成功的经验复制到更多人身上。

光环之下，当时没好好掂量就匆匆放在一边的事情开始显露它的另一面。张军踏足沙漠时，儿子才满一岁。从那以后，每年两百多天的野外奔波，使他看到最多的不是孩子的笑脸而是红柳花，听到最多的不是孩子的读书声而是风吹沙鸣，照护陪伴最多的不是家庭而是油井。在儿子一岁到十岁的成长关键期，有三分之二的时间张军是缺席的，以至于后来孩子的中考，都没能像别人家父亲那样完整地参与进来。

希望今后有机会好好弥补吧……现在只能这样安慰自己。张军望着窗外的明月在云中穿梭，已经睡意全无了。

与古尔班通古特长年共舞，黄沙在他的身上烙下了印记。他就像一架被风沙侵入的机器，各个关节都揉进了沙子，运转起来咯吱作响。张军明白这是沙漠综合征的初期症状。

张军希望徒弟们不会这样，他相信他们的活力足以征服并跨越这片流沙。张军在一旁休息时观察过这帮年轻人，他们学历高，却不得不接受现实与期望的落差。沙漠将他们与繁华都市阻隔，单调让他们打不起精神，心思茫然。张军没有什么能帮上他们的，只有引导他们走上这条通过强化技能实现人生价值的道路。做点什么总比什么都不做好，领着他们走吧。

他有一个小小的心愿，就是让自己所在的石南采油站班班有技师。现在，这个心愿早已实现。10年的时间，石南采油站50名操作员工中，锻造出了2名技能专家、4名高级技师、9名技师，高级工以上占比85%，远远超过了当时自己定下的目标。

为了实现心愿，他编写了不下8本培训教材。他将热力从石南采油站传递到整个陆梁作业区，辐射到新疆油田公司，乃至集团公司。从2006年开始，他培养了10多名技能竞赛教练员和一批优秀采油操作技能人才，有30多名参赛选手先后在各级技能竞赛中获奖，他的徒弟夺得了油田公司技能大赛的冠军。

2012年，张军的第一个沙漠十年即将奏响间奏，张军领衔总教练的陆梁油田作业区采油团队在油田公司第七届职业技能大赛中获得团体优胜奖第一名的好成绩。之后，张军又带领这支沙漠劲旅在第八届、第九届油田公司职业技能竞赛中连续获得采油工种团体优胜奖第一名。荣誉如潮水般涌来。

新疆油田公司对操作技能人才一直采取激励政策，对这些获奖员工，或转为正式员工，或直接晋升为高级工和技师，甚至高级技师。隐于沙海中的年轻心灵受到了震撼，他们看到一条洒满阳光的金色大道就在自己的脚下延伸，这条大道通往春天，路两边繁花似锦，风景秀丽，只要你迈开脚步，就能开启与人生风浪搏击的航程。在张军的带动下，作业区开始有越来越多的年轻人自发地投身到技能竞赛、油水井动态分析的活动中去，开始用火热的井场实践充实自己年轻的灵魂。

面对荣誉，张军却不断回望走过的路，抬头远眺前面的高山。他扎好马步，睁大眼睛，握紧缰绳，以免在掌声中迷失自我。他胸腔中跳动着一粒火种，同时也把它播撒到徒弟们的心田。强技能一定是为了促生产，培训和比赛不是单纯为了成绩、为了佩戴荣誉的光环，归根到底是要为祖国献石油。

张军踏上了强技能、促生产的认识高地，培养出更多技能人才在他心中化为一座不征服不死心的高峰。他放弃了在沙漠工作满十年就可以调岗的优待，不仅自己带徒弟，他的徒弟也都渐渐成长为各级技能大赛的教练。一棵大树愈发枝繁叶茂了。

中国石油技能大赛为张军和他的徒弟们提供了更宽广、更华丽、更能展现实力的舞台。2014年，张军担纲新疆油田公司采油工技能竞赛总教练，作为"领头羊"备战集团公司比赛。

张军和他的教练团队以"国家队的标准"来打磨选手，常常纠结于螺帽上三圈还是上两圈半这样的问题。之后，张军还要加上一句："去掉你们这些毛病。"时间长了，一个"锉刀教练"的名号就悄悄送给了他。张军正像一把锋利的锉刀，在打磨选手操作技能的同时也在磨砺整个团队的意志，锤炼队员的精神。

经过锻打，教练员和队员们像脱了层皮，但看上去更结实、更精神、更坚强和富有韧性了。张军一直紧绷着的脸庞，也开始有了一丝笑意。这大概就是运筹帷幄的自信和利剑即将锻成时的喜悦。

2014年的集团公司技能大赛，新疆油田公司获奖率达50%，高出预想的40%。2017年的比赛，新疆油田公司夺得1枚金牌、1枚银牌、5枚铜牌，被评为团体优胜单位和金牌教练团队，圆了新疆油田公司采油人二十多年的金牌梦……

不早了，快睡吧，明天见过徒弟，创新工作室那边还有活动。创新工作室也是张军自己职业生涯的"主战场"。几年来，张军带领技师们获得了四十多项知识产权成果，算下来已取得900万元的效益。

那明早该给徒弟们说些什么呢？就说放轻松吧，轻装上阵才能发挥水平,是钉子总要扎出来的。

夜风中,张军和同事们种下的沙枣花香与月光一起飘进了窗,跳跃在枕边。张军闻着花香,渐渐进入了梦乡。

酒酣胸胆尚开张，鬓微霜，又何妨

彭顺龙

◎ 国家科技进步奖获得者

◎ 中国石油天然气集团公司劳动模范

停不下来的脚步

熊晓丽

时维九月，秋阳杲杲。

一位精神矍铄的老人迈着轻快的步伐走在穿城河边，阳光透过树叶的间隙照射出五彩斑斓的光芒。有人和他打招呼说："彭总，您上班去啊。"老人连连点头，用带着广东腔的普通话回答道："是啊是啊。"老人脚步匆匆，没有停留地向前走去。

他就是退休二十五年，享受国务院政府特殊津贴的采油工程技术专家——已八十五岁高龄，仍然风雨无阻走在"上班"路上的彭顺龙。

我 生 之 初

1935年12月，彭顺龙出生在广州市一个工人家庭，即便如此，家里因子女众多也是处处捉襟见肘，父母在那个年代要养活一家人很不容易。

作为家中长子的彭顺龙读了五年私塾，由于他喜欢学习，1949年时在颇有远见的祖母的安排下进了一所短期补习学校，接受现代教育，为他顺利考上高中奠定了较好的基础。后来彭顺龙回忆说：补习班是我人生的转折点。

1954年，学业优秀的彭顺龙考进了从清华大学采矿系分立出来的北京石油学院，成了钻井专业54级三班的一名学生，也是北京石油学院建院后的第二批学生中的一员。

1957年的冬天，春节刚过，彭顺龙就和同学们打起背包离校了。一路向西，可以说历经了千辛万苦，终于到达实习的第一站——独山子，随后，彭顺龙被分配到独山子矿务局机修厂实习，着重实习了钻井机械、柴油机等的应用和修理。

一个月后，他便又转战到克拉玛依。那时的克拉玛依，放眼望去，井架林立，红旗招展，钻机的轰鸣声正唤醒着这一片亘古荒原。全城除了1958年落成的友谊馆和苏联专家住过的小二层的专家楼外，其余全都是土坯砌墙、苇把子盖顶的平房。吃的水要从几十公里外的小拐拉来，喝水都要定量，更别谈什么洗澡、洗衣服了。白天，彭顺龙坐上解放牌大卡车，"漂大厢"到井队上实习，跟老工人学习吊钻杆、打大钳、拉猫头绳……夜晚，再跟车回驻地。至今彭顺龙还清楚地记得那一个个夜晚，送班车行驶在蜿蜒曲折的油田路上，时而逶迤蛇形，时而如一支支利箭，与钻塔上的灯、与天上的银河相映生辉，那场面让他久久不能忘怀。

1958年8月，彭顺龙实习完毕，被分配到独山子矿务局齐古油田1202井队任实习技术员。那是一个小油田，位于呼图壁县以南天山北麓，交通十分不便。去齐古油田，要等到旱季汽车才能沿齐古河边的崎岖小道缓慢行驶，如果想走近道，就得从小山顶上顺一条滑道滑，然后走过一段慢坡才能到达油田基地。所谓的基地只有一间土坯盖的厨房，其余都是帐篷。

在炙热的阳光下，戈壁滩静悄悄的，静得让人窒息，偶尔一股旋风卷起一柱黄沙悠悠升空。

1202钻井队就矗立在这片荒原之上，扛起第一根钻杆的彭顺龙汗流浃背，他清楚地看到一滴汗水钻进沙土里，没留下一丝声响就找不见了。他步履踉跄，却硬咬着牙。彪悍的维吾尔族队长跟在身后，打量着这个瘦小个儿的南方大学生，忍不住问道：小彭，你行不行？彭顺龙只回答了三个字："没问题"。

彭顺龙每天早晨上井前总会在食堂先买两个馍馍夹点咸菜，用报纸包着，到了井场后把馍馍塞到钻杆孔里当午饭；冬天依然如此，区别在于，吃前会到熏得黑乎乎的值班房里用煤炉烤热了吃。冬天，朔风凛冽，滴水成冰，彭顺龙和工友们穿着老羊皮，戴上皮帽子，没有袜子，就用大布裹脚穿进毡筒。走在野外，嘴和鼻子呼出的热气，不久就在眉毛和胡子上结成了白霜。

冬季配钻井泥浆十分困难，首先要到齐古河拉水，到了河边用铁杆、镐头到河中冰层上砸个窟窿，再用桶从冰下面把水吊上来。人工一桶桶传递到车上，要很长时间才能装满一车水，在零下二三十摄氏度的严寒中取水，又冻又累，身上溅满了水，随后又结成冰，棉衣都冻成了硬邦邦的"盔甲"。

不久，彭顺龙所在井队接到新任务，要到离基地两公里外打一口探井，井队生活基地的帐篷就搭在哈萨克族牧民羊圈内，住进他们用石头砌的房子里。探井与基地之间横齐齐古河，河的两岸是高高的峭壁，那里有一座只有一个人的水文观测站，为了方便过河，有人在河两岸间拉一条钢索，过河的人站在钢索下吊篮内，岸上人摇着拉索将人送去或拉回。一次，彭顺龙从基地办完事返回工地时，过了钢索桥，但走偏了方向，当他察觉不对时已近天黑，返回去来不及了。这时，前面几米处又发现几只野兽，他心底打起了鼓，如果是狼就完了，他深深地吸了一口气，默念"不要慌，不要慌"，他看过去，见那野兽头上有角，是马鹿，不是狼！不久，见前方有一条小溪，他知道探井旁有一条小溪，思量这里应该是小溪的下游，于是想沿溪蹚水往上游走，但这是一条狭隘的山谷，水流太急过不去，于是他想爬过溪旁的山坡往前走，可是山坡表层被风化，踏上去就滑下来，往上游是走不成了。他一面环顾四周，让自己的思绪平静下来，一面在脑海里勾画着地形图。他想下游应与齐古河相接，于是改向下游走，经过蹚水、爬坡，终于走到与齐古河的连接处，蹚过齐腰深的河水，到达对岸地质勘探队……

第二天，彭顺龙返回基地才知道，井队上的领导可急坏了，漫山遍野地找他，就怕他出什么意外。这件事虽然过去很久，但彭顺龙回忆起来还心有余悸。

然而齐古油田并没有发展起来。1959年9月，彭顺龙转正了，他正式成为独山子矿物局钻井处3225井队的技术员。

我生之志

彭顺龙是井队的技术员，工作之余他喜欢搞技术研究，随着油田的不断发展，采油工艺日显重要。1961年11月，彭顺龙调入新疆石油管理局采油一厂，同年12月调入由新疆石油副总工程师张人和组建的"三选组"，即从事选择性注水（分注）、选择性采油（分采）、选择性压裂（分层压裂）研究。从1961年至1973年，彭顺龙先后研究了五种分采方式。

彭顺龙研究用井下油嘴调整层间压差的单管分采历时最长，投入精力最多。为了开展这项研究，他常常住在生产一线——采油厂或厂内的注采联合站。当时克拉玛依车很少，上现场要拿班车票到中心调度室坐班车，周末再回来。他到现场后和工人一起上井做试验，用打捞车提下井下油嘴，和工人一起扛油管，背钢丝，爬井架。在实践中，他不时闪现"灵感"，用于解决生产中的一些实际问题。如看到关井时井口压力只是缓慢上升，就想到如果迅速关闭井下油嘴则能测出其嘴前生产压力，经实践获得成功；见分采难度大，想到改为各层轮采，因而研制出活动式井口，用移动油管解决了两层轮采的简便换层问题。

分采工艺的难点，在于如何确定井下油嘴孔径。彭顺龙对此做了深入研究：先设定油、气、水通过油嘴为分相流，经过反复计算得出一组算式，实际验证结果表明，对井下油嘴，油嘴孔径计算与实际误差3%—8%；对井口油嘴，油嘴孔径计算与实际误差在3%以内。井下油嘴孔径选择虽然得以初步解决，但60口分采井资料表明，分采后产量始终达不到两层单产之和，而且出现产气多、产油少现象。为进一步探究原因，1973年8月，彭顺龙与采油二厂薛连达用七中区7237上双管分采井做双管分采与模拟井下油嘴分采的对比试验，获得用井下油嘴调整层间压差的单管分采能达到两层单之和的结论。总结这次试验，给井下油嘴调整层间压差分采得出了一个符合生产实际的结论。对这项分采工艺的深入研究和不断探索，表现了彭顺龙在科研上追根究底、一丝不苟的严谨作风。

为节省投入，新疆石油管理局打了1 500余口小井眼井，为了提高生产量，局里给当时的工艺研究大队下达了任务——小井眼井配套采油工艺技术研究，这个任务自然也落到了彭顺龙的身上。

当时油田用的井口主要是从上海大隆、良工等厂购进的，近2吨重，近2米高。用于小井眼井的井口，需要缩小它的构件尺寸以降低它的重量和高度。彭顺龙经过反复核算，不断摸索、实验，从1965年接受任务，到1966年就试制出重约300公斤、高1.1米、工作压力25兆帕的小井口，经过完善和协助机械厂建立起试压装置及检验标准后，克拉玛依机械厂成立了小井口车间，1969年小井口转入定型并投入批量生产。

随后，彭顺龙又与团队人员一起将小井口发展为适用于常规井眼井、工作压力25兆帕的小井口和双油管井井口。从20世纪80年代初至90年代后期再到21世纪初，他和团队相继研制出满足油田需要的各种规格小井口。到2005年，油田自制小井口已组成包括大小井眼、单管双管、自喷抽油、常温高温的一整套小井口系列，小井口车间年产小井口2 000余套，其重量、高度都只有原来大井口的40%—60%。现在克拉玛依各油田在用井口中，90%以上用的都是彭顺龙团队自主研发生产的小井口。

与小井口并列研制的还有用于小井眼井的135型可洗井支柱封隔器。在彭顺龙的带领下，研发团队将135型可洗井支柱封隔器发展为适用于各种大井眼井的共4个级别、11种规格的可洗井支柱封隔器系列。这种封隔器在20世纪70年代用于分注就达1 800多井次，成为应用最广泛的一套井下工具。这套封隔器后来被石油工业部定型为DXJ155型可洗井支柱封隔器系列，列入石油工业出版社出版的《油田用封隔器下工具手册》及《采油技术手册》中。

1983年11月，准噶尔盆地西北缘九浅1井上侏罗纪齐古组喷出了乌黑的稠油，时任油田工艺研究所副所长和总工程师的彭顺龙便承担起了稠油工业化开采重任，由他领衔，主持了"六五"和"七五"两个国家级重点课题——"克拉玛依油田浅层稠油注蒸汽吞吐技术研究"和"克拉玛依油田九区蒸汽驱开采技术研究"的攻关。

面临的困难是可想而知的,从室内到现场,地上到地下,属于由地质油藏工程、钻完井工艺、注汽采油工艺、地面集输、井下测验、经济效果评价和方案研究多"军种"构成的技术"集团军"。直接参加攻关的有局内外13个单位200多名技术人员和工人,国家投资近2 000万元,简直就是一场"大决战"。而配合局长指挥这场"战役"的彭顺龙犹如将军一般运筹帷幄,他制定课题总体攻关规划,起草外协合同,讨论每个子课题的技术细节,审核每一份设计图纸,究竟加了多少个班,熬了多少个夜,没有人能够算出来。

然而,就在大家沉浸于科研项目之中时,彭顺龙却做了一个让人意想不到决定,他向党委递交了油田工艺研究所副所长的辞呈,原因很简单:身为副所长,要兼顾烦琐的日常行政管理工作,不能集中精力攻关稠油开采工艺技术,这让他感到左右为难。

1985年冬季,克拉玛依九区稠油产量突破了10万吨大关,新疆石油管理局党委批准了彭顺龙的辞职请求,从此,彭顺龙开始把主要精力投入到浅层稠油开采技术研究中。

一份耕耘,一份收获,在彭顺龙的带领下,工程技术团队爆发出惊人的能量,完成了令人难以想象的跨越和辉煌。1989年,稠油热采技术奥秘的层层大门终于被打开,浅层稠油开发工艺技术历经波折,从吞吐到汽驱两大课题共完成26个攻关专题,取得39个研究成果,其中有5项达到国际水平,10项达到国内先进水平,实现了钻完井、汽驱、采油、检测模拟四个方面的技术配套,形成了强大的生产力。运用这套技术开发的九区,1990年稠油年产量已达143.5万吨。"浅层稠油注蒸汽吞吐工艺技术"获得国家科技进步奖、"六五"国家科技攻关先进奖;"克拉玛依九区蒸汽驱开采技术研究"获得中国石油天然气总公司"七五"科技进步奖。

1991年,彭顺龙成为享受国务院政府特殊津贴的专家。

我生之愿

在彭顺龙心里,一直有三个心愿。第一个心愿是老骥伏枥,志在千里。

1995年12月,彭顺龙退休了,可不久他又被返聘回油田工艺研究所,继续从事采油工艺技术研究。他觉得自己不应该停下来,因为人做擅长的事情,会越做越擅长。于是他的退休生活又安排满了:继续浅层稠油开发工艺技术攻关;参与所里的技术方案研讨,给年轻人提供技术咨询;为《中国油藏开发模式》《中国不同类型油藏水平井开采技术》以及《噶尔盆地油气田开发的回顾与思考》等书稿撰写有关采油工艺方面的内容,累计达37万字……

1996年7月至今,他被聘为《新疆石油科技》杂志主编。

2019年6月18日,新疆油田公司工程技术研究院召开第一届科学技术大会,作为大会的一项重要内容,彭顺龙新书《克拉玛依浅层稠油热采工艺》的发布得到了参会人员的高度关注。

时年八十四岁的彭顺龙迈着轻快的步伐走上主席台,在众多工程技术人员的注视下,分享了他的"技术人生"。

同年9月9日,在新疆油田公司工程技术研究院,新疆油田公司专家、国务院特殊津贴获得者彭顺龙向中国石油大学(北京)克拉玛依校区捐赠教学讲义。此次捐赠的讲义是他1954年至1958年期间,就读于北京石油学院钻井专业的教学用书,共计31本。

第二个心愿是俯下身,沉下心,扎下根。

彭顺龙至今还保存着一张珍贵的照片。那是1957年的冬天,彭顺龙所在的钻井专业四年级三班即将毕业,也不知道是谁发起的,他们给当时主管石油工作的朱德副主席写了一封信,表明大家将为祖国的石油事业奔赴各个岗位的决心。彭顺龙清楚记得那是在12月17日,他们收到了朱德副主席的亲笔回信,信里这样说道:

> 不久以后,你们走向工作岗位,你们所从事的工作,对祖国的工业化事业有重大的意义。石油是我国目前最感缺乏的物质,也是国家工业化进程中十分重要的物资。祖国和人民的利益在期待着你们以高度的热情和毅力,把祖国的石油资源开发出来。
>
> 把贫穷和落后的过渡中国变为富强和先进的社会主义工业化的

中国,这是一个伟大的事业,但也是一个困难的事业。希望你们以艰苦奋斗和不怕任何困难的精神承担起建设社会主义和共产主义的伟大任务。

一石击起千层浪,这封回信让同学们激动不已,直到今天,一想到它还让彭顺龙感到热血沸腾。正是这封信,一直激励着他不居功自傲,不满足已有成果,不停下研究步伐,不放弃追逐理想……

无独有偶,2020年7月8日,即将毕业的中国石油大学(北京)克拉玛依校区的学生收到了习近平总书记的回信,肯定他们到边疆基层工作的选择,对广大高校毕业生提出殷切期望。

"在新闻联播中看到总书记给中国石油大学(北京)克拉玛依校区毕业生回信,我很激动。这一代青年生逢其时,是我们国家走向'科技强国'之路的'强国一代'。"彭顺龙自豪地说,"总书记在回信中对高校毕业生提出殷切期望,希望广大高校毕业生志存高远,脚踏实地,不畏艰难险阻,勇担时代使命,把个人的理想追求融入党和国家事业之中,我真心希望青年一代能接过我们手中的接力棒,把自己的青春与'两个一百年'奋斗目标紧密相连,让中华民族伟大复兴在这一代青年的奋斗中梦想成真。"

他的第三个心愿,是与子偕老,共度余生。都说成功的男人背后必定会有一个默默支持他事业的女人。彭顺龙自然也不例外,发妻陈东娥曾是小学教师,当过多年小学校长,为人坦率,做事干练,在教学和家务上都是一把好手。

然而随着三个孩子的相继出生,工作和家务的矛盾也越来越突显。当时彭顺龙一心扑在研究上,没有白天和黑夜,更没有假期,家里大大小小的事都压在了陈东娥一个人身上。那时一家人挤在仅十多平方米的平房里,生活用品全要凭票,冬储白菜夏拉煤,孩子们的教育等事没有一样让彭顺龙操过心。如今孩子们长大了,事业有成,彭顺龙感慨地说,这全是他们母亲的功劳。

陈东娥说:"他不是一个称职的丈夫和父亲,但他是一个称职的共产党员。"

孩子们说:"从父母的身上懂得了什么是严谨和奉献。"

这一次他按时按点下班回家了,帮妻子做做饭,干干家务,闲暇之余听听音乐,看看他喜欢的古诗词,他感到很快乐。

山再高，往上攀，总能登顶；
路再长，走下去，定能到达

王进俭

◎ 中国石油天然气集团公司劳动模范
◎ 中石油天然气集团公司优秀共产党员

矢志为油皆壮歌

杨 勇

2020年9月17日，新疆油田公司准东采油厂彩南作业区全体技师欢聚一堂，召开了王进俭创新工作室技师交流会。按照会议议程，主讲王进俭就彩南油田的发展历程娓娓道来……

台上，王进俭的授课声情并茂，铿锵有力，讲到激动处，总会配以丰富的手势语言和面部表情。台下，各位技术大拿、一众技师在被深深吸引的同时，既为彩南的过往喝彩，更为彩南的明天加油鼓劲。

而这正是王进俭所需要的效果。

那么，王进俭何许人也？以他名字命名的创新工作室在油田的发展中又发挥了怎样的作用，创造了什么价值呢？

英雄梦："砥砺年华淬技能，一剑曾当百万师"

作为彩南油田会战大军的元老级人员，王进俭1992年来到彩南油田，在他和众多同事的努力下，到1994年年底，仅用两年零四个月，彩南油田全面建成148.3万吨产能。开发建设期间，彩南油田直接投资和综合投资仅为14.25亿元和17.35亿元，只用一年零六个月时间就收回全部投资，缔造了中国陆上油田投资与收益开发建设的奇迹，被中国石油盛赞为"国内领先，世界一流"。这其中，如王进俭一样的众多彩南人,用坚毅和无畏挺起了奉献石油、坚守大漠的彩南脊梁,用拼搏和实干凝聚了锐意进取、开拓创新的磅礴力量,用心血和汗水浇筑了古尔班通古特遍地盛开的油气之花。

每当回忆起会战时的场景,王进俭都会豪气干云,壮志满怀。开发初期的彩南油田,井架鳞次栉比,设备星罗棋布,道路车水马龙,轰鸣的机声响彻亘古荒原,所有的一切,都在彰显着石油人的虔诚,缔造着石油人的荣光。

在彩南人一次次征服开发自然资源的历程中,浩瀚大漠的雨雪风沙、严寒酷暑也同样在考验着彩南人的精神和意志。当然,在这过程中,彩南人的智慧或者说那份骨子里的工匠精神发挥了具有决定意义的作用。

1993年12月底,彩南油田处于零下三四十摄氏度的严寒低温,井口保温工作面临极度困难,盘管炉供气管线易冻堵,火苗难控,如果不攻克,部分低能井冬季生产将处于瘫痪状态。

王进俭看在眼里,急在心头,他先后尝试过用开水烫、用喷灯烤甚至用大布浸着汽油烧供气管线。水烫的结果是当时有效,过后则会凝结成冰,更加不利于管理;火虽然可以熔化管线内的坚冰,但油田井口用火则存在着极大的安全隐患。

近一个多月,王进俭始终处于一种思索的状态,他在查阅大量与此难题相关书籍的基础上,无数次往返奔波于现场实地操作,寻求着破解良方。

在一次实验至凌晨的困顿中,王进俭回到寝室,插上电水杯,准备煮两包方便面,外加一个荷包蛋和一根火腿肠,以此对自己的饥肠辘辘进行一次自我慰问。需要说明的是,这在当时的物质条件下,绝对算得上是一顿大餐。

荷包蛋下入了锅内,火腿肠也已准备就绪,在即将煮面的那一瞬间,王进俭始终思索的答案竟呼之欲出。

对,灵感来了,那是一种激动人心、振奋精神、突发而至的感触和念想。

为什么不能用电能保温?既能确保供气管线畅通,又能降低劳动强度,且可以最大限度地减少盘管炉着火事故。

世上本没有灵感，但思考得多了，灵感便会在一个我们不经意的瞬间迸发。那样的力量，足以让我们的心情灿烂起来，并将告慰我们所有的艰辛付出。

随着思索的豁然开朗，王进俭笑了，他随即将主要精力投入到理论验证和实施方案上。

一口井成功了，两口井大功告成，三口井成效圆满，四口井成效显著……在他的提议下，彩南油田次年即推广了缠电热带保温措施。

何为工匠？工匠是在企业遇到生产困难或者技术障碍时的挺身而出，更是破解难题时的那一份担当和作为。

就此而言，王进俭做到了，他的团队做到了。

1999年，又是一个深冬，彩南作业区巡检人员在集中处理站发现清水罐冬季罐内结冰，为了防止大罐内形成负压使大罐变形，每天需要人工爬上11米高的罐顶向罐内用重物破冰。这样做既不安全，工作量又大，于是作业区领导找到王进俭和技师们，要他们来共同攻克这个难题。

大家立即来到现场了解情况。

"存在的最大困难有哪些？最难解决的问题是什么？或者说，需要我们进行哪方面的技术攻关？"王进俭开门见山地问道。

"人工进行破冰，离灌口太近，容易滑落罐中。如果离灌口太远，又难以完成破冰的操作，而且也容易从大罐上摔下来。无论是掉进罐内还是滑落地面，都只有两个字：危险。所以，我们的设想是最好不在灌顶进行操作，有可能的话，最好实现灌顶无人操作。"现场人员说道。

"明白了，我们这就想办法。"

油井不能关，生产不能停，时间上刻不容缓。

怎么办？

"既然来到了现场，我上去看看。"一位技师对王进俭建议道。

"不行，上面太滑，还是我上去，你们在下面守好。"王进俭不容置疑地表示着。

随后王进俭快速带好安全带，向灌顶攀爬而上。

沙漠严冬的冷风顺着大罐一侧钻进了王进俭的脖子里，每一缕都像刀子一样，刮割在他的皮肤上。

王进俭并没有顾及这些。

事实上，一个人的意志和精神的力量，来自他的专注或者自身的热情无畏，来自他对某一件事物的心无旁骛。

那一刻，王进俭的身影，在大家的视线当中瞬间高大起来。

是的，关键时刻的勇者担当，考验的不仅仅是我们的胆识，更是我们对这份事业的情怀。

刚爬到罐顶，王进俭脚步踉跄了一下，大家的神情一下子紧张起来。

"王进俭，一定要站稳啊。"油罐下众人慌忙提醒着。

"知道了，我会小心的。"王进俭逐渐靠近罐口，从上往下望去，除了一片漆黑外，还有着闪闪发光的亮片，那应该就是水结成的薄冰。

如何破除掉这层冰体？仅仅靠搅拌棍单纯使用人力挥动显然是不明智的，且存在着极大隐患。

从油罐顶部下来后，王进俭迅速和大家讨论了起来。经过几番论证，大家共同设计出了大罐破冰装置，实现了不用上罐，人工在地面摇动滑轮装置，上提下放铅锤完成大罐破冰工作的设想。

于是找铅锤的找铅锤，准备滑轮的去取滑轮，焊接支架的收集所用材质……

很多时候，他们的工作因忙碌而充实，因充实而更具意义。

1999年12月最后一天的凌晨，当全世界沉浸在迎接千禧年的狂欢时刻，在新疆准噶尔盆地彩南油田，王进俭和他的攻关组成员们也进入了狂欢环节，因为实验成功了。

事实上，每一次生产困难或是技术问题迎刃而解的背后，都是工匠们长期积淀的解决技术工艺瓶颈的精彩呈现，因为他们随时都处在一种破解技术壁垒的备战状态。

作为一名一线操作人员，王进俭牵头实施的"搭头井计量流程改造"在彩南油田推广应用，已创造经济效益180万元；他担任组长的QC项目"降低单井电加热器能耗"在油田应用后每年产生经济效益200多万元。以QC为舞台，王进俭每年都取得了较好的实际应用效益。他的QC成果，包括曾获得新疆维吾尔自治区质量管理小组成果奖1项，油田公司质量管理小组成果一等奖1项、二等奖2项、三等奖5项。这些成果成本小、效率高，大大提高了操作员工的安全性，降低了现场劳动强度，起到了节约挖潜、降本增效的作用。他个人已拥有八项国家实用新型专利。

工匠志："黄沙百战穿金甲，不破楼兰终不还"

山再高，往上攀，总能登顶；路再长，走下去，定能到达。2017年12月，王进俭创新工作室被新疆维吾尔自治区总工会命名为劳模和工匠人才创新工作室，成为准东采油厂首个在沙漠腹地建成的劳模和工匠人才创新工作室。

"同心则同力，同志则同道，同知则同行。"这是王进俭成为技能专家带头人后对自身使命的再认识、再定位。

在日常工作中，王进俭思想上以严谨认真、精益求精为基石，打破认识上的误区盲区，不放过一个"低标准"，不原谅一个"小差错"，不容忍一个"过得去"，坚持向高质量、高标准、高效益看齐。可以这样形容，王进俭就像一块"万能砖"，哪里需要哪里搬。他带领技师团队自主研究核心技术，合力攻克技术难题。他匆忙往来于现场的步履、专注研究难题的眼神、侃侃而谈的讲授，是彩南油田一道亮丽的风景线。

2018年7月，作业区进行反内盗检查时，发现现有的油罐口不防盗，存在着原油被盗的风险，于是决定让王进俭创新工作室解决原油大罐口的防盗问题。

王进俭和工作室成员积极行动起来。

他先后通过网络和书籍查阅了众多防盗技术理论和工艺设计，同时还浏览了大量与油田、煤矿等能源型企业相关的防盗新闻，了解了偷盗者的手段技巧，从已经破获的案件中进行反推敲、逆回溯，从而设计好每一个环节的防盗步骤和工艺改造方案。

在进行理论推演和现场防盗技术改良中，王进俭还有着这样的一段经历。

有一天深夜，王进俭在翻阅了大量资料后，独自前往在检查中防盗工艺不过关的那口油井。在他刚走下巡井车，准备登上油罐时，一辆警车拉着警笛呼啸着冲了过来,从车上下来三名警察,高声询问着:"你是谁?不许动,干什么的?"

那一刻,王进俭惊呆了。

"我只是来看一下现场的情况,有必要整这么大动静吗?"

三名警察都很较真,因为发现油罐防盗工艺薄弱环节后,作业区及时向驻油田派出所进行了通报,警方高度重视,已连续几天在深夜进行巡检或是蹲点值守,以防发生盗油事件。

王进俭转身说道:"何警官,你们这么晚了,在这干什么呢?"

来人是派出所的一位姓何的所长,和王进俭很熟。

"干什么?就是要抓人,如果在我们眼皮子底下发生盗油事件,那绝对是一种失职,更是一种耻辱。这么晚了,你又来干什么?"何所长疑惑地问道。

"我想来感受一下盗油人如何实施作案的。这么晚的天气,这么黑的夜晚,这么难走的路,盗油的人如果要盗油,他是怎么进油田并找到这些油井的?又是用什么样的手段和方法进行盗油的?我想来还原一下,找一找盗油者可能采取的手段。"王进俭回答着。后来,四人商量着,干脆来个现场模拟"作案",就这样,一个结合了公安的专业防盗技巧和与油田实际相符的防盗装置设计方案,在王进俭的头脑中形成了。

"何所长,咱们回去吧,我已经有办法了,在制作防盗设施和改进过程中,我会随时向你们请教的,还望各位不吝赐教。"

那一刻,王进俭是轻松的,因为不虚此行。

当他看着远方微微泛白的地平线,他知道这一个夜晚即将过去,新的一天已经到来。

对于这样的生活方式,或者对于这样因解决技术难题而通宵达旦的工作状态,王进俭是习以为常的,这也常常会让他在疲劳之余,感受到那份成功后的喜悦和收获。

事实上,王进俭之所以能够如此付出,更多的是对石油事业的一份责任,对企业发展的一份热情,对自身工作的一份热爱。

事实上,在成就石油工匠的征途中,王进俭既有过几度难忘的兴奋,也有几度迷惘的困惑,但他以及由他领衔的技师团队始终为油而战的担当从未改变,技术突破的信心从未动摇,矢志"我为祖国献石油"的脚步从未放慢。

回首来时路,步步非寻常。截至2017年年底,他带领下的工作室获得国家实用新型专利授权15项,待批5项;完成创新攻关、创新成果58项,成果转化32项;在国家级刊物发表论文2篇,在新疆油田公司级刊物上发表论文26篇。他本人被中国石油新疆技师学院聘为"专业客座教师",被评为中国石油天然气集团公司级"优秀共产党员"和"劳动模范"。

今生爱:"男儿有泪不轻弹,只因未到伤心处"

熟悉王进俭的人,都知道他是至情至性之人。

直面亘古广袤的荒漠戈壁,王进俭勇于担当,砥砺奋进,挺起了石油工匠技术创新使命的脊梁。对于家人,王进俭总会时刻呵护这份内心深处的脉脉温情。

几年前,王进俭的爱人被查出肺癌晚期,病情危重,他心急如焚,从沙漠调休后便会全程陪护在妻子身边悉心照顾。但作为班长,又是一名党员,肩负的重担让他羞于请假,坚守岗位和照顾妻子便占据了他所有时间。

每次前往油田一线值班前,他都会把妻子爱听的歌曲下载到MP3上,让音乐陪伴和缓解妻子的病痛。回到沙漠的日子里,他每天都会打电话安慰和鼓励妻子。

作为不可回避的事实,在妻子治疗的那一段时间,王进俭时常都会感受到一种无力和无奈。是的,他是一名技师,一个外人眼中无所不能的采油行业的"博士"。但他也是一个普通人,在爱人独自承受病痛时,他除了安慰和给予更多的照顾,除了强作笑颜给爱人带来一些欢乐,他什么都不能做,什么也做不到,这也正是他内心最痛苦的所在。而更为艰难的或者说更不能自我原谅的是他还要坚守在彩南油田的大漠上,这既是一份艰难的抉择,也是一个叩问人性的难题。

妻子去世后，他安顿好女儿，再次回到了前线。

那一天，他来到曾经奋斗过的一个采油站，看着采油站前那棵自己和妻子一起种植并茁壮成长的大树，王进俭的泪水瞬间滑落。

那个下午，在那座无人值守的采油站，王进俭哭得泪如雨下，无所顾忌……

奋斗情："雄关漫道真如铁，而今迈步从头越"

历尽天华成此景，人间万事出艰辛。回望王进俭三十多年的匠心筑梦、风雨历程，他的每一步跨越都表现出突破和挑战，每一个脚印都写满了奋斗和艰辛，每一次创新都彰显着智慧和勇气。

当年"棋圣"聂卫平到彩南油田参观时，作业区领导向聂卫平介绍了彩南油田的发展历史和当下情况，其中提到了王进俭创新工作室。对创新工作室所创造的价值和背后的一些传奇故事，聂卫平极感兴趣，他提出希望能够和王进俭见上一面。

在作业区的安排下，王进俭和聂卫平见面了。两个人的手紧紧握在一起，仿佛多年的老朋友一般。

当聂卫平称赞王进俭时，王进俭说："我只是一个搞石油的，没有什么特别，您才是为国争光的英雄。"

聂卫平马上回应道："我也就是一个下棋的，只是下了一辈子棋而已，你才是保障国家能源安全的栋梁。"

对工匠精神所共有的价值认同让两人的聊天很快达到了热烈的程度。

王进俭始终对企业怀着朴素的感恩心理，他常说："彩南培养了我，我应该为油田做出贡献。"除了用自己的技术创造效益外，他还全身心地投入到员工素质的提升中去，并整合作业区技师力量，发挥劳模创新工作室在培训员工、创新创效方面"传、帮、带"的使命和作用。他和他的团队将每一个操作技能、安全要领、应急预案、事故排除等方面的规定动作、小经验、小技巧毫无保留地教授给向他们请教的员工，做到了"授人以鱼"和"授人以渔"。

截至2021年，创新工作室先后运用多媒体远程系统培训操作人员共计570人次；自办培训项目36场，累计培训690人次；考级及验证培训12场，培训人员230人次；练兵选手培训9场，培训人员92人次；协助作业区获聘采油高级技师5名、技师21名，集输高级技师2名、技师4名；中级工升高级工120人，初级工升中级工28人；先后有140人组成师徒结对。王进俭本人被聘为新疆油田分公司级"采油采气技能专家"。

"在关键时刻站出来"不仅是王进俭作为一名石油人的坚定承诺，更已化作在提质增效创新工作中的一种自觉和常态。他充分发挥工作室"领头雁"作用，应用积累的成功经验，突破技术瓶颈，广泛开展攻关克难、创新立项、推广成果等活动，把想法变成做法，把点子变成金子，倾力打造创新创效大本营。

他常说"过紧日子"不是一句口号，唯有立足岗位，刻苦钻研，创新创效，主动作为，算小账，捡芝麻，从一滴水、一张纸、一度电的节约做起，斤斤计较，让滴水成金、片纸成银，才能让我们的事业蒸蒸日上，经受住考验。

匠心长相守，铁肩担使命。我们有理由相信，以王进俭为代表的石油工匠们，必将开辟出更加敬业、更为精益、更加专注、更多创新的工匠精神新境界，让石油事业在技术革新、技能提升、技艺精湛等方面呈现一派满眼飞红叠翠、处处生机盎然的壮丽景观。

一个人的路,能走多远,在于他能坚持多久。

魏昌建

- ◎ 全国技术能手
- ◎ 中国石油天然气集团公司劳动模范
- ◎ 中国石油天然气集团公司采油技能专家

圆梦采油路

杨 勇

> 追逐工匠梦想，执着石油事业。他用金石可镂的辛勤探索，助力了油田生产开发的辉煌；他以锲而不舍的钻研精神，奏响着生命华章的旋律。他孜孜不倦的求知境界，构成了我们仰望的另一种高度。他就是全国技术能手、国务院政府特殊津贴获得者魏昌建。
>
> ——题记

1989年9月12日，以全年级理论和实操"双第一"的成绩毕业于宁夏石油技校的魏昌建与同学们来到了准噶尔盆地东部火烧山油田。

那一年的火烧山油田，寄托着太多国人的希望和期待，时任全国政协副主席的王恩茂和新疆维吾尔自治区党委书记宋汉良一行五十八人来火烧山油田专题调研并为实验开发剪彩题词；时任石油工业部部长的王涛来了，指出火烧山油田油气显示广泛，是个"大场面"；全疆各地、大江南北的会战大军闻油而动，为油而至，汇聚成开发建设的磅礴力量，拉开了火烧山油田轰轰烈烈的会战序幕。

在这样的时代大背景下，魏昌建和他的同学们响应火烧山油田大开发、大会战的号召，从宁夏到新疆，他们矢志纵横五千里；此后的三十余载，他们坚守这片大地，笑对黄沙缚油龙。

> 大漠的风沙中
> 我们放牧着精神的坚强
> 只要回望
> 便会有意气风发的笑容
> 在这片红色大地上
> 荡气回肠地灿然绽放

由于火烧山油田的开发是我国陆上油田首次采用海洋油田模式，参加工作之初，凭借着对采油事业的执着追求，魏昌建每天除了日常巡井、设备维护等工作外，把主要精力都放在了读书上。

在陌生的采油技术、工艺流程的理论和实操中，魏昌建刻苦钻研采油专业知识，虚心学习操作技能。白天，他积极主动工作，任劳任怨完成任务，虚心向师傅请教操作要领；晚上，他通宵达旦刻苦钻研业务理论，驰骋在知识的星空中。半年多的时间，他的十双手套磨破了，六个笔记本记满了，夏季和冬季配发的新工服因忙碌而又脏又旧了。

魏昌建说："我的动力其实很简单，就是要做技术尖子，在业务上不应有任何一个知识盲点，必须把每一个螺母、每一个按钮、每一个阀门以及和我工作有关的所有方面弄清楚，理解透，才能烂熟于心，破解工作难题。"为了印证书本上的理论，魏昌建常常会对设备仔细琢磨，反复拆卸组装，以至于设备出现问题，他一听、一看、一摸、一闻、一感便知故障所在的症结。

即使多年后，魏昌建也依然坚守这样的信念：有些设施设备不亲自动手拆解，就不能更直观地观察其内部构造，在使用中遇到问题就难以有效破解或是提出优化方案。当然，前提是拆解后一定要原样组装好，否则就是破坏生产设施设备，那是要赔偿的。

三十多年来，魏昌建亲手拆解组装的设施设备达1 000多件，创新整改设施设备300多件。

1994年，魏昌建参加了石油大学（华东）的采油工程函授学习班，自修了全部课程，顺利拿到毕业证书。时至今日，他的床头上、书桌中依然随处摆放着各类关于采油专业的工具书籍。除了采油专业知识外，魏昌建还利用业余时间自学了英语、高等数学、3D打印等知识，掌握了电工专业、巡井驾驶、无人机巡井等技能，也逐步锻炼成为一名集多项专业技能和知识于一身的复合型采油技能人才。

有了深厚的理论知识储备和现场操作经验积淀后，魏昌建开始客观总结、认真提炼工作成果，先后撰写各类科技论文138篇，其中获国家级奖项3项，中国石油工业级奖项14项，自治区级奖项17项，油田公司级奖项22项，采油厂级奖项39项。获批了发明专利1项，实用新型专利16项。

  我们说着励志的语言
  飘扬成大漠的旗帜
  所有虔诚的求索
  都将注定
  皈依于火烧山的大地之上

作为一名技术带头人，魏昌建立足现场生产实际，不断学习新技术，在工作中解决了一系列重大的关键技术难题，并规范了大量的工艺技术。

人有水土不服的现象，新设施、新设备也同样有着这样的困局。如何使新设施、新设备的工作性能调整到与火烧山油田气候环境、油气品质等方面相适应的最佳状态，是对魏昌建这样的石油工匠最大的考验。而事实上，在火烧山油田引进的新设备、新设施的推广使用中，魏昌建总会现场一项项实际操作，认真掌握其工作原理，并积极参与制定该设备在火烧山油田的操作方法和使用规范，做到有故障自己动手解决，有问题自己攻坚克服。

20世纪90年代末，火烧山油田引进了一批新式计量仪器，在前期的摸索使用中，总会出现这样或那样不尽如人意的难题，于是火烧山作业区请来了厂家技术人员。

"这是我们的技师魏昌建，这批设备的推广使用由他负责。"面对厂家技术人员，火烧山作业区主管设备的负责人李志江介绍着魏昌建。厂家技术人员微微点头以示招呼，随后便以权威者的姿态说道："魏师傅，设备在使用中有什么问题吗？"魏昌建把现场经常出现的故障和自己的判断及整改想法向厂家进行了说明。厂家技术人员随即武断地说："作为从国外最新引进并投入使用的设备，你们一定要严格按照操作规程来进行使用。这两天，你跟着我认真学就行了。"

魏昌建顿然无语。

面对对方的技术傲气，激发的是他内心深处的求知傲骨。

整整一天，魏昌建陪着厂家技术人员在油田上忙碌着，对于厂家的操作细节和工作流程，他默默地看在眼里，记在心中，印于脑海。实际上，作为新设备的试用，厂家技术人员也没有把出现的各类问题解决彻底。这其中，人与设备之间的磨合、设备与现场实际情况的适应等，也在同样地困惑着厂家年轻的技术人员。因为说明书全是英文，他也会时不时地打电话向总部进行一些具体使用方面的咨询。

第二天调试使用工作继续进行，但魏昌建已经能够相对专业地与厂家技术人员展开讨论，包括新设备的性能以及专业术语的表述都很清晰明了。

第三天，魏昌建则是很熟练地进行独立操作，或者说可以轻松地提出翔实的可操作方法和出现问题后如何改进的建议。那一刻，厂家技术人员是震惊的，也就从那天开始，整个调试使用过程中，厂家技术人员开始谦虚地和魏昌建进行沟通与交流："电磁阀进行微调后，效果更好了，您还有没有更好的想法？在准确率上，您觉得这样可以吗？"对于这些询问，魏昌建总会微微一笑，因为这些答案说明书上写得很详细。

在相关问题得到整体解决和培训推广取得成效后，厂家技术人员对魏昌建说："魏老师，真的太感谢您了，这些设备以及这些资料我也是刚刚到手，所以其间的工艺流程、操作细则等方面都不是很熟练，但您却在这么短的时间内能够全面掌握，这让我很敬佩，我为自己刚来时的不礼貌向您道歉。我现在更想了解的是这一切您是怎么做到的呢？"

实际上这三天来，除了白天陪着厂家技术人员现场调试、试用设备外，魏昌建每天晚上都会把全英文的使用说明书逐字逐句地进行对照翻译，然后连夜到达现场结合实际进行操作。所有的艰辛都可以证明魏昌建急于掌握新设备的那份渴望和内心热切,因为他相信,每一次科技攻关,都是一次现场应用的历练;每一次解决技术难题,都会让自己积累更多的解决油田生产问题的思路和办法。

这也让魏昌建深深地感到,在技术实力为王的科技时代,只有精通业务才能获得个人的自信和他人的尊重。厂家技术人员对魏昌建的称呼由最初的魏师傅改为之后的魏老师,便是现实的例证。虽然"师傅"与"老师"只有一字之别,但它所涵盖的是厂家技术人员对魏昌建能力的认可和技术带头人身份的肯定。

2006年至今,魏昌建已连续四届被聘为集团公司级的"采油技能专家",先后获得拉玛依市"有突出贡献技师"、自治区"有突出贡献高技能人才"、第九届全国"技术能手"、集团公司"劳动模范"等荣誉称号,2011年享受国务院政府特殊津贴。

> 行进在求索的红土地上
> 每一次砥砺
> 我们都会澎湃激昂
> 那迎着风沙盛放的
> 是含笑的原初信念
> 和流着汗水的坚定情怀

工匠精神不仅体现在热爱本职、敬业奉献的人生格局上,更表现为对企业发展的责任和自身素养的积淀上。无论外界如何嘈杂,魏昌建都能内心宁静地专注于自己的创新,精雕细琢,做到极致。

为了解决由于油井热洗后造成井口发生断裂事故的难题,他经过多年不间断的实验,设计定型了井口热补偿器,目前已在235口油井上推广应用,杜绝了油井热洗后井口断裂事故的发生。

为有效解决井口加热器功率过高、安全隐患大的问题,魏昌建设计了油水井井口防爆加热保温盒,十几年的持续改进,井口用电功率由最初的800瓦降到600瓦、400瓦、200瓦……

物有甘苦,尝之者识;道有夷险,履之者知。十几年,在文字的表述上仅仅只有三个字，但其间的酸甜苦辣、个中艰辛非亲历者不能感知，非意志坚定者不能实现。

在每一次因改进而实现用电功率下降后，都会有实验团队成员产生"停一停，歇一歇"的念头，因为太多的实验数据对比、太长的时间跨度、数千次的井口观察、数万字的工艺改造记录等枯燥漫长的过程，在挑战着大家的心理极限。

无论是摄氏零下三十多度、天寒地冻、滴水成冰的严冬，还是高温达四十度、烈日炙烤、骄阳暴晒、热浪滚滚的酷暑，井口防爆加热保温盒实验从未停止过，或者说，关于这项技术工艺革新的信念从未中断过。

当下，创改后的井口防爆加热保温盒不但安全可靠，还将原来的油水井保温用电量总体降低了80%。但改造工作仍在继续着，因为魏昌建说："科技无止境，创改不停步。"

多年来，魏昌建把解决生产难题、降低劳动强度、提升工作效率作为创新的源泉和动力，情系技改，矢志不渝。他凭着一股钻劲儿、韧劲儿和闯劲儿，先后完成的获奖技改项目共计75项，参与实施的科技项目9个，提出的5条合理化建议被采纳，这些成果在现场的应用，每年为采油厂创造了120万元以上的经济效益。

    以艰辛的劳作
    淬炼生命的整体高度
    对于这方土地
    有多少热爱
    就有多少携手奋进的力源

一个人浑身是铁也捻不了几颗钉。油田要发展，靠的是全体员工的共同努力；企业要绩效，靠的是全体员工的集体智慧。魏昌建不但自己去努力实现工匠梦想，还坚持把自己所学到的知识和技能倾囊传授给同事们，让更多人快速成长成才，为石油事业的蓬勃发展添砖加瓦。

自2000年以来，魏昌建带领一部分热爱采油技术的员工，成立了

"采油兴趣小组",带动了全厂学技术、比创新的良好风气。在他的带领下,兴趣小组成为采油厂创新创效、培养人才的摇篮。所有成员始终致力于解决困扰油田生产的诸多难题,完成了众多"五小"成果,这些成果的突出特点是成本小、效率高,形成生产力并转化产生了较大的经济效益。

有人这样评价魏昌建:"他是一团星火,发着光,散着热,用工匠精神和务实理念诠释着自己的精彩人生,照亮了团队前行的路。"

针对老式井口取样方法的弊端,魏昌建曾大胆提出采用计量间室内取样的设想。为了寻求可行性理论依据,他认真学习了《流体力学》《油气集输工艺》《采油工程》等专业论著,并设计和改进取样设施,进行了近三年的系统实验,录取、分析各种资料数据4 000多个,并最终获得成功,在火烧山作业区进行了推广应用。

回忆起和魏昌建一起开展室内取样器的实验过程,"采油兴趣小组"主力成员林文峰总会说到一件事。

在实验进行了两年半并已获取了3 000多个数据资料后,魏昌建决定回老家陪父母过年。

为人子女,魏昌建对父母是亏欠的,因为他从事这项实验后,已经两年没有回老家与老人团聚了。

大年初一上午,魏昌建的电话来了。

林文峰随口说道:"昌建,新年好啊,带我向老人和家人问好,我给大家拜年了。"

魏昌建却打断他的话,急切地问道:"取样的效果如何?数据都录取了吗?工艺流程上还有没有什么问题?"

听到这些,林文峰来气了:"魏昌建,今天是大年初一,你难道不该给我祝福点什么吗?难道就不能让我们也缓一缓、轻松一下吗?"

魏昌建笑了:"文峰,我们先说正事,已经两年多了,现在的取样工艺改造虽然有了一定成效,但是我们还要进行改进,赶紧看一看情况怎么样?"

林文锋在那一刻怔住了——"需要这样吗?今天可是大年初一啊,能不能放过大家,让我们都开心愉悦点?"

"快帮我去看一看现场的数据，等我回到火烧山后，我请大家吃饭喝酒。"魏昌建说。

林文锋似乎心动了——让这个只知道读书、做实验的魏昌建请客，这是一个惊喜，更是一件大事。

熟悉魏昌建的人，都说他很"轴"，他的"轴"，轴在坚信技术的力量，轴在工匠之心不动摇。他是一个技术至上的完美主义者，因为他不允许技术创新的过程中出现任何瑕疵。

截至2021年，小组成员共完成各类科技课题70余项，撰写科技论文90余篇，获得"自治区优秀质量管理小组"称号10次、"中国石油工业优秀质量管理小组"称号5次，并于2007、2008、2010年荣获"全国优秀QC小组"称号。

如今，"采油兴趣小组"声名远扬，受到了各界广泛关注和好评。

> 荒原的广袤浩然
> 孕生着我们心如远天的壮阔
> 望尽亘古的风沙中
> 只要还有一朵花开
> 我们就会幸福地微笑

从2013年开始，魏昌建成为准东采油厂"采油专家工作室"的领衔人，他和他的团队提出的众多合理化建议，得到了上级领导的认可并予以实施。同时，他完善了工作室的各项规章制度，建立健全了工作室的各类基础资料，在最短的时间内使工作室有效地运作起来，使工作室的功能进一步拓宽，成了一支采油厂范围内"首战用我，用我必胜"的专业攻关团队。工作室先后有序开展各类活动53次，完成科技项目12项、培训项目20项，其中，完成自治区成果5项、厂级成果3项、油田公司级成果3项，为采油厂献计献策13项，创利110万元。目前工作室获得自治区"职工(劳模)创新工作室"、油田公司"采油专家工作室"准东片区分站、集团公司"采油专家工作室"等称号，魏昌建本人也于2014年被聘为"集团公司采油专家工作室"首席专家，为采油技能专家工作室建设的完善和发展贡献了力量。

作为新疆维吾尔自治区和中国石油集团公司级工作室负责人，魏昌建始终坚持将自己的工作经验和技能与大家共同分享，他深知"一花独放不是春，百花齐放春满园"的道理，注重对后备技能人才的培养。他积极组织、实施对员工的培训活动，被聘为克拉玛依职业技术学院、油田公司技师学院的兼职教师，连续三届担任准东采油厂参加油田公司技能大赛班的总教练，负责采油、集输、电工、井下作业等工种的技能大赛的组织和培训工作，2017年担任油田公司技能大赛采油工教练，2018年担任西部管道输气工教练。任教期间，他针对选手实际情况，精心制定培训计划，编制各类试题，大大提高了选手的理论水平和技能水平。在他和教练团队的培养下，参赛选手先后获集团公司金牌2枚、银牌2枚、铜牌3枚，获新疆油田公司团体优胜奖2项、单项团体优胜奖3项、团体二等奖1项、团体三等奖1项，取得个人一等奖3人、二等奖4人、三等奖6人、优秀选手5人的好成绩。截至2020年10月，他已教授60余名徒弟。目前，这批素质高、能力强、守纪律、技术精的优秀人才，已活跃在采油厂的各个部门及岗位上。

一颗工匠心，满怀石油志。多年来，魏昌建专注于石油工匠梦想，竭其心智，穷其工力，在追梦的路途上，一步一个脚印，一点一滴积累，用知识立本，用技术立身，用奉献立业。

在一定意义上，如魏昌建一样的众多石油工匠，既是油田创新的楷模，也是石油事业的基石，更是当之无愧的英雄！他们兢兢业业、甘于奉献的崇高精神，坚韧不拔、矢志不渝的高尚品格，也必将激励我们坚定不移地把石油事业推向前进！

傅剑锋

◎ 首届「天山文艺奖」获得者
◎ 「上海世博会佳作奖」获得者
◎ 中国石油优秀画家
◎ 中国石油十佳艺术家

管子画家

王 琦

晚秋，秋叶在阳光下透出清晰的脉络，绚烂夺目。秋阳正好，独山子区体育中心大哨子的造型在光影中格外生动。

"创艺空间"四个色彩鲜明的艺术字体、扑面而来的艺术气息，给人以生活在这座城市的幸福感和满足感。虽在边陲，但这里有时尚精致的居民小区，有国内最先进的石化企业，有石油人安放青春年华的芬芳，更有堪比北京798的艺术殿堂的独山子创艺空间。打造这座艺术殿堂的，就是被称为"管子画家"的著名油画家傅剑锋。

走进傅剑锋的画室，就像走进了创艺空间，每个人都会有不同的收获。他一直坚守在这里，用彩虹一样的染料，在创作，在表达，在抒发……一次次落笔，呈现着他对这个世界的热爱和深情；一幅幅作品，赋予冰冷的管线以生命。他以自己独特的绘画对象和绘画语言，对工业文明给予了激情澎湃的礼赞，他用独特的角度，创造了一种有别于农业文明小桥流水、深山古刹、闲花野草纤细柔和之美的机械之美、科技之美、力量之美、雄壮之美、阳刚之美，展现了现代大工业文明之美，以辨识度很高的画体和符号成为风格独特的艺术家。

坐拥天山旅游桥头堡的独山子，近几年名扬大江南北，到独山子的人们，创艺空间成为首站首选。尤其艺术家们，到独山子必来创艺空间。

从1991年傅剑锋第一幅管子画问世,至今已三十年。三十年里,傅剑锋一直坚守工业题材绘画艺术阵地,成为中国工业题材、石油题材绘画的领军人物之一。这些年,他拥有多项第一:第一届克拉玛依黑宝石奖获得者、第一届新疆维吾尔自治区天山文艺奖获得者、中国石油首届十佳文艺工作者、中国石油和新疆美术界首位在中国美术馆和中国文联艺术馆以及意大利和法国举行个展的艺术家、中国石油美术界首位在第八届至第十一届全国美展中参展的艺术家。

从土屋画室出发

没有人会轻易获得成功,傅剑锋也一样,在追求绘画艺术的道路上,他也经历过失败和挫折。

四岁时,傅剑锋患过脑膜炎,医生告诉他在伊犁州医院工作的父母,这个孩子即使病治好了,以后也有可能有智力缺陷。上天厚爱,他没有被病魔击垮,而是活泼机灵懂事,尤其喜欢在地上画画。他家里兄弟四人,还有外婆,全家共七口人要吃饭,生活压力很大。尽管这样,父亲也会抽时间画画。父亲画画的背影和染料呈现的世界,给幼小的傅剑锋的影响是深远的,他从此着魔般喜欢上了画画。初中时,他便崭露头角。

1978年,傅剑锋和许多怀揣大学梦的高中生一样,走进考场,向着梦中的象牙塔冲刺。由于文化课底子太薄,他考取西安美术学院的梦想落空了。

高考失利并没有让他颓废气馁,他告诉自己,人要有责任和担当,只有奋发努力的人才有资格收获。他早早就知道心疼大人,为了替父母减轻负担,高考落榜后他干过许多繁重的体力活儿——在奎屯河筛过沙子,风吹日晒得像个非洲小伙儿;修过公路,旧水泥路一镐头下去,只敲下核桃大小的一块儿,震得胳膊生疼。

最让他难忘的是在烟厂扛大包的经历。

"我那时个子就跟现在一样,我一直怀疑我没长高是那时扛大包压的。比我都重的烟叶包有80公斤,你想想体积有多大?还要踩着晃晃悠悠的架子扛到十几米高的地方码垛。扛一个才7分钱,跟电影里码头上力扛大包的情景一样。汗水顺着脖子淌,腰弯到快90度了。"

即使这样,傅剑锋白天干八九个小时活儿,晚上还坚持画画,时常忘了时间。到了半夜,父亲看到他还没有睡,便提醒说:"你这孩子不要命了吗?这么晚还画画?"父亲虽嘴上责骂,但心里为儿子自豪,这也激励他更要把画画好。

为了让傅剑锋画画,父亲给他垒了一间小土房做画室。在这间墙上贴满了画的小土房里,傅剑锋找到了乐趣。这是他的王国,他觉得自己就是为了艺术而生。

虽然文化课差,连着两年高考失利,但是傅剑锋画画得好,在奎屯地区已小有名气,后来,他便在奎屯闯出了一片天地。

1979年年底,克拉玛依市教育局在全疆各地招老师。奎屯市教育局向他们推荐了傅剑锋。克拉玛依市教育局负责招生的老师和独山子二中的校长慕名到傅剑锋家中。看了他的画后,原本只打算招收语文、数学老师,却破格让他参加考试,因为可以让他教美术。

后来,在奎屯报名的四五十人中,傅剑峰以语文第一名的成绩被特招到了独山子二中做老师,从此他的人生扎根在一座油城,并且根深叶茂。

管子画独树一帜

1982年,傅剑锋迎来了人生的第二次转折。当时,克拉玛依矿史馆请了几名四川美术学院的教授来做雕塑。傅剑锋恰好去克拉玛依办事,知道这件事后,对艺术近乎膜拜的他决定不放过任何一次学习的机会,便留下来给教授们当志愿者,打下手。教授们看他很有艺术天赋,鼓励他去四川美术学院进行专业学习。

一语惊醒梦中人,傅剑锋回到二中立即向校长汇报了这个情况,校长欣然同意他去学习深造。

于是,当二十一岁的傅剑锋带着一个硕大的木箱,辗转一个星期,一身汗湿地到达重庆时,四川美术学院的教授震惊了——原本无心的一句话，却让这个年轻人风尘仆仆地来了。最终因为四川美院在全国招收进修生，开设了第一期进修班，因此，川美大事记碑上，便刻下了傅剑锋的名字。

在《年轻的朋友来相会》的歌声中，傅剑锋走进四川美术学院，在川美纯正的学院风气和专业的浸润和培养中，潜心学习了三年。

1985年，傅剑锋学成归来。他把在高等学府吸收的营养输送给独山子的石油子弟，同时，独山子这座具有独特气质的石油城也影响着他，他感受到一种激情，边教学边作画。

炼化企业纵横的管道，在他眼中是一道别样的风景，他强烈地感受到炼化管道之美，感受到一种蓬勃向上的力量，他开始尝试画这些装置和管线。

1991年，傅剑锋三十岁了，他开始创作第一幅管子画。恰好此时，克拉玛依选派十名美术爱好者去四川美术学院进修，傅剑锋参加成人高考后入选，他的名字第二次被刻到了川美大事记碑上。

在罗大佑《恋曲1990》的歌声中，而立之年的傅剑锋继续求学深造。那张管子画还没有画完，他带到学校继续画。画好后，他的指导老师谢明礼一看，说："这幅画很有意思，就叫'脉'吧。"当时他并未在意，后来却越想越觉得这个名字既准确又余味无穷。

从此，傅剑锋把自己的管子画称为"脉系列"。更让他没想到的是，学校把这幅画送去参加了"四川省纪念毛主席在延安文艺座谈会上的讲话发表50周年"美术作品展，并在四川美院院刊《当代美术家》上发表。后来，这幅画又被四川省送去参加了在北京举办的"92中国油画展"，要知道当时四川省只选送了六幅作品。1992年，这次展览的全部作品被送到美国参展。展览结束后，傅剑锋的这幅作品被美国一家艺术中心收藏，中国美协给了他5 000元收藏费。

傅剑锋说："我当时太震惊了。要知道，那时四川画派风头正健，在全国影响很大。罗中立如日中天，就在四川美院当老师。我那幅画被四川美院看中后又被四川美协看中，我觉得这个管子画可以画下去，应该画下去。"

1997年10月14日，世界石油大会在北京举行。作为大会的一项配套活动，当天中国石油、克拉玛依市、独山子石化为傅剑锋在中国美术馆举办了个人画展，靳尚谊、邵大箴等国内名家参加了个展。当晚，央视《今日星光》栏目播出了时长8分钟的画展专题片，央视晚间新闻、中央人民广播电台、《人民日报》《光明日报》《工人日报》《中国青年报》等主流媒体都报道了这次画展。罗中立和他的老师张方震教授也都去参加了傅剑锋的画展开幕式。张方震教授说："这些画每一幅都可以参加全国美展。"

傅剑锋说："真的很感谢四川美院纯正的学术风气和敏锐的学术眼光，没有四川美院的认同与鼓励，我就不会有这么强的自信心坚持下去。说实话，和同学们相比，我的绘画基本功并不突出，我没有像他们那样专注于基本功练习，老想搞一点儿不一样的东西，把精力用于创作而不是用于练习速写、素描等基本功训练。1993年毕业时，我画的管子画已有十七八幅，学校居然给我搞了个个人画展！这是我的第一个个展，也是一起毕业的一百多名石油美术班的同学中唯一的个展。"

著名油画家马一平教授专门为傅剑锋的个展撰写了前言："管道，横竖曲直的管道，阵势井然的管道，无尽延伸的管道，谱出石油工业规模恢宏而又缄默无言的颂歌，也造就了石油题材画家傅剑锋初登画坛的自我形象。"

从此，傅剑锋凭借画石油炼化管道的系列油画《脉》蜚声画坛，五年一届的全国美展，他入选了四届，进入中国工业题材绘画的领军方队。

《脉之九十九》与名家同展

1997年之后的十年里，国内重要美展都有傅剑锋的一席之位，他也开始在国内外参加各种活动。

2000年，中国美术家协会选派傅剑锋去意大利博罗尼亚美术学院研修四个月，他的管子画在意大利举办个展，引起各方关注。2008年，赴法国巴黎国际艺术中心研修三个月并举办画展。在世界一流的绘画艺术殿堂，傅剑锋在俯仰之间找准位置，吸收学养，并阔视野。

看了那么多的西方名画，傅剑锋觉得自己并没有找到更好的融合方式。有了名气后，各方的评论、建议多了起来，自觉不自觉地就会影响创作思路。他想超越自己，超越单纯、率真的画风，老想用绘画表达一些自己并不太明白的观念或思想，结果在作品中附加了很多东西，比如在管道画中加入女人体呀，加入肖像呀，把作品搞得不太自然。

"走了一段弯路后，我开始思考，想找回过去的一些东西。经过十几年的探索，也算是某种意义上的返璞归真吧。这个阶段，我注意恢复画面的某种单纯，不再给画面附加一些格格不入的东西，但这种单纯已经不是少年时的单纯，而是一种洗尽铅华的纯粹。开始把工业题材绘画与对社会的某种思考和感受自然巧妙地结合起来。"傅剑峰说。

创作的同时，他不断充实自己，不断学习吸收一切有益的东西。画画之余他会听各种高端讲座，也会听交响乐、民谣、流行音乐，韩寒的书他也会看，他要了解这个世界最前沿的思维和艺术表现形式。

在开始创作前，他都要做很多学习、思考、借鉴的案头工作。经过多年的历练，傅剑锋视野开阔，画作在规模上也越来越大。他的画作有四米长的，还有八米长的。他觉得，只有这样大的作品才能表现自己感觉到的工业文明与人类、社会的相互关系，这么大的规模才更有气势才更过瘾。

2011年7月，由文化部、中国美协联合主办的"庆祝建党90周年美术展"上，傅剑锋的《脉之九十九》和黄永玉、吴冠中、徐悲鸿等大家的304幅作品在中国美术馆展出，他也因此荣获了"中国石油优秀画家""中国石油优秀十佳艺术家"等称号。

2015年8月，全国总工会、中国文联举办"时代领跑者"大型主题创作，受中国文联委托，傅剑锋创作了巨幅油画《铁人》，他还为邓稼先、袁隆平、常香玉等模范人物画像，其中《铁人》在国家军事博物馆展出，并被中国文联收藏。2017年，他受克拉玛依市政府委托，为新疆人民大会堂创作油画《克拉玛依之歌》。

2015年10月12日，在中国石油的支持下，傅剑锋"中国梦"主题画展在中国文联艺术馆成功举办。

中国美术家协会主席、中央美院院长、著名油画家靳尚谊说:"在国内画坛中,画工业题材的艺术家可以列出很多,但傅剑锋的管道系列已独具面貌并成为他特有的形式符号。傅剑锋同许多同代画家一样,具有鲜明的个性和现代意识,追求真诚的艺术创造。他避免了某些同代人的缺陷,没有因艺术的商品化趋向而改变自己的艺术追求,他视艺术探索为一种神圣的职责,尽管他仍需要做出更多的努力,但将来中国艺术的希望正寄托在这一代画家身上。"

傅剑锋说:"这些管道表面冰冷,内心却奔腾涌动,都是大国重器的符号,可以完美再现戈壁滩上的生机与活力,我要用画笔记录下不屈的石油精神,让更多的人了解发生在中国西北边陲的感人故事。"

三十年来,傅剑锋扎根中国工业题材绘画领域,表达自己对这个世界、对工业发展、对经济对文化的观察与思考,成为工业题材领域影响很大的艺术家。

让艺术更有力量

在独山子工作四十年,傅剑锋从教育工作者到独山子文联副主席,一直把带动工业题材绘画艺术发展当作重任。他注重青年一代的培养,带出一批年轻画家,创作了一大批优秀作品,不断斩获奖项。

2018年,傅剑锋荣获"克拉玛依市领军人才"称号,成立了自己的工作室——独山子创艺空间。在有了更多的资金和政策的扶持后,傅剑锋把体育中心的旧房子改造成独山子各类艺术展览场馆。为了节省资金,他自己设计,就地取材,旧木板、旧椅子自己刷油漆,就连暖气片也刷出艺术感。为了让孩子们来了就能坐在地上画画,创艺空间被他打理得纤尘不染。

一场场文艺座谈、讲座、艺术交流以及各种展览在创艺空间开展。国内知名艺术家到创艺空间做讲座,让身处边陲的独山子文艺爱好者接受国内最先进的艺术理念熏陶。

与此同时,傅剑锋不断突破自我,创作了很多画作。傅剑锋的生活圈子很小,因为他把大多数时间都用在了艺术创作上,每天大多数时间在画室里度过。2020年疫情期间,他接连三十六天吃住在画室进行创作,每天以方便面、咸菜和馕度日。他说:"我不想给别人添麻烦,社区工作人员太辛苦了,只要能搞创作,我吃什么都不重要。"

由于长期在油画染料环境里创作,他呼吸道受到损伤,冬天也要开窗通风,他患有肩周炎、严重的哮喘、失眠等病症,但是他总觉得自己体力和精力都还不错,特别是激情还没有消退,经常处于创作的亢奋中。时常灵感来了他会半夜三更冲到画室,听着雄壮的交响乐,直至画得筋疲力尽。

年轻时,他也曾留过长发,穿着皮衣,一副艺术范儿。随着年龄渐长,他更加注重内在的积累和修养。他风趣幽默,真诚热情,到创艺空间的人都会被艺术气息所熏染,被他的通达睿智所感染。

这些年,走进他画室的人,看到的都是他那身大头鞋、牛仔裤、一件被染料沾染得五颜六色的牛仔T恤的装扮。年岁渐长,双鬓染霜,因为染发剂过敏,正规场合他会把两鬓的头发剃光,留一个很个性的发型。

他说:"人还是惧怕衰老的,谁都想保持年轻的状态。我现在的心情比较急迫。三十岁至五十岁是油画家的黄金年龄段。画油画要一直处于激情澎湃的亢奋状态,画的时候必须站着,必须注意力高度集中,所以体力必须好。我今年已经六十岁了,要画出大幅作品,需要很好的体力、精力和把控能力。我还有很多想画的,希望能画出更多更好的作品,这样才对得起这个工业文明迅速扩张的时代,才对得起大家对我的大力支持,也才对得起自己这么多年的不懈求索。"

回首这些年的经历,傅剑锋感慨万千:"我两次参加全国文代会,聆听了胡锦涛总书记和习近平总书记的讲话,带着总书记的嘱托,我要把自己的艺术成就回馈给人民,让文化润疆开花结果,用艺术再现新疆人民的美好生活。"

2020年金秋时节,傅剑锋马不停蹄地参加了新疆文联美术家协会组织的两场艺术家走进脱贫攻坚和美丽乡村建设一线,开展采风创作,为乡村美术爱好者普及绘画知识和技巧进行培训。

傅剑锋说:"我希望自己在艺术实践中,尽力挣脱各种陈规和束缚，努力构建起自己的艺术世界，锤炼出具有当代中国工业特色的油画语言。我会站在新的起点上，更加努力创作，用艺术的力量影响更多的人。"

点点纤尘积就山,绵绵用心沙成塔

薛 魁

◎ 全国五一劳动奖章获得者
◎ 全国青年岗位能手
◎「加油中国·传承铁人」优秀人物

知识的光辉

王琦

2020年11月15日，薛魁再次踏上参加全国石化行业乙烯工种技能大赛的征程。2004年作为参赛选手，薛魁曾代表独山子石化公司参加过这项全国技能大赛，一举夺魁。这次是他作为教练第二次带队参加全国技能大赛。2015年，他就作为教练和裁判参加了中国石油乙烯工种全国技能大赛，获得第一、二、三名金奖，团体第一的骄人战绩。

简短的欢送仪式结束后，带着领导和同事们的殷殷期望和深深祝福，车辆行驶在石化大道上，载着参赛选手和教练向着充满期待的目标奔去。

望着远处熠熠生辉的装置，薛魁的心中激情涌动，感慨万分。

一晃，来到独山子快三十年了。人生中最好的年华、最富激情的岁月都安放在了独山子这片热腾腾的土地上。独山子石化乙烯加工量从年产14万吨到年产140万吨，成为目前全国在产乙烯量最多的石化公司，其中的艰辛和汗水、幸福和温暖历历在目。作为企业发展壮大的建设者和守护者，薛魁感到能与企业共同成长，何其幸运。

三十年，薛魁从青春焕发到华发初生，从对生产一无所知的青年工人到技术全面的知识型工人，从金牌选手到金牌教练，从全国技术能手到中国能源化学地质系统大国工匠，从集团公司劳动模范到克拉玛依共青团在聘青年成长导师、中国石油大学在聘劳模导师。

这些成就的背后，是常人无法做到的孜孜以求和精益求精；是他一步一个脚印的踏实努力；是善于总结和升华的开花结果；是不知疲倦地学习理论和探索实践；是他顺境中不骄不躁、逆境中不抛弃不放弃，在学以致用中，让所学的知识像太阳一样散发光辉，照耀更多人，创造更大的价值。

涓涓细流汇成河

乙烯产品是石油化学工业重要的基础原料，乙烯装置的生产规模和技术是衡量一个国家石油化学工业发展水平的标志。20世纪90年代初，独山子领导层高瞻远瞩，立项建设年产14万吨乙烯项目。这是当时中国西部最大的石油化工项目和首套进口乙烯装置，代表了当时最先进的乙烯生产技术。

当时，独山子在国内许多大专院校委培了一大批大中专毕业生，仅南京化校（现为南京科技职业学院）就有2 000名委培生。1991年，作为南京化校委培生中的一员，薛魁来到独山子乙烯厂，成为裂解车间一名操作工。

薛魁的父亲是一名优秀的高中教师，对薛魁和哥哥期望很高，兄弟俩从小就养成了很好的学习习惯。薛魁的哥哥高考那年，新疆广播电台播放了当年新疆500分以上的考生名单，哥哥的名字赫然在列，最终被电子科技大学录取，成为一名科研人员。薛魁为哥哥骄傲和自豪的同时，也有了压力，更有了动力。考上大学，成为一个科研工作者是他的理想。

然而，高考失利却成为薛魁挥之不去的梦魇，想到父母期盼的眼神，他不愿意在父母的眼前再次复读，他想用努力工作补偿父母的遗憾，成为父母眼中的骄傲。于是，他选择了上委培中专。

"无论做什么工作，都要把事情做好，做个有准备的人。"带着父亲的叮咛，毕业后，薛魁来到独山子。干净的街道、老城区街道上的蒸汽管廊、身穿工装的人们，这些独特的景观，给他留下深刻的印象。

薛魁学生时代的梦想是穿着白大褂，在现代化集中控制室里操作。工作后，14万吨乙烯在建筑工地尘土飞扬、热火朝天的场景，给了他很大触动。理想和现实之间虽有差距，但他没有忘记父母的殷殷嘱托，在这样宏大壮丽的施工场面里，他有一种撸起袖子加油干的激情涌动。

薛魁说："那时我一个分到工业水车间的同学，十分羡慕我能够分到乙烯核心龙头车间。我也觉得自己很幸运，很开心。"

每天，薛魁把精力都用在理论知识、现场流程和实际操作的学习中。面对密密麻麻的管线，面对复杂深奥的化工知识，他明白要想进步，就要不断学习。

"知识点太多了，必须踏踏实实，一个个掌握。"

1993年，在齐鲁石化实习时，他看着仪表和流程图，感觉云里雾里的，内心很焦急。面对控制室里的一些仪表，他无法理解看不见的控制到底是如何操作的。当师傅耐心地把控制回路画在纸面上时，他顿时豁然开朗了，抽象的控制原来可以这样具体化啊。后来，看书的时候，他发现这些知识书里都有。

"如果我早些看书的话，很快就能掌握这些应用技能。"从此，他更加注重理论知识的学习，哪怕是书本里一些感觉比较生冷的知识，也会静下心来花工夫慢慢吃透。"以后在工作中总会用到，那样才会在驾驭装置时更加得心应手。"

实习结束时，薛魁成为乙烯车间外培人员中第一个拿下三个岗位的人员，被评为优秀实习生。

1995年8月6日，独山子14万吨乙烯装置生产出合格产品，开启了迈向高精化工产业的步伐，意味着独山子走向炼化一体化转型之路。薛魁和大家一样在艰辛和汗水中品尝到努力付出的甘甜果实，决心要守护好装置，为独山子石化发展添砖加瓦。

点点纤尘积就山

在生产实践中，薛魁意识到乙烯技术的先进性和复杂性，意识到自己的知识结构还不足以满足企业发展和个人成长需要。他沉下心，陆续完成了新疆大学英语自学专科、西南石油大学化学工程本科及中国石油大学（北京）化学工程研究生的学业，并取得了工程硕士学位。

在干中学，在学中思，薛魁积累了丰富的工作经验，几年时间就拿下了乙烯分离装置的所有岗位，成为班长。1996年，荣获独山子石化总厂乙烯厂"青年岗位能手"称号。

就在这时，根据公司培养复合型人才的战略发展需求，车间要培养全能操作手。已经是分离班长的薛魁主动申请跨装置学岗，成了裂解装置的一名外操学岗人员。

第一次自己切换原料泵时很紧张，这让一向自信的他感到惶恐。

薛魁说："在熟悉的领域操作，我是很自信的，但是当重新作为一个学岗人员去切换一台至关重要的泵时，我有了老操作工才有的敬畏之心，因为稍有不慎就会造成装置停运。"

"自信和经验是要通过实干才能获得的。乙烯装置包括三裂解、压缩、分离主要单元，只有亲自干过，才能体会到乙烯技术的复杂，也才能承担起生产管理的重任，这需要沉下心来，耐得住寂寞。"薛魁由衷地说。

踏踏实实地把裂解装置的岗位一个个拿下后，幸运之神第一次眷顾了他。1998年，在独山子石化总厂第二届职业技能大赛中，薛魁斩获第一名。

2003年，薛魁代表独山子参加中国石油乙烯工种技能大赛。参赛前，专家团队对参赛选手进行指导集训。薛魁不仅严格按照培训计划完成任务，还常常自己给自己加码，深夜一两点休息是常态。他尝到了全面系统地学习乙烯知识的乐趣，浑身有使不完的劲儿。

大赛笔试拿到试卷时，有近十分钟的时间，薛魁的手颤抖得几乎写不成字。这颤抖，不是紧张，而是看到题目都会有一种激动，他庆幸自己踏踏实实地积累，才会有这样的心情。他深呼吸，按捺住激动和兴奋，稳定发挥，最终取得第一名的好成绩。2003年11月，荣获"集团公司技术能手"荣誉称号。

2004年，薛魁代表独山子参加了全国乙烯工种技能大赛。这次，采取更加严谨周密的选拔和集中培训。不断在全国和行业技能大赛上摘金夺银的独山子石化，有着科学严谨的培训机制，只要有独山子石化选手参赛，对手都会紧张。为了不影响比赛，选手不参加开幕式，但每个参赛队伍要有五个人参加开幕式，独山子石化教练团队只有四人，薛魁主动请求参加开幕式。

他笑着说:"我去吧,去感受下氛围,太平静了,没有比赛的激情。"

连续两年参加高水平的全国大赛,薛魁已经不把自己当作参赛选手了。他觉得这就是一项工作,只要踏踏实实、认认真真地把每一个环节都做好,把知识点都掌握,点点纤尘积聚成山,这种力量最强大。

他常调侃说:"我爸对我的期望都在我的名字里。我没考上大学给他带来失望,我要用真正夺魁来回报他。"

不负众望,薛魁成为金牌选手。2004年12月,他荣获了"全国技术能手"荣誉称号;2005年6月,他又荣获"全国青年岗位能手"荣誉称号;2006年,薛魁被聘为集团公司技能专家。

当同行知道他掌握了乙烯分离、裂解、压缩三个主体装置的十六个岗位,当过分离班长、裂解班长、值班长时惊讶地说:"太不可思议了!那得需要多少时间才能学完啊?"

"十年。"

薛魁用了十年的时间,成为中国石油乃至全国乙烯装置在裂解班长和分离班长核心岗位上各工作三年以上的全能操作手。

2007年,薛魁作为教练和裁判,带领独山子石化代表队参加中国石油集团公司乙烯工种技能大赛,选手获第三、四、五名,团体获第二名;2015年,他指导选手参加集团公司乙烯工种技能大赛,选手获第一、二、三名金奖,团体获第一名。

多年以后,薛魁十分庆幸自己当年跨岗学习的决定。正是因为掌握了三套装置的操作,拥有扎实的理论功底和实践经验,他才能在全国大赛上取得好成绩,为独山子石化争光,两次荣立独山子石化一等功,2005年被评为集团公司劳动模范,2007年被评为"中国青年五四奖章"标兵,2008年获得"全国五一劳动奖章",2009年享受国务院政府特殊津贴。

绵绵用力沙成塔

"工作后,我的学习压力从来没有减小。成绩和荣誉接踵而来,说实话,肩上沉甸甸的。我一直思索,作为一个知识型工人,如何让知识显性化,才能更好地回报企业。"薛魁如是说。

在老区乙烯装置工作期间,薛魁和团队通过对近三年装置生产数据的定量分析,发现装置乙烯损失量高达3%,提出"优化乙炔反应器操作、降低乙烯损失"等17条建议,并彻底解决了困扰乙烯装置"两低一高"的生产难题,双烯收率从30%上升到48.6%,加氢汽油收率从50%提高到78%,加工损失率由3.38%下降到0.47%,增效近4.5亿元。

2005年,国家级重点工程、西部大开发标志性工程、中国石油一次性投资最大的千万吨炼油百万吨乙烯一体化项目落户独山子。8月22日,独山子大炼油大乙烯项目开工奠基。石油城扬帆起航,向着国际一流石化基地目标奋进。薛魁知道,让知识显性化的时机来了。

在"千万吨炼油百万吨乙烯"工程技术资料审查中,薛魁凭借对乙烯工艺技术的深入理解,根据生产实际,提出了取消裂解气管线膨胀节的决定。因为裂解气中含有大量的液相急冷油,在传输过程中,急冷油易聚合在裂解气管线的膨胀节处并结焦,可能导致膨胀节损坏,成为影响安全和长周期运行的隐患。他还提出改变装置燃料气线安全阀设计等关涉重大安全性问题,建议将安全阀排放线变更为去火炬系统,解决了安全、职业健康以及环境污染等设计有缺陷的问题。他提出建议400余条,多项建议被采纳,为国家重点工程的顺利推进做出了突出贡献,展现了当代中国石油知识型工人的风采。

薛魁提出的"增加裂解炉蒸汽放空管线"技术得到应用。2015年,装置检修开停工中,共减少火炬排放5 785吨,降低经济成本1 592.1万元,百万吨乙烯装置首次实现零火炬排放的"绿色开工"。

2018年,薛魁在对裂解炉进行模拟分析和研究中,总结出一套"裂解炉精准调节法",应用在百万吨乙烯装置中,极大地延长了轻烃裂解炉的运行周期,提高了单炉生产效益,该操作法被命名为集团公司一线生产"十大绝招绝技"之一,在行业中被广泛推广。

2019年,在集团公司重点投资项目"加工百万吨轻烃乙烯优化项目"中,薛魁及时发现新增裂解炉二级急冷器进水和升汽线的设计及施工错误,避免了重大项目无法顺利开工投产的生产事故。

"图纸经过三级审核,能发现这个问题的人,绝对是高手。"设计单位的专家说。

薛魁有10篇论文在全国行业高端杂志发表,13项成果荣获公司级及更高级别的奖励。他编写了《乙烯装置上岗题库》《乙烯装置基础理论知识教材》,编译《乙烯装置技术培训教材》,实现了知识显性化的目标,获得"首届全国高等职业教育毕业生百名就业创业之星"、"加油中国·传承铁人"优秀人物、中国能源化学地质系统"大国工匠"等荣誉称号,成为国内乙烯行业技能响当当的领军人物。

久久为功大道成

独山子石化被誉为全国石化行业人才培训基地,近些年,很多人却离开独山子,去浙江、广州、山东、云南等地石化行业发展。

薛魁说:"独山子培养了我,我的根在独山子,我要让自己所学的知识变成光和热献给这片土地。"

薛魁致力于员工培训,他创建的"新员工培训五步法"已用于乙烯装置新员工培训并在全厂推广。

2018年,在"专家带你读规程"活动中,薛魁带领车间操作人员长达三个月读原版操作规程。一次,一名工作三年多的员工问薛魁:"为什么裂解炉汽包连排开大后,SS温度会降低?"这个问题他几乎问过车间所有的人,都没有一个令他满意的答案。

薛魁说:"自己感到很惭愧,因为印象中,几年前,他问过我同样的问题,我经验式的回答显然没有令他满意。"

"还好,我没有遗忘这个问题,而是把这个问题作为自己的一个研究课题,在以后的学习和工作中,不断研究、总结和感悟。后来,这个研究成果还获得了独石化一线创新成果一等奖呢!"

那一刻的成就感,让薛魁有了一个更深刻的认识,那就是技能操作除了要有丰富的经验之外,还需要用理论思考来支撑,才能在实际生产中更多地发现问题,更好地分析和解决问题。他感觉到肩上技能传承的担子沉甸甸的。

2019年，中国石油技能专家协作委员会成立，薛魁被聘为炼化分会副主任，更大的舞台助力薛魁走向全国。在集团公司组织的"技能西部行"活动中，薛魁在独石化、克石化、青海油田、兰州石化及南京科技职业学院开展了以"学以致用"为主题的创新大讲堂授课。

在人社部组织的"技能中国行2019——走进中国石油"活动中，薛魁代表独山子石化公司在大港油田开展成果推广，组织了多项集团级的研讨交流；他撰写的《高效技艺传承》、编辑的《一线创新成果案例集——化工专业》已由石油工业出版社出版发行。通过技能知识显性化，薛魁毫无保留地将乙烯技术及创新理念在炼化行业进行了更广泛的传播。

薛魁是共青团克拉玛依市委在聘青年成长导师，中国石油大学在聘劳模导师。2020年3月1日，新疆石油学院"劳模导师面对面"线上职业生涯访谈第一期在抖音直播间开播。薛魁与同学们分享自己的学习感悟和成长经历，讲述自己如何迈出成功的第一步，鼓励学生们保持不断学习的动力，养成良好的学习习惯，培养学习能力，成为放到哪里都是一块好材料的有用人才。

在生活中，薛魁是个爱好广泛的人。他喜欢书法，遇到难题时，他会静心练习书法，在运笔调息之中，调整心情，寻找思路。

薛魁喜欢做饭。他说："做饭也是一门艺术。好好做饭，好好吃饭，是生活品质，也是生活态度。这些年很忙碌，但只要有时间，我都会用来陪伴家人。"

2018年11月10日，薛魁受邀参加母校南京科技职业学院全国石油和化工终身教育体系建设启动会暨全校高质量发展大会并发言。薛魁说："扎根一线二十七年，踏实做人，认真做事，母校的教诲始终萦绕耳畔。我从一名普通操作工成长为高级技师、中国石油技能专家，成为全国五一劳动奖章获得者，得到了习近平总书记的亲切接见，这些成绩和荣誉的取得，都离不开母校的教育。中国制造对产业技术工人的培养提出了更高要求，从制造大国迈向制造强国，技术工人的职业发展道路会越来越畅通，社会地位也会日益提升。"

时常有人问薛魁："拥有这么多成绩和荣誉，是不是很有成就感？"

薛魁说:"成绩属于过去,属于那些刻苦努力的时光。我的成就感来源于遇到疑难经过反复钻研突然柳暗花明的那一刻。这正应和了尼采的一句话：当你的感性认识上升为理性认识的时候,就如同一个人从黑暗的山洞走出来,看到了太阳的光辉。"

我的岗位我负责,我的岗位您放心

李 良

◎ 中国石油天然气集团公司「优秀青年」
◎ 新疆维吾尔自治区「劳动模范」
◎ 新疆维吾尔自治区「青年岗位能手」

金色回报

毕鸿彬

在采访李良的过程中,我的眼前总会浮现出这样的画面:他手捧金灿灿的奖牌,目光望向远方,脸上露出欣慰的笑容,台下响起一片热烈的掌声……

那些鲜红的证书、烫金的奖状、闪光的奖牌是他十六年职业生涯奋斗的履印:从一名实习生到独山子石化公司"十佳杰出青年",从中国石油天然气集团公司"优秀青年"到新疆维吾尔自治区"劳动模范"……他的每一个脚步都坚实、有力,一步步走向更高更远。他用智慧和汗水取得的骄人业绩,像一朵朵明艳的小花,散发出经风历雨后的幽香,蕴藏着许多动人的故事。

从实习生到技能竞赛冠军

2004年3月8号,对于李良来说如同一场马拉松的起点。这一天,作为承德石油高等专科学校生物化学专业的一名毕业生,他来到了陌生而遥远的新疆独山子,分到了正在建设的生产化妆品原料的透明质酸装置车间。到车间那天,车间主任许文超开着皮卡车拉着他和工友们去工地,炼化装置那一片灯火吸引着他的目光,他的梦想就在那片辉煌中。

在建的透明质酸装置规模已显,李良把对未来的美好憧憬安放在这里。车间对新员工进行岗位分配前,许文超主任找他谈话:"李良,你在学校就入了党,又是学生会干部,学校对你评价挺好,你去干辅助岗位吧。"李良爽快地答应了。

透明质酸装置发酵、后提取、包装、辅助四个岗位中,辅助岗位是最不起眼的。回过神后,他困惑了:"明明我各方面条件都不错,为什么领导却把我安排在一个最不重要的岗位上呢?"

后来,他明白了。辅助班力量薄弱,整体工作在车间是短板。他是班里唯一一个懂技术的大专生,领导希望他从基础干起,能有所作为。他开始安心工作,不论白班、夜班都抓紧时间画流程图,编制操作规程,制订应急方案……班组基础资料在他手中从无到有,逐步健全。

经过两个月的实习,李良已经完全胜任岗位操作。他觉得自己要学的知识还有很多,为了学技术,他干完活儿就去其他岗位,帮着打下手,"偷"着学习。

5月1日,透明质酸装置开工,但生产运行并不顺利。这项技术是北京化工大学的专利,校方派一名教授带着两个研究生来调试装置,发酵和后提取这两个重要岗位的操作都由两名研究生负责,李良尊敬地叫他们"老师"。他在一旁观察老师怎么干,私下里悄悄琢磨。老师们并没在意他,但很快就因为一件事改变了对他的看法。

后提取岗位过滤环节切换阀门时总是失败,无法做出合格产品。尽管两个老师不厌其烦地反复操作,但效果一直不好,阀门切换后最多维持十几分钟正常运行。一天夜班,李良趁老师去办公室休息,大胆操作,阀门切换后一切正常。十分钟过去了,滤液没有混浊;二十分钟过去了,还是没有异常。"咋回事儿?"机器在轰鸣,他反倒害怕起来,赶紧把老师叫到现场。老师一看,高兴地说:"哎呀,你操作得可以呀,一次就完成过滤了!"

这件事,让老师们对李良另眼相看,开始教他技术,他很快掌握了发酵和后提取岗位操作技术。7月底,李良实习成绩考核优秀。不久,就当上了工艺一班班长。当时,他才实习四个月,还没转正就担任班长,创造了奇迹。一年后,他担任了车间技术员。

几年后,成为劳模的李良在独山子石化班长培训课上提起这件事,不是炫耀，而是向年轻人说明一个道理："你只有努力付出，具备了专业素质，才能赢得领导的认可，赢得担当重任的机会。"

他和妻子刘丽在校时就谈了恋爱。刘丽学的是应用化学，毕业时到江苏徐州的一家电厂当锅炉水质化验员。一对恋人，一个在徐州，一个在新疆，相思甚苦。

李良和女友相隔两地的事儿，引起许文超主任的重视，向上级反映了他的难处。在上级领导的帮助下，刘丽调到独山子工作。李良说："我媳妇能来独山子，都是咱们企业领导关心员工，把我一个普通员工的事当大事来办。如果错过这个时间段，她成了往届生，就不好分配了，我们也不可能顺利相聚在一起。"

他将这份感激之情一直深埋心底，工作更加努力了。2004年年底，他在独山子石化总厂技能竞赛中一举夺魁，获得透明质酸工种第一名。2005年年底，他拿到了河北大学的自学本科毕业证。

2007年7月，李良遇到了生命中最大的坎。刘丽的眼睛出现不明原因的肿胀，最终确诊为颈动脉瘘，需要手术。李良心急如焚，请假带女友去看病。许文超主任立刻向上级反映，很快联系到实力强大的上海华山医院。李良怕双方父母担心，没有给家里人说。为了方便照顾，他毅然和刘丽领了结婚证，带着她去上海治病。

12万元治疗费，对刚买了房子装修完婚房的他们来说，可是一大笔钱啊！李良打算把婚房卖了。许主任劝他别卖房子，组织想想办法。最后，在工会组织的关心下，他们从社保预支了费用，医院还帮他们联系了华山医院医术精湛的眼科主任主刀，手术很成功！

从此，他把感激之情化作奋进的力量，不断提升自己，在企业发展中建功立业。

经风历雨再夺冠

2008年4月1日，石化总厂顺应企业发展所需，解散化工厂，三十多名员工分流到炼油厂，李良分到了焦化车间。临近清明，细雨纷纷，他体会到了凄凉的况味。

从一名实习生干到班长，又从班长干到技术员，多少个日日夜夜，他把装置当作一片土地深耕细作。每一个阀门、每一条管线都在他的脑海里扎根，成叠的资料、图纸、笔记本都留下他用心书写的墨印。汗水未干，眼见着梦想的种子已经发芽，他却失去了那片土地。失望、沮丧，愁云压心。每当路过透明质酸装置，他的心里五味杂陈，酸楚不已。

新车间、新岗位，第一个夜班上下来，疲惫不堪。灰心丧气中，他给许文超主任打电话，把一肚子的委屈都倒给了这位可亲的大哥。许主任说："除了好好工作还能有什么办法呢？我也回原单位了，你能分到炼油厂就不错了。毕业后，你一直干得不错。现在只要继续保持那时的干劲儿，在哪儿都能干好。"

许主任的话给了李良极大安慰，他调整好心态，很快融入炼油厂这个有着优良传统的集体。

2008年是独山子千万吨炼油百万吨乙烯工程建设的关键之年，这项西部大开发的标志性工程，经过四年的鏖战，就要迎来胜利的曙光。开工前的各项准备工作紧锣密鼓，大量老炼油厂的员工要提前介入工程"三查四定"等工作。快速培养技术过硬的操作人员，成了公司迫在眉睫的要事。当时的焦化车间主任何军在车间生产会上宣布：新员工在一个月内顶岗的，奖励1 500元；两个月顶岗的，奖励1 000元。一锤敲响战鼓，一时群情激昂。

李良从焦炭塔岗位干起，这是焦化车间的重要岗位，但很辛苦。他不怕吃苦，怕的是没有本领。他铆足了劲儿，一个月就顶了岗，拿到了1 500元的奖励。在一片惊艳和称赞中，他信心十足。

7月25日，李良在装置上进行蒸汽试压操作时，看见焦炭塔进料线一支热电偶不时冒出一股白气。因为是白天，又是在塔底盖处，不容易看清。他不敢马虎，上前仔细查看，发现热电偶套管有漏点。一旦正常生产，管线里可是500℃的渣油，泄漏就会引发大火。他立即汇报当班干部，经过泄压、补焊处理，消除了漏点，避免了一起重大事故的发生。炼油厂厂长在大会上对他进行了表扬嘉奖，一时间他成了"名人"，要知道他顶岗才三个月。以后，他多次发现重大隐患，成了安全隐患的

"克星"。

2009年2月，李良从老炼油厂调到新区焦化装置，接受一个多月的开工封闭学习。他无暇沉浸于新婚的甜蜜，把时间都用在了学习上。理论知识、流程图、操作卡……每天不断填进大脑，连梦境里都是试卷。严苛的培训为开工者打下坚实的基础，也使李良受益匪浅。随后，他和同事进入新区焦化装置接受现场实际培训。

工地上塔罐林立和纵横交错的管线，构成了一道气势恢宏的工业风景。这宏大的工程像一艘即将远航的钢铁巨轮，等着富有智慧的舵手和操作娴熟的水手去驾驭。

流转起落间，李良再一次站在了起跑线上。只是这一次不是回到原点，而是螺旋上升到新的高度。三个月的时间里，他跑遍新区焦化装置，练就了一副好脚力。流程图上密密麻麻的线条、符号，已在他大脑中纷纷起身，站成高耸的炼塔、多姿的设备、延伸的管线，密织出立体的图案；而那些闪动在控制室屏幕上的线条、符号、图形，又都准确地在脑海中转换为实物。学海无涯苦作舟，六个岗位的操作他全部"拿下"，成为新区焦化装置首批全能操作手。

开工进入最后的冲刺阶段，宏伟壮观的钢铁世界在建设者的手中日新月异，熠熠生辉的钢铁之城，宛如一幅绚丽的画卷。那最明艳的暖色凝结着党和国家领导人的亲切关怀。2009年6月19日，时任中共中央政治局常委、国家副主席习近平视察大石化工程，期望独山子为新疆经济社会发展做出新贡献。8月24日，时任中共中央总书记、国家主席胡锦涛再次来到独山子，提出"我们不仅应该建设一流的独山子石化工程，而且应该管好独山子石化工程"的要求。

阳光映照着一张张劳动者的脸庞，暖流在一颗颗心中涌动，激情荡漾出雄浑的壮歌。建设者以百倍的信心，全身心投入到开工前的各项工作中。

经过周密的准备，开工之箭终于命中靶心。9月21日，独山子千万吨炼油百万吨乙烯工程成功投产，独山子由此成为我国重要的石油化工基地。同月，该项工程与青藏铁路、三峡工程一道入选新中国成立六十周年"百项经典工程"。

这个令人喜悦的秋天，李良通过竞聘再次成为班长。距离2008年4月1日进入装置学岗，他在新区只待了一年零五个月，就肩负起班长的重任。班组成员来自老区不同的单位，年龄大都比他大，要管理好并非易事。李良知道要让大家聚合成坚实的集体，就必须充分调动每个人的积极性，团结所有的力量。

一次，班里两个内操在调整系统时造成憋压，被车间认定为事故，班组士气低迷，两个内操很消沉。李良安慰大家："出了问题并不都是坏事，至少我们知道了如何处理，以后不再犯同样的错误。"

下班时，他和两个内操一同走路回家。寒冷的深夜，三个年轻人敞开心扉，边走边聊，句句良言暖心入心。两名内操放下了思想包袱，班员们重振精神，那份温暖成为长久的记忆。

李良在班里常说："干出成绩是大家的，出了问题我先负责。"他希望班员们能放开手脚去干，他的担当成了班员的坚强后盾。

2011年，在车间业绩指标比拼中，李良班名列第一。这一年，他在炼油厂举办的技能竞赛中，夺得焦化工种第一名。次年9月，他带领班组在石化公司技能竞赛中获得团体冠军，他个人摘得银牌。

亮闪闪的奖杯，摆在了班组荣誉台上，那是集体的骄傲与荣光，是对付出者金色的回报。

百炼成钢

"我的岗位我负责，我在岗位您放心。"这句铿锵有力的话语，是李良的心声，也是他真实的写照。

石油化工是高温高压、易燃易爆、有毒有害的高危行业，生产工艺复杂，微小的事故都可能引发重大影响，甚至重大事故。这就需要筑起牢固的安全防线，锤炼出富有高度责任心和过硬应急能力的员工队伍。李良是这支队伍中的佼佼者，新区开工以来，他发现的重大安全隐患多达十次。其中，2011年国庆节这天的经历，一直令他记忆犹新。

那天下午17:50，大家准备交接班时，一位外操从现场巡检回来说："吸收塔液面计那里好像拌热线漏了。"总是冲锋在前的李良没有犹豫，立刻和他戴上面罩去现场察看。到了装置操作平台上，那位同事用手扶了下管线，液位计晃动起来，李良清醒地意识到液面计出现断裂。

"快跑！"他大喊一声。两人快速跑下平台，边跑边商量如何处理。他们以最快的速度将压缩机关停，启动车间应急预案，给领导汇报……处理完，两人腿脚发软，浑身汗湿。

事后回想，他特别后怕。如果现场大量高压瓦斯气体从液面计断裂处喷出，后果不堪设想。

由于他在这起事故中现场指挥得当，处理及时，避免了一起重大事故的发生，李良再次登台接受了公司的表彰，他们班被授予集体二等功。这起事故的处理过程，被中国石油集团公司拍成了安全生产视频教材，在全系统学习。

李良不仅是隐患"克星"，他还是攻关能手。

新区焦化装置开工后，用于放空系统的十几台空冷风机属于间歇使用，冬季防冻操作频繁，蒸汽耗量大，造成装置能耗增加。同时，在开、停风机伴热线时易产生水击，伴热管束经常泄漏。这个问题一直未能解决，李良提出在每支伴热管束出口增加一个疏水器的建议。实施后，整个冬季运行效果良好，不仅降低了能耗，还减轻了劳动强度，车间为他申请了专利。

业绩的比拼就是实力的比拼，靠的是日积月累夯实的基础和沉淀的能量。李良带着队伍，扛着先进的旗帜走得笃定坚实。石化公司"明星班组"他们班连续拿了六年。

"为什么非要劳神费心地拿'明星班组'？保持不住也没关系嘛。"采访中我有些疑惑。

他笑着给出答案："一是带班就要带出风格和特色，要让大家有优越感、自豪感，跟着我能一块干出业绩；二是班组荣誉的延续是一种精神传承，让大家爱集体、爱企业；三是只有坚持不懈地努力，才能带来更多发挥才能的机会。"

正如李良所说，机会总是眷顾有所准备的人。

2013年4月，李良被聘为第一联合车间焦化装置技师，成为车间最年轻的工人技师。他参与技术攻关解决的现场难题共有30余项，其中

5项成果获得实用新型专利授权，1项技术成果获得中石油炼化企业一线创新成果二等奖。2016年9月，他履新办公室综合管理岗位，负责党建、经营管理等工作。妻子担心他不在技术岗位，不能像以前那样发挥技术特长。他说："任何一个岗位都得有人干，我技术也会，管理也会，那不是更好吗？"

经过一年的努力，他负责的专业在炼油厂排名前三，到了年底，车间破格提拔他为副主任。从2013年至2016年，他先后获得独山子"十大杰出青年"、新疆维吾尔自治区"青年岗位能手"、克拉玛依市"劳动模范"、中国石油天然气集团公司"优秀青年"、新疆维吾尔自治区"劳动模范"等称号。

2020年7月底，李良被提拔为炼油厂经营管理处副处长，很快擢升为处长。他感恩企业，感恩领导和同事，继续用一份热爱书写勤奋敬业、忠诚担当。

遇到你是我的幸运

李良在校时篮球打得很好，去指导刘丽她们一群女孩子打球，从而有了一段良缘。回忆恋爱时的情景，刘丽的笑容依然葆有在校时的甜美。

刘丽感谢企业领导把她调到李良身边。提起那次手术的事儿，刘丽说："当时有人劝李良，'手术风险大，不如和女友分手算了'。"

李良没有动摇，决定和她相依为命。原本没打算那么早结婚，为了在手术时有资格签字，他和刘丽匆忙领了结婚证。到了手术的那天，面对风险，李良还是签了字。在妻子眼里他是个有担当的人，她说："遇到他是我的幸运。"

他们有一双儿女，女儿十岁，儿子三岁。李良经常加班，少有闲暇，全靠妻子照顾老人和孩子。刘丽要倒班，回到家还要干家务，家里这本经，她没觉得难念。儿子一岁前体质弱，经常生病，全靠刘丽和老人照料。2017年4月，才几个月大的儿子生病住院，刘丽很焦急。李良在医院帮着刘丽陪护孩子，接到装置紧急停工的电话，他立刻赶往现场参与处置。从停工到正常开工，他在单位三天三夜未回家。这样加班是常事，刘丽已经习惯。

结婚后，李良没有休过探亲假，疗养假也总是被忽略，节假日少有休息，就是在家里也总是工作电话不断，干不完的活儿也常带回家干，刘丽很少有抱怨。在李良眼里，妻子很贤惠，对老人特别孝顺，对待公婆就像对自己的爹娘一样。他说："遇到她是我的幸运。"

李良一路奋斗，为了"大家"顾不上小家，他清楚自己的理想和价值所在。他不承认自己是工匠，可我认为，他是用老手艺人精雕细刻的精神在雕琢工作。敬业、执着、专注，做什么事都精益求精，这不正是企业倡导的工匠精神吗？

在工作中修行

朱 军

◎ 中国石油天然气集团公司优秀共产党员
◎ "开发建设新疆"奖章获得者
◎ 中国石油天然气集团公司科技进步成果二等奖获得者

奋　飞

毕鸿彬

如果把石化工业比作一棵蓬勃向上的大树，石油就是其扎根的富饶土地，而石化产品则是大树上茂盛的绿叶和多彩的花朵，和我们形影不离。

清晨，你打开冰箱拿出装有食物的食品袋，为煮一杯牛奶打开家里的燃气；白天，你发动汽车去上班；夜晚，你给孩子换上纸尿裤……也许你从未想过食品袋、燃气管线、纸尿裤、锂电池等这些朝夕相处的东西，都与聚乙烯、聚丙烯等化工专用料息息相关。

研发这些产品的科研人员，为造福社会，为攀登世界化工科研领域的高峰，数十年来一直殚精竭虑，呕心沥血。独山子石化公司研究院的朱军，就是他们中的领军人物。

一份炽情怀

2006年，朱军从南开大学博士毕业。在这所浸润着"允公允能，日新月异"校训的著名学府里，他勤奋畅游在知识的海洋，不但在学术上积淀了深厚底蕴，还收获了甜美爱情。他和女友吴利平是学士、硕士、博士三届同窗，比翼齐飞，毕业后都希望找到一个能够充分发挥才能的"舞台"。

新的生活即将开始，朱军要找工作，吴利平还有一年就可结束复旦博士后学业，两人将来何去何从？这一问题不得不考虑，也牵动着家中长辈的心。

一则来自家乡新疆的消息，促成两人做出人生中一个重大抉择。新疆独山子千万吨炼油百万吨乙烯工程已经于2005年破土动工，这项国内最大的炼化一体化工程是继"西气东输"后西部大开发的又一标志性工程，也是中哈能源合作战略的重要组成部分。

一个虹飞霓舞的大舞台出现在朱军眼前，他想登台一展身手。他是家中独子，回新疆还能更好地尽孝心。吴利平支持他的想法，她的专业在那里也有用武之地。

"去新疆？"吴利平的父母诧异了。

女儿要去的地方怎么能和上海比？他们一个是博士，一个是博士后，不论到哪个大城市都不愁找不到好工作。

"朱军，你要去新疆，那你们就分手吧！我女儿留在复旦是没问题的。"爱女心切的老人表了态。

朱军很理解老人的心情，但新疆更需要人才，他没有动摇。

他和吴利平想法把户口落在了上海，告诉老人他们只是去新疆工作，不是就脱离了上海，这样才安抚住老人。

对于独山子，朱军并不了解，他想去看看。

国庆节的前一天，他来到独山子。这座小城干净整洁，完全没有大城市的嘈杂，他喜欢这里的安静，而这里的人同样给他留下了好印象。

组织部的工作人员热情接待了他，告诉他不久前独山子石化刚刚获批设立了博士后科研工作站，希望他能在工作站施展才华，但他更想去研究院看看。

等他到了研究院，已经过了下班时间。当天是周末，第二天就是国庆长假。可院长一直在等他，带着他把所有实验室都转了一遍，向他详细介绍了院里的情况。院长的平易近人让朱军很有好感，他决定就在这里干事业。

走出研究院，已经日落西天。秋阳的余晖里，泥火山隆起的线条更加柔和，那里有新疆第一口工业油井遗址。百年沧桑巨变，这片中国石油三大摇篮之一的土地正在成就惊天动地的伟业。望着高耸的炼塔，朱军感到很踏实。

岁末，他来到研究院报到。当时院里正儿八经的博士只有两名，他是唯一一名高分子物理与化学专业的博士。所里的条件一般，他并不挑剔，他去了橡塑所工作，做一些配方设计、加料实验等基础工作。

"学历只是个敲门砖，在学校学的知识偏重理论，企业更偏重生产应用，两者之间有一定的偏差。从基层干没有坏处，能够将所学与所用有机结合，更好地了解研发方向。"朱军说。

就这样，他不骄不躁，求真务实，在科研的道路上跋山涉水，不畏艰难曲折，不计辛劳困苦，攻克一道道难题，许多成果填补了中国化工原料的空白，为国争光，为企业增效，为百姓生活带来福祉。

一路奋进中，朱军承担了新产品研发、市场研究及技术支持、生产技术服务、技术攻关、质量管理等工作，积累了丰富的实践经验，具有卓尔不群的能力，成为克拉玛依市领军人才、高层次人才工作室领衔人。

他带领科研团队承担各类科研项目20余项，获得新疆维吾尔自治区科技进步二等奖、中国石油集团公司科技进步成果二等奖、独山子石化公司科技进步成果一等奖等，创造的经济效益超过2亿元。他被评为克拉玛依市劳动模范、中国石油天然气集团公司优秀共产党员，荣获自治区"开发建设新疆"奖章。

正如2019年1月17日习近平总书记在南开大学对师生的寄语："只有把小我融入大我，才会有海一样的胸怀，山一样的崇高。"朱军这位从南开大学走出来的优秀学子，用他的行动表达了一名知识分子的家国情怀。

十 年 磨 一 剑

2009年，独山子千万吨炼油百万吨乙烯工程建成投产，成为中石油的擎天一柱。

为建设世界一流的石化基地，科研人员肩负起更大的使命与责任。要突破公司化工产品囿于通用料的格局，必须生产专用料，打出自己的拳头产品。朱军和同事们为此踏上了新产品开发的漫漫征途,他带领团队开始研制PE100级聚乙烯管材专用树脂及混配料开发研究项目。

这种专用料是制造聚乙烯管材的原料,市政工程中"以塑代钢"的给水管道就是用它制作的。优质的PE管在生产过程中,厂家会根据国家规定添加黑色原料,生产出被称为"黑料"的高密度聚乙烯黑色管道料,用它做城市内部燃气管线。这些看似普通的管材,其原料的研制却并非易事。

创造一个新产品需要先确定一个研发方案,在装置生产线上实施后做出产品,科研人员再对产品进行分析,针对找出的缺陷调整方案后再实施,直到找出最好的产品配方。

朱军凭借过硬的专业知识功底,带领团队顺利开发出PE100级聚乙烯管材专用树脂。而接下来为了找到合适的评价这一产品性能的方法,他却煞费了一番苦心。

燃气管线一旦泄漏关乎人命,国际上对黑料管材的要求很高。当时国内没有对黑料的快速评价方法,无所借鉴。朱军查阅了大量资料,国外文献上介绍的认证方法中测试周期至少要一年,不适合他们的生产所需。怎么办?只能在黑暗中摸索出路。

他和同事住在厂里,天天跟着生产线加班,一旦产品生产出来,哪怕半夜也得立马爬起来,搞测试。测试结果出来后,再确定调整方案,反复试产。在半个月里,他每天只能睡几小时,熬得面容憔悴,双眼充血。

功夫不负苦心人,经过全程跟踪产品生产,及时总结关键调控指标,朱军针对"原始静液压分级评价法耗时较长"的问题,创造性地提出梯度升压法,给国内管材质量评价带来新的研究思路。最终,该项目获得了国际权威机构PE100级认证,取得进入燃气管领域的资格。生产技术经中国石油集团公司鉴定达到国际先进,作为集团公司一百项重大技术之一进行了推广。

"有了PE100级管材原料,我们能不能配套搞管件料?"

2009年,他又带领团队朝着新目标进发。这一次,同样是没有任何一家国内企业可以借鉴。市场管件料完全靠进口,长期被国外产品垄断。

这项空白必须靠中国人自己填补，就是摸黑干，也要干到天亮！

经过苦思冥想，几番激烈争执，方案在反复讨论中确定下来。进入工业化实施后，原料很快顺利产出。

没有检测鉴定结果就无法排产。

本地没有管件制造厂家，朱军只好和同事背着原料出发，到生产管件的五家渠三鹰塑业研发有限公司做测试。这家企业在管件制作中长期使用进口料，公司老板对独山子的产品半信半疑，对他们的到来并不欢迎。

朱军和同事在这家工厂熬了三天三夜，通宵达旦地调设备，搞注塑件，制出了样品。工厂的技术总监亲自测试后说："这个料好得很！"老板一听高兴不已，对朱军连声称赞。

西北化工销售公司的两名大区销售处长闻讯赶来。看过结果后，高兴地要请客，催着让朱军点菜。

"点什么菜啊，这都已经干了几天几夜了，一人拿瓶酒喝吧！"成功的喜悦极具感染力，大家都开心地笑起来。

经过这次工厂测试后，朱军又和同事带着原料去了浙江余姚，那里有很多企业做管材、管件。他们一家一家地上门推管件料，经过多家企业试用，结果都很好。

回到独山子，朱军又一头扎进实验室研究产品的评价方法。这一次，他又攻下了难关，取得了国际认证。第二年，国际上唯一供应管件料的英力士公司，给中国的供料由之前的每年15万吨、每吨1.2万元，减量了近一半。而朱军他们自主研发的产品只有9 000元，比国外原料价格便宜四分之一。这家外国公司最终退出了中国市场。

围绕燃气管材，朱军和同事们还研发了许多配套产品，包括香港、广东地区使用的橙色管道及防伪配方等。

在管件专用料上，朱军又带领团队进一步做了PE100升级产品，成功研制出PE100-RC，即更具安全性的耐刮擦型管材料，再次填补了国内空白，预计2021年上半年能拿到国际认证。

从2009年研发生产出第一个管材料PE100起，到2020年研制出

100RC的管材料，形成高等级耐压管材产品系列化，独山子石化公司科研人员走过了十二年的风雨历程。

一次，在中石油集团公司新产品推介会上，朱军说："我们十年磨一剑，为出PE100系列产品，花费了一代人的精力。"会场上爆发出热烈的掌声。朱军的眼中闪出泪光，他笑了。

百花竞相艳

科研这片领域，在朱军眼里风光无限。有奇峰峻岭，曲径通幽，也有小桥流水，柳暗花明。他醉心于此，流连忘返。

为了增强企业竞争力，近年来，独山子石化公司在化工产品上大力推行"低成本、差别化、树品牌、高端化"的竞争策略。作为科研领军人物，朱军责无旁贷。他更清楚，中国既是世界石化产品生产大国，也是世界最大的石化产品市场，高端产品依然严重依赖进口。

怎么办？只有自主研发，才能守得云开见月明。

经过几年的不懈耕耘，高熔脂聚丙烯、三元聚丙烯、聚丙烯锂电池隔膜专用料等特色产品，一个接一个地在石化产品的百花园里竞相绽放，赢来八方赞誉。

朱军很少提自己有多辛苦，那是科研工作的常态。他沉默、低调，却忘不了每一个产品研发的故事。

他记得三元聚丙烯料的研制，耗时很长。三元聚丙烯料是乙烯、丙烯、丁烯一块聚合的产物。这种原料适合做高档膜料，广泛应用于食品包装的蒸煮袋、复合膜、香烟包装膜等的加工和制造领域。

实验时，朱军带着团队摒弃了引进装置和专利商提供的熔脂5三元料，坚持用熔脂7做实验。这项能使产品性能更好的方案，在实验时取得了成功，但专利商没有生产经验可提供，需要靠自己调整三种组分的比例关系，制订合理的生产方案。

科研离不开生产，千辛万苦研制出的产品配方，必须经过高质量的生产才能使梦想真正变为现实。

"在三元产品的生产中我们遇到了瓶颈，乙烯、丁烯含量高，聚合反应容易结块，需要调整加量，调整后它又会影响热风温度。现在的塑料袋都是热风成型的，装完产品，在传送带上传送，风机吹出热风，吹一定时间封口就封好了。如果原料热封性能不好，塑料袋开口率高，袋子就报废了。评价这个料的好坏，关键是看起始热封温度的高低。温度越低说明这个产品越好，这样厂家的能耗低，效率高，传送带就可以快速运转。在调这个温度时，最早出来的产品热封温度在115摄氏度，市场的主流在112摄氏度。这里面就涉及乙烯和丁烯的比例关系。当时生产24小时不停，我们就得24小时跟着。到了这个点的料，我们就取回来做实验，最后来定比例。现在，定在了112摄氏度。"提起这段经历，朱军仿佛又回到了生产线上。

《中国石油报》在2017年4月30日的一则消息中报道：独山子石化公司聚丙烯装置35线三元共聚产品TF1007产量完成，成功转产S1003，至此，公司高难度牌号聚丙烯三元共聚实现常态化生产。国内只有包括独山子石化在内的两家企业可以生产，与普通料相比，每吨边际效益多达2000元。

新的课题总是接踵而来，带给朱军酸甜苦辣，欢喜忧愁。提起聚丙烯锂电池隔膜专用料，他的脸上漾开了笑容。

"这个专用料用于汽车锂电池，电池外面有一圈聚丙烯材料做隔膜材料，做阴阳离子交换界面，对材料通透性和力学强度要求很高。这个行业门槛不高，但进入却很难，属于垄断，不让外人参与。"

2016年以前，独山子石化公司没有生产过这种产品，将产品打入这个陌生行业圈难度很大。朱军带着项目组人员跑市场，他从华北跑到河南，找到一家生产锂电池隔膜的工厂。厂家大门紧闭，不让他们进入。他向中石油华北化工销售公司河南分公司求助，该公司的销售经理见到朱军非常高兴，说："我们河南分公司从来没有推过新产品，希望你们能成功。"

在销售经理的帮助下，朱军联系上了工厂领导，说明了来意，但对方不让他们进车间，只允许在办公室等消息。原料拿进车间试用，对方不断挑毛病，朱军只能在办公室里耐心解释。

回到独山子后，朱军和同事按照厂家反映的情况进行改进，再次带着原料到了河南这家工厂。门依然难进，厂家怕影响工厂生产进度，这次连一次试用机会都不给他。

怎么办？又是一道难题，死扣一样等待解开。

他向销售经理提议："工作关系建立不成，私人关系可以建立。我们就买新疆干果，给他们送。"

这一送就是半年，最终打动了对方，解开了死扣，厂家同意试用专用料。他再次和同事赶赴河南，经过测试结果良好，与厂家建立了友好关系。

"2016年11月30日，经过独山子石化公司科研人员对产品性能的评测，新开发试产的聚丙烯锂电池隔膜专用料T98F熔脂、灰分等主要指标满足锂电池隔膜产品质量要求。"这是又一则好消息。

提起产品研发，朱军眉宇间写满欢喜，言语间充满笑声，那些曾经在外人看来异常沉重的艰难险阻，令人愁肠百结的疑难杂症，都付笑谈中了。

千愿系国强

"工作中修行，是帮助我们提升心性和培养人格的最重要也是最有效的方法。我们去用心工作，就是用工作来磨炼我们的心，提升我们的灵魂层次，光明我们的良知。"

这是朱军在2017年2月22日微信中写的一段话，在工作中他做到了知行合一。他用言行影响了周围的人，传递出温暖的正能量。

院里一位小青年在论坛中写道："每当项目开题前或结题时，熬夜修改报告的经历是十分难忘的，那感觉不亚于凤凰涅槃。记得有一次，朱博士陪着项目组修改一份新产品开发的报告，当我将修改了第十二版的报告交给他时，已经是通宵后的清晨了。当冬日的阳光照入办公室时，每个人都精疲力竭，他却依然精神抖擞。任务完成的那一刻，每个人都欢呼雀跃，但是我的心中更多的是惊叹和疑惑。惊叹的是这个世界'不怕比你聪明的人，怕的是比你聪明的人还比你努力'。疑惑的是我们花这么大的精力去研发一个新产品，到底有什么意义？"

"朱博士似乎看出了我的疑惑，他问我：你有车吗？你汽车的保险杠有可能用到我们研发的聚丙烯保险杠专用料；你家里的燃气管有可能用到我们的聚乙烯原料；就连你们孩子看病打针用的针管，都有可能是我们的透明聚丙烯。你不希望你汽车的保险杠不安全吧？不希望你家里的燃气管有隐患吧？更不希望你孩子打针用的针管是危险的吧？这就需要我们本着良心，将我们的工作努力做到最好，不留遗憾。"

他是这样要求的，也是这样做的。在工作中，他先后担任了橡塑所所长、研究院副院长、总工程师、乙烯厂副总工程师、副厂长，不论在哪个岗位上，他一直没有离开科研工作，始终心系科研。

随着石油石化行业技术的不断进步，市场竞争也愈发激烈，独山子石化公司加大了新产品研发力度，走科技强企之路。研究院充分发挥自身科研优势，新产品如雨后春笋，不断填补国内空白。2020年，公司化工高端产品比例达60%以上，走在了中石油的前列。

"从2009年千万吨炼油百万吨乙烯投产以来，我们的8套聚合装置，现在合计引进产品牌号308个，已生产135个，其中51个是按照设计牌号生产的，剩下84个全部是我们自己研制开发的。"朱军的话充满自豪。

这些遥遥领先的数据，是科研人员用智慧饱蘸汗水写就的，倾注了他的大量心血。

2015年，由朱军命名的自治区劳模创新工作室正式挂牌。工作室创建以来，他大力开展技术创新和管理创新，先后培养出伽马成像组、电阻率成像组等一批创新骨干团队，申报专利40项，其中发明专利12项，形成企业标准3项，充分发挥了劳模和工匠人才示范引领作用。在他的带领下，一批年轻有为的人才脱颖而出，在企业增效、为生产一线解决难题、服务社会中发挥了积极作用。

有人问朱军："做好科研工作要具备哪些素质？"

他说："把科研放在第一位，实事求是。要受得了委屈，耐得住寂寞。"

"如此辛苦地搞科研，你后悔过自己的选择吗？"

他说："无怨无悔，义无反顾。"

"为了什么？"

他的眼前出现一幅画面，在大学的讲台上，老师提起北宋思想家、教育家、理学创始人之一的张载，讲起他的"横渠四句"："为天地立心，为生民立命，为往圣继绝学，为万世开太平。"那声音慷慨激昂，动人心弦。

他回过神来："因为，国家富强，匹夫有责。"

不忘初心，方得始终

郭旭光

◎ 全国劳动模范
◎ 国家科技进步奖一等奖获得者
◎ 第23届「中国青年五四奖章」获得者
◎ 中国石油天然气集团公司科技进步奖特等奖获得者

油海旭光

兰 晶

引 子

2020年3月2日，春寒料峭。准噶尔盆地当年首个勘探"春雷井"——玛湖26井，在世界最大砂岩油田的玛湖油田铿锵作响，带来回暖，一扫全球新冠肺炎疫情和低油价这两团压在石油人心上的巨大乌云。

好消息传来时，新疆油田公司勘探开发研究院信息大楼里灯火通明。副院长郭旭光激动得不能自已。在新冠肺炎疫情防控期间，为确保油气田各项工作安全平稳开展，研究院要求"研究不止步，生产不停歇"。这位面容清癯、目光熠熠的年轻人与众同事夜以继日，已吃住在单位整整一个月。无数次论证、修改、细化、打磨，数易其稿，终于完成了新疆油田2020年首轮风险井的论证材料——这将成为新疆油田在准噶尔盆地再次勇闯油气大发现新征程的指路明灯。

作为油气勘探事业的追梦人、排头兵，十二年来，郭旭光已习惯了无数个"5+2""白加黑"的奋战后换来的甘甜硕果，也让人回想起2019年那个值得铭记一生的日子。

1月8日，由新疆油田公司牵头的"凹陷区砂岩油藏勘探理论技术与玛湖特大型油田发现"项目荣获国家科技进步一等奖。作为主要参与者和贡献者，守候在玛湖勘探作战室观摩颁奖典礼的郭旭光瞬间热泪盈眶，与研究团队成员们紧紧相拥。三十年来，数代石油勘探人四上玛湖。终于，历史选择在郭旭光这一代逐梦者身上，突破勘探禁区，终使玛湖10亿吨大油区石破天惊！

这项勘探发现堪称新疆油田乃至祖国西部科技成果的重要里程碑！为此他认为，这必须要给当年放弃北京中海油优越工作机会、毅然将青春的选择指向新疆油田的自己点一个大大的赞了！

十二年来，在国内陆上油田勘探成功率普遍不超过30%的情况下，郭旭光及其团队成员，探寻幽深未知的地层，勇于打破各种理论上的枷锁，相继发现了玛湖10亿吨砾岩油田和吉木萨尔致密10亿吨大油区，让原油对外依存度接近70%的祖国有了持续腾飞的坚强能源保障，打破了玛湖油田六十年来的"禁区定论"；在发现吉木萨尔油田中，他们所创立的中国陆相咸化湖盆页岩油富集理论和技术体系，填补了国内页岩油地质评价技术的空白。

作为主要贡献者，郭旭光与同事们一道先后荣获2017年度中国地质学会"十大地质找矿成果"奖、2018年度中国地质学会"十大地质科技进展"奖、2017年中国石油天然气股份有限公司油气勘探重大发现一等奖，2017年获新疆维吾尔自治区科技进步奖二等奖，2018年获中国石油天然气股份有限公司科技进步奖特等奖。

作为郭旭光个人，2019年获第23届"中国青年五四奖章"，2020年获"全国劳动模范"荣誉称号！之前更是多次荣获克拉玛依市、新疆油田公司青年"岗位能手""优秀共产党员""最美员工""优秀勘探工作者"等荣誉称号。

从硕士毕业来到勘探开发研究院，郭旭光从对"安下心，扎下根，不出油，不死心"的家国情怀尚为懵懂的实习生，到带领团队攻坚克难的项目长、研究所副所长、所长、研究院副院长，岁月予以他持久的磨砺，也给予他丰硕的回馈，坚定了他扎根西部、保障国家能源安全的信念与信心。

面对接踵而来的巨大荣誉，郭旭光始终保持着一份平静与低调作风。每当各大媒体访谈时，他总是表现出一种与在勘察现场雷厉风行截然不同的羞涩内敛："我始终认为荣誉是属于团队的，我只是幸运地代表了大家领取这份殊荣!"言毕,他朴实地笑了,神情中有一种孩童般的天真。

立志大西北,为圆报国梦

对于郭旭光而言,自己这个从宁夏六盘山脚下走出来的孩子,命运和青春与西部有着一种原生的相连血脉。唯有坚定为祖国奉献石油的报国情怀与担当,才能让心中的理想在新疆油田绽放出绚烂的光华。

2008年7月,二十六岁的郭旭光以优异的成绩顺利通过论文答辩,获得中国石油大学(华东)地球勘探与信息技术专业硕士学位。此时,院长推荐他去中海油勘探总院工作。

新婚不久的妻子,更是热切盼望着他能够在北京扎根立业,照顾居住在河北的双亲。

一边是让人羡慕的优厚待遇、远大前程,一边是家人的期许和盼望。这似乎是一道毫无悬念的选择题。

然而,大学时代就树立起的"石油报国"的理想,让他最终战胜了亲情。他一直记得导师乐友善教授对他的教导:"只有到油田一线,到千万吨的大油田去,才能真正学以致用。"新疆油田则适时地向他抛出橄榄枝,使他们达成了一种宿命般的共识。克拉玛依这片热土,给予了他为祖国西部建设贡献石油科研力量的舞台。

郭旭光义无反顾地辞别年迈的父亲,说服了刚取得硕士学位的妻子,携手踏上了西去的列车。

一路长河落日、大漠胡杨,两人信念坚定。尽管在列车上,郭旭光接到了岳父岳母劝返的电话,老人家心疼女儿女婿在异乡吃苦,忍不住老泪纵横:"放着北京现成的好工作不干,撇下父母,去新疆那么远的地方,到戈壁滩搞勘探,你是图个啥?叫我们怎么能放心呢?"

对于克拉玛依这座因油而生、因油而兴的城市,油气勘探事业的稳步发展始终是其保持勃勃生机与繁荣发展的动力所在。"最大的机遇,就是发现高效油气藏。"老一辈勘探专家的话语,为初来乍到的郭旭光树立起科技报国的信念。

年轻的郭旭光在全国优秀科技工作者贾希玉、老党员贾明辰等专家指导下，迅速地成长起来。由于肯钻研、能吃苦，老师们对他非常认可，手把手教他做地震标定，一条线、一条线地指导他进行地质绘图。这些地质前辈严谨求实、一丝不苟的科研态度，成为他工作的准则。

"记得刚工作时，时任勘探研究所副所长的贾希玉老师给我布置了一项作业：所有数据手写，并勾勒出等值线。我想这多简单啊，于是早早完成交之大吉。"回忆起十二年前的青涩往事，仿佛一粒种子，在郭旭光的心中逐渐长出枝芽。"贾老师问我为何断层的有一边没放数据点，却都勾上了实线？我沾沾自喜地说是通过自己的认识推测的。贾老师严厉教导我，既然是你自己推测的，就应该用虚线。做科研工作，严谨求实是第一位的！"

十二年来，烈日酷暑下取芯、跑现场，无数个日夜埋首于堆积如山的地质资料中，郭旭光记不清自己亲手绘制了多少张图纸，解释了多少条地震剖面。有时候，一张等值线图就要编辑一天一夜。勘探科研工作的枯燥与艰苦远远超出了他在大学时期的想象。然而，老专家们霜染须发、夙夜伏案研究地质图的工作热情感染了他。他忘不了院里的老师们亲自为他们八位新入院的大学生一一批改作业，认真讲解分析，一对一培训他们使用各种工作软件，期盼他们早日接过"接力棒"。

郭旭光没有辜负大家的期望，他继承发扬了老一辈石油人无私奉献、爱岗敬业的职业品格，脱颖而出，逐渐成为青年技术骨干。短短几年，就从一名项目组员成长为独当一面的项目长，从物探技术方法研究到地震地质综合研究，从常规油气到非常规油气，均提升了能力，拓宽了知识领域。

郭旭光的内心十分明确——新疆油田的浩瀚广袤，使他为国找油的初心，逐渐升华为跨越勘探禁区、为国家能源安全和克拉玛依稳健发展提供坚强保障的雄浑力量。

十年一剑功，连克十亿吨

郭旭光常说："我的石油勘探之路一直伴随着我国经济的飞速发展。

这是我们这代石油人的荣幸和使命!"

石油是工业发展的血液。国家经济的高速发展,意味着国家对石油的需求越来越大。而石油对外依存度的攀升、国内原油低于两亿吨安全底线的危机,也使得国家对国内油气勘探开发提出了更高的要求和更大的期望。

郭旭光是幸运的。作为新时代的科研人,在参与征服了一项项勘探禁区的同时,也让自己的青春年华在祖国发展、民族复兴的大业里绽放出最美的花朵。

郭旭光不曾想到,从走进勘研院的第一天起,就意味着自己在攀登科研创新的高峰上,不能止步,必须砥砺前行,而自己所从事的,其实就是在世界级的勘探禁区里不断地突围。最大成功,就是玛湖油田的发现、吉木萨尔页岩油油田的诞生。

石油工业一百多年来形成了一个传统理论,认为砾岩沉积不可能存在大油田。而玛湖地区的地层沉积,便是典型的"砾岩沉积"。而此前的情况也是如此。玛湖3 500米从未发现优质储层,是世界公认的"勘探禁区""死亡线"。

在石油精神论坛分享会上,郭旭光告诉与会者:"上世纪80年代,祖国对大油田的需求愈发迫切。石油去哪找?教科书上说:石油可能会藏在被地质学家称为'构造带或者断裂带'的地方。但那时的克拉玛依油田已经开采了三十多年,藏在这些地方的油,已经越来越难找了。年轻的勘探人大胆地提出'跳出断裂带,走向斜坡区'的新思路。这是一个在教科书上找不到的理论。意思就是:去断裂带旁边的区域找油,玛湖地区正是其中之一。"

此后,虽有几代勘探人三上玛湖,并于1992年发现玛北油田,取得重大突破,然而随后的二十年,他们呕心沥血,均壮志未酬。

"一定要吸取经验,拓展思路,找下去!不出油,就不能死心!"老专家退休前的叮嘱,深深地镌刻在郭旭光的心中。

从老前辈们手中接过玛湖"接力棒"的郭旭光和他的团队没有气馁。从此,会议室的灯光彻夜长明,案头堆积的资料形如小山,几代石油人坐在一起,一条一条地分析地质线索,寻找失利的原因。

一条新的思路终于被打开了。几亿年前,玛湖的湖水盐度要比以往认识的更高。这种湖水里,会大量生长着一些很特殊的藻类植物——它们是变成石油的绝佳原料。这一发现,将玛湖地区剩余石油资源计算值由4亿吨提高到了27亿吨,相应的工作也随之做出了调整。

带着新的认识,2011年,郭旭光和团队成员们第四次向玛湖发起挑战。他带领成员从基础做起,对整个玛湖地区近四十口老井进行逐一摸排,对2 000平方公里的三维地震进行重新解释,大胆地预测斜坡区坡折带之下砂体富集,3 500米以下是有好储层的。

2012年,郭旭光带领团队经过艰辛努力,部署了风险探井玛18井,并获高产工业油流。这一口井,如同打开石油宝库的通关密匙,使环玛湖凹陷西环带斜坡区终于浮出水面。

此后数年,玛湖勘探势如破竹,捷报频传,先后发现六大油藏群,形成南北两个大油区。

2016年,玛湖百口泉组勘探获全面突破后,郭旭光带着玛湖团队从外围入手,仔细完成近4 000平方公里探区的整体研究和200多口老井的横纵对比分析后,打破固定思维,破除了砾岩沉积理论的"三个认识误区"和"三个技术桎梏",创造性地建立了"凹陷区砾岩油藏勘探理论技术",创新构建了玛湖南部斜坡区地层背景下岩性油藏群成藏新模式。最终通过"新井上钻与老井复试相结合,拓展勘探与甩开勘探相结合"的思路,将一个10亿吨级规模勘探大场面推举向世界。

2017年,在上乌尔禾组储量会战中,郭旭光带着他的团队一次次驱车前往戈壁深处的井场,日夜颠簸在车中,加班到极限就和衣睡在会议室的地板上。面对新疆油田首块数额最大储量,郭旭光大胆尝试在"水区"部署探井,深入剖析周围油水同出多井基础资料,构造解释研究及领域性老井复查,周围的160多口井被他们反复研究推敲,最终提出的15口老井恢复试油全部出油。

为了准备玛湖乌尔禾组2亿吨石油地质储量汇报,郭旭光带领团队成员一次次掀起头脑风暴,不断尝试各种方案、思路,一次次打破,又一次次构建。当所有图表、数据、报告准备齐全后,离去北京汇报的时间已不到三天。飞机成了郭旭光的临时办公室。他拿出笔记本,开始制作多媒体，短短几个小时完成了框架。

刚到北京，他接到通知，汇报提前了整整一天，而他还是第一个！

已经数夜未眠的他，发挥新时代的铁人精神，以惊人的毅力，一头扎进宾馆，连夜修改方案，完成了汇报。

最终，玛湖上乌尔禾组2亿吨石油地质储量顺利通过股份公司审查，为玛湖10亿吨大油区的发现提供了强有力的资源支持！这个世界上最大的砂岩油田，作为我国陆相石油勘探近十年取得最大的成果，实现了几代新疆石油人再找大油田的夙愿。

郭旭光带领他的"金胡杨勘探先锋队"，以创造性的科研模式，为全球油气勘探提供了"中国智慧"和"中国方案"。

随之，玛湖大油区的产能建设全面展开，将实现"'十四五'末年产原油500万吨的目标"！

如今，玛湖油田井架高耸，机器轰鸣。望着井然有序的生产场景，郭旭光感慨万千，为自己的坚持与执着感到骄傲。

玛湖砂岩中的原油，其稀缺的环烷基组分被称为"石油中的稀土"，是国防和航天建设不可替代的专用油品。在这片亘古荒漠，他们开采的每一滴油，都化成了神奇的动力，助力长征火箭九天揽月、动车如长龙飞驰于大地……

在玛湖气象全开、光芒耀目的同时，吉木萨尔页岩油勘探开发也在争分夺秒地进行。

2012年，吉木萨尔凹陷致密油研究正处低谷期。在国内原油产量低于2亿吨安全底线的危急时刻，郭旭光带领团队积极接受挑战，开始向新的领域展开前所未有的探险。面对国内致密油勘探研究空白的局面，他们刻苦研究，以前辈的经验为指引，敢于摆脱以往思路的窠臼。

三年里，郭旭光身先士卒，带领团队步履不停。他们坚守野外取芯，熬过零下40多摄氏度的严寒天气和地表温度60多摄氏度的酷暑天气。仅对吉174井就连续取芯近300米，并通过厘米级岩心精细描述和多项目实验联测，探索形成水平井+体积压裂特色技术。这一项从未有人尝试过的精细做法，使郭旭光及其团队用智慧和心血打开了致密油的神秘宝藏，创立了中国陆相咸化湖盆页岩油富集理论，形成了页岩油评价、填点预测技术体系，填补了国内页岩油地质评价技术的空白，最终指导发现了10亿吨级吉木萨尔油田。研究探索形成的地质认识和技术，成为国内页岩油勘探开发的"宝典"。

作为这两项成果的主要贡献者，郭旭光以实际行动践行了习总书记对广大青年的殷切期望："青年时代，选择吃苦也就选择了收获，选择奉献也就选择了高尚。"

郭旭光用青春和汗水，书写了新时代的壮歌！

千磨还万击，坚韧存素心

苏轼在《晁错论》中说："古之立大事者，不惟有超世之材，亦必有坚忍不拔之志。"

人生的每一个经历，都在书写自己的历程。原本你以为微不足道的事情，回望时，都有着无法估量的刻度。

郭旭光的童年和少年时代，是在宁夏隆德县关庄乡度过的。步行四十分钟就能到达六盘山，这里自然环境优美，算得上是山明水秀的清净之地。

家中兄妹五人，经济不宽裕，善良淳朴的父母常年忙于劳作田间的活计，使得排行第三的郭旭光有着相对宽松的成长环境。

郭旭光从小就懂得体恤家人。每天放学后，搁下书包便进入牛棚，喂牛、铺草。春耕秋收时，他赢弱的身躯穿梭于田地除草、轧草。父母和姐姐们的辛劳，他看在眼里。他总是自觉地做些力所能及的家务，以便分担家人的重担。

小学六年级的暑假，他瞒着父母，和小伙伴们背着竹筐在六盘山奔走，整整挖了一个月的药材，用劳动攒下了去镇中学读初中的生活费。

"我的父母为人忠厚。他们不会讲深刻的道理，总是身体力行为我们做表率。父亲在村子里有很高威望，他曾经当过工人，懂一些机械知识，常常义务帮助当地农民修理农机、自行车等工具。哪怕是农忙时节，也要放下自己的活计去解决他人的燃眉之急。我读大一时，母亲去世了，全村的人都自发来我们家中慰问吊唁。这让我深深认识到，乐于帮助别人，做一个正直有担当的人，会有这么大的感召力……"

郭旭光认为，一个人要挑战自己，靠的不是投机取巧和耍小聪明，而是信心。人有了信心，就会产生意志力量。人一旦有了意志的力量，就能突破自身的各种困境。凭着这种坚定的意志力，他克服了很多80后青年无法想象的生活困境，努力向阳生长，好学自强。

初中三年，因离家五里路途，无法回家吃午饭，郭旭光便用干粮就着学校院子的井水充饥。初中毕业，按照当地的惯例，老师会推荐成绩好的孩子去读中专，以便早日自立挣钱补贴家庭，郭旭光也在名单之内。可自尊自强的他，立志要成为家中的第一个大学生。

"你做啥决定家里都支持你，顺着自己的志向来。"母亲的话让他吃了定心丸。

进入县中学后，为了省下食堂较为昂贵的餐费，郭旭光和同学尝试用煤油炉烧饭。夜里十点，宿舍熄灯了，煤油灯却亮了。清晨，天色未明，煤油灯又亮了——那是郭旭光伏案苦读的时光，也是他战胜命运、完成蜕变、实现理想前的搏击。

2001年，他的高考成绩名列全县前茅，在挚友建议下，他报考了中国石油大学（华东）勘察技术与工程专业，从此与石油结下了不解之缘。

大三时，老师带着他和同学们去地震队实习，采集各种数据。在野外进行地质勘察时，各种形态的矿石令他大开眼界，感受到自然的神奇与伟大，也对自己的专业有了更深刻的认识。

作为从乡村走出来的孩子，郭旭光的英语基础较为薄弱。老师播放英文动画片《狮子王》，他竟连一句对白都听不懂。

导师教导他："不学好英语，以后怎么查阅英文文献和资料？怎么使用好一些的专业软件？"

于是，郭旭光把自己关在语音教室里，灌耳音，读原文资料，不仅顺利通过了大学英语四级、六级考试，还连续四年拿到一等奖学金——这个比例在全校只占3%！

谈到为何要读研究生，还有个有趣的小插曲。

郭旭光在本科阶段，就已和东方地球物理公司签订了工作意向。因为成绩突出，同学都建议他继续深造，参加学校的免试保研，一旦通过，就能免费就读。

面试时，导师问他："如果不能通过保研，你还会选择继续深造吗？"

出乎所有人意料，郭旭光淡定地回答："不会！"

因为他实在不想为独自支撑家庭的父亲再增加经济负担了。所幸老师慧眼识珠，遴选到他，使这颗石油勘探界的未来之星没有因此而失去汲取知识的机会。

十一年后，郭旭光作为优秀校友代表，受邀参加母校2019届毕业典礼。他为学弟和学妹们做了"加一点，我们能做得更好"的主题演讲。

郭旭光诚恳地告诉台下的莘莘学子："告别菁菁校园，走向社会，学弟与学妹们都会面临着如何能够尽快地融入职场，并在工作岗位上脱颖而出的困惑，勤奋是攀登成功的阶梯。请大家多一些勤奋！也唯有勤奋工作，脚踏实地，勇于担当，才能够有所收获。"

末了，他深情地向学弟学妹们邀约："再见时若是新疆，师兄张开双臂热烈欢迎！若是他乡，愿你们风雨奔波有闲趣，阅尽繁华存素心！"

2019年5月的一天，勘探开发研究院礼堂内暖意融融，气氛热烈，郭旭光刚获得"中国青年五四奖章"。他为全院职工深情讲述了自己的获奖心得。

他说："'中国青年五四奖章'——这份荣誉，不仅仅是我个人的荣誉，也是中石油、新疆油田和油田所有勘探工作者的荣誉。"

在发言的最后，他动情地说："是新疆油田培养了我，是准噶尔盆地滋养了我，我一定会在新疆这片热土上，肩负起我们石油人的责任，做出我们石油人应有的贡献！"

真情暖同事，积极传帮带

郭旭光办公室的小白板上，除了日常工作安排提示，在左边空白处他亲手写下了这样几句话："遇事不急不躁，沉着冷静面对，积极主动应对。出了问题别找他人的问题,先找自己的原因,冷静思考应该怎么办才会更好。"

每天来到办公室,郭旭光都要先凝望这几句朴素的话语,以此作为一个石油勘探工作者和科研单位的管理者必须践行的准则和处世态度。

不忘初心,方得始终。

对前辈和师傅们的谆谆教导、油田公司领导及院所给予他成长道路上的关怀和帮助,郭旭光心怀感恩,内心始终铭记着与团队一起鏖战奋斗的每一个瞬间。

同事生病时,郭旭光第一个赶到医院慰问关怀;中秋节加班,会为每一位同事送上甜美可口的月饼;储量汇报时,他会买来水果为大家补充能量;单位搞活动时,会巧手烹制美食犒劳同事;开展新冠肺炎疫情防控工作期间,他为封闭在单位办公的同事们亲自理发。

郭旭光认为,团队的发展离不开个人,个人的发展也离不开团队。他不断实践探索,积极做好"传帮带"工作,努力为勘探事业培养年轻人。

2016年年底,项目组通过了"量体裁衣""物探地质结对子"等为年轻人搭建平台的培养机制。

"量体裁衣",即根据每一个人的兴趣和专业方向,培养一项专能。

刚工作三年的小伙儿杨森,掌握了岩石物理建模和叠前反演技术,为团队研究做好了技术储备。杨森感叹道:"郭旭光有独特的人格魅力,干活特别拼命。这种拼劲特别感染我们,带动我们跟着他一起拼命干。"

郭旭光的徒弟冯右伦,是健全培养机制中最受益的一个。从圈闭评审、井位设计、工程讨论、测井设计到现场跟踪、试油讨论等综合研究工作,均可一人独立完成。现在全面负责项目组物探工作。

勘探研究所朱永才的师傅也是郭旭光,讲起自己的经历时,朱永才陷入沉思:"来到致密油项目组的第二个星期,郭老师就给我安排了一些简单的工作。每当项目组过井位的时候,郭老师总是会跟我说,小朱,晚上我们一起加个班。由于在学校的时候接触的地震软件较少,郭老师就会利用周末的时间来办公室,一点一滴地教我。他总跟我强调,高超的专业技术是磨炼出来的,没有捷径,只有脚踏实地的干才能不断地提升自己。郭老师不仅有着过硬的专业能力，更有着异于常人的精力。记得有一次过井位，我们加班到翌日凌晨六点多。活干完了，PPT做好了，他就让我们回去休息，而自己却只是在办公楼里职工之家的沙发上躺一下，上午九点半便在协同间给领导作汇报了。"

郭旭光曾笑言："我做饭很不错。在家里，一有空我就下厨房！"然而事实上却是能为好员工，难为好父亲。

作为"金胡杨"勘探先锋队的核心人物、团队楷模，加班加点、攻坚克难、没有周末、没有节假日是郭旭光生活的常态。

储量会战前期，郭旭光的小儿子出生了，原本请了七天陪护假的郭旭光只休了四天假，因为井位部署和老井复试工作离不开他。岳父母曾埋怨他"拐走"了宝贝女儿，如今，却常年帮助夫妻俩带大了两个外孙。

2015年，郭旭光的父亲病重，在北京做手术。然而，他一边陪护，一边抽空参加会议。术后，他将父亲接到克拉玛依休养。本想将父亲安置在单位附近居住，方便照顾，可十分钟的路程，他还是抽不出时间去探望，慈祥的父亲拉着他的手说："孩子，你们单位是不是搬家了？忙就不要过来了！"

作为高级知识分子，探井成为郭旭光的功课，却没有时间辅导自己儿子的功课。

"好在我的大儿子特别懂事，每天在小饭桌就自觉写完作业。这个自律随我！"郭旭光笑了。

从他的话语中，我能感受到一个科研工作者对家庭、对亲人的无奈、酸楚以及对科研无怨无悔的奉献精神。

勘探科研工作是一场充满风险、遍布荆棘的创新之路，需要有承担大任的勇毅果敢、从方案源头寻勘探效益的智慧。

2020年3月以来，为了夯实准噶尔盆地规模上产和稳产的资源基础，确保"十四五"以后，玛湖油田500万吨能长期稳产，郭旭光对勘探所的研究力量进行有效整合，抽调各学科各专业专家和骨干，组成了玛湖地区新层系、新领域勘探研究攻关会战小组。玛湖地区新层系二叠系风城组连获喜报。玛湖26井风城组经压裂试油获工业油流；玛湖28

井已在风城组二段和风城组三段获高产工业油流，有望成为玛湖凹陷勘探的重要接替层系。该突破成为郭旭光及其团队2020年推进高效勘探的又一项成果，为玛湖地区增储上产、加快开发建设奏响青春的凯歌。

回首顽强拼搏的十二年，在打开石油宝库的过程中，虽然历尽艰难险阻，但郭旭光从未失去信心与热情。

男子千年志，吾生未有涯。

从西北缘的玛湖油田到腹部前哨地区，从东部吉木萨尔油田到整个准噶尔盆地，漆黑幽深的地层中，都散发出郭旭光与同事们不懈探索的光亮。郭旭光对此倍感自豪，因为他始终冲锋在勘探科研第一线，用实际行动践行了"我为祖国献石油"的理想。为了国家的能源安全、新疆的繁荣发展、人民的幸福安康，他仍将不懈奋斗。他渴望自己如一道旭光，去照亮一片片油海。

努力耕耘，静待花开

支志英

◎ 中国石油集团公司科技进步奖二等奖获得者
◎ 新疆维吾尔自治区巾帼建功先进个人

志驰大数据

兰 晶

引 子

"她是天生为数据工程专业而生的人,认真有魄力,而且善于创新。"提起新疆油田公司数据公司总工程师支志英,同事们无不交口称赞,亲切地称她是"复旦大学来的女人"。

初听支志英的名字,我想当然地认为,她名字中间的那个"志"字,应该是个"智"字。对她有进一步了解后,我更加坚定了自己的这一想法。1987年,支志英以优异成绩从复旦大学数学系毕业。20世纪80年代,在数学这个颇为高深的科学领域,班级仅有的八位女生可谓是真正的高才生、天之骄女。家乡郑州的一所大学,适时以优厚的待遇聘任她去做讲师。在安阳县教育局任职的哥哥,更是激动地告诉母亲:"妹妹比我还有出息,要做大学老师了,将来肯定是个做研究的大教授!"然而,令人意想不到的是,支志英却以高校志愿服务者的身份,选择了当时的新疆石油管理局勘探开发研究院。上海的酷暑季节,支志英悄然收拾好简单的行囊,以一张素白青春的面孔、一份蓬勃又懵懂的热忱,带着众人的疑惑,踏上了前往新疆克拉玛依的列车。

支志英恍然觉得,自己和那个衣袂飘扬、只身闯荡大漠的女作家三毛，有了一种心理共鸣。

"我大学时，特别痴迷三毛的作品，《撒哈拉的故事》《哭泣的骆驼》我都喜欢，很向往大漠的浩瀚星辰与广袤博大。只不过，三毛是为了爱情，我是为了理想。"说完这句话，支志英脸上露出一丝羞赧，忍不住笑出了声。

这位复旦大学的数学才女，就此在新疆油田开始了以数据为职业、以奉献为事业的职业生涯。可以说，支志英是用智慧与创新意识，为新疆油田信息化建设奉献了整个青春年华。

支志英也由此从一名普通的技术人员，成长为新疆油田企业技术专家、新疆油田公司数据公司总工程师，负责和参加了中石油勘探与生产调度指挥系统的建设、数字新疆油田的规划、新疆油田地理信息系统建设、数字油田集成环境研发以及标准规范编制等工作。近年来，更是作为项目负责人，带领研发团队迎难而上，勇于探索，解决了一个又一个技术难题，在智能油田这条前所未有、充满挑战的全新道路上，用执着坚定的职业理想奋斗不止。

如今，支志英已经在油田技术领域工作了三十三年。

在传统认知上，石油信息化领域应该是男性的天下，而支志英作为其中为数不多的女性，取得的成绩却不遑多让。

2009年，她承担了中石油勘探与生产调度指挥系统的建设工作，担任系统建设总设计师，负责系统设计方案编制和实施指导工作。凭借扎实的学术水平、丰富的系统开发经验和敢打硬仗的精神，在半年工期内完成了485个功能的研发工作，系统如期上线运行。该成果获得中国石油集团公司科技进步奖二等奖，编纂完成的《勘探与生产调度指挥系统建设规范》作为中国石油标准正式发布实施。

多年来，支志英先后获得克拉玛依市劳动模范、克拉玛依市科技突出贡献奖、克拉玛依市三八红旗手、新疆油田公司第三届技术专家、全国石油和化工行业两化融合先进个人奖等荣誉，荣获省部级科技奖7项，地市级科技奖11项。

枯燥难懂的数据，已经被支志英做出了"韵味"和"境界"。

敢 为 天 下 先

初识支志英,很容易被她散发出的温婉知性的气质所感染。考究而合体的姜黄色羊毛开衫,利落而有层次感的清爽短发,白净的鹅蛋脸上恰到好处地点缀着一副金丝边眼镜,使她显示出一种超凡脱俗的职业精英气质。

的确如此,在克拉玛依油田信息化领域工作的三十多年里,她的细致专业、严谨认真,在业内无人不晓。

"人必须有理想,有追求,还要把这份理想和追求付诸实际行动中,把工作当作自己毕生的事业去做。"支志英表示,自己打小便有一种不服输的劲头儿,不愿任何事情落在人后。

三十三年来,支志英从事的工作涉及勘探开发、油田信息化、工程技术、后勤保障等多个领域,主动迎接新事物已成为习惯。"特别是信息化建设工作,技术革新换代太快,稍一松懈,就会被时代所抛弃。"她甚至已养成这样一个习惯,但凡有新技术出现,马上会多方搜集相关资料,想办法购买书籍,尽快充电学习。

老一代克拉玛依人为国找油、艰苦奋斗的创业精神,深深影响到支志英这样新一代的克拉玛依人。

1993年,围绕新时期石油生产"提质增效"的目标,克拉玛依人再一次向新目标发起冲击,并于2008年率先完成了向数字化油田领域的转变。

中国大部分石油企业的信息化建设起步于20世纪90年代初期。最初,为了满足局部业务领域的应用需要、降低手工作业强度而开发了一系列应用软件。这一时期的信息化建设具有分散、独立、规模小的特点。随着油田业务的深入开展和信息技术的快速发展,跨部门、跨专业的综合应用系统逐步成为业务部门和管理部门的主要需求。而这些信息孤岛式的应用系统,对数据信息的大规模共享和应用集成造成了巨大困难。人们需要寻求一种能够支持油田业务向纵深方向发展的整体信息化建设模式。

"数字油田建成前,勘探井的资料要是被别人借走了,其他有需要的人一等就是几个星期;测液位是一个高危工作,要人爬到十几米高的油罐上去量;每个计量站上都要通过人工手动操作阀门对井的产量进行抬表记录……"支志英回忆说。

"我1987年进入勘探开发研究院后,所里有一台从美国引进的大型计算机,用于做油藏数字模拟和地质模型分析。由于我是学数学专业的,领导便安排我学习计算机技术,从事相关工作。计算机在当时是新生事物,得摸着石头过河,什么都要从头学起。"回想起初入这一技术领域的岁月,支志英感慨万千。

陈旧的作业方式已不能适应石油大发展的需要。为了把专业生产力队伍从烦琐、重复的工作中解放出来,1993年,克拉玛依油田正式提出建设信息化油田。

1994年,支志英被抽调到油田开发数据库项目组。自此,一个不断完善、壮大的数据世界,在她和同事们的努力下,逐渐宏大、清晰,最终展耀于世。

"我们逐一将1941年以来准噶尔盆地所有勘探开发生产、科研活动所产生的二十六大类数据,按照标准通过高性能工作站进行存贮。"支志英说:"前期,光清理历史数据,我们就花了十年。"

尽管信息化的优势显而易见,上级部门也非常支持,但整个过程却异常艰辛。由于数据量非常大,当时油田管理机构发动每一个在岗员工积极参与数据输入。历史数据都是人工登记,模糊、差错问题十分常见,为数据输入增加了很大困难。"只要有一处数据不对劲,工程师们对整个系统就不愿意用了。"支志英说。

凭借多年磨砺出的韧性,支志英和同事们对每个输入的数据又进行反复校对、甄别,遇到拿捏不准的,还要请出当时记录的老员工进行辨认,最终将60TB的数据逐条核对后输入数据库,完成了这项马拉松式的历史数据清理工作,为今天我们看到的数字化油田建设打下坚实基础。

1999年,大庆油田在国内首次提出"数字油田"概念,并很快得到行业的广泛认同。数字油田以油田实体为对象,以地理空间坐标为依据，通过海量存储和异构数据的融合，用多媒体和虚拟现实技术实现油田地上地下的多维空间表达。

2000年后，国内各大油田纷纷开展数字油田总体规划和顶层设计工作，为数字油田的全面建设奠定了良好基础。数字油田基本的建设内容，包括基础设施、数据资源、应用系统、标准体系。

2004年，支志英参加《准噶尔盆地油气生产地理信息系统总体设计方案》编写组时，地理信息系统应用在国内刚刚起步。这在中石油系统，也是首个项目。

"从事信息化工作，记不清自己工作中遇到多少个第一次了！退缩解决不了问题，相信自己，相信团队的力量。"支志英说，"这已是我的人生信条了。"

奋斗之心人皆有之，然而坚持到最后的人，才是能够采撷硕果的人。最终，支志英和项目组成员一起编写了500多页设计方案，并成为数字新疆油田地理信息系统建设的有效解决方案。

随后，支志英所要进行的是地理信息数据建设，并承担标准制定工作。"地理信息放到数据库中一定要有标准，否则，所有数据都杂乱无章！"没有现成的标准可借鉴，她就得创制一个标准。

一系列问题成为拦路虎，支志英没有打退堂鼓。整整两周，她将自己关在家里，一边更新知识，一边彻夜研读相关国家、行业标准。突然有一天，思路豁然开朗，由此梳理出了新疆油田地理信息建设标准，为后期四项技术突破确定了框架。

凭着"猛志固常在"的冲劲儿，支志英还参加并完成了三维地理信息系统的开发，实现了整个实体油田在系统中的虚拟展示和管理。

1999年11月，支志英和团队倾尽心血打造的"克拉玛依数字油田信息平台"第一个版本，在北京正式发布。翌年5月，该平台被中石油集团在国内各油田推广应用。

2008年，支志英带领团队不断对数字油田信息平台升级改造，使该平台80多套系统，一下子开发出16 000多项功能，并实现了所有系统的集成。

2009年，新疆油田在国内率先宣布建成了数字油田，成为国内数字化油田建设的一面旗帜。

这项建设,将克拉玛依油田装进了计算机的信息世界里——在装有相关系统的电脑里,整个油田的生产运行情况尽收眼底。

走进中国石油(克拉玛依)数据中心,在巨大的电子屏幕上,通过卫星传输数据,监控人员可以实时监测井上情况,并且随时调用数据,进行分析决策。

在作业区的中控室,可以通过系统,远程完成对油井的故障排查、保修,以及产量记录。工作效率和生产效率提高了,故障排查更精准!

数字油田的建设和应用,极大地促进了油田业务的发展,在勘探开发、生产管理、经营管理等方面获得了巨大的经济效益。

扬眉剑出鞘

支志英曾自我打趣说:"加起班来,大家从没把我当作女人看。我是有名的拼命三娘!"

信息研究所的同事江帆,怀着崇敬的心情评价艾志英道:"她承担多个项目,身兼数职,永远是所里加班最多、走得最晚的人。她似乎是一个不知疲倦的人,而且心细如发,干工作一丝不苟。"

少年时代,支志英体质出众,初中就是长跑健将,在业余体校练长跑、打篮球,代表全县中学生参加安阳地区长跑比赛,拿过第四名。高强度的体育训练磨炼了她的意志品质,她以内黄县第二名的成绩,走进复旦大学。"别人总说我有用不完的精力,可能是少年时代从事体育项目打下的基础。"支志英笑了,有一种英气勃发的感染力。

带着与生俱来的韧性与勇担大任的责任感,支志英在信息化领域完成了一个个在旁人眼中"不可能完成的任务"。

2009年6月,支志英接到一项重要任务——承担中石油勘探与生产调度指挥系统的建设工作。由她担任系统建设总设计师,负责系统设计方案编制和实施指导工作。这是新疆油田公司独立承担的第一个集团公司的项目,满载着中石油集团对新疆油田信息化工作的信任,事关重大。虽说机会宝贵,然而挑战空前。6月领命,7月就要向集团公司汇报，12月就要上线运行！时间紧迫，任务艰巨，怎么办？

距离向中石油汇报总体设计方案的期限已不足一个月了，支志英没有犹豫。作为总设计师、项目带头人，关键时刻可不能掉链子。

此时，正赶上女儿高考。这是攸关孩子命运前途的大事，两相权衡，究竟取舍哪一头？

支志英没有向领导和同事提出困难，迅速调整心态，毅然而然地同项目组同事开始了为期二十天的集中封闭办公。从清晨到晚上，他们分析集团公司的目标要求，讨论模块功能，考虑与之相匹配的技术和数据支撑，尽可能地将精确的系统设计完整地在方案中呈现出来。

入夜，支志英拖着疲惫的身躯回到家中。面对正在冲刺复习的女儿，她展现出母亲的温情，为女儿辅导数学，解答疑难。支志英说："我始终认为，一个优秀的女性，既不能辜负工作，也不能疏忽家人。"她以超人的智慧和毅力，努力使两者保持着平衡。

7月21日，支志英带队进京汇报，23日正式汇报。"当时，勘探与生产分公司的领导们提了很多专业问题，虽然准备充分，我还是感觉心跳加速，生怕出错，使方案无法通过，影响上线进度。"支志英回忆往事，脸上掠过一丝文雅的笑。她的汇报一次性通过，并获得了集团公司的认可。

这年夏天，在她的精心辅导下，女儿的学习成绩也有了很大的提升。最后，以优异成绩被天津中医药大学录取，她倍感欣慰。

在随后的系统研发过程，支志英凭借扎实的学术水平、丰富的系统开发经验和敢打硬仗的精神，在半年的工期内完成了485个功能的研发工作，系统如期上线运行。

该成果获得中国石油集团公司科技进步奖二等奖。《勘探与生产调度指挥系统建设规范》作为中国石油标准，正式发布实施！

再 踏 新 征 途

为祖国工业建设建立卓著功勋的克拉玛依油田，六十多年来，依然活力四射，充满潜力。

支志英踌躇满志地告诉笔者："现在，国内外石油企业正以智能油田建设为代表，掀起了新一轮技术革命。数字油田建设在一定程度上，为此提供了解决途径。然而，仅仅以数字化、信息化的手段，不能从根本上解决问题。对地质油藏的监测与评价既需要精细、全面的动态数据，还需要更多的专业知识，以及科学的决策分析模型。智能油田的基本思想是在数字油田建设成果的基础上，利用物联网、云计算、知识化管理、辅助决策、人工智能等先进技术，实现地质油藏的动态监测、精确评价，实现生产过程的全面自动化和决策过程的智能化。"

从2009年起，作为技术负责人之一，支志英承担了智能新疆油田的研究工作，并参与了规划方案的前期调研和编制。这是在全面建成数字油田的基础上，新疆油田公司提出的更高设想。不但要进一步提高油气生产在信息获取、分析预测、优化完善等方面的能力，还要全面提升油田生产效率，降低生产、科研、管理的成本，有效提升油田的资产价值，创造更大的经济效益。

打造"全面感知、自动操控、预测趋势、优化决策的智能油田"，支志英的挑战也随之而来。

数字化油田曾让克拉玛依油田实现了历史性的腾飞，作为升级版的智能油田，又会让克拉玛依油田发生怎样惊人的革新？在这方面，却没有任何方法和经验可以借鉴，这让支志英对自己的职业方向产生了新的思考。要解决这些疑惑，需要一整套统揽全局、高瞻远瞩的智能油田建设方案。

在公司管理层领导下，支志英积极拓展思路。大量参考国内外智能化案例分析和相关理论实践后，她和团队拿出了几个版本的规划方案，然后又不断否定、修改。

经过深入的业务调研，支志英带领项目组确定了智能新疆油田的概念目标，提出了规划蓝图、功能框架、实施步骤和方案，确定合理的技术框架体系，并有计划地进行各业务领域重要系统的方案编制和实施，为新疆油田智能油田建设提供了科学的方向。

支志英则说："规划方案的完成，只是万里长征的第一步。"

令人欣慰的是，新疆油田已成功占领了智能油田理论研究和实践的制高点。支志英作为主要执笔人,还撰写了学术专著并正式出版。与人合著的《开启智能油田》在总结数字油田发展历程的基础上,探讨了数字油田未来发展的方向——智能油田,并对智能油田的内涵和建设内容进行了全面阐述。

在新疆维吾尔自治区成立六十周年的庆祝大会上,支志英作为中石油劳动模范代表,作了饱含深情的演讲,她说:"看现在的新疆油田,信息系统纵向穿透,横向联合;信息枢纽,聚海量数据于其中,点银屏可纵览东西,决策千里。信息化成果为油田勘探生产提供了强大技术支撑,成为国内石油行业信息建设的旗帜和排头兵。我作为这支石油科技队伍中的一员,倍感荣耀。科学技术对经济社会建设发展具有巨大的推动作用,我们比以往任何时候都更需要加快科技进步和创新的步伐。"

强者亦柔情

"我一直认为,一个真正成功的人,除了用心对待工作,更要照顾好家人和自己的生活。"支志英平静地说。

和人们印象中无心打理自己的衣食住行、无心顾及家庭的"女强人"不同,支志英热爱生活,讲究生活品位。她衣着时尚出众,气质温文尔雅,充分展示了职业女性的风采。生活里,她和同为技术研究人员的丈夫感情融洽,相互扶持。

"再忙,也要尽量吃好每一餐饭。我和爱人家务分工很明确,他做饭,我打扫卫生。一有闲暇,全家人会一起外出骑行或者旅游。"谈到自己的家庭生活,支志英幸福地笑了。温暖和谐的家庭,是她心无旁骛发展事业的坚强后盾。

谈到女儿,支志英满溢自豪之情。女儿继承了她独立、自强的性格特点,毕业后参加克拉玛依区的创业创新大赛,获得第一名。随后代表克拉玛依市参加自治区级比赛,荣获第二名。如今,在克拉玛依中心医院病理科工作的女儿,在医院系统全国演讲大赛中获得了第二名的好成绩。"有句话说得好,要求孩子成为什么样的人,自己先要成为什么样的人。"支志英谈到自己的心得时如是说。

在工作中，支志英一直致力于培养年轻一代的业务骨干。"信息化领域更新换代太快。事业要发展，必须靠年轻人。当年，老前辈们就是这样爱岗奉献、对我言传身教的，我要发扬这个优良传统。"

支志英注重发挥每个人的特长，善于分析每个人的特点，做到人尽其用，使青年人在科研和管理岗位上尽快成长，担当大任。"团队的协作就要有凝聚力。"支志英说道。

团队精神，支志英是以真情强化的。在生活中，她细致地关心每一位员工，即使出差在外，也不忘给过生日的员工送上蛋糕，给生病的员工带去慰问。

采访快结束了，支志英特意补充了一句："我会为新疆油田信息化事业继续奋斗下去。"

我不由地想起了文首那句话！看来，支志英名字中间的那个"志"字，完全可以和"智"字通用。

知识积累多了，就能显化成智慧。

范惠明

◎ 中国石油天然气集团公司科技进步奖一等奖获得者
◎ 新疆维吾尔自治区优秀共产党员
◎ 新疆维吾尔自治区劳动模范

炼化品格

朱凤鸣

范惠明今年整五十岁。

他是2009年克拉玛依市劳动模范，2010年自治区劳动模范和优秀共产党员。他具备老炼油人的显著特征和优秀品质——以厂为家，兢兢业业，起早贪黑，任劳任怨，一年三百六十五天巴不得每天都待在单位。每天脑子里琢磨的都是装置、运行、系统、参数、安全、应急，节能怎样更精准、怎样更优化、如何更稳定、如何更可靠……这些旁人看起来最为枯燥无味的事情，他却兴致勃勃，乐此不疲。

他生性严谨，管理特别严，人家说了："无规矩不成方圆，搞生产不能犯错，一犯错就可能是颠覆性的。"你以为他像张丰毅或者陈宝国那样，显得特别能担当、能扛事儿、一脸坚毅果敢、不苟言笑、沉郁沧桑……不，不，能扛事儿是真的，但他依然像三十年前刚刚工作时的模样，一脸机灵，戴着眼镜也挡不住浓眉下一双灵活的眼睛，笑起来温煦灿烂，只不过比年轻时脸盘大了一些，体格壮实了许多。

他热爱生活，年轻时喜欢约同事看球赛，喜欢那份热闹激动。看同事换新手机，立马自己也换一个。看到别人买越野车出去玩，他也换辆越野车，可惜太忙，没时间玩，只好在日日上下班时想象天宽地广的远方，这车发挥的最大作用就是接送女儿上下晚自习，而家里其他事儿都是妻子打理的。他和女儿开玩笑说："爸爸忙，顾不上你，你就当自己是单亲家庭吧。"因此，女儿反倒养成了独立自主的品格，2020年顺利考入苏州大学。

你要问他何至于这么多年始终如一地忙碌紧张，他理所当然地回答："很正常呀，这在我们公司就是像家风一样传承，我刚工作时的班长、车间的领导干部一辈辈都是这样过来的。"

临了，他补充了一句："在我看来，从事炼化工作其实也是一个修炼的过程。"把摆弄炼化装置当作修炼，除了范惠明，大概也没谁了。

不以为累，不以为辛，他要的就是这种把控自我、不断超越的感觉。当他在耸立如林的炼化装置间行走，一个个参数和一套套系统流程从大脑中流过；当他置身中控操作室，将大脑里迅速筛选的方案和决策用对讲机一条一发出去，最紧张的时候也就是最轻盈的时候，如迈云端，振翅翱翔。

他说，那是一种自由。

修炼入门

三十年前，二十岁的范惠明从新疆石油学校毕业，被分配到克拉玛依炼油厂。作为土生土长的新疆农村娃，一个崭新的世界在他面前徐徐展开，他的心里有忐忑有憧憬，还有隐隐挡不住的振奋。

换上新发的淡蓝色夏工服，被车间干部带到重整车间，这是当时厂里为数不多的二次加工装置，设备先进，工艺也较为复杂，是公司的标杆部门。他莫名地高兴又有些紧张，觉得自己很幸运，分到一个重要车间，能学到新知识，有一个好起点，一切看起来都不错！

多年以后，他才意识到，其实，自己一直是一个"兴奋型选手"。

不久，厂里大检修。作为实习生，他一边学习实践一边跟着班里师傅打杂。"去拿个F来。"班长吩咐道。范惠明愣住了，F是个啥？自己好歹也在学校学了三年石油加工专业，怎么都没有听说过呢？又不敢直接问，怕被班长笑话，悄悄问其他师傅才知道，F原来就是用来开关阀门的F形扳手。现场的各种工艺参数、设备术语、系统、工具，本来拥有正规的名字，被操作人员转化成更为直接形象顺口的口头语，没有实际工作经验的人，根本不知道那是什么，要学的东西太多了。

他暗暗下定决心，一步一个脚印，踏踏实实地虚心学习，努力工作。一份耕耘，一份收获，实习结束，他被评为优秀实习生。

1993年12月，他调入炼油厂科技科，从事工艺技术管理工作。一边学习现场管理，一边消化理论知识，在加氢处理、临氢降凝装置试车开工以及重整改造等项目建设中崭露头角。这期间，他感到知识储备不够用，抓紧一切可以利用的时间充电，1996年，取得了中国石油大学石油加工专业大专文凭；2003年，取得了化学工程专业本科文凭。

学习成为范惠明终生的事业，不管多忙都要抽时间学习专业技术知识，收集专业技术信息和资料，逐渐从一名基层技术人员成长为技术精湛、能抓善管的专家型管理干部。他走到哪里，就把学习的风气带到哪里。在车间工作时，他被车间员工称为装置的"活字典"。后来到生产运行处，他精准的记忆力和超强的整合力也令同事叹服。时至今日，大家谈起对范惠明的印象，无一不是很聪明，记忆力奇佳，脑容量超大。

牛 刀 初 试

1999年1月，范惠明调到高压加氢车间当技术员，2000年5月担任车间副主任，参与Ⅰ套高压加氢装置的建设和投产工作。这套装置的投产对于克石化公司的润滑油产品升级意义重大，公司领导层下令务必一次开工成功。

Ⅰ套每年30万吨高压加氢装置是国内首次引进的润滑油高压加氢装置。面对这样一套全新装置，车间全体员工都是在摸索中学习。范惠明和同事们先后到大庆、南京学习。那时候他刚结婚不久，他一个新疆娃儿，没去过几次内地，在南京石化学习的两个月，却只进过一趟南京城，传说中的金陵风貌、江南韵味根本顾不上领略，走火入魔一样每天抱着图纸、资料，每个设备、每条管线、每块仪表都用心记忆，仔细揣摩。

作为工艺副主任，他编写了Ⅰ套高压加氢装置操作规程、培训方案，抓紧时间培训技术干部和操作员工。到试车阶段，他干脆吃住在车间，对试车方案和运行方案一遍遍从头审查。对装置施工建设、验收、"三查四定"的每一个环节都严格把关，发现问题立刻协调整改，确保了Ⅰ套高压加氢装置于2000年12月一次试车成功，生产出性能优异的润滑油，为克石化润滑油升级换代打下了坚实的基础。

爱上层楼

2005年，范惠明负责公司自主创新研发的每年5万吨白油加氢精制装置的设计审查、流程优化和试车投产，他再次发挥了"兴奋型选手"的优势，起早贪黑，从可行性研究到试车投产全过程严格把关。根据工艺要求和安全规范，他编写了装置开工总体试车方案和应急计划。装置试车验收时，他与技术人员每天工作到深夜，每台设备、每个仪表、每条管线、每个阀门逐一进行"三查四定"，对查出的一百多个问题安排监督、整改。白油加氢装置于2006年7月开工，但因为产品质量不达标而停工。

白油是高档化妆级、食品级、医药级矿物白油，2006年12月顺利通过了美国FDA的注册审查，并获得了由FDA下发的注册证书，拿到了进入国际市场的"通行证"，为克石化高档白油在化妆品、食品、医药行业的全面推广和使用奠定了坚实的基础。

为了解决食用级白油的质量问题，范惠明与石油科学院专家、公司炼油化工研究院科研人员一起从各方面入手，查找原因，研究对策，逐一攻克难关，新装置终于在2008年4月连续生产出合格的医药级、食品级高档白油。随着市场对高档白油的需求量逐年递增，克石化公司的高档白油代替进口产品，应用于高档化妆品、食品、药品、高档纺织品以及食品饮用聚苯乙烯（PS）等高端行业，竞争力强，附加值高，在国内同行业中凸显了核心竞争优势。

任务总是喜欢成群结队来，范惠明再次迎来职业生涯中的"大考"。

为适应国内外润滑油市场快速发展的需求，2005年年底，克石化公司启动了总投资5.2亿元的Ⅱ套每年30万吨高压加氢装置建设项目。作为车间主任，Ⅰ套高压加氢的平稳运行要安全无虞，手上的白油加氢精制建设、试车、投产还在紧张进行，范惠明又要着手负责Ⅱ套高压加氢装置可行性研究、建设协调和试车投产的全过程，真是一场扎扎实实的硬仗。

从2006年3月份开始，范惠明就放弃了所有的节假日，带着车间技术人员，对所有工艺流程图以及施工图纸进行优化审查，共查出上百条的问题。针对这些问题，他提出了许多合理化建议，尤其是对装置工艺路线的最后确定，对确保装置平稳运行和产品质量起到了重要的作用。

由于当时拟采用的催化剂不能满足润滑油升级的技术要求，他提出了对催化剂实行全球范围招标采购的建议。他和相关人员快速翻译了催化剂使用手册，深度参与技术引进和价格谈判，对国内外公司催化剂的每个环节、每个数据都严格把关，比对产品质量、收率变化，用了近一年的时间，最终筛选确定出最合适的催化剂，对提高润滑油产品质量起到了至关重要的作用。

2007年8月，装置正式进入试车阶段后，他吃住在车间，连续一个月没回家，试车方案中每一项实施的程序工作都是他亲自组织、亲自指挥，带领车间干部和员工各司其职，点炉、开压缩机、高压气密……每一步都一丝不苟，确保了Ⅱ套高压加氢装置按期一次试车成功，9月生产出合格的KNH4006橡胶油、KNH4010橡胶油、150BS光亮油。

Ⅱ套高压加氢装置是克石化公司十一五发展规划发展目标的三项重要建设工程之一。装置顺利投产后，初步形成完整的HVI基础油加工流程，使克石化公司润滑油年生产能力达到60万吨，成为高附加值的拳头产品，成为全国最大的环烷基润滑油生产基地，在国内同行业中凸显特色优势，为提高核心竞争力和生产经营效益奠定了良好的基础。

2008年9月，高压加氢车间、气分车间及静密分馏装置经整合成立第三联合车间，这是克石化公司优化组织机构、推行扁平化管理的举措。范惠明担任第三联合车间的主任，继续发挥他敏而好学的优势，仅用了三个月的时间就掌握了气体分馏、精密分馏等装置技术，带动整个三联合车间干部员工形成了一种积极学习、团结向上的工作风气，使联合车间整合后的运行管理很快走向正规，装置安全、环保、平稳地投入生产。

捭阖纵横

2011年1月，范惠明担任克石化公司生产运行处副处长，他在很短的时间就适应了新的角色，三年后担任生产运行处处长，主管全公司的原油协调和生产运行。

每天早上七点半，他就从家里出发，开车从市区赶往位于金龙镇的公司生产指挥中心。八点十分，他已经坐在办公室里开始看文件、通知，收发邮件，了解一天的工作安排；八点半，在食堂吃早餐；八点四十开车进入公司厂区里的第二中控室，翻看报表，查看参数，了解各个装置运行状态；然后，戴上安全帽去现场查看，有时是查看重点关注的装置或系统、有作业或者有调整的装置，有时则没有任何目的，就是随机走一走看一看。就在这走一走看一看当中，新的想法就会冒出来。

他到生产运行处后，先后主持制定了生产波动和非计划停管理、二十四小时问题汇报管理、投用前安全检查管理细则等制度，努力提高生产运行水平并收到实效。通过深入推进生产受控管理，出现问题跟踪处理，使得公司平稳率、自控率有了大幅提高，公司各生产装置波动次数逐年下降，公司级装置平稳率和自控率达到99%以上，均高于集团公司炼化企业平均水平，多年来生产系统保持安稳长满优运行。

2020年，受新冠肺炎疫情影响，石油炼化行业受到剧烈冲击，国际原油价格低到史无前例，克石化公司存在成品油高库存所造成的跌价风险和地板价这两方面的双重影响。范惠明和他的生产运行团队早做预判，根据市场情况提前制订了三套生产应急方案，使得装置在低负荷运行情况下依然安全平稳受控，最大限度地减少了冬季因装置停工而造成管线和设备冻凝的风险。因疫情和低负荷运行造成的利润损失和吨油加工成本居高不下，他积极作为，加大产销协调力度，加大润滑油、沥青等材料型产品产销量，化解不良影响。结合提质增效的工作要求，他详细测算、平衡，在成本和效益之间取得最大兼顾，在行业市场好转时努力降低库存，赶超生产，使得绩效指标与集团公司下达的年度指标越来越接近。

运筹帷幄

范惠明还在基层的时候，车间人人都知道，范主任爱拼，每天到车间最早。

和他搭档的原高压加氢车间党支部书记许卫东说："老范家住克拉玛依市区，离厂区较远，早上九点半的上班时间，可他每天都是八点多就来到车间开始工作。在他的影响下，其他车间领导也都养成了提早上班的习惯。"

有一回，处理白油加氢装置的问题，他一边开车往单位赶，一边用手机免提联系安排工作，到单位处理完事情才发现自己没穿袜子，光脚穿着鞋子。

包括双休节假日，不管风雨冰霜，装置如出现问题，无论何时，他都是第一时间赶到现场，核实问题，决策处理。即使夜里三四点接到电话，他也会迅速地赶到装置协助处理。

2017年9月5日上午十一点，由于电网故障，全厂三十多套主体装置停电，供水、供风、供氮等公共系统瘫痪，这是克石化公司二十多年来遭遇的最严重的一次停电，范惠明和公司总经理许立甲、党委书记默新社在停电后的第一时间赶到厂区生产调度指挥中心，各单位的负责人、技术人员和操作骨干也以最快速度向各生产装置集结，启动停电应急预案。

范惠明神经紧绷，头脑清晰，拿着对讲机一条条指令发出去，一道道响应返回来，忙而不乱。一个小时以后，供电恢复，全厂各装置随即进入恢复开工状态，整个应急处置和开工过程未发生任何安全事故和泄漏与污染状况。

2018年11月25日和12月1日凌晨四时许的两场12级大风，瞬间风力达到48米/秒，这几十年未遇的自然灾害，使全厂大面积停电。范惠明依然是在现场指挥若定，二十分钟内协调各装置安全稳妥停工，恢复供电后，先恢复公用系统，检查确认后，指挥各装置一一开工。范惠明和全公司一道，再一次成功经受住了严峻的考验。

范惠明注重团队的力量，在工作中是出了名的严。出现问题考核归考核，但并不随便发脾气，而是和同事们一起分析问题，想办法解决问题。管理虽严，但是他要求别人做到的，自己首先一定要做到，对工作付出的时间和精力不比任何人少，既带动其他人，也严格要求自己。

为了提高运行水平，他从优化操作、技术改造、优化运行、严格管理多方面入手，在节能节水节电、降成本增效益、提高运行可靠性方面取得实效，2000年以来获得公司级科技进步奖项超过30项。

范惠明在工作中不断摸索，运用环烷基油特点和装置产品特性，努力进行科学研究的开发和应用，取得了丰硕的成果。从2000年6月第一次在《润滑油》杂志上发表了题为"加氢技术在生产环烷基润滑油中的应用"的专业文章后，他先后在专业刊物和行业会议上发表论文十余篇。他的技术成果获得省部级科技成果奖19项，其中"抗紫外线环保型KNH4006橡胶油的研制"科研成果获新疆维吾尔自治区2003年科学技术进步奖二等奖，"润滑油高压加氢RHV技术的开发与应用"科研成果获得中国石油集团公司2005年科技进步奖一等奖，"环保型橡胶油的产品开发及工业应用"获集团公司和股份公司2007年技术创新奖二等奖，"特种煤油研制与应用"获得集团公司2017年科技进步奖一等奖。

很多人佩服范惠明的记忆力，说他脑容量超大，技术全面，实力强劲。在范惠明手下当了多年班长的段猛说："他离开车间近十年了，可是现在到装置上，对系统流程、关键节点、设备参数、工艺参数范围仍然记忆精准，每一种催化剂的性能及其控制温度仍然一清二楚。高压加氢装置使用的一种催化剂需要硫化，他现在到装置上，还能清楚地知道每一个温度梯度要停留多少时间，需要注入多少硫化剂。"

范惠明说："我除了对数字敏感一些，并不是天生记忆力有多好，想知道想记住，就是反复强化的结果。对于参数变化，用笔记在本子上，记得多了、看得多了就记住了。"

至今用笔记数据，仍然是范惠明的爱好之一。他说："一天、两天、三天看不出变化来，可是每天观察，一个月、两个月、三个月积累下来，参数的变化就呈现出规律来，理论知识严丝合缝地套上，如同大道显化。"

　　范惠明把这一过程称之为悟道，他说："简单的数据积累是知识，知识积累得多了，就显化成为智慧，'天地一指，万物一马'，就是这样的。"

工作结果，首先取决于工作态度

马晓伟

◎ 中国石油天然气集团公司技能专家
◎ 中国石油天然气集团公司「石油名匠」

不负韶华

殷亚红

2020年10月,马晓伟带着他的"炼塔筑梦队"奔赴大庆,参加中国石油首届一线生产创新大赛炼油与化工专业比赛,在26家单位、132名选手参加的专业比赛中,取得了二等奖的好成绩。

面对成绩,马晓伟很坦然,但每一个优秀成绩的背后,都是艰辛的付出换来的。从2021年3月初开始,马晓伟就带着他的团队开始"低温环境提高液压程控阀的运行可靠度"项目研究。

针对新疆冬季的严寒气候,马晓伟提出了该项目的研究可行性方案。可行并不等于就没有问题,通过查资料、理论研究、现场实践后,一个问题接一个问题又出现了。

怎么能保证液压程控阀在低温下运行,不会出现阀门卡死或延迟现象呢?

马晓伟本着"一切创新都是可以实现的"理念,对每个步骤进行认真论证,一遍一遍地不断实践,一次不行,两次,三次……直到结果达到他满意的要求为止。

正因为这份认真,马晓伟一步一个脚印,完成了石油化工专业本科十三门科目的全国自学考试;正是因为这份执着,马晓伟从一名普通的操作工成长为集团公司级技能专家、集团公司石油名匠。

有什么样的态度，就会产生什么样的行为

1991年，技工学校毕业的马晓伟被分配到克石化公司的制氢车间，成了一名炼油操作工。那时，克石化公司还叫克拉玛依炼油厂。

当时的制氢车间还在建设中，当马晓伟被主任带到制氢车间施工现场时，看到荒凉的戈壁滩上，东一台、西一台堆放着破旧的、锈迹斑斑的二手设备，这就是自己以后工作的地方吗？马晓伟的心情是失落和失望的。因此，在技术培训中，马晓伟是漫不经心的，这有什么可学的？第一次考试，他的成绩很差，车间领导找他谈话，他就像没听见一样。在他看来，从学校毕业了，已经不用学习了，反正有单位有工作可以拿工资了。他成了车间成绩垫底的。直到他看到了一件事儿，对他内心的触动很大。

那是一个清晨，马晓伟发现车间主任早早地到了培训教室旁的小操场。主任去干什么？马晓伟很好奇，悄悄跟上去，发现主任到操场后，从身上背的黄书包里掏出一本书，蹲在石头上，认真地看了起来。

这……他都是车间主任了，还看什么书？就这样，他整整观察了一个星期，主任每天早上雷打不动地到老地方学习。

主任认真学习的背影深深地打动了马晓伟。他开始发奋学习了。画流程图、学操作规程，马晓伟比其他人更认真。技术问题不懂就问，虚心请教老师，别人休息的时候他学习，别人学习的时候他更加认真努力，大家发现"马晓伟像变了个人似的"。培训结束时，马晓伟成了三百多名实习生中仅有的几个四级工之一。

密林般的管线、单调的倒班生活，马晓伟和大部分人一样，一时难以适应，可一名老班长乐观的神情和态度，让马晓伟有了改变。

"他什么时候都乐呵呵的，多难的工作、多累的活儿，他脸上却总是挂着笑容。"看着他扛着一个F板子，边吹着口哨边出了操作室，这个远去的背影，让马晓伟印象深刻。同样的工作、同样的环境，却因不同的工作态度，带来不同的工作心态和工作效果。

"有什么样的态度，就会产生什么样的行为，那何不抱着乐观的态

度,去享受工作呢?"从此,这成了马晓伟工作中笃定的一条信念。

两年后,二十岁的马晓伟由于技术学得快,加上人勤快、肯吃苦,成为车间当时最年轻的班长。手底下管着十五六个人,这让热情高涨的马晓伟有了更大的干劲儿:"那时装置自动化程度不高,有时开个阀门都得两个小伙子才能开得动。"

"班里啥活儿我都带头干,一个人扛起了一个班。"

活儿多干点儿、累点儿不怕,可马晓伟发现,随着公司管理越来越严、装置增多、人员不增加及设备仪表更新换代等情况,让他带班的压力越来越大,迫切需要补充知识储备。

没有知识便没有舞台

于是,在倒班之余,马晓伟找来一些管理书籍,边学边思考,并将一些新的管理理念应用到班组管理中。同时,他还报名参加了石油化学与工程专业的函授大专课程学习。

在学完了三年的函授课程后,2001年,马晓伟又开始自学石油化学与工程的本科课程。

"没有知识便没有舞台。"马晓伟意识到,想要在工作中有更大的发展空间,必须继续提升专业知识。

自学考试的十三门课对于马晓伟来说,那真是难上加难。更别说石油化学与工程专业不仅要考基础课,还要考专业课,那些专业书马晓伟看起来更像是天书。但他没有退缩,一遍看完不懂,那就再看一遍,不懂他就去问,并利用工休去培训班学习。经过不懈努力,马晓伟仅仅用了三年时间,就通过了石油化学与工程专业本科的全部考试,拿到本科毕业证,取得学士学位。

炼化专业知识的扩展,让马晓伟在工作中有了深厚的理论支撑。他开始苦练操作技能,为了熟悉工艺流程,除了画流程图外,管廊上的管线他一根根地确认;装置开停工步骤他一遍遍地熟悉,不懂就虚心请教,直到每个"动作"都心里有数;操作参数、管控温度、仪表数据等等他都牢记于心。在工作中一点一点地摸索,一点一点地实践,终于实现了理论知识与实际操作的完美结合，在公司技能大赛中，获得了两次金奖。

由于马晓伟精通制加氢生产工艺和生产设备，掌握公司各种加氢精制产品技术指标，具备调整生产工艺参数、排除设备故障的能力，他还参与了技术改造方案的制订实施，操作规程、操作卡的编制等工作。2006年，他被抽调协助参与甲醇厂的开工。同年，又被借调到长庆石化，参加新建制加氢装置的开工。从各兄弟炼化企业抽调的几十名参建者中，他是当时唯一一名以工人身份参与开工的技术人员。

2020年年初，突如其来的新冠肺炎疫情，让全国人民上下一心，众志成城，誓与病毒决胜负。公司结合生产实际，科学判断形势，精准把握疫情，为了尽快保障正常的生产生活，于2月4日启动"疫情防控应急预案"，积极应对此次新冠肺炎疫情。"封厂"期间，为了给坚守在一线的技能操作人员隔空"加油充电"，集团公司发出了在新冠肺炎疫情防控期间组织高技能人才开展在线培训和技术技能交流研讨的号令，马晓伟作为集团公司技能专家，第一时间加入此次一线创新大讲堂的授课活动中。

由于新冠肺炎疫情管控，收集资料、录制视频这些在平时很容易的事都成了"老大难"问题，为了讲好这堂课，增强培训效果，马晓伟边学边干，一遍遍地反复录制、细心摸索如何在线将授课内容讲述明白。他用电脑，检索移动硬盘和网络，搜集共享资料，努力使学员们对所授内容了然于心；白天干扰多、噪音大、录播条件差，怎么办？他便趁着夜深人静仔细讲解，出现一个口误都要反复录制，精心剪辑，终于完成课件制作，并通过了集团公司的认可。两个小时的直播课件，马晓伟通过完美的讲授呈现给大家，授课过程弹幕不断，6 056人在线观看。有的学员在送班车上捧着手机学习，有的学员在岗位上见缝插针挤时间学习，有的学员一边吃午饭一边学习。

凭着一身过硬的操作技能，加之炼油专业知识的提升，马晓伟走在同龄人的"超车道"上：2007年被聘为制氢装置技师，2009年被聘为高级技师，同年被聘为克石化企业技能专家，2012年被聘为中石油集团公司级技能专家，2019年被评为中石油集团公司石油名匠。

这才是工人技师干出来的漂亮活儿

2012年，利用公司三年一修，马晓伟提出的蒸汽伴热线改造方案，在Ⅰ套制氢装置得以顺利实施。

这是一套运行了二十年的老装置，三十余条伴热线的入口引线在采暖总线上随处"开口"，与粗细不一的各类管线杂乱无序地交叉盘落在管带上，不仅阀门安装位置高，投用安全风险大，且四处散乱的伴热线也给员工冬季巡检带来极大的不便。

"这项工作没有太大的技术含量，可要将全装置的伴热线梳理出来，却需要扎实的功底。"马晓伟说。

正如大师要进行一幅行云流水的水墨画创作，动笔之前，画意已经在胸中涌淌。要达到这样的境界与水平，绝非一日之功。一名优秀的炼化工人的"炼成"亦如此。

2015年，马晓伟负责对Ⅱ套制氢的伴热线实施改造。改造后的伴热线被重新梳理，整齐排列在装置东西各一隅，不仅解决了装置伴热线混乱的状态，大大节约了装置蒸汽用量，而且方便了员工检查，减轻了劳动强度。以往得用两三个班的人力才能投用正常的装置伴热线，现在一个班就能完成。

"这才是工人技师干出来的漂亮活儿！"大家交口称赞。

而这样的漂亮活儿，几十年来，马晓伟干了大大小小不下百件。特别是他提出的多项合理化建议及优化操作方案，在装置开停工、大检修中得以实施，且取得非常好的效果。

他参与了公司重点技改项目"氢气系统优化工程氢气回收装置"，全面负责两台干气螺杆压缩机安装、试机工作。为保证工程项目按期投产，他提前着手编制压缩机单机试车方案和操作卡，对车间43名员工进行了上岗前的培训。该螺杆压缩机油路流程、仪表逻辑烦琐复杂，在试机过程中遇到了很多棘手问题，他经常加班加点着手解决。K-5101A启动之后，将排气压力升到0.7 MPa，不到10分钟，排气温度达到100℃高温联锁停机，机组无法运转。

问题出在哪里呢？马晓伟认真分析查找，把问题锁定在温控三通阀上，判断阀门选型问题造成温度冷却不下来。将阀门拆除后，他发现该阀是两进一出式，而设备需要的是两出一进式的温控阀。问题找到了，随后与厂家沟通，将阀芯旋转180°解决了阀不工作的问题。再次试机，将压力控制在0.7 MPa，排气温度稳定在78℃左右，系统油温稳定在48℃左右，滑阀、回流阀、系统油泵等皆运转正常，为正常生产打好基础。

他提出对90万汽柴油加氢轻烃泵排凝增加一条密闭排放流程，实施后降低了员工作业时硫化氢中毒的风险和隐患，对装置的安全生产起到了至关重要的作用。

他建议取消原来90万汽柴油加氢停工步骤中改大循环前要降温至250℃的操作步骤，直接改大循环，操作温度按照降温速度降至300℃，并在该温度下循环带油和恒温脱氢，缩短了带油时间近10个小时。

2018年，马晓伟对车间压缩机注油量进行了优化，使每台机组油耗从原先的每小时532克降至每小时320克，降幅达40%，一台机组每年节油两吨左右，同时压缩机组在采用优化的注油量后运行故障率大大降低，确保装置的安全长周期运行，长期经济效益巨大。

敢想，敢创新，有经验却不为经验所拘囿，这是乐享工作的马晓伟与别人的不同之处。他先后获得中石油集团公司一线创新成果两项，获克拉玛依石化公司科技成果奖八项，发表核心期刊论文五篇，获得国家实用新型专利两项。

当好排头兵

1996年到2009年，马晓伟在班长岗位上一干就是十三年。

他说，2000年以前当班长时，感觉就是当"兵头"，脏活儿累活儿班长要带头干，抢着干，班长像"劳模"。但随着公司的不断发展，装置越来越多，设备更加先进，班长的管理理念、管理方法要随之转变，光靠当好"兵头"不能适应企业快速的发展。所以，作为班长对工作一定要高标准、严要求，管理上一定讲原则、重感情，这样才能真正当好

"排头兵"。

马晓伟管理班组很严，但他严中有细，严中立信。

主操王军说，我们班长工作的时候很严格，管理班组有他自己的一套方法。他在班里推行了"两级确认制"，把班里的十位操作工分成三个小组，组长由技术全面的员工担任，班组一项正常的操作要经过组长和主操两级确认后方可进行，更安全、更有效地避免了人为事故的发生。

讲安全，杜绝习惯性违章是马晓伟日常班组管理的重点，大到设备巡检不到位，小到休息台账不签字，只要马晓伟发现班员有违章行为，他都会毫不留情地制止并按制度进行考核。一次，马晓伟在巡检时发现班里一位员工没有按要求更换巡检牌。

"你这样做就不对，马上把巡检牌换好。"马晓伟面对这位和自己关系不错，以前在别的装置也当过班长的老员工毫不留情。

事后，马晓伟私下对他说："现在装置大，设备多，责任就更重，工作上可不能打一点儿折扣。"

现在，提起这件事儿，这位老员工还是对马晓伟严谨的工作态度赞不绝口。

马晓伟是爱学习的人，制氢工艺三班也就成了爱学习的班组。马晓伟觉得紧贴生产实际的事故演练和模拟操作不仅能反映员工对生产工艺、设备状况的熟练程度，对提高员工的技术水平也有很好的实际效果。只要上中班，他就根据生产实际情况提出演练题目，要求班员轮流写一份详细的事故预案。内容不详细或脱离实际的，马晓伟会要求重写，有时要写两三遍他才满意。组织班组成员对演练内容进行讨论修改后，演练才开始，最后全班人员再对整个演练过程作出评价。马晓伟坚持组织这样以生产实际为内容的班组学习方式已有五年，班组整体的技术水平得到有效提高，从他们班调出的员工很多也成了班长。大家都说马晓伟的班是"培训班"，马晓伟是班长中的老班长。

"班员水平比你高，就是班长的本事。"马晓伟说："现在，班组里总共不到十个人，却管着三套装置、几十台关键设备、上百个监控点，只有把每个人的能力发挥到最大，才能确保当班期间装置的安全生产。"

马晓伟非常注重传承与引领，尤其对刚进班组的新员工，除了他自己带徒弟，还指派经验丰富的老员工对他们进行耐心指导，使新员工能很快熟练本岗位和本装置的操作，达到安全上岗的要求。

2007年，班里来了一名新员工，平时工作肯干，不怕苦，不怕累，但就是不用心学习，第一次考岗不合格还满不在乎，认为只要能干活儿，就不会被淘汰。马晓伟没有马上逼他学习，而是耐心地给他做工作，经过几次交谈，发现了他身上的一些优点，在以后教他操作时，改变方法，发挥他爱动手的特长，采取边实际操作边给他讲解的办法，使他慢慢有了兴趣并主动学习，顺利地通过了上岗考试，后来成为班组的得力干将。

马晓伟先后带出了2名技能专家、1名高级技师、1名技师、3名班长及2名优秀实习生，真正发挥了一名集团公司技能专家的引领作用。2018年，他获得中国石油"技能西部行特殊贡献"荣誉称号。

"与优秀的人为伍，会更优秀。"如今也成长为一名企业技能专家的张保元，提起他当年的老班长马晓伟，依然赞不绝口。

"别看我们班长平时工作很严肃，但他是个细心的人，很爱护班员。"工会小组长王其秀这样评价马晓伟。她说："现在大家都是上有老下有小的人，平时避免不了有事请假，工作岗位上需要人顶替，或者在工作并不很紧的情况下，班长都会让我们先把自己的事处理好。有时班里人员少，工作紧张，不能请假，他也会让我们有思想准备，不要影响工作的积极性。"

在马晓伟班里工作过的员工都知道这样一件事：有一年春节，正在上班的制氢工艺三班接到一个从陕西打来的长途电话，电话里一位老人衷心地感谢制氢工艺三班对他儿子黄栋的关心爱护。老人说："你们寄来的新疆土特产收到了，黄栋在这样好的企业上班，有你们这样好的同事，我们就放心了。"

感谢三班？新疆土特产？制氢工艺三班的员工一时不知怎么回事，后来大家才知道，原来是班长马晓伟在得知家在陕西的班员黄栋春节要回家探亲，就悄悄买了许多新疆特产，以班组的名义寄给黄栋的父母。这件事儿，让制氢三班的员工都由衷佩服班长对班员的体贴和细心。现在，每年春节给外地员工家里邮寄一份礼物已成了制氢三班的传统。

严谨、细致、讲原则、重情义，十七年来，马晓伟用他特有的人格魅力感染着身边的每一个人，带领着制氢工艺三班不断耕耘着、收获着。

二十九年来，马晓伟好学善用，勇于创新，在炼化生产一线的大舞台上演绎着属于自己的芳华。

时间是标注前进步伐的刻度，奋斗是丈量人生长短的标尺。面对新征程和新时代，马晓伟深深地体会到"成绩只属于过去"，他决心把创造更加辉煌的未来当作下一个新目标。

纸上得来终觉浅，绝知此事要躬行

周宇

◎ 中国石油天然气集团公司优秀共产党员
◎ 中国石油天然气集团公司劳动模范

志不求易者成，事不避难者进

陈文燕

2006年2月19日，周宇在焦化平台上已经待了整整一天。

即使穿着厚厚的棉工服，戴着棉安全帽，可站在72米高的平台上，凛冽的寒风仍然会穿透衣服，冻得周宇全身麻木。实在无法坚持下去了，他只好从直梯上慢慢下来，回到36米高的平台，在有暖气的除焦操作间里暂时避避寒气，等到手脚运动自如了，他又一次爬上了直梯。

这天是大年初二，周宇在处室值班，便接到领导通知："周宇，焦化焦炭塔钻杆出现故障，如果48小时之内不能及时处理，必须停工，不然势必影响全公司的生产平衡。"

经检查，是焦化车间焦炭塔钻杆的风动水龙头的轴承锈死，需要把生锈的轴承卸下来更换。周宇爬上72米高的平台，确定了利用风动马达反转的拆除方案和钢构加固方案。为了测量尺寸和检查加固的进度与焊接质量，他一晚上上上下下爬了十一趟，每趟二十多分钟。

平台下，一辆220吨的吊车在空地上待命，随时准备将拆除的轴承运送下来。

10个小时过去了，20个小时过去了，30个小时过去了……

轴承终于被拆卸下来，随后开始新轴承的安装调试，大年初三早晨，焦炭塔恢复正常。周宇疲惫地抬起头，看见天边泛起一抹玫瑰红的朝霞，他满怀欣喜，微笑着迎接新春第三天的黎明。

千里之行，始于足下

漫漫人生路，一马平川的坦途上熙熙攘攘，蜿蜒曲折的山间小路人迹罕至。可是，总有一些人选择走一条艰苦寂寞的路，一步一个脚印，最终抵达常人难以企及的高峰。

1994年7月，周宇从西安石油学院机械系化工设备与机械专业毕业回到克拉玛依，被分配到炼油厂机修车间实习。

当初选择化机专业，只是出于男生天生对机械的兴趣，就像从小爱好汽车、喜欢踢足球一样。在大学校园里，只要有空儿，他就在绿茵场上左奔右突，和同学们一起争抢、射门，享受运动中大汗淋漓的畅快。毕业后，他还保持着这个爱好。

工作步入正轨之后，随着加班次数的增多，周宇踢球的时间越来越少了。机修车间的工作很繁重，要负责全厂所有的动设备，从压缩机到泵，凡是目录上的设备全都需要定期检查。遇到全厂大检修，那就需要每天连轴转，早出晚归，有时甚至晚上十点多才回家，迫不得已，他的健身项目改成了羽毛球。

尽管工作很辛苦，周宇却觉得很值得，这是一次理论到实践的大转换，拓展了他对化工设备的认知。纸上得来终觉浅，以前那些化工机械设备只是存在于书本上，现在面对实物，拆装都要亲自动手，感受自是不同。经过两年多的工作实践，他学习了大量的新知识，比如焊接、保温、土建、防腐等。一有空儿，周宇就去资料室、书店找资料，边学边问，知识结构逐渐丰富起来。在机修车间两年的工作经历，他对全厂各车间的设备了如指掌，成为独当一面的佼佼者。

1996年4月，周宇被调到炼油厂机动科设备检修岗位工作。面对新的岗位，周宇就想到一个字——干！

大检修，是周宇最忙的时候。除了负责全厂的动设备检修，还负责部分装置的检修工作，每一项工作都马虎不得。多年养成的认真踏实的工作态度、极强的工作责任心，让周宇出色地完成了各项工作。

功崇惟志，业广惟勤

2001年2月，周宇被调到公司机动工程处工程管理岗位上。

相对于化工机械与设备，项目建设管理是一个综合性专业。这对周宇是一个不小的挑战。面对困难，不退缩，不放弃，迎难而上，把一个又一个硬骨头啃下来，周宇坚持一以贯之的工作作风，从容面对各种难题。

周宇说："工程管理岗位的人必须具有超强的学习能力，不仅要具有一定的基础知识和专业技能，还要有责任心，肯钻研。就拿焊工证的牌号来说，里面都大有学问，不同的牌号表明能焊什么样的壁厚，以驾照做类比，A、B、C不同驾照，持有不同的驾照表明具有开什么车的资格，焊工拿什么证才有资格干什么活儿。作为工程管理人员，这方面的知识必须了解。"

所谓"学而不思则罔，思而不学则殆"，学习让周宇面对工作难题时不再发怵。他不仅爱学习，肯钻研，还运用所学的知识进行科研创新和技术革新。他1998年撰写的论文《气动隔膜泵在石化厂的应用》获新疆石油管理局论文二等奖，2000年撰写的论文《进口氢压机组国产化改造和完善》获得油田公司技术创新三等奖，2004年撰写的论文《精密分馏工艺开发及建设》获克石化公司技术成果一等奖，2005年撰写的论文《150万吨/年稠油延迟焦化技术的应用》获克石化公司技术成果特等奖。

为了适应公司生产规划不断发展的需要，周宇在2005年完成了西安交通大学在职机械工程硕士学业，专业技术能力和科研水平得到进一步提升。

玉经琢磨多成器，剑拔沉埋便倚天

克拉玛依石化公司加工量从300万吨提高到500万吨、又从500万吨提高到600万吨的两次大发展，是周宇和他的团队最辛苦、最繁忙的时候。

周宇负责的工程项目很多，他面临的最大挑战是2003年负责年150万吨延迟焦化装置建设项目现场管理工作的经历。

当时正值冬季，为了解决好混凝土冬季施工、降低大型混凝土基础水化热，防止产生收缩、温度裂纹等一系列问题，他连续几个星期加班加点，查阅各项规范及相关技术文献，反复向专家、设计院咨询，结合基础结构形式，提出了取消微膨胀剂的建议，经中科院专家的论证认可后予以采纳，保证了施工质量，节约建设投资成本150多万元。

安装塔高91.9米、总重约660吨的焦炭塔钢架时，须从内地调用吊装设备，但这会拖延施工进度。周宇积极与施工单位协商，充分利用施工单位现有大型吊装设备，优化吊装方案，经过细致充分的数据论证，采用"积木式"分段吊装方案，圆满解决了施工难题，确保了装置施工进度。

在延迟焦化装置焦炭塔装配过程中，两台焦炭塔总重约500吨，为分片到货设备，现场组焊是装置的施工重点。作为现场主要负责人，周宇首先组织施工单位熟悉图纸，进行施工技术交底，对焊接前后预热温度、热处理温度及防风措施和焊条的使用进行了大量的现场检查。

在施工中，他严格按照施工工艺焊接组装，经过7 000多张无损探伤的检验，一次合格率达到了98.42%。在焊后热处理过程中，现场组焊接采用了微正压燃油热处理工艺，由电脑控温仪采用DCS集散控制系统，对油风比和排烟速度进行调节，因整体热处理温度工艺设计为690℃，正负误差14℃，周宇连续几天吃住在办公室，查阅资料，采取合理调整风油配比，加装导流罩，强化保温等技术措施，将热处理温度控制在正负7℃，使焦炭塔整体热处理实现了一次性成功。

这个项目也是国内首个当年立项、当年建设、当年验收的焦化装置，历时八个月建成。这一宏伟目标的实现，很大程度上在于周宇的精心组织，从焊接、焊材、参数控制到工艺，根据焊口和钢筋以及现场施工情况判断工作量，协调工作量，从而优化工程进度。这些知识从书本上是学不到的，只能根据现场管理的多年经验积累而得。

2006年，克石化公司Ⅱ套年30万吨润滑油高压加氢装置被列为公司重点建设项目。为了解决好高压工艺管线和高压静密封施工两个建设施工中的重点和难点问题，周宇总结Ⅰ套高压加氢装置建设时的经验，结合Ⅱ套装置设备国产化多等特点，从设备、材料的到货验收到配套安装，均认真研究制订了合理的工作流程，组织向施工人员进行技术交底，还联系专业计量厂家定做了检验样规，详细计算了终拧力矩，制订出审批检验和紧固方案。

为了保证工程质量，周宇在现场组织对高压法兰、八角垫片进行密封面尺寸检查，发现问题及时更换或现场研磨处理，并把检测合格的高压法兰、八角垫片进行现场组配，做好编号、标识，安装时严格按照编号组装。他还要求高压静密封先安装把紧后，再进行焊道焊接，避免了错装乱配和强力组对现象的发生。

周宇在高压管线切割及坡口加工中采用了机械加工和机械钻孔，保证了加工精度，同时提高了劳动效率。他认真组织高压管道试压方案的制订，研究制订了采用高压换热器管、壳程连通试压方案，保证了设计要求的管、壳程压差不超过3.5 MPA的技术要求和设备的完好。同时，通过优化试压工艺流程，减少了试压手段用料，既缩短试压时间，又节约了近200万元的材料费用。

Ⅱ套年30万吨高压加氢装置所使用的四台压缩机均为意大利进口设备，对设备进行检查验收是确保工程建设质量的关键。为此，周宇认真熟悉并掌握了设备技术资料参数，严把设备配件的核对验收关，核查出了大量缺件，并逐一列出清单要求厂家补发。同时，对其中能在国内采购的缺件，在与外商厂家服务人员协商一致后，改在国内采购，既节省了时间，又节约了经费。

设备组装中，Ⅱ套年30万吨高压加氢装置施工场地相对狭小，但是大型设备较多，吊装难度巨大，施工过程中还有四台反应器未按照合同时间到货。为了解决好这些问题，不影响施工进度，周宇根据吊装能力与施工单位共同研究制订了卸车、吊装优化方案，将压缩机厂房基础先开挖一半，然后采用"双桅杆滑移抬吊法"，将四台反应器顺利安装好，确保压缩机房在入冬前封闭，保证了整体工程按期建成投产。

多年来周宇在设备管理和工程管理上的突出表现，为他赢得了一系列荣誉：1998年被新疆石油管理局评为设备管理工作先进个人，2000年被新疆油田公司评为炼化重点工程项目建设先进个人，2005年、2008年先后两次获得全国工程焊接学会优秀奖。

恪尽职守，履职尽责

从2001年开始从事工程管理至今，周宇已经在这个岗位上干了二十年。

现任克拉玛依石化公司工程管理部主任的周宇说起工作，深有体会："安全和施工质量方面压力太大。首先，承包商人员流动量大，带来了培训压力，怎样才能把被动培训转化成主动培训是我一直考虑的问题。其次是要保证施工质量，需要过程管控。施工完成，安全的风险小了，对质量的检验才刚刚开始，一旦出现问题就会引发安全事故。所以说，工程管理者的工作状态是全天候二十四小时，下班以后还要操心工作上的事情，刮风就会想到装置上会不会有东西掉下来，天冷了就要考虑施工作业安全是否受控、施工质量保证措施是否到位的事情。"

从事工程管理工作，周宇收获很多，培养了自己的综合能力，知识面、接触面都有比较大的提高。

说起周宇，同事们赞不绝口。2011年调到工程管理部的唐鸿雁说："周宇是专业管理大拿，全面发展，专业突出，在焊接和钢结构方面很内行，责任心强，一心扑在工作上。自从他上任以来，处里的工作全在他心里。每个人负责什么项目，他都清清楚楚，对工作特别上心，早晨安排一件事儿，下午会问，第二天还会继续跟踪。"

2020年，受新冠肺炎疫情影响，只有四个月工程建设时间，4、5月才开始施工，预计11月底现场工作才能结束。周宇总是冲到最前面，和物资管理处、承包商接洽。

"他太累，太辛苦了！很心疼他。"

周宇总是在忙，总是在现场，从早上八点起床就开始在QQ工作群里安排承包商入厂等协调工作，这是他作为项目建设的日常。

周宇二十多年来都是这样度过的，经历大检修、重点装置抢修、重点装置建设等。记得公司有个装置需要紧急抢修,工期紧张,为了抢时间,周宇每天早上六七点进厂,夜里一两点才下班,这样的作息持续了一个月。

让工程科科长袁小坪最感动的是周宇的敬业心和责任心,只要工作起来,就没有周末,没有节假日,施工质量、进度、现场作业HSE管控、工期进度他都要管。记得有天晚上十二点多周宇给袁小坪打来电话,他还在现场处理工作。所有与周宇打过交道的施工单位,都对他印象很深。

刘海盟,中国石油天然气第一建设公司克拉玛依项目经理部党支部书记,说到周宇,他有一肚子话要说,敬佩之情溢于言表:"对周宇印象最深的就是敬业,非常敬业。只要有工程项目,只要有工作未完成,他就会随时联系你。"

这就是周宇,他像一台精密运转的"发动机",始终如一,坚定地践行着"不忘初心,牢记使命"的信念,十几年如一日,从刘海盟2004年认识他开始,他就一直坚守在工程建设的岗位上,真正地做到了心怀工程。

周宇对工作充满了一种勇往直前的激情,他对克石化公司、对工程项目建设都带有深厚感情。有时候也能听到他的一点点抱怨,但是,从未听过他抱怨工作多或者辛苦,在他这里,你只能听到他抱怨工作没有做到位,或者工作没有完成得十分完美。

周宇擅长学习,他就像工程建设的一部"活字典",只要碰上难以解决的问题,在他这里,你都能得到答案。

刘海盟有时候开玩笑说:"周处就像是工程建设的'度娘',不管是材料问题,还是设计问题,你只要反馈到周处这里,肯定能得到一份针对性和适用性很强的方案。"

这些已经让刘海盟很敬佩了,但最让他感到服气的,还是周宇的为人公正,公私分明,在生活上可以是朋友,但工作就是工作,他在这方面很有原则。

周宇就像施工中的一部规范手册,不会因为这本规范手册涉及你,就对你放低标准,也不会因为别的原因而提高标准。他就是这么的踏实和坚定，看似平凡而又很不平凡地向你走来。

讷于言而敏于行

说起周宇，妻子杨晓春一脸幸福，觉得能和他携手共度一生，是缘分更是福气。他们家是中国传统的家庭模式，男主外，女主内，说起来每天都很平淡，但这就是真实的人生。

妻子很理解周宇的工作，家里的事儿没让他操过心。好在周宇的父母帮了大忙，从孩子出生到考上大学，都有爷爷、奶奶一直照管着。这么多年来，只知道他工作很忙，每天早上八点二十出门，晚上天黑才进家门。孩子小的时候，经常生病，杨晓春很少告诉他，就是不想让他分心，让他干好自己的工作。

"和周宇相处很舒服，他结婚前和结婚后没什么变化，他一点儿也不浪漫，不会说甜言蜜语，只会踏踏实实地对家人好，对我好。从结婚到现在从来没有过过情人节和生日，但我也不抱怨，我理解他的工作。我们有一个共同的目标，我照顾好孩子，照顾好老人，他把自己的工作做好，我们一起使劲儿，把日子越过越好。"杨晓春说。

周宇很孝顺，让父母省心，尽管工作忙，却经常打电话嘘寒问暖，父母如果生病了，他下班后第一时间到病床前照顾。他做什么都很认真，工程管理不是他的专业，为了做好工作，他勤奋好学，天天看规范，用心钻研，有责任，有担当，是一个踏踏实实工作的人。他不愿被宣传，因为不善言辞，多次推辞媒体的采访。

周宇的工作强度太大，工作压力也大，从三十几岁开始就有高血压，2020年7月一直到年底，只休息了一天，"十一"长假都在上班。他的工作没有周末，没有节假日，收入也不高，但他无怨无悔。

作为妻子，杨晓春希望他身体健康，工地和装置不要出问题。"经常听他打电话，什么工作他都要操心，2009年大检修，因为工作联系，月话费高达1 500元，那时候还没有普及微信，可以想见他打了多少个电话。"

在昆明上大二的儿子对爸爸的印象是："平日里见面比较少，爸爸做事稳重，表情很严肃。他不太会表达，但很关心我，平时也没有太多的共同话题，唯一共同的爱好是打羽毛球，跟着爸爸一起练习差不多有十年，以锻炼身体为主，没有更高的期望。爸爸对我要求很严，但很少发火，也没有发生过大的冲突。记忆中最美好的一次远行，是十二岁时跟爸爸一起去三亚看海，爸爸把每天都安排得井井有条，感觉很安心，很开心。"

周宇就是这样一个认真踏实、埋头苦干的工程管理匠人。

他说："这些年一直没离开化工机械，虽然机械维修事情小，工程项目管理事情大，但有不少相同之处。尤其是工程管理，责任重大，工作繁重，需要学习的东西也更多。工作给予我极大的精神满足，每当负责的施工项目顺利通过验收，一种强烈的自豪感和成就感便油然而生，让我更加热爱这个工作。未来，我还将在这个行业里坚定地走下去。"

干部、干部，就要先干一步

阿不拉江·玉努斯

◎ 全国劳动模范
◎ 中国石油天然气集团公司劳动模范

钻井男儿真本色

石小勤

2019年10月11日，清晨的阳光明艳通透，重32井区一个正在准备进行固井作业的井场，一位身着红色工作服、身材敦实的汉子一边打手势指挥固井车辆，一边朝值班房走来。黝黑的脸庞被皱纹衬托得沧桑感十足，棉工作服上泥浆星星点点，一摘下白色安全帽，额头上赫然可见一道深深的印痕——他就是克拉玛依钻井公司有着"井牌队长""城市工匠"之称的阿不拉江·玉努斯。

青春岁月，茁壮成长

在简陋又略显杂乱的工程师值班房，阿不拉江·玉努斯跟固井技术员简短地交换意见，随即脱下棉工作服，摊开笔记本，和记者打开了话匣子。

"我们村子里的娃娃，读出书来的很少，初中毕业考不上高中或技校、中专，就是种地放羊。我记得第一个考上大学的娃，他家那叫一个荣耀，全村人都跑去看录取通知书，连乡上的干部都来啦。我母亲是个好强的女人，她不像别人只会做饭，她会开拖拉机呢！她叫我们五个娃要好好读书，读好了才能考上中专、高中、大学。我小时候虽说也调皮，不爱学习，就记着玩，但母亲还是影响了我，我觉得读出书来，可以走得更远，不用再种地放羊。1986年夏天，我考到独山子石油学校，我也不知道这个独山子有多远，村里有见识的人说，那个地方很远，就像到天边一样，还有石油。"

1991年8月，十九岁的阿不拉江·玉努斯毕业被分配到新疆石油管理局准东钻井公司安装队工作。虽说从书本中已经知道石油钻井是怎么回事，可亲手摸到大庆-130井架的钢铁身躯，他还是傻眼了。

"太高了，我哪里见过这么高的铁架子，还要让我爬上去。我师傅给我系上保险带，他在前头爬，一步步给我示范，可我腿肚子打战，还没爬到钻台面高，一头的汗，望下看一眼，就晕。"阿不拉江·玉努斯说。

安装队的工作既艰苦又危险，无论严寒酷暑，架子没搭起来，就别想停下来休息。刚参加工作、努力克服恐高的阿不拉江·玉努斯，硬是一咬牙，以初生牛犊不怕虎的狠劲，在其他新同事的唏嘘声中，一步步爬上了高高的井架。

1992年年初，正值寒冬腊月，安装队要在一个沙漠风口区安装井架。零下40摄氏度的低温，裹紧棉衣坐在值班车里都无法忍受。阿不拉江·玉努斯全副武装地攀上了井架，才爬到四五米高便感觉棉工衣一点用都没有，太冷了，风像刀子一样割着脸，连呼吸都困难起来。在这种恶劣的气候条件下，只能安装一层后下来缓一缓，喝口热水，烤一烤手套，然后再爬上去安装下一层……安装到第十层时，这个在同事们眼中很能吃苦的小伙子抱着井架掉下了眼泪。

"我突然彻骨地体会到，我的前辈们为了打出油，克服了怎样的艰难困苦啊！"

就这样，阿不拉江在安装队工作了一年，爬了一年井架没回家，经他的手安装的井架有100多部。

1992年8月，阿不拉江·玉努斯调到准东32829钻井队，从一名钻工干起，一步步熟悉，扶刹把、打大钳、泵房、柴油机、泥浆罐，钻台上的各个工种他都干过，与学过的知识结合起来，真正回到"老本行"。1993年4月，阿不拉江·玉努斯任32829钻井队技术员，1993年6月又被调到50582钻井队任副队长，这一次的岗位调整深深影响了他的钻井生涯。

重在发现，志在找油

阿不拉江·玉努斯最为人称道的荣誉当属他获得国家"劳动模范"奖章，而说起"劳模"，就不能不提陆9井、石南31井。

陆梁油田位于准噶尔盆地古尔班通古特沙漠北部，距克拉玛依市区约240公里。陆梁油田是新世纪在中国内陆发现的第一个亿吨级沙漠整装油田，是准噶尔盆地当年发现、当年探明、当年投产的第一个油田，也是新疆油田公司在勘探发现后一年内日产上千吨的第一个油田。

早在1958年，克拉玛依石油人对陆梁地区的勘探就拉开了帷幕。1979年，新疆石油管理局克拉玛依矿务局再次对陆梁地区进行大规模勘探。然而好事多磨，随着岁月流逝，在之后的近十年中连续打了多口井，勘探结果都不理想。

"1996年，是我们石油行业的大转折点。管理上、生产组织上、安全质量上、技术操作上……方方面面都发生着质的飞跃与突破。"阿不拉江·玉努斯说，这一年，公司调来一位队长到50582队，对他影响很大。新队长名叫赵乃壮，是公司钻井队长中的佼佼者，要与他搭档，阿不拉江·玉努斯有点惴惴不安，他担心自己的工作能力不够。那几年，阿不拉江·玉努斯一贯的工作原则就是领导怎么安排他就怎么干，按时按点完成任务后，就可以倒头睡大觉。"井队四班两倒，干一个月休息一个月，我倒休回到哈密家里，村里人都觉得我的工作太好了，能回家休息那么长时间，帮家里干农活，单位还给发工资。"然而赵乃壮的出现，彻底颠覆了他固有的工作和思维模式。"他像一位老大哥，教会了我很多东西。他跟我说，他不在井场的时候，我这个副队长就是队长。只要对工作有利，就大胆放手干。"阿不拉江·玉努斯尝试了一段时间后，就将学校学到的知识和几年的工作实践真正融合到一起，渐渐开始推行机制改革，进一步激发起全队各族员工的主动性。50582队稳打稳扎，认真对待要打的每一口井，"那一年大家头都干晕了，年底总结，我们队拿了45万元奖金，人均奖金突破1万元，这是以前从未有过的惊喜啊！"阿不拉江·玉努斯不断学习钻井生产的新技术、新工艺，这个不善言谈的年轻人渐渐成为工人们心中的"大拿"。

此后，50582队突飞猛进，安全生产、技术操作、钻井总量、各项任务指标在全公司三四十支队伍中荣居首位。凭借过硬的技术和良好的队伍素质，50582队成为"探井专业户"，承钻准噶尔盆地沙漠腹部的彩31井、莫北10井，并交出了优秀的答卷。

2000年3月，准东钻井公司将一项十分重要的探井任务交给了阿不拉江·玉努斯所在的50582队，陆9井就这样从新疆石油管理局勘探工作会议纪要中被摘出，写在标志牌上，插在陆梁地区一个刚刚推平好的井场上。

阿不拉江·玉努斯和他的三十多名队友，带着各类机械设备，一路颠簸进入准噶尔盆地腹部，三十多辆大卡车整整拉了三天、来回九十多趟才把设备装运到井场。3月的西域大地，没有一丝春的气息，气温还在零下十几摄氏度徘徊。方圆两百多公里渺无人烟，地冻天寒。50582队就在大漠里安营扎寨。从钻机对准地面的那一刻起，阿不拉江·玉努斯就要求队员们，谁也不许在工作中开小差，眼睛要死死盯着钻机，每个程序、每个微小的环节，都必须按照要求规范操作。井架立起来了，柴油机响起来，勘探施工的准备工作就绪，阿不拉江·玉努斯疲惫不堪，可为了早日开钻，他要随时了解施工流程，熟悉地质构造，主动与合作方工作人员沟通配合，满怀期待地开启陆9井的钻探之旅。

这口井打了两个多月，还算比较顺利，但取芯显示的结果似乎并不乐观。就在阿不拉江·玉努斯和钻井队员工们疑惑之际，2000年5月26日晚，时任新疆油田公司主管勘探的副总经理姜建衡接到一个好消息："陆9井白垩系可能有很多套油层。"

2000年6月4日凌晨四点，完成陆9井所有钻探任务的50582队员工已经进入梦乡，新的任务指令却紧急到来——"为早日拿到勘探成果，请50582钻井队必须在十八个小时内完成解体，进入试采阶段。"

要在十八个小时内完成接小钻杆钻分级箍、下钻测声幅、下油管、设备解体等一系列工作，这在平时至少需要两天时间。面对凌晨十二点才睡觉的钻井队员，要在如此紧张的时间内干这么多活，阿不拉江·玉努斯和队长赵乃壮思虑片刻便做出决定："还能怎么办？叫起来干活呗，要安全,还要速度。"两人分头把队员叫醒,格外提醒全体员工互相提醒,互相监督,安全操作,千万要注意安全。由于组织合理,施工环节衔接紧密,50582队提前四个小时完成了设备解体,使井场具备试油条件。

2000年6月8日下午,陆9井侏罗系西山窑组射孔。6月9日凌晨五时许,陆9井抽汲诱喷成功。

陆9井的出油,实现了准噶尔盆地腹部石油勘探的重大历史突破,50582队为年产百万吨的陆梁油田的勘探开发作出了巨大贡献,获得中国石油天然气集团公司"工程技术服务金奖"。2003年,集团公司把最高荣誉奖"百面红旗"授予50582队,这个奖项全国仅十个,新疆仅此一个,从此50582钻井队被誉为新疆油田"一面不倒的红旗"。

长期以来,由于探井施工周期长、井下不确定因素多、风险大,很多井队都不愿意打探井。作为钻探队伍的"领头羊",阿不拉江·玉努斯深知油气发现对实现油田可持续发展的重要意义。他说:"勘探没有突破,哪有开发井可打?没有开发,油田拿什么发展?"50582钻井队全队上下始终坚持"重在发现,志在找油"的理念,重视油气层保护。2004年,为了全面完成上产任务,油田公司将石南31井区作为新疆油田公司上产的主要区块进行了战略部署,并把石南31井作为该地区的第一口重要探井,"钦点"50582钻井队承钻该井。刚刚当上队长的阿不拉江·玉努斯接过"军令状",感到肩头巨大的压力,施工过程中稍有疏忽,就可能造成油层被压死、漏掉或错过,这不仅是巨大的经济损失,也会导致一个重大油区的丢失。

接到任务后,阿不拉江·玉努斯召开全队员工大会,他强调:一是不能片面追求井下安全而加大泥浆密度,导致油气层被压死;二是不能因减少提下钻次数,片面追求钻井速度、忽视钻时变化而导致漏掉、错过油气层。在钻探过程中,他带领技术人员和钻探队员,严格按照设计施工。为了及时清除有害固相,有效控制钻井液密度,阿不拉江·玉努斯通过反复实践,发明了"固控系统循环维护加强制保养法",使离心机的利用率从30%提高到95%以上,降低了泥浆泵易损件的消耗,仅这一项一年就可以节约30万元左右。同时,离心机的良好运转使石南

31井的钻井液密度始终控制在设计的下限值，满足了井下的快速钻进，以减少油气层浸泡时间来保护油气层。最终，50582队以提前设计工期十五天的速度完成石南31井的钻探任务，完井后用6毫米油嘴试产获日产油44立方米。集团公司副总经理王宜林在得知这一消息后兴奋地说："从陆9井到石东2井、石南31井，50582队总是在新疆油田油气勘探低迷时给我们以希望。"

2004年7月9日，中央电视台国际频道报道了一条重要新闻："新疆准噶尔盆地石南31井油气藏勘探获重大突破。"转战另一口井施工的阿不拉江·玉努斯看到了新闻，只在班前班后会上向全队员工简短地通知了一下，便更多的精力集中到正在旋转中的转盘上……

2005年4月，阿不拉江·玉努斯荣获全国"劳动模范"奖章。五年之后，他又获得中国石油天然气集团公司"中国石油劳动模范"称号。

干部干部，先干一步

一支充满活力的高素质工人队伍，必然能推动钻井队的健康发展。如何调动员工的积极性和创造性，对于刚过而立之年的阿不拉江·玉努斯而言，肩上的担子是沉重的。打铁先要自身硬，阿不拉江·玉努斯总爱说："干部干部，就要先干一步。"在50582队以及后来调整建制、承接新钻机、番号更新为70043队的不同阶段，良好的群体价值观建立起优良的组织文化，其管理也真正从"人管人"和"制度管人"，升华为"用本队荣誉和企业文化约束人"。

2004年8月，阿不拉江·玉努斯七十岁的父亲被诊断为肺癌住进了哈密医院，这时50582队正在从石南31井向石南37井搬迁，由于阿不拉江·玉努斯曾是安装队的骨干，每次钻机搬迁，他既是总指挥，又是设备安装的现场监督和技术指导，井上怎么能离得开他呢？阿不拉江·玉努斯把对父亲的牵挂深埋在心里，他利用每顿饭后的间隙跑到一公里外有信号的山坡上打电话询问父亲的病情。父亲一句"孩子，安心工作吧，我为你骄傲"让阿不拉江·玉努斯泪流满面。而恰在这时，他五岁的女儿由于感冒而引发急性肺炎在准东住院，真是祸不单行！然而为了工作,他索性中断和家人的联系,一心一意组织搬迁。五天后,石南37井顺利二开,阿不拉江·玉努斯回到准东医院,一把搂住还在输液的女儿,久久不愿松手……第二天,他把父亲接到新疆医学院全面复诊,幸好只是肺癌初期,得到治疗后,老人的身体状况逐渐好转。现在,老人仍快乐地分享着儿子的每一份成绩和荣誉。

在70043钻井队驻地,阿不拉江·玉努斯宿舍的床头搁着一部对讲机,它能和距离一公里外的井场保持联系,"晚上睡觉也要枕着对讲机,不然睡不着。有了它,我就能随时了解井上的一切情况,钻机声音异常、井下状况复杂,我都能及时掌握,及时安排调整工作,把隐患冒出苗头时就掐掉。"

2011年冬,阿不拉江·玉努斯又带领70043钻井队征战国家重点建设项目呼图壁储气库,HUK1井以全优成绩顺利完井,新疆油田公司又将HUKJ1井放心地交给了这支身经百战的队伍。准东钻井公司档案室珍藏着一组照片,其中一张记录着HUK1井上钻之时,阿不拉江·玉努斯与井队队员一起克服零下30摄氏度的低温天气,奋力提下直径241.3毫米钻铤的动人画面。

多年以来,阿不拉江·玉努斯始终以一名优秀共产党员的标准严格要求自己,带领50582(后为70043)钻井队转战准噶尔盆地。作为一名少数民族干部,他深知民族团结工作的重要性,始终把民族团结作为促进钻井生产和保证队伍稳定的中心工作。他对每位员工一视同仁,在工作中是真严格,在生活上是真关心。井队长期从事探井施工,远离生活基地,他要求全队员工只要在基地倒休,遇到谁家有困难,都要及时和力所能及地给予帮助解决。司钻罗建江是一名外雇员工,家不在基地,他结婚时身边没有亲人,阿不拉江·玉努斯就亲自带着队上几个骨干去当他的家人,谁接亲、谁放鞭炮、谁迎客都作了妥善的安排,为罗建江办了一个热热闹闹的婚礼。罗建江说:"我们生活在这样一个温暖的大家庭里,能不好好工作吗?"

多年的带队实践经验让阿不拉江·玉努斯意识到,一个钢铁团队,仅仅靠关心是不够的,在团队融合的基础上,他摸索出了"三人课堂"教育法,因人因事施教,使主题内容与岗位实际相结合,与共产党员的思想特点相结合,变"长篇大论"为"短平快",增强了学习效果。700043钻井队内强素质,外塑形象,持续探索和实践新形势下基层建设工作的新途径、新方法,全队员工创先争优的工作热情被不断被激发,"百面红旗"永葆青春,红旗精神代代传承。员工们交口称赞阿不拉江·玉努斯是一个管理严格、精益求精的人,一个关爱员工、创造和谐的人,一个忘我工作、无私奉献的人。

2015年后,阿不拉江·玉努斯走上项目经理部副经理、HSE监督中心副主任等岗位,2018年他转为正科级岗位,离开钻井主业,先后担任综合服务公司经理、人事服务中心主任等职务,2019年7月任打捞技术服务公司经理,随后又担任探井项目经理部党支部书记兼副经理。无论职务发生什么变化,阿不拉江·玉努斯还是身着一套普通的工作服,墩墩实实地在井场上奔忙,扯着嗓子大声指挥,黝黑的面孔被汗水和油泥浸染,他浑然不觉,依旧保持着钻井人的本色。

生命，全靠一个"爱"字呵护

周　静

◎ 全国"妇科青年医师手术视频大赛"一等奖获得者

◎ 新疆维吾尔自治区高层次人才

从羊城到油城

孙作兰

在新疆克拉玛依市中心医院，有一名妇科医生名叫周静，远近闻名。他用青春和热血在这片土地上书写了一名青年医学博士的医者仁心。我接到采访任务拨通电话后，才知道他是位男医生。

2008年，周静毕业于清华大学医学部北京协和医学院。北协和的医学地位在国人心中不容置疑，其独有的八年学制为全国首创，而周静就是其中的佼佼者。2015年12月，周静作为第16、17批博士服务团成员从广东南方医科大学南方医院到兵团第九师医院挂职服务，2018年被克拉玛依市以高层次人才引进到市中心医院，任妇幼中心主任兼妇科主任。

采访前就听朋友说：周静很有名！到了中心医院一看，果然如朋友所说，医院的大厅、过道、电梯间内，到处可以看见这位男性妇科医生的照片和行医事迹。周静的医术到底有多高？从繁华到艰苦，由一线城市到祖国边疆，他的心路历程又是如何？是什么让他立志从事这份为女性带来健康的职业？带着诸多疑问，我敲开了周静办公室的门。

克拉玛依印象——幸福感

第一次采访周静，护士说他在忙，让我等一会儿。

那就是周主任？

嗯！

隔着玻璃窗，他正在给患者看病，知道我来采访他，就让护士转告我，让我等一会儿。

"疫情期间产科主任封闭在家，妇科产科病区合并，产妇数量多，周主任作为妇幼中心主任带领我们两个科室的医护人员全力保障危重孕产妇的安全，他太辛苦了。"还没有见到周静本人，护士已经给我介绍起他的事迹。

周静在北京协和医学院学习临床医学八年间师从著名妇科肿瘤专家沈铿教授。作为天之骄子中的高层次人才，他毕业后就和七位同班同学一起到了南方医院工作，和很多同行一样，他也经历了从住院医师、总住院医师到主治医师的培训过程。

生而为人，出身是我们所无法选择的，但生活的城市我们是可以选择的。选择留在一座城市，就希望这座城市是幸福的、宜居的、和谐的，能够实现自己的理想。在一线大城市，病人一茬一茬地入院、手术、出院。日复一日，周静感觉自己像流水线上的工人，手术做了不少，但是总觉得工作中对病人缺了点人文关怀，正如他所说，有时候你根本来不及思考。在生活中和人们少了些情感交流，这也许就是医患矛盾的症结所在，如果节奏能慢一些，能与患者交流多一些，医生就能为病人服务得更好，让人与人之间的信任通过工作桥梁建立得更加充分，这是周静起初的困惑，也是他后来的突破。

"2018年4月1日，对我的人生来说是个重大的转折点。"周静感慨地说，"那一天，我正式由南方医科大学南方医院调动至新疆克拉玛依市中心医院工作。对于这个决定，很多人困惑不解，包括在新疆的一些朋友同事。为什么要从一线城市的省级教学医院调到西北的一个地州医院来工作？我想我自己心里是一定有一个答案的。"

玫瑰花开了又谢，谢了又开。不知不觉，周静已经在克拉玛依工作了两年。周静说："我没后悔，在克拉玛依最大的感触和印象就是幸福感。"所谓幸福感，一方面是他自己内心的幸福感，他已经在这座城市成家立业，有了家，这里已经是他的第二故乡；另一方面，他觉得克拉玛依就是他喜欢的城市，安全有保障，出行很便利，购物有选择，就医很安心！

周静说："这里医保政策好，市民看病报销比例很高，远远超过广州的医保待遇。"

不为就医而焦虑，不怕诊断出差错，因为这里有科技助力，这里有智慧大脑。智慧医疗把克拉玛依的幸福指数持续向上拉升，让市民拥有满满的获得感、暖暖的幸福感。周静说，他虽然从经济发达的一线城市来，但克拉玛依市民看病报销比例高，负担轻，甚至门诊的费用都会给报销，中心医院的医疗环境很好，一点儿不输于其他大城市，现代的信息化服务更是让科技为医疗做了支撑，好的政策让医患双方都受益最大。

在医院，尤其是在一线城市，我们见惯了熙熙攘攘的人流，见惯了排队缴费、取药，见惯了患者对药价的质疑和埋怨，见惯了媒体和大众对医院的监督和指责，但在克拉玛依市中心医院，这些都不是问题。取而代之的是网上预约挂号、网上缴费、预约取药和人们的有序就医、治疗和精准用药。周静说，这些都让他觉得自己来对了。

这两年，周静服务过很多少数民族患者，他说，少数民族患者对医生非常信任，非常尊重。其实，在来克拉玛依之前，他是有所顾虑的，新疆地区民族多，医患沟通会不会有压力？来了才知道，这完全不是问题。

有一位哈萨克族卵巢癌患者，手术后症状得以改善，却因为家庭经济状况比较困难就不来医院了。为了能让病患继续治疗，周静带领全院为她捐款，劝她坚持化疗。她每次来都会给医生和护士们带上她自制的"奶疙瘩"。

周静说："虽然我们语言不通，但从她的眼神中我们能感受到她发自内心的感激之情。"

传帮带建任务——使命感

自从担任市中心医院妇幼中心主任兼妇科主任后，周静心里就清楚，自己不仅仅是一名医生，更是一名管理者，肩上的任务更重了。

在边城兵团第九师担任博士服务团成员的时候，周静就带着使命感展示出高超的医术,惠及更多边疆妇女。他在服务的两年间,每月抽出两周时间到临近的五师和十师医院进行帮扶,各培养了一到两名妇科微创手术医师。当时,妇产科还没有开展腹腔镜手术,他用一年的时间让妇产科的五名医生都掌握了腹腔镜下全子宫切除术。他还利用周末时间到周边医院会诊手术,在九师、十师两地举办了两届妇产科学术会议,建立了西北疆妇产科微信群,便于疑难病例探讨交流,促进边疆的妇产科医师不断学习进步。他利用电视、报纸、社区讲座、下乡镇义诊等多种形式进行一些医学知识的科普传播。服务期间,由他这名男性妇科医生带领的兵团第九师医院妇产科获得了"全国三八红旗集体"的荣誉,这让他感到很光荣。

来到克拉玛依后,通过两年的传帮带,周静带头开展了一系列新技术、新业务,内容涉及和涵盖了妇科肿瘤、妇科腔镜、围产医学、不孕不育等医学范围,并打造了一支以妇科微创手术为特色的妇产科团队,在克拉玛依形成一定的影响力。在临床手术上精益求精,在管理上推陈出新,周静的努力促进了医技与临床科室的交流合作,对医院的整体水平提升做出了巨大贡献。

"周静老师,感谢您的关心和指导,学生永远记得您!"这是塔城市妇幼保健院妇产科主任吕春梅写给周静的一份感谢信,字字句句表达出对周静的无比爱戴和感激之情。

2019年,吕春梅原计划到对口支援的内地医院进修,只因目睹了一次周静做的腹腔镜手术就改变了主意。"我要去克拉玛依,去中心医院!"由于塔城地区妇科腹腔镜技术水平有限,已是三十九岁的吕春梅为了尽快掌握腹腔镜三级内技术,因为见到过周静高超的腹腔镜技术,便决定"舍远求近",到克拉玛依市中心医院妇科进行为期三个月的进修培训。

这三个月的学习和积累,对于吕春梅今后的工作和临床手术有巨大的意义。学习腹腔镜技术实际操作技能很重要。吕春梅带着忐忑不安的心情在科室边工作边学习,她不知周老师如何带她,如何教她技术,是"蜻蜓点水"还是"毫无保留",因为单位同事到内地医院学习时实际操作上手的机会比较少,回来后技术长进并不大。俗话说"眼过千遍,不如手过一遍",腔镜技术更是如此。在学习过程中,吕春梅的心完全放了下来,因为周老师在腔镜操作过程中,从基础到复杂,每个细节都不放过,她从开始的"看",到周老师手把手"教",到最后自己能亲自"做",可谓是学到了"货真价实"的技术。

"教会徒弟,饿死师傅",在医疗行业专业技术有所保留是比较常见的事,但周静在教学生的过程中,生怕你学不会,把自己最强的技术毫无保留地相授,这让吕春梅非常感动,心中更增添了无限的敬重。

吕春梅说:"我要感谢周静老师,到哪找这样的好老师啊?我不会忘记在中心医院进修的三个月,永远铭记周老师对我真挚的关心和无私指导!在中心医院进修真好,值!"

其实,周静来到克拉玛依后,带过的学生又何止吕春梅一个人?整个塔城地区的腹腔镜技术都得益于周静的用心培养和技术支持,而周静的精神境界、公而忘私和敬业精神也像是一面旗帜,影响着周围其他人。

中心医院投入两千多万元建设了腔镜基础培训设备,利用这个平台对四地五师的医生进行培训。周静说,希望通过自己的努力,通过团队的努力,提升克拉玛依周边四地五师基层医院的妇科整体水平,守护广大女性患者的健康。

"无论是在社会还是在家庭,女性都承担着很重要的角色,我们应该在医学上为她们提供最优质的服务。"周静如是说。在工作中,医院的领导授予实权,不但让他真真切切地参与医院的管理,也让他真正体会到要把一件事情做好,把工作推进下去,多么不容易。要争取上级部门的支持,要识人用人,要协调各部门之间的关系,这让他学习成长了很多,知道了光有热情还不够,还要有方法,有毅力。

青春奋斗足迹——获得感

通过两年时间的磨炼,周静的技术更加精湛。周静擅长妇科恶性肿瘤及女性盆底疾病的微创手术,并改良了腹腔镜下宫颈癌根治术,创建了"阴式辅助的腹腔镜下宫颈癌根治术"。在新疆他首次开展了"经阴道单孔腹腔镜下全子宫双附件切除术"及"腹腔镜下子宫腹直肌悬吊术"。

因为这里没有上级医师可以依赖，很多时候病人到周静这里就已经是终点了，能治疗到什么程度完全靠他一个人。周静深感责任重大，他抓紧一切时间不断学习，想争取为每一个病例提供最好的方案。

与此同时，他更加积极地投入到腹腔镜下宫颈癌根治术的科研中，宫颈癌是女性的天敌，腹腔镜宫颈癌根治术是妇科难度最高的手术之一。在南方医院打下的基础上，周静又扎进这个领域，对这个手术进行了深入研究，主要是如何最大限度地保证手术的无瘤原则，开创性地先经阴道分离阴道壁，缝合形成袖套将宫颈包住，防止手术中肿瘤细胞脱落。

攻克宫颈癌，宫颈周围结构的精细解剖就显得至关重要，这不仅需要医师关起门来苦练基本功，还需要打开门广泛学习和交流。2019年8月10日，周静通过努力将郎景和院士领衔的"妇科精准解剖巡讲中国行"活动带到了克拉玛依市，让医院的妇科医生们见证并体验了一次与众不同的学习过程。

活动后，大家都纷纷感叹："当南方医科大学、南方医院的陈春林教授、刘萍教授将盆腔的脏器、血管、淋巴、盆腔间隙，通过尸体解剖图片、MR3D成像、腹腔镜手术视频一一展示在我们面前时，我们从内心深深地感受到什么叫大道至简，什么是万丈高楼平地起。"

如果说陈春林教授和刘萍教授的讲课是水到渠成，那么，在现场播放周静宫颈癌手术视频就是一场实战演示。在全疆同行和内地大牌专家共同在场的情况下，进行现场手术实况转播，这对刚到中心医院一年多的周静来说无异于一个挑战，但他凭着扎实的医学基础、娴熟的解剖技巧，使手术顺利进行，周静一边做手术，一边与场外的专家同步讲解手术步骤。突然，一个变异的血管分离出血，瞬间手术视野变得模糊。刘萍教授也紧张地指挥着手术，此刻在会场观摩的人都心跳加速，为周静捏着一把汗。熟练的解剖经验让周静冷静判断出，这次出血并非大家所猜想的髂内静脉出血，而是可以采用电凝止血，认准了这点，他镇静地一边移开止血纱布一边止血，最后将出血止住，顿时，周围响起雷鸣般的掌声！

刘萍教授说："遇到这样的出血，能够站在那里止血，这绝对是一个有底气的妇产科医生的气魄！""清清楚楚解剖，明明白白手术"，周静用他的实际行动诠释了郎景和院士的教诲。

陈春林教授和刘萍教授都是周静在南方医院工作时的良师益友，通过这次活动，两位教授对周静的成长和取得的成果竖起了大拇指。

周静说，在他援疆结束之际，叶舟院长曾经力邀他到市中心医院工作，带着他参观了建设中的新医院和规划的美好蓝图。而此时此刻，他已经成为克拉玛依这座城市的一分子，成为市中心医院的一员。

一路走来，周静已经是中国优生科学协会肿瘤生殖分会常务委员、中国医师协会微无创医学专业委员会委员、中国妇幼保健协会妇幼微创专业委员会妇科肿瘤学组委员、新疆医学会妇科肿瘤分会青年委员会副主任委员，在妇科医学领域硕果累累，得到了疆内外学术界的认可。克拉玛依的患者再也不用去内地求医了，妇科病找市中心医院的周主任，已经成为大家的口头禅。

周静说："在克拉玛依工作的两年，满满的获得感让我充满了干劲。"

"当初下定决心来克拉玛依，这个决定受到广东省委组织部的大力支持，工作调动手续办得很顺利。我要感谢南方医院，尤其是领导兼恩师陈春林教授，是他培养了我，给了我学习、工作、生活上的很多指导和帮助。一直到我离开南方医院来到克拉玛依之后，他仍然一如既往地支持我的工作，展现了一位医学大家的博大胸怀。"在克拉玛依顺水顺风的周静从来没有忘记过故土，没有忘记过帮助他的所有人。

周静说，这里民风淳朴，医患关系和谐，同事的关系很融洽，这样就能使他静下心来谋划学科发展。周末时间也经常到周边医院会诊手术，继续为贫困地区的妇女服务。节假日还可以到周边自驾游，欣赏美景，放松心情。他说这得益于以叶舟院长为首的医院领导班子心中有民、目光高远、锐意进取的情怀，他们不仅有一颗仁爱之心，更有思想。他们不把医院当作盈利的阵地，不把稀缺资源作为晋升的资本，他们心中装着更大的责任和使命。"什么是克拉玛依精神？我总算是明白了！"周静真诚地说。

对于周静来说，亲眼看着患者康复是一件幸福的事情，哪个患者好了，哪个还没有痊愈，在他心里都有一个小账本。

从产科出院的吕女士抱着新出生的小宝宝专门来到中心医院妇科感谢周静团队："真没想到，我三十九岁了，做了结扎，还能自然怀孕，并足月生下健康的宝宝。"吕女士喜极而泣。原来她之前结扎过，因为婚姻变化，又有了生育需求，通过多方打听，听说中心医院周静主任可以做腹腔镜下输卵管吻合术，于是抱着一丝希望，于2019年年底来到了中心医院妇科。

腹腔镜下输卵管吻合术是妇科一项高难度四级手术，因为输卵管管腔很细，只有1—2毫米，手术需要把原来结扎的部位切除，然后用头发丝一样细的针缝合重建通道。整个过程不能使用电器械止血，因为电灼后会导致输卵管粘连不通，要求整个手术非常精细化操作。

吕女士的手术做得很顺利，术后第二个月就怀孕了，到足月剖宫产时，周静让产科医生专门探查了双侧输卵管的吻合部位，发现居然看不出手术的痕迹。

这样的例子举不胜举。每一次看着患者满意地离开医院，周静比患者还要开心，也更加坚定了他从医的信心和信念。

在周静的奋斗历程中，新疆与他是美丽的邂逅，克拉玛依与他有着莫大的缘分。在他心里，新疆不仅景色壮美，而且历史悠久，文化底蕴深厚，各民族交汇融合。

2020年7月7日，中共中央总书记、国家主席、中央军委主席习近平给中国石油大学(北京)克拉玛依校区的毕业生回信，充分肯定了广大青年到边疆到基层工作的选择，对广大高校毕业生提出殷切期望。"让青春在祖国最需要的地方绽放光彩。"自从来到新疆后，周静目睹了党中央的惠民政策给各族人民群众的生产生活带来的巨大变化，"作为一名西部建设者，我将牢记总书记给广大高校毕业生的寄语，努力发挥自身专业特长，为建设新疆贡献力量"。周静坚定地对我说。

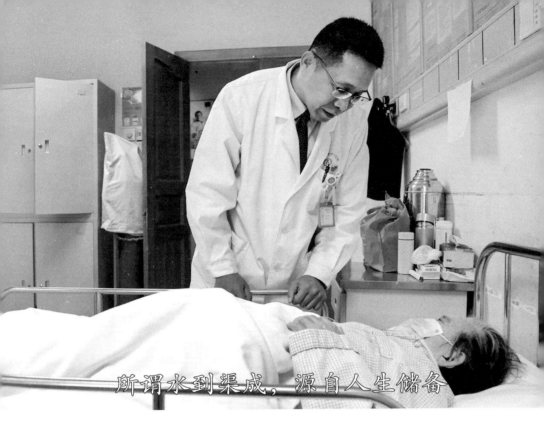

所谓水到渠成,源自人生储备

廖 燚

◎ 新疆维吾尔自治区高层次人才
◎ 新疆克拉玛依市拔尖人才

责任在肩上，道路在脚下

孙作兰

"你的成功，在昨天看来似乎是不可能实现、遥不可及的，在今天看来也只是勉强能做到的，而到了明天就会水到渠成。这一切取决于你今天所选择的道路，以及如何走！"这是一名有着二十六年医院骨科工作经历的医生的感悟。

廖燚，一名医学博士，1994年他从原来的新疆石油局总医院开始工作，直至现在成为克拉玛依市中心医院骨科学术带头人，一路走来，在自己所属的领域里创造了斐然的成就，救死扶伤对于他来说不仅仅是一份工作，更是一种与生俱来的使命感。他曾对自己说，此生从医，足矣。

人生一条路，一直走下去

廖燚是新疆人，父亲从部队转业后到新疆当了石油工人，一岁多的时候，廖燚跟着父亲到了新疆，从小生活在泽普石油基地。

回想起小时候，廖燚笑着说，那时候喜欢玩，喜欢体育运动，尤其是打篮球，一下课就跑到球场上，一直打到天黑后才肯回家写作业。初三时，廖燚代表学校参加了篮球比赛，红遍校园。

廖燚说："最夸张的是，有一次，三天就把一双白色的回力鞋穿破了,脚趾头都露出来了,那时候,一双回力鞋还是很贵的。"

也许就是热爱体育运动的缘故,少年时代的廖燚便练就了不怕吃苦的奋斗精神,这也为他以后从事骨科临床手术打下了好的身体基础。他说,医生这个职业,没有一个好的身体是不行的,一台手术能不能做好,除了医术,医生的身体和意志至关重要。

高中时的廖燚,因为篮球打得好,就已经在整个泽普石油基地小有名气,成为父亲的骄傲,大家都知道有一个阳光少年叫廖燚,职工基地还邀请廖燚代表基地参加喀什的职工篮球联赛,考虑到参加篮球比赛会耽误学业,学校婉拒了邀请。

廖燚天资聪颖,虽然平时把大部分心思都花在了打篮球上,但每次考试前,只要突击一两个星期就能通过考试,这也是班主任当时任由他继续打篮球的原因。但是想要考上一所好大学,对于习惯于临时突击的他来说,几乎是痴人说梦,其实结果早已经在预料之中,廖燚的高考成绩仅仅399分。

"我要上班!"高考失利后的廖燚信誓旦旦地要去采油一线上班,一向开明的父亲廖胜银也欣然同意,可是当他真的到了一线,真的和工人们同吃同住十几天后,这位阳光少年终于向现实妥协。

"我要继续读书,我要复读,我以后再也不贪玩了。"回到家里的廖燚告诉父亲自己不想上班了,上班太辛苦,他想继续上学。

廖燚说:"上班以后,给我分配的是连值十天的夜班,十天夜班值下来,真的是太辛苦了。石油工人真的太辛苦了,回家以后,我给我爸说,我要上学!我要好好学习!我以后不能像你一样当石油工人,我要学医,当个医生。"

那继续上学,又到哪里上学呢?自尊心比较强的廖燚不愿意在当地上学,他希望去喀什的学校,比起泽普,那时候的喀什是比较好的地方。这件事很快得到了泽普石油基地领导的支持,让石油子弟继续上学在那时是一件重要的事情。

一天下午,廖燚正在家里睡觉,突然有人叩打院子里的门(那时候是平房),然后就听见父亲在大喊:"考上了!考上了!"迷迷糊糊的廖燚也不知道怎么回事,原来是新疆医学院给泽普石油基地教培中心打来电话让廖燚去学校报到。这个突如其来的好消息让廖燚的人生有了新的转折。

廖燚去新疆医学院报到的时候，学校已经开学一个月了，课程已经进行到第四周。看着崭新的校园，一切都是那么新鲜，这个来之不易的学习机会被廖燚紧紧抓在手里，他开始发奋图强了。期中考试后，廖燚以班级第四名的成绩获得了二等奖学金，当时一个班级有八十多个同学，廖燚说，那是自己第一次拿二等奖学金，从那以后拿的都是一等奖学金。

就这样，廖燚走上了学医之路。经历过石油工人的苦，在学医的路上，廖燚再也不敢有丝毫懈怠，凭借着从小锻炼的好身体，廖燚付出了常人难以做到的努力。

廖燚说："其实，关于学医这件事，我当时也很迷茫，不知道自己会不会成为一个好医生，但是我爸爸说，每个人活着都有一条路，你一直走下去就行，不要回头。"

父亲廖胜银自己并没有念过多少书，却深知知识的重要性，他把希望寄托在儿子身上，希望儿子能够好好学医，做一个比自己强的人。就是这样朴素的想法，廖银胜一直默默地鼓励着廖燚勇往直前。

服务一座城，一直干下去

从泽普石油基地到新疆医学院，再到克拉玛依这座石油城，然后到上海读博士，再回到克拉玛依市工作，这样一路走来不仅是为了兑现廖燚的一个承诺，也是为了他与克拉玛依这座城市的约定。

廖燚说："我人生有两次重要选择，一次是选择回到泽普还是留在克拉玛依，另一次是选择留在上海还是回到克拉玛依。或许是命运驱使，克拉玛依这个地方已经在我的心里，一辈子都绕不开了。"

安排好在上海上学的女儿后，廖燚义无反顾地从繁华的大上海回到克拉玛依，回到熟悉的市中心医院，他顾不上其他，只想不辜负院领导对他的期望和嘱托，更让他牵肠挂肚的还有几个正在康复的患者。

"我们差吗？只要努力，我们不差！"廖燚说，"在克市医院工作的医生，只要与内地医院一比，就觉得矮人一截，觉得自己比不过人家，从心里先认输。就是还未打仗就觉得仗打不赢，这很容易在努力过程中败下阵来，缺乏自信是成长过程中的最大障碍。我们承认我们医院与北京、上海等内地知名医院的差距，但不努力，差距就会越来越大，差距不能作为低水平的借口，我们首先做好自己。事实说明，乌鲁木齐市医院的专家水平在某些专业技能上照样可以领先内地医院，不自卑才有前进的勇气，要自强、自立，走精品路线。只要拿出百倍的勇气、千倍的努力，在前人没有走过的路上创出一片天地，就能让周边地区甚至是内地的知名医院刮目相看，要想实现这个目标，那就需要我们撸起袖子，加油干！"

当然，外出求学不仅仅是通过对比证明自己，学习本领才是目的，每一次求学都是一条荆棘之路，充满了挑战和未知。廖燚说，这一行越是做得久了，学习得深入了，越是胆怯，担心我们的每一个决定会影响患者以后的人生，这样的话，哪一次选择不是在刀尖上行走呢？看着患者痛苦的表情，刀山火海也要走下去。患者对于自己而言，应该是一种什么关系呢？也许正如美国医生特鲁多的墓碑铭所言："有时是治愈，常常是安慰，总是去帮助。"

"廖医生，你快看啊！我会走路了！"妞妞扎着漂亮的麻花辫，笑得眼睛眯成了一条线，这一天是小姑娘二十一岁的生日。

那天，妞妞有生以来第一次能站立行走了。她把重生般的快乐，通过一个眼神，传递给这个让她重新站起来的人。从医二十余年，在医院这个小小的人生舞台上，廖燚见证了太多生离死别，经历了太多人情冷暖。时间越久，他越不愿去凝视患者或患者家属的眼睛——那些被焦虑、猜疑、愤怒、悲伤填满的眼神，总是会刺痛他，让他在本来就荆棘丛生的从医之路上走得更加艰难。可是，如今这个卧床二十一年的脑瘫女孩有生以来第一次行走时投向自己的眼神，一瞬间照亮了廖燚的心。

妞妞是一名早产儿，八个多月时，就来到这个世界上。由于是早产，快一岁了，妞妞仍不会爬，连咿呀学语都困难，母亲翟芳意识到有点不对劲，慌忙带着妞妞到医院检查。拿到确诊报告单的那一刻，翟芳的脑海一片空白，"脑瘫后遗症"，这几个字让她彻底绝望。有好几次，她都想抱着妞妞从楼顶上跳下去，可看着妞妞忽闪忽闪的眼睛，这位母亲心软了。

为了给妞妞治病，翟芳跑遍了国内知名医院，每年都会带着妞妞到乌鲁木齐医院做两个月理疗。为了支付高昂的医药费，翟芳主动申请从资料员的岗位调到采油一线工作。妞妞四岁时，一位上海的医生说妞妞恢复得不错，等长大点做个手术，或许可以重新站起来。由于妞妞的病情比较复杂，手术难度大，一直没有医生肯为妞妞做手术，一次次的闭门羹，让这一家人几度绝望。

2017年，妞妞二十岁了，再不做手术，她就可能永远没有机会站起来了。这一年年底，家人带着妞妞在市中心医院进行了远程会诊，内地的骨科专家再次给出做手术的建议。到外地还是在本地做手术？会有医生愿意做吗？手术风险大吗？一家人反复合计，决定再到中心医院试最后一次。

就这样，他们来到了廖燚的办公室。仔细查看了妞妞的病例报告后，廖燚只说了一句话："这个手术，我来做。"

"您是说，这个手术可以做，妞妞有可能站起来？"翟芳瞪大了眼睛，她真的不敢相信。

"是的，我可以做这个手术，如果顺利，妞妞有可能站起来……甚至，自己行走。"平常说话很快的廖燚刻意放慢了语速，小心斟酌字句，他知道，他说出的每一个字都是责任。

此时，翟芳并不知道廖燚是刚到中心医院不久的全国顶尖的骨科专家，也不知道廖燚说出这句话时冒了多大的风险。对于廖燚来说，这次手术是一次冒险。廖燚很清楚，此前为什么没有医生愿意为妞妞做手术，是因为这个手术复杂而少见，且经济效益不高，稍有差池，便可能毁了手术医生的"一世英名"。面对这样的病患，最安全的处理办法是建议患者"另请高明"。毕竟，是否要做手术，决定权在医生自己。

"医生，这孩子命苦，谢谢您给我们希望，您不要有心理压力，就算她还是站不起来，我们也不会怪您！"翟芳的几句话说得廖燚心如刀割，他的眼眶又一次湿润了。廖燚没有回答，他知道，多说无益，唯有全力以赴，才对得起这份信任。

为了最大程度降低手术风险，保证手术效果，廖燚和自己的团队反复商议手术方案，最终手术如期进行，并取得了巨大的成功。术后第二天，妞妞蜷缩了二十年的腿就可以伸直了，术后第三天，妞妞就能在助行器的帮助下站起来。在场的人都红了眼眶，每个人都打心眼里为妞妞感到高兴。

在热烈的掌声中，妞妞急切地寻找着什么。尽管穿着白大褂的医生看起来都那么相像，妞妞还是一下子就找到了他。

"廖医生，谢谢您！"

探索一领域，一直钻下去

在专业领域，廖燚能熟练进行各类骨科常见病、疑难杂症的诊治，尤其是能熟练地开展脊柱疾患的各类手术及人工髋、膝关节置换术，骨盆、髋臼骨折的手术治疗及四肢骨折的微创手术等，如颈椎前后路手术治疗颈椎相关疾患，全脊柱椎弓根螺钉技术治疗相关脊柱疾病，各类胸腰椎疾患的前后路减压、固定、融合及重建手术，人工髋关节置换术，一期双侧人工全膝关节同时置换治疗双膝骨关节炎，微创技术治疗严重不稳定性骨盆骨折，后入路治疗ⅣC型胫骨平台骨折，MIPPO技术治疗胫腓骨骨折，复杂髋臼骨折的手术治疗等，都是一些高精尖手术。

自分到外科后，从急诊转到普外，最后到骨科，无论在哪个科室，廖燚从不放过任何跟老师上手术台的机会，业余时间就是啃书本，做住院总师二十四小时吃住在医院是他再正常不过的事，每看一个病人就当作自己积累临床经验的机会，将累和苦远远抛到脑后。

到骨二科工作后，廖燚和团队首先明确了骨二科五年发展目标，对科室实施"开放式"和"封闭式"两者结合的管理模式，科室人员提前半小时上班，用以学英语、读片等，放手让年轻医师发挥聪明才智，给他们一个施展才华的平台。在廖燚的带动下，市中心医院骨二科的技术水平、手术量都创历史新高。

卫生部医药卫生科技发展研究中心曾在2012—2014年委托廖燚牵头"高黏度骨水泥在治疗椎体压缩性骨折中的临床应用：椎体高度恢复

及骨水泥弥散程度的研究"课题,由他负责的国家级重点课题、自治区区级研究课题也不胜枚举。廖燚担任了中国医师协会骨科分会骨质疏松专业委员会委员,中国医师协会医学机器人医师分会骨科专业委员会委员,世界微创医学会中国脊柱内镜椎间融合联盟理事等二十余个学术组织的委员、理事,并入选2017年新疆维吾尔自治区天池"百人计划"。

"术后恢复得很好,现在可以正常活动了。因为是机器人手术,创口很小,很感谢医生。"克拉玛依市民张建莲向记者讲述着腰椎骨机器人辅助导航下闭合复位椎弓根螺钉内固定术后的情况。2019年8月11日,北京积水潭医院和克拉玛依市中心医院成功进行了全国第二例、全疆第一例利用5G技术开展的多中心联合远程机器人手术,张建莲正是接受该手术的患者。此次手术是通过中国电信5G传输技术,变"遥规划"为"遥操作",真正实现了远程操控骨科机器人精确、实时手术。

廖燚介绍说:"北京积水潭医院专家通过术中扫描的三维图像进行手术设计规划,接下来,该院专家抓取和指挥机器人按照设计进行三维空间定位,再由我们的医生按照定位进行螺钉植入。如果没有骨科机器人,就只能采取传统'徒手打钉'的方式,这种方式存在一定风险,很容易碰触甚至破坏脊椎内的神经。"

为了提高手术质量,保证患者安全,克拉玛依市中心医院2014年在全疆率先引进了第二代骨科机器人,2017年又引进了第三代天玑机器人。在骨科机器人的帮助下,真正实现了"指哪打哪",最大程度避免了误差。截至目前,该院已成功开展包括颈椎手术在内的五百余台骨科机器人手术,手术台数和质量位居全疆前列。该院还自主研发了多项专利技术。

正是由于第一次5G远程手术的成功经验和在骨科机器人领域的出色表现,克拉玛依市中心医院有机会参与全国首次骨科机器人四中心5G远程手术,一台"一对多"的5G远程手术在北京、天津、河北、新疆四地成功完成。

廖燚说,远距离指挥机器人精确、实时操作,是非常具有挑战性的尝试,在没有5G的时代很难实现,而5G网络高速率、大链接、低延时的特点,为实现远程手术提供了基本保证。多中心联合5G远程手术的成功，离不开"数字克拉玛依"项目的支撑。

团队强则医院强，这是廖燚带领团队奋发努力的坚定信念。他带领的团队这些年来相继获得了工信部和国家卫健委颁发的有关机器人应用的两项团队奖和一项个人技术创新奖，其本人也因脊柱微创手术的相关工作而获得世界微创医学会中国脊柱内镜椎间融合联盟的表彰。而市中心医院骨科中心由于影响力的不断增加，三年来共二十余次在全国及区域会议上作学术报告。在廖燚的带领下，该科十余名医生成为全国或区域性学术组织的成员。

在教学工作上，廖燚团队精心安排了专职教学秘书负责新疆医科大学克拉玛依厚博学院的相关教学工作，并且市中心医院骨科在2018年成功申报成为国家级骨科规培基地，已开始招收培养骨科规培生。此外，2018年由骨科中心牵头重新组建了中心医院创伤中心，成为中国创伤救治联盟的建设单位并挂牌运行。2019年12月7日，骨科中心在自治区级临床医学研究中心的初评中，以85分的高分获得了自治区专家组的认可，意味着该中心的临床医学及研究能力已达到自治区领先水平。

经营一份爱，一直爱下去

因为爱，所以坚持；因为深爱，所以坚定。

廖燚说自己情商不高，不善于语言表达，从医二十多年变数很多，但从未改变的是扎扎实实做好自己的事，热爱着自己的工作和事业。

廖燚说："无论别人怎样看待你，首先自己做正确的事，朝着目标不懈努力。"

廖燚的人生经历告诉我们一个道理：只有"做正确的事"，"正确地做事"才有真正的意义，而只有做到"正确地做事"，才能保证"做正确的事"的贯彻实施，并为新的人生定位与重大决策提供充分的依据。

目前，克拉玛依市中心医院骨科中心是该院成立的第一个临床专业中心，作为北疆地区规模最大、技术实力最强的骨科，它也是中心医院最早通过验收的自治区级重点专科，尤其在近两年，骨科的学科发展更是走上了快车道，在以往雄厚技术实力的基础上，相继开展了保膝手术、微创DAA全髋关节置换术、髋膝关节翻修手术、3D打印引导下的微创关节置换手术、脊柱微创内窥镜手术、脊柱畸形矫正等高精尖手术,尤其是在机器人辅助下的脊柱微创以及复杂骨盆骨折的微创手术治疗,已俨然走在全国的前列,这对一个只有四十多万人口的城市的中心医院骨科专业学科来说,是不可想象的,也是无比骄傲的。然而对于刚刚成立的骨科中心来说,这一切才刚刚起步,正向着更加辉煌的明天昂首阔步!

"把准方向,走好每一步!爱你所爱!"廖燚淡定地说。

人生无处不青山

朱 敏

◎ 新疆维吾尔自治区高层次人才
◎ 新疆维吾尔自治区杰出青年科技人才

天使的抉择

孙作兰

"一座城成就了一个人，一个人照亮了一座城。"这句话用在1978年出生的朱敏身上相当贴切。

2008年至2013年，朱敏赴美国开展博士后研究工作，2014年5月以高层次人才的身份被引进至克拉玛依市中心医院。

作为青年才俊，朱敏扎根克拉玛依已有六年。如她所言：她人生最大的喜悦，就是来到克拉玛依。在克拉玛依，她遇到了无数盏闪亮的明灯，在这些明灯的支持和指引下，她发现并成就了一个完全不一样的自己。不论从医之路如何艰难坎坷，她说自己都会坚定地走下去，因为自己不但是一名成长中的中共党员，还是人民子弟兵的女儿。

家风影响，立志行医

朱敏的父亲是一名退伍军人。退役后从公社通讯员干起，当上了镇长，他一贯的为人处世都对朱敏产生了积极深远的影响。

小时候的朱敏，因为一次感冒，肌肉注射青霉素而留下了后遗症，每到天阴下雨腿就生疼。很多人都说她这辈子不能走路了，只有父亲从不放弃为她治疗。父亲平时工作特别忙，经常不能回家，妈妈工作也很繁忙。因此，天气一有变化，只要父亲不在，朱敏就只能躺在床上忍受病痛。

朱敏说:"那时候,爸爸经常去老乡家里了解民情民意,是一心为民的好干部。可他离开家最挂念的人就是我,因为我腿不好。有一次突然下雨,我的腿疼得厉害,睡到后半夜,我发现腿边暖暖的,就知道父亲回来了,父亲把暖水袋放在我腿边,为了赶回来,他一路上骑着自行车,浑身都淋湿了。后来父亲到处寻医问药,很多专家都说我的病只能慢慢恢复,可是父亲不死心,带着我去深山老林里面找老中医,陪着我在深山老林一待就是好几个月,就这样,我慢慢地能走路了。"

幼小的朱敏第一次在心里萌生想当医生的愿望。也是那一次,她记住了父亲的话,一件事,只要你想做,只要你坚持,就一定会成功。

高考报志愿时,父亲对朱敏说:"你是我们家唯一的女孩子,我觉得你应该去行医,去帮助生病的人。"就这样,朱敏报考了华中科技大学同济医学院(原同济医科大学),读完本科回来后,母亲想让朱敏赶紧找一个条件好的工作,可是父亲却说,朱敏虽然是个女孩子,但是还要继续学习深造。

在父亲的支持下,朱敏毫不犹豫地选择了继续读书深造。

就这样,朱敏读完了硕士和博士,虽然经济方面的压力很大,三个哥哥也要相继结婚,可为了让朱敏完成学业,大哥放弃了考大学。大哥为了自己放弃了梦想,这让朱敏内心感动和愧疚不已,她决定努力学习,完成大哥没有完成的心愿。为了不给家里增加负担,朱敏选择了助学贷款。

"我的人生离不开父亲和三个哥哥的支持。"朱敏说。父亲在担任小镇镇长期间两袖清风,积极推动乡镇经济建设,鼓励和扶持乡镇企业发展,赢得了小镇百姓的拥护和爱戴。这一切都影响着她。朱敏说:"父亲卸任的时候,很多人想念他,去送他。"

那时候父亲病了,在医院住院,朱敏在学校实验室做实验,每天中午给父亲做饭,晚上抽出两小时给父亲买吃的,陪他聊天。有一次她扎进实验室忘记给父亲送饭,等想起来时,已经是下午三点多了,朱敏内疚地骑着自行车急急赶到医院,没想到父亲却安慰她说自己一点都不饿,只是询问她实验室的工作情况。

"那段时间，父亲讲了自己很多人生、工作中经历的事情，对我的启发很大。"朱敏与人为善、勤勉踏实的优秀品质就是在父亲的影响下慢慢养成的。

"有一天清晨，我们院子里的清洁工在扫地，我埋怨了几句，父亲就批评我：人家只是在履行自己的职责，以后再遇到这种事的时候，你不能够是这种态度，知道吗？"在之后的待人接物中，朱敏有了一根标杆，那就是父亲，她要做一个像父亲一样处处为人着想、受人欢迎的人。

博士毕业后，家里支持朱敏继续深造，但看着病痛的父亲，朱敏便打算留在武汉工作生活，以便照顾父亲。父亲很生气，他希望朱敏能够继续追求自己的梦想。

父亲的爱一直伴随着朱敏，父亲病重的时候曾对她说："爸爸走了，你不要伤心，爸爸知道你已经做得很好了。"朱敏连连说着对不起，虽然父亲对自己很认可，但她觉得自己做得还不够好。

朱敏说："爸爸在还能说话的时候，就把所有事情给我安排好了，他要我努力上进，把工作做好，照顾好妈妈。"每年父亲忌日，朱敏都会为父亲写上一篇日记，以此表达对于父亲的怀念。

"有很长一段时间，我无法走出失去父亲的悲痛，回家也会突然想到父亲叫我的名字。如果他知道我选择克拉玛依，一定会支持我的。"朱敏回忆说。

扎根油城，建功立业

2007年，从华中科技大学同济医学院获得病理与病理生理学博士学位后，朱敏前往美国北卡罗来纳大学和克利夫兰医学中心勒纳研究所进行博士后科研工作。2013年，朱敏从美国克利夫兰医学中心勒纳研究所遗传所博士后出站，上海、武汉以及全国很多大医院向她抛出了"橄榄枝"，其中，克拉玛依市中心医院是最不起眼的一个。

"那时候，我已经和武汉的一家医院签约了。"朱敏说。其实当时她已经和武汉的医院签约，可是后面见到一个人，改变了她的想法，那个人就是叶舟，克拉玛依市中心医院的院长。

2014年5月，在克拉玛依市中心医院的热情召唤下，朱敏和爱人一路开车，从家乡武汉向克拉玛依进发。经过近十天的长途跋涉，二人到克拉玛依已是晚上九点多。当他们来到市委人才办和医院专门为他们安排的人才公寓时，朱敏惊住了：这哪里是公寓，这就是家啊！电脑、电视、崭新的被褥，甚至牙膏、牙刷、拖鞋都一应俱全。那一晚，疲惫的他们睡得特别踏实和香甜。

"当时，政府的领导也给我做工作，我真的心动了，就是这样的一个戈壁滩上建立起来的城市，领导的想法真的很远大。"一方面是政府领导所描绘的克拉玛依城市发展的宏伟蓝图，另一方面是叶舟院长对于市中心医院未来发展的具体规划，这一切都让朱敏发现，克拉玛依，也许是自己最好的选择。

"我不想一辈子按部就班地生活，想来想去，武汉也许不是我最终想要的那个目标和地方。"或许是克拉玛依人的思想内核深深地吸引了朱敏，她决定留下来体验一下这里的工作和生活。她说，人真的是需要情怀的。

不因城小而自轻，不因城偏而自弃，一句话就足以让这个热血青年为之动容。

后来，中心医院院长叶舟常说："小朱是一个有情怀的人。"情怀从何而来？朱敏知道它来自父亲，也来自市府领导、院长叶舟以及随后遇见的每一个克拉玛依人。

留下来的朱敏很快投入到和院长约定的"体验"中去了。"小朱，你先留下来感受和体验一下这座城市、这家医院，体验完了再决定要不要在这里待，你走，我没有任何怨言。"这是院长叶舟的原话，在朱敏看来，这是叶院长对克拉玛依、对市中心医院的一种自信和热爱，这句话打动了她。

就生活条件、医疗条件和工作环境而言，克拉玛依与武汉的差异还是很大的，又是远离故土，朋友也少，接下来的几个月，朱敏的脑海中每天都有两个自己在做尖锐的思想斗争，是留还是走，最后交给了时间，因为几个月的相处让这个医院像家一样把她的心留了下来。

"我想在中心医院证明自己，我想留下来。"

在这样的人生路口,到底谁能与她共担,对她的选择给予中肯的建议呢?这个时候,朱敏的大哥朱继军起了很大的作用。

"因为我的父亲已经不在了,我们家四个孩子,大哥对于我们兄妹几个都很关爱,什么事情都会帮助我们,尤其是父亲去世后,大哥对我的工作很关心。"

哥哥朱继军是兄妹几个里面步入社会最早的一个,他很清楚自己的妹妹是怎么样一个不服输的性格。

朱敏说:"在去克拉玛依这个问题上,我大哥开始是希望我留在武汉的,后来九月份他到了克拉玛依,见了我们的院长,见了我工作的环境,然后就决定支持我的想法,他走的时候说了一句话,他说我们是一个很开明的家庭,肯定会支持你的选择,但是呢,我希望你一旦做出选择就要坚持,不要以后在我面前哭鼻子啊,干了几个月之后觉得干不下去了,就要回去,这个肯定是不可能的。你既然决定留下来,你就坚持走下去。"

就这样,在大哥的鼓励下,朱敏决定扎根克拉玛依。在之后的交流中,朱敏发现,她遇到的每一个克拉玛依人说起克拉玛依时,脸上都闪着无比自豪的光芒,"我们克拉玛依特别好……"克拉玛依人对城市像家一样的热爱让朱敏震撼,这是她在其他任何一个地方都没有体会过的情感。

决定的背后,是深深的感动。朱敏说,到克拉玛依不久,市委领导专门抽时间跟她聊天、聊困难、谈理想、聊克拉玛依的未来。"希望有一天,人们一听到克拉玛依就想来这里。"市委领导的这句话让朱敏感动。朱敏说,因为她知道,这句话里饱含着所有深爱这座城市的人们的情怀,饱含着所有克拉玛依人的责任和理想。她选择留下,为这座有勇气、有未来的城市,为这里充满理想和热情的人们,为这座为梦想加油的城市,贡献自己的才能与力量。

成 就 自 我

第一次拿到国家自然科学基金时,朱敏既开心又失落,因为父亲没有看见这一刻，要知道，在克拉玛依申请到国家自然科学基金是很难的。

虽有各种荣誉加持，在工作中，朱敏依然是困难重重。

"大家都会觉得，你没有临床经验，我来的时候很年轻，才三十六岁。人家会说你这么一个黄毛丫头，凭什么能做病理科的管理人员。"听到这些七嘴八舌的议论，朱敏的心似乎有点乱了。这时候叶舟院长站出来对她说："小朱，我相信你一定能行！你在这个平台上做事情，能做成，一定是锦上添花的事情，你做不成，大家都可以理解，因为可能是我们的平台太低了，而不是因为你的能力低，你千万别有压力，放心大胆地干吧！"

中心医院注定是朱敏成长的土壤，叶舟给了她很多空间，也让她挖掘出自己身上更多的潜力，朱敏希望通过努力可以让病人减轻痛苦，让克拉玛依的医疗事业有更加美好的前景。

"每当我遇到困难时，就会想起我的父亲，当年，他做事情从来都不怕困难，他曾经对我说，要想尽一切办法战胜你所遇到的困难。"不仅是父亲，朱敏说自己身边的每一个人都成就了她，至今她还和她的本科老师、硕士导师、博士导师，包括在美国的导师，一直保持着联系。尤其是叶舟院长，不仅给予她学术成长方面的诸多指导，还是她人生理想的领路人。你现在在做什么？未来想做什么？院长语重心长的话让朱敏感到振奋。

朱敏说："当时我就想，那时候我们医院信息化做得特别好，也是在全国有名的，再加上我们的院长这么有想法，我信心倍增。然而，刚来医院时我和其他新来的同事一样轮岗，大概几个月的样子，在这期间，我其实并没有发挥太多作用。"

后来朱敏才知道，那几个月，院长一直在关注她、了解她，这是一个双向观察的阶段。就在这个时候，正在生病的院长有一天给朱敏打电话："小朱，你能不能到我病房里来？我有些事情跟你交流一下。"这一次，叶舟院长给朱敏说了想开辟国际远程医疗项目的思路，并且决定把这个重任交给她。

朱敏说："其实，接下这个工作时我心里特别忐忑，因为我只不过是克利夫兰医学中心的一个普通的博士后，我接触到的就是实验室的工作人员，我跟克利夫兰医学中心的CEO可能一辈子也不会有交集。这怎么办啊？我想打退堂鼓，可经过一番激烈的思想斗争，我决定先试试无妨。"

当时的克拉玛依和休斯顿是合作医院，朱敏曾被委派去过一次休斯顿洽谈进一步合作事宜，可谈好的项目，休斯顿却因各种原因没有如期开展合作，朱敏只好空手而回。不服输的她继续找别的办法，她找到了自己在美国深造时的导师。

朱敏说："当时，我的导师非常为难，他说这个确实超出了他的能力范围，因为他毕竟是搞医学研究的，和医院的CEO没有任何交集。"

朱敏并没有气馁，挂掉电话后她开始联系在美国的朋友，并且开始着手准备接洽方案，从中心医院的发展历程到医院的优势，再到医院的软硬件设施和人才队伍，此刻的她已经站在一个管理者的角度，站在一定的高度去全面看待问题。

朱敏说："当时叶舟院长就给我说，你一定要站得更高，看得更远。"

当朱敏把写好的方案拿给院长过目并得到院长的肯定后，便将方案翻译成英文，然后通过电子邮件发送到美国。功夫不负有心人，她最终把国际远程医疗项目引进中心医院。为了协助医院建设国际远程医疗平台，她千方百计与美国克利夫兰医学中心联系。因中美存在时差，在长达三年的沟通中，朱敏都是白天工作，晚上回复邮件，几乎没有睡过一个整觉。为了避免语言和思维差异造成误解，每次回邮件，她都是先用中文写下来，再用美国人的思维翻译后发送给对方。

2017年4月，美国克利夫兰医学中心远程医疗项目的CEO来到克拉玛依市中心医院实地考察，正值朱敏因病手术后休养，但她坚持全程参与翻译和接待，顺利完成与全世界排名第二的克利夫兰医学中心的对接，促使"美国克利夫兰医学中心中国克拉玛依分中心"在克拉玛依挂牌，中美国际远程医疗平台正式上线。也是因为中心医院的执着，世界上最繁忙、最具创新性、全美综合医院排名第二的克利夫兰医学中心将克拉玛依市中心医院列为他们在中国西北地区唯一一家合作医院。

自正式上线以来，该国际远程会诊平台一共完成18例国际远程会诊，会诊结果不仅使克拉玛依市民不出家门也能享受国际化的优质医疗服务，还极大地促进了中心医院医师诊断能力的提升，为克拉玛依及周边患者带来世界级医疗服务，让绝望中的病患看到了希望。

同时，作为克拉玛依市病理质控中心和临床病理诊断中心的负责人，朱敏带领病理科团队，面向四地五师不断开展常规和分子病理检测及人员进修培训等工作，北疆区域病理中心初具雏形。如今越来越多本地和周边的患者愿意放弃大城市，选择信任实验室的病理检测结果，使中心实验室在周边影响力不断提升。

2015年，朱敏成为克拉玛依市欧美同学会会长，主要开展归国人员的交流，搭建人才工作平台等工作。在她的带领下，克拉玛依市留学归国人员作为一个集体以优异的成绩获得"自治区归国留学人员工作先进单位"，朱敏本人获得"自治区优秀归国留学人员"。

2016年，朱敏成为克拉玛依第八届政协常务委员，履职期间，她主要围绕克拉玛依市发展的重大问题如医疗大数据、肿瘤基因检测等撰写并提交提案，连续三年被评为优秀提案并作大会发言。同年，朱敏作为克拉玛依本地一家企业的特聘专家，积极引入惠及孕产妇的无创产筛和儿童遗传基因检测项目。这些突出的工作成绩，让朱敏得以列入自治区青年科技创新人才培养工程人员名单。

2017年，作为克拉玛依市领军人才，朱敏及其团队积极推动和促成"美国克利夫兰医学中心中国克拉玛依分中心"顺利挂牌，建立"朱敏工作室"，围绕女性健康及肿瘤相关领域，特别是女性宫颈癌早筛、诊断与治疗开展相关研究项目（HPV、液基、P16/Ki-67双染、基因甲基化）。

2018年，朱敏带领团队获得中心医院第一个国家自然科学基金，实现了医院科研史上零的突破。这一年，她成为上海同济大学兼职教授、博士研究生导师。同年，她通过获批的自治区博士后创新基地招收了第一名博士后进站开展研究，进一步推进了医院基础科研的发展。

2019年，在市委市政府和市中心医院党委的大力支持下，朱敏带领团队成立了克拉玛依市临床病理诊断中心，她也成为中华医学会新疆病理专业委员会常务委员，通过流程与诊断同质化改革，帮助克市病理进入省级平台。

2020年，朱敏及其团队申请成立的新疆临床基因检测与生物医学信息重点实验室和新疆消化系统肿瘤精准医疗临床医学研究中心获批，使中心医院在地州医院中成为佼佼者，而她本人也被评选为自治区突出贡献优秀专家。

来克拉玛依五年，朱敏和团队组建了疆内第一个高通量实验室，成功开展了无创产前筛查、新生儿遗传代谢性疾病筛查、肿瘤基因检测和分子病理检测等新项目，填补了克拉玛依甚至全疆的空白，为克拉玛依市中心医院向精准医疗迈进奠定了基础。

"我愿意当一盏灯，去照亮和影响他人。"朱敏说。中心医院之前并没有基础科研的平台，大家的科研都集中在临床数据收集方面，发病机制是没有人研究的，所以朱敏就想从这方面着手，帮助医院把中心实验室建起来，同时还可面向所有医院，包括整个克拉玛依，只要愿意做科研的，都可以来中心实验室做相关研究。而朱敏本人，依托团队和实验室的建设以及多项实验成果，也收获了满满的成就感。

"是克拉玛依成就了我。"朱敏感动地说。

朱敏说，如果不来克拉玛依，不成为克拉玛依人，现在的她，也许只是内地某医院的一名病理科医生，或许此时正坐在显微镜下看成百上千的片子，病理学专家将是她事业的终点。但因为克拉玛依，才成就了今日不一样的自己。

"让青春在祖国最需要的地方绽放光彩。"2020年7月7日，中共中央总书记、国家主席、中央军委主席习近平给中国石油大学（北京）克拉玛依校区毕业生的回信中的这句话，极大地坚定了朱敏更加努力发挥自身专业特长，为建设边疆贡献力量的信心和决心。

赵建雷

◎ 国家优秀QC成果一、二等奖获得者
◎ 全国"AAA级安全文明标准化诚信工地"管理者
◎ 新疆维吾尔自治区"建筑工程·天山奖"获得者

脚手架上的梦想

卢建武

周道永,旭日升。这句话来自《诗经·小雅·大东》,原文是"周道如砥,其直如矢"。用现代汉语来讲,就是通往都城的大道像磨刀石一样平坦,又如射出的利箭一般笔直通达四方。

在汉语中,"周"字的另一层含义是建筑。

汉字是世界上最典型的象形文字,"周"字从外形看就是一座具有牢固墙壁和穹顶的屋子,里面藏着一个吉利之意的"吉"字。华夏民族的智慧在这里充分表现,以形寓意,因为有了遮风挡雨的屋子,一家人才会美好吉祥,如是而成为"家"。藏在房子里面的"吉"字,由"士"和"口"组成,至少有人口、学士、官员等意思,这样看来,房子不仅有居家生活之用,也是做学问的地方,还可能因为是政府办公的场所而成为权威的象征。

中华民族有着上下五千年的辉煌历史,而伟大辉煌的背后多是苦难,在种种曲折经历中,华夏民族屡遭困厄,却总能从低谷中重整旗鼓,继续繁衍生息的传奇,究其根本原因,就在于"家"文化根深蒂固,源远流长。

从古到今,从事建筑业的人,始终被贯以道义,自觉承担起社会责任,以德立业,只有筑牢坚不可摧的基础,才能够成就蒸蒸日上的事业。

一

赵建雷从开始懂事时起，一直到上大学之前，从来没有想过自己会以盖房子作为终生职业。

2001年，家住天山北麓沙湾县金沟乡的赵建雷到县城参加完高考回来，继续帮着父亲做农活。父亲和乡亲们问及高考的情况，他愣头愣脑地硬是没吭声，只是摇摇头，又点点头。这让父亲和乡亲们一头雾水，只有赵建雷心里清楚，考上大学当然十拿九稳，却不知道应该报哪所学校，更不知道应该报什么专业。

高考分数出来了，他的成绩果然远超一本录取分数线，这让赵建雷兴奋，也让他犯难，究竟填报什么专业呢？

一位正在读大学的学长建议他说："报土木工程吧，这个专业毕业后，比较容易找到工作。"赵建雷把学长的话说给父亲听，父亲听说是一毕业就能够找到工作的专业，点头赞许。于是，赵建雷以优异的成绩考入新疆大学，就读土木工程专业。

父亲知道儿子大学毕业后要以盖房子为职业，心里暗自高兴：人都得住房子吧，经济形势越来越好，城市发展越来越快，盖房子这活儿自然不会少。为了给儿子创造练练手脚的机会，父亲特意把自家的羊圈拆掉了重新翻盖，好让他学着和泥巴、砌土块、用草泥糊墙、架檩条、搁椽子、铺芦苇把子、上房泥。那几天，爷儿俩干得挺起劲，一阵阵欢声笑语飘出农家小院，在希望的田野上追逐。

2005年大学毕业时，赵建雷的同学大多选择去了设计单位。他在乌鲁木齐完成实习后，有一家国企向他伸出橄榄枝，待遇不错，赵建雷犹犹豫豫没有去。

赵建雷之所以彷徨，是因为他跟女朋友李炳儒正在热恋之中，如果留在乌鲁木齐，他和女朋友就要做牛郎织女。这是赵建雷不愿意的，当然，他的女朋友李炳儒也不会乐意。

李炳儒从新疆师范大学毕业后，便在克拉玛依第十中学任教，她跟赵建雷说，克拉玛依这地方好，将来有发展前途。赵建雷听从李炳儒的话，于是追随女朋友来到了油城。

在参加永升集团的招聘面试时，赵建雷有点拘谨。董事长兼总经理张元清看了他的学历，见他个头高，长得壮实，特意问他除了专业知识以外，还有什么特长。

赵建雷如实回答："平时喜欢打篮球，前锋、中锋、后卫都能顶，就是球技不怎么好，有时还会招同学笑话。"说这话时，赵建雷脸颊绯红，有点不好意思。

张元清认真听他把话讲完，笑了笑说："能打篮球好啊，打篮球也是个技术活，你将来干技术工作一定来劲！"

赵建雷被张元清的亲和力打动了，刚才还绷紧的神经松弛下来，没有多想，就愉快地加盟永升集团。

万丈高楼平地起。赵建雷先是到雅典娜小区的工地当学徒，成为建筑行业的一名新兵。师傅王双喜很热情地接纳了这个回族徒弟，王双喜是汉族人，并非土木工程科班出身，但在建筑工地一番摸爬滚打，基本功夫很扎实，又肯学习理论知识，早就在行业里以技术过硬而名气很响。王双喜决定让赵建雷从基本功学起，先教他怎么读图纸、计算、抄资料、看仪器。王双喜告诉他，学习技术得从点滴做起，一点一点学懂弄通，慢慢积累起来才行。

赵建雷求知心切，在师傅的开导下，从基础知识学起，结合实际工作实践。在学习中，他感觉到书本知识跟实践之间的差距很大，只有谦虚好学，才能得到师傅的真传。赵建雷态度认真，尊重师傅，肯钻研，这让王双喜心生欢喜，很乐意教他许多施工基础知识和基本技能，这些知识和技能在书本和大学课堂里不一定就能学到。

学手艺没有捷径，也不能轻易满足。克拉玛依世纪广场项目开工后，赵建雷跟上师傅来到新的工地。这回，他不但能实践自己原来学到的东西，也进一步接触到新的工作实际，图纸会审、测量、放线、施工过程跟踪、技术方案修正与完善等等，赵建雷越学越起劲，慢慢成为师傅的得力帮手，这就让人对他另眼相看了。

世纪公园项目开工后，赵建雷被调过去学施工，这回的师傅是毛永强，也是技术高手。在这个项目上，他学习的劲头更足，也逐渐掌握了独特的学习方法，师傅肯教，他更肯学，因此进步很快。

2008年，赵建雷参与克拉玛依穿城河施工改造工程，除了跟师傅学着看图纸、写方案、做资料、测量放线、质量控制外，因为已掌握一些基本技能，他首次单独负责体量较小的单项工程施工，这又成了他锻炼磨砺的好机会。

二

2009年，赵建雷参加风城油田作业区员工公寓施工项目，这时他是以技术员的身份进入项目管理人员名单的，当然得在施工中独当一面。项目经理王双喜本来就是个技术权威，曾经是他的入门师傅，这让赵建雷一点都不怯场。他和师傅负责施工的A座，是个体量为6 000多平方米的建筑，对外呈八字型，这类建筑的平面布置、施工放线，赵建雷根本没有接触过，对他来说，图纸上读懂、理论上算准，均不在话下，而要结合施工的实际操作，放准样，难题却一道接着一道。看来，第一次独当一面，对他这个初生牛犊来讲，或许会遇到一定的技术门槛。

赵建雷把挑战看作难得的学习机会，有师傅在旁边壮胆，凡事多请教，在放线前多熟悉图纸，多解读技术方案，就一定能取得突破。在工地上，赵建雷既做技术员，又当施工长，身上责任重。为了做好工作，他总是第一个上班，最后一个下班，反正吃住在现场，熬夜甚至干通宵也不知疲倦。从开始的施工放样，到施工全过程的技术工作，赵建雷干得有声有色，不但师傅满意，也得到了业主和监理的认可。

也就在这年春天，赵建雷跟女朋友李炳儒步入婚姻殿堂。新婚不久，赵建雷就上了工地，好几个月没有回家。妻子特意到工地来看他，刚见面的时候，妻子差点没有认出赵建雷，她怎么也不相信，眼前这个须发蓬乱、嘴角鼓起水泡、面如炭色的黑大个子就是自己的丈夫。看到赵建雷的工作场地和生活环境，妻子心疼地哭了，不想再让他在工地上受罪，要他辞职另找一份工作，哪怕收入低一些也不要紧。

赵建雷感受到妻子对自己的关爱和体贴，但他不是那种遇到困难就退缩的男人，况且干建筑是他在大学里就已经认定的职业。为了打消妻子的顾虑，赵建雷索性拉着妻子在工地外围转了几圈，他指指点点，一一细说，让妻子看到，经过自己精心组织施工，面前的大楼正在拔地而起，过不了多久，将是一座宏伟的建筑，这是多么大的成就啊！他不无自豪地说："当一名建筑师，是人生难得的职业，也是一份能够给我们带来幸福的事业！"

妻子为赵建雷的理想和干劲所感动和折服，此后，就一直默默地支持他的工作。在赵建雷身处困境的时候，妻子体谅他，理解他，给他加油鼓劲；赵建雷精心组织，完成了一个个项目，妻子就与他共享建设高楼大厦所带来的成就和喜悦。

三

2010年，赵建雷担任奎北铁路克拉玛依火车站工程的技术员，在项目经理何政、总工程师符正岳的领导下，他负责工程施工进度计划的编制完善、技术方案的修订、各类报表填报等技术工作。这个项目规模庞大，结构复杂，施工难度大，给他在技术方面的工作带来许多前所未有的难题。赵建雷把困难看作学习的机会，遇到问题不回避，虚心向师傅讨教，埋头刻苦钻研。对于施工难点，他预先做出施工方案，制定质量保障措施，因此积累了不少宝贵经验，技术水平也在一定程度上得到提高。

永升集团通过对进入公司的大学生多方面考察，将赵建雷列为重点培养对象。董事长兼总经理张元清亲自到施工现场，看望赵建雷和部分表现优秀的青年才俊。在工地上，张总询问了赵建雷的工作情况，聆听了他对自己以后工作和学习方面的设想，勉励他继续保持勤奋好学的态度和脚踏实地的工作作风，争当技术能手。赵建雷把张总的话牢记心头，这成为他之后相当长一段时间力求上进的动力。

就在这年临近冬休，赵建雷被调到集团公司总工程师办公室，担任集团公司总工程师助理，协助总工程师做图纸会审、施工方案编写、质量管理等多方面的工作。他有机会接触到更大的工作范围，直接面对许多技术性问题，从而对建筑施工技术管理有了更为全面的认识。

为了培养青年才俊，永升集团推荐赵建雷参加中国石油大学的MBA脱产培训，这使他得以开阔视野，增长见识，获得更好的理论素养。

这一年，赵建雷喜得贵子，又顺利通过国家一级建造师考试，获得工程师职称，年底还有乔迁之喜，可谓收获颇多。

2011年，赵建雷被派往独山子，担任永升集团独山子片区副经理，专职负责技术工作，组织协调独山子污水处理厂等一系列项目的施工和技术指导、质量控制。

由于任务完成顺利，到10月份，赵建雷被调回克拉玛依，担任克拉玛依市体育场馆配套设施（运动员公寓）工程项目总工程师，这是赵建雷初次在重大项目中独当一面。这次的工程总建筑面积43 913平方米，建筑高度15.2米，筏板基础，框架剪力墙结构，由28个不同圆心、不同半径的圆弧结构组合而成，造型新颖，为五星级标准设计，集住宿、餐饮、会议、游泳、健身、娱乐等功能于一体，系统配套齐全。地下水位-1.2米，游泳池-11.75米，深基坑及砾岩地基免爆开挖；平面结构为弧型六联体环状布局，其主体结构共有弧形剪力墙72段、弧形梁3 138段，施工定位测量要求精度高，异形曲面陶板幕墙干挂施工难度大。工程的施工难点有：15米高大模板支撑系统施工；新型高分子聚乙烯涤纶防水卷材施工；轻质填充墙、隔墙裂缝控制；装饰、装修及幕墙二次深化设计与施工；弧形综合布置系统管道、线缆、桥架；游泳池800毫米厚抗浮钢渣混凝土基础整体连续浇筑及裂缝控制；21.2米大跨度地下人防建筑工程施工。

赵建雷在技术管理中有效控制了混凝土结构裂缝，混凝土表面光洁密实，垂直度、平整度、截面尺寸偏差均控制在3毫米以内；天然花岗岩墙、地砖拼缝严密，色泽美观，平整度最大偏差不超过1毫米。人防车库地坪采用环氧树脂砂浆地坪，涂漆表面光洁，色泽一致，平整度控制在1毫米以内。他还总结提炼了《聚乙烯涤纶水泥基渗透结晶复合防水施工工法》（XJGF85-2012）等施工资料。工程于2014年5月16日竣工后，经建设、设计、监理、施工单位联合验收，工程质量合格。消防专项验收一次通过，室内环境检测各项指标均符合一类民用建筑标准。

他负责撰写的《提高异形干挂石材质量合格率》《提高异形曲面结构施工放线精度和速度》QC成果分别荣获国家优秀QC成果一等奖和二等奖。建设过程中未发生质量安全事故，荣获"2012年度自治区级安全文明工地"。经过一年多的使用，体育场馆结构稳定，使用功能完好，业主对工程质量非常满意，该工程荣获"2015年度新疆建筑工程天山奖"。

这一回，赵建雷不仅为公司赢得了荣誉，个人的技术水平也在同行中打出了名气。

四

赵建雷管理的项目，一个个成为放心工程，集团领导决定给他压更重的担子。2013年，赵建雷担任克拉玛依市第一中学高中部迁建工程项目经理。这是一个市级重点项目，总建筑面积58 200平方米，合同额3.25亿元，是个跨年度工程。赵建雷第一次担任项目经理，而且负责一个重大项目，这一年，他刚刚三十岁，不免替自己有点担心，担心不能胜任这项工作，万一有什么闪失，会给公司声誉和经济效益造成不良影响。在项目投标时，赵建雷就向领导说出了自己的心事。公司领导对他的想法表示理解，却没有给他退路，鼓励他迎难而上。同时，公司为项目配备了技术权威和管理方面的能手，加强施工力量，为项目管理编筑起牢实的篱墙。有了公司的支持，还有师傅们的帮助，赵建雷一门心思投入到项目管理中，工程进度按照计划推进，工作程序环环相扣，工地秩序井然，整个工程按管理体系正常运行，质量、安全都得到保证。项目完工后，先后荣获"2012年度自治区级安全文明工地"与"全国绿色施工及节能减排达标竞赛优胜工程银奖"，其中实验楼工程荣获"2014年度新疆建筑工程天山奖"。

此后，赵建雷相继担任克拉玛依市体育局大院改造（羽毛球馆）工程、独山子城投大厦工程、红山油田燃煤注气站工程等项目经理。其中，独山子城投大厦工程总建筑面积达40 943平方米，为23层框架剪力墙结构，技术上难点多，难度大，工序复杂，施工过程中出现许多他从未遇到过的难题。但赵建雷敢于迎接挑战，组织严密，在工程质量、进度等方面管理得有条不紊。项目完工后，荣获2014年度全国AAA级安全文明标准化诚信工地，为公司赢得很好的市场声誉。

2017—2020年，赵建雷担任克拉玛依市实验检测研究院实验检测中心工程项目经理，这个项目建筑面积为38 124平方米，采用钢筋混凝土框架结构，地下室外墙为钢筋混凝土，独立柱加防水板基础，地下与地面共六层，合同额约2亿元。项目建成后，能够满足克拉玛依市、新疆油田公司地质实验中心、采收率实验中心、水质分析中心、质量监督检测中心、食品药品农产品检测中心等十家实验检测机构办公的需要。该项目荣获2017年度自治区级安全文明工地，2018年度全国AAA级安全文明标准化诚信工地。赵建雷说，他一直"泡"在这个项目上，一"泡"就将近四个年头。

在克拉玛依国家高新技术产业园区，宽阔的道路平坦如砥，像离弦之箭一样笔直，大道之间纵横相连，南北通达，东西伸展无际。在大道的两侧，绿树成荫，土生土长的胡杨、榆树如挺拔的后生，像威武的壮士；那些名字新鲜的树木早就在油城扎下深根，它们曾经被称作"外来客"，乘着改革开放的春风慕名而来，情深深，意浓浓，热烈拥抱克拉玛依这片热土，枝繁叶茂，随心所欲地繁衍生息。金秋时节，这成片的绿带争相展示英姿，远看如天仙妙手的神来之笔，在锦绣的大地上挥洒自如，涂抹下别样的浓墨重彩。

在园区的中央地带，你会突然看到，有连片的树色围墙遮护住成圈的林带，一个高大的门楼挺立路边，门楼左右立柱上贴着一副对联："科技引领铸造建筑精品，创新驱动孵化美好未来。"走进大门，穿过林带，面前豁然开朗，原来这里竟然隐藏着一个热火朝天的建筑工地。无论走近看，还是在高处俯瞰，看不见尘土飞扬，听不见刺耳的噪声，按部就班却又忙碌的工人师傅，移动粗壮臂膀的塔吊，满载混凝土的罐车，长臂利爪伸缩自如的泵车……一切都显得那么井然有序。

在2020年新冠肺炎疫情防控期间，赵建雷一直坚守在克拉玛依高新技术产业园区科创孵化基地项目的现场，他担任这个工程的项目经理，在现场被封闭隔离的情况下，组织施工。这个项目投资额3亿元，建筑面积56 555平方米，由综合楼、实验楼、孵化楼等七个建筑单体组成，采用CFG混凝土桩基础，深10—12米，直径0.6米的混凝土灌注桩共2 750个。在多个单体建筑中，综合楼高80米，共16层。项目建成后，将成为克拉玛依高新技术产业园区的标志性建筑，这是赵建雷参加工作以来建造的最高的建筑，项目的施工难度也是前所未有。为顺应绿色建筑和精益建造的要求，永升集团首次在施工全过程中应用先进的"BIM"技术，这是建筑业把互联网技术融进项目管理的先进手段，能够更加科学地做好质量、安全、环保、进度、成本控制。这些对于赵建雷来说，又是一次新的挑战。赵建雷在这个项目投标时就充满期待，他决心克服困难，以"BIM"技术的应用为基础，推广新的科研成果，并进行工法创新。建设单位等相关方在项目策划中就下定了决心，要争取拿下中国建筑业最高奖"鲁班奖"。有理由相信，这一项目完工后，将成为克拉玛依建筑业一个新的里程碑。

工作多年，赵建雷所获荣誉无数，2016年，他被评为克拉玛依市"十大杰出青年"；2018年，被克拉玛依市委组织部评为"城建行业高层次人才"；同年，以他名字命名的高层次人才工作室挂牌成立。

赵建雷从来没有把这些当作个人的成就，而视为公司的荣誉。他认为，就算自己经过努力做出一些成绩，靠的也是党和政府的培养，还有公司领导对自己的厚爱、师傅的帮助。做人应该知恩图报，他决心以不懈的努力，回报所有的关爱和帮助，精心施工，把可爱的家乡建设得更加美丽富饶。赵建雷常说："新疆是各民族紧密团结、共同进步的大家庭，因为有了党的富民政策，像我这样一个普普通通的农家孩子，才会从上学到工作茁壮成长，成为能够建筑高楼大厦的建筑师。"

周道永，旭日升。新疆各族人民的富裕大道越走越宽广，油城各项事业正蒸蒸日上，赵建雷他们用自己勤劳的双手，共筑城市更加美好的未来。

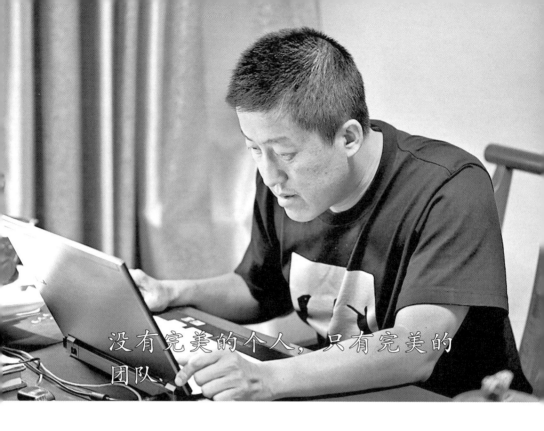

没有完美的个人,只有完美的团队。

孙长江

◎ 国际发明展银奖获得者
◎ 中国专利优秀奖获得者
◎ "国家民营企业科技工作者发展贡献奖"获得者
◎ 新疆维吾尔自治区劳动模范

垦 荒 牛

卢建武

　　一辆红色的"牧马人"在我身边停下来，我跳上车。孙长江手握方向盘，眼睛盯着前方，我只看到他的侧脸。我关好门，系上安全带，车喇叭响了一声，徐徐向位于市郊的云计算产业园区行进。

　　孙长江不善言谈，在我和他相处的那段宝贵时光里，无论我提出什么话题，他都饶有兴趣，慢条斯理地向我叙述，而没有像滚滚长江水那样滔滔不绝。人们说，善言者不善为，而善为者往往不善言，甚至沉默寡言，这话有几分道理。

画家启蒙

　　我不是专业的侦察兵，却多次参加突击队到敌后潜伏，潜移默化中学到些侦察情报的技能，这回，我就要对孙长江进行迂回侦察。我迂回到长江的姥爷身上了，于是思路就触到齐白石的画。主题不在齐白石的画上，可因为齐白石的画，才有了眼前这个让我敬佩的长江，你得听我由此说起。

　　长江的大舅九十岁了，五十多年前最后一次晒画的情景依然历历在目。长江的姥爷出身于山东郓县的大户人家，兄弟四个都上了大学，这在1949年前是很了不起的。长江的姥爷大学毕业后留在京城任教，因钟情书画，拜师白石老人门下学艺，得老先生亲笔画四幅，细致珍藏，后离京归至故里，手中的国宝级画作自是百倍珍爱。书画多易受潮，藏家每年必在秋季晒画防潮，此为约定俗成。长江的姥爷每每把晒画的重任交付给长子。出于对恩师的敬重，姥爷必亲手捧出书画，置于艳阳之下，接受阳光沐浴，而嘱咐长子守在一旁，直到日向西斜方收画为止。乡亲中多有观摩者，稍懂画的，啧啧称赞。后来，由于家中突遭变故，长江的大舅带着妹妹投奔新疆的亲人，来到五家渠。我们走遍大江南北，就会发现，最美的地方是新疆。青格达湖这"神灵之水"以宽阔的胸怀接纳了来自齐鲁大地的这对兄妹，他俩在这儿安下心，扎下根，成为英勇的军垦战士。不难想见，大舅的妹妹就是长江的母亲，姥爷的传奇一定出自她的口述。我们在后来的故事中可以看出，长江对于科研工作的执着追求，一定源自齐鲁大地的悠悠文脉，源自姥爷对于中华文化的孜孜追求，也来自青格达湖脉脉含情的滋养。

孙长江进入位于长江之畔的长江大学就读电子仪器及测量技术专业，毕业后来到克拉玛依油田，他的职业生涯从一个石油工人开始，他的垦荒牛历程也从石油事业起步。

长江面对的第一个科研项目是燃气锅炉蒸气干度控制。

熟悉采油工程的人知道，稠油开采过程中必不可少的一个程序是，利用特种锅炉燃烧出高温高压水蒸气，通过地面流程和采油树及井下装置，把高温高压水蒸气注进油层，进行焖井，将稠油稀释；地层压力和温度较高时，含油液体自动喷出地面采油树装置，高温液体通过地面集油管线输送到集油罐；而地层压力较小且温度较低时，采油树装置利用机械力量抽出液体，往地面管道输送；而地层温度低且压力小时，稠油自动凝结，必须实行新一轮注气。从理论上讲，蒸气干度越高，注入地层时压力和温度相应地也越高，水蒸气在地层软化稀释稠油的能力越强，稠油开采的效率也相应越高。而现实是，蒸气干度过高，势必引起燃气锅炉炉内爆管，造成停炉甚至燃爆事故，既影响正常生产，也降低生产效率，且形成安全隐患。美国的稠油开采燃气锅炉及使用技术在当时处于世界领先地位，故稠油开采燃气锅炉及使用技术全套均从美国进口。后来，经过国内同领域专家在消化国外先进技术的基础上加以改进,从而适应性更强,但对蒸气干度的控制却一直不尽如人意。这套装备和技术在控制蒸气干度方面一直沿用水量控制的方法,即在火力相对稳定的情况下,水量增加时蒸气的干度下降,而水量减少时蒸气的干度就相应增加。这样设计不无道理,但在实际操作中却几乎难以达到理论上预期的效果。

于是,在稠油开采过程中,热采锅炉蒸气干度的控制一直是一道难题,让行业内专家都感到头疼。

说初生牛犊不怕虎也好,说是垦荒牛认死理也罢,孙长江下定决心要解决这道难题。

长江把国内外相关资料收集起来,展开了技术攻关。兴许是得益于姥爷精于绘画的遗传基因,长江认为,科学研究与应用的根本在于继承传统和勇于突破传统。这话说起来有点自相矛盾,却有一定道理,常人也不难理解。经过反复比照、论证,长江的思维从旧的意识中突破出来,他否定了燃气锅炉蒸气干度只能单纯由调节注入水量来控制的方式,而大胆提出调节燃气火力大小和注入水量多少同时进行控制的方法。

可以说,这是长江富于创新的地方,国内外专家一直认同的是传统的方法,谁也不肯标新立异。兴许像长江提出的这个方法,可能有专家想到过,但因变更的难度较大而无人尝试,或者有人在实验中遭受失败而最终放弃。但长江既然想到,就一定要做到,这是他的禀性。

收集资料,请教专家,反复论证,反复实验,历时三年多,孙长江终于完成了这项技术革新,这项技术在2008年获得国家专利。摆放在我们面前的《干度控制过程中出现的问题总汇》等专著,看起来并不像厚重的"大部头",却蕴含技术精华,它突破了国际技术权威,成为具有当今世界同行业最新技术水平的科技成果,其实际效果是稳定了注气锅炉蒸气干度,能够在燃气锅炉运行过程中,将蒸气干度始终控制在70%,稳定供气,稳定生产,既提高了生产效率和经济效益,也确保了锅炉安全运行,革除了安全隐患。

这次技术革新的成功,对于孙长江来说,就像是小试牛刀。长江在谈到这次经历时说,科研工作是一门艺术,要甘于寂寞,善于突破传统而另辟蹊径。垦荒牛总在面对新土地,迎接挑战,首先是要敢于否定既有的成说，才能赢得未来，这正是创新思想的精华。

吃定物联网这个秤砣

到北京工作成为孙长江突破思维的新起点，也是他人生的一次新机遇。

一个人、一个团队，如果习惯性的思维占踞了头脑，就会固步自封，思想意识很难与时俱进。在北京这个高科技企业中，孙长江和总部派出的顶头上司庞涛建立起相互了解的信任，也成为哥们似的好朋友。北京一直处于全国的思想高地与科技前沿，引领着中华民族的思想解放和蓬勃发展。长江如鱼得水，在工作中学习，把学习融入工作。在接触工业互联网技术后，长江脑洞大开，深感高科技对工业生产的巨大影响，新的发展机遇也前所未有。长江和庞涛在完成工作后常常促膝长谈，可谓英雄所见略同。经过慎重思考，他俩做出连自己都不敢相信的决定：辞职下海，专做工业物联网，立足油田生产，开天辟地，奋斗出一番事业。

机不可失，时不再来。然而，当时长江正担任公司在山西大同一个国家煤炭基地互联网施工的技术负责人，一时半会是走不开的，硬性辞职并非不可，新的技术负责人也不难找到，却会对公司工程产生不利影响。做人以厚道为根，以厚道成事，这是长江秉持的人生准则，也是他源自祖辈的家教传承。长江和庞涛一直坚持到把公司这个项目做完交工，才怀揣着自己的创业梦想离开北京，回到他们事业和生活的福地克拉玛依。

简而言之，物联网是物物相连的互联网，它具有全面感知、可靠传递、智能处理三个特性，同时具有广泛的应用范畴。就近而言，如果将这一技术应用到油田生产上，就可以实现对现场生产人员、设备、环境等要素的实时感知和监控，逐步实现油田生产智能化，从而使得原油生产效率大幅度提高，采油工人的劳动强度大幅度降低，而油田生产的经济效益大幅度提高，安全生产水平也就相应提高，有利于环境保护和绿色油田建设，这也是建设智慧油田的必经之路。

孙长江涉足这一领域时，物联网技术已经在中石油系统得到不同程度的推广，部分油区应用水平相对较高。同时应该看到，油田物联网涉及的范围很广，物联网技术的应用已经深入到生产一线，要想赢得市场，首要的是确定研发方向，在技术上有所突破，以技术的先进性、可靠性去赢得成功。

长江从收集数据开始，瞄准物联网技术发展新方向，结合油田生产现状，展开科研攻关。在研究中，长江发现，油区生产自动化程度越来越高，物联网技术也越来越普及，数据采集的设备更换率和损坏率也随之增加，这对整个油区生产系统的维护带来不便，而且会造成设备运行效率较低，甚至产生安全隐患。

在井然有序的梳理中，长江找出了原因所在。实践证明，问题往往会引出课题，也恰好能够解决实际困难，而解决实际困难，正好是科研工作的出发点和最终目标。长江在研究中发现，现有油田生产装备的传感设备和采集终端之间一直是绑定的，数据流只能按照安装前设定的通道进行传输，倘若采集终端发生损坏或者出现故障，数据无法传输到后台，就会造成整个系统瘫痪。怎么办？按照传统思维，只好在完善原有系统上下功夫，做文章，强化设备的质量，提高设备的利用效率，以杜绝事故，确保系统正常运行。

孙长江不这么想，他以垦荒牛的思维对传统方法给予否定，既然出现问题就一定有不合理，不合理就要改进，改进的起点就是改变。长江说，他很欣赏马斯克的观点，遇到问题不要仅仅局限于过去是怎么做的，而应该从最根本的地方去找方法，找出路。长江想解除这种绑定，让动态数据和静态数据分离，让它们各行其是，既保持独立自主，又能够相互照应，成为一个体系，自觉为油区生产服务。这样的话，即使一口油井上的采集设备发生了故障，它的数据还可以从相邻的油井采集终端上传输到后台。才提出这个思路时，长江自己也感觉是不是有点幼稚，因为那么多人都认为，眼前的绑定技术早已成熟，只需在发展过程中进一步完善，否定大多数人的看法无疑会闹笑话。其实，世界上所有的事物都是如此，无论多么先进的技术和事物，在刚开始的时候，往往被当作笑话来看，如飞机上天、航天器到月球和火星探测等。再比如志向远大者，立志要成为科学家，做出非凡的成就，有谁没有受到过讥笑和嘲讽呢？不过，笑话也可以变为神话，如果要赢得别人的尊重，就要自己努力把笑话转化为神话。

思路决定出路，找到了技术突破点，孙长江全力以赴投入科技攻关。为了模拟新系统的使用环境，论证新产品的可靠性，长江提出建立专题项目实验室的设想。他和庞涛创立的金牛能源物联网公司处于初创时期，资金很是紧张，但为此不惜压缩管理费用，拿出200多万元搭建起系统实验室和环境实验室，同时为长江配齐助手，力挺他的科研工作。

那段时间，长江吃住在实验室里，他的助手也紧随其后。这样的体系，单纯靠自身的科研力量是创造不出神话的，长江跟庞涛商议，决定向国内顶尖的科研机构寻求帮助，寻求合作。他们从网上搜索到无锡国家物联网技术产业园在这方面具备突出优势，就立即向无锡方面传达了合作意向。无锡方面非常欣赏长江他们提出的设想，认为这项技术如果取得成功，将给油田物联网行业带来一场革命，若得以实施，市场前景不可估量。经认真考察后，无锡国家物联网技术产业园很快派出两名博士前来参与技术攻关。科学研究是在不断的失败中取得成功的，金牛公司跟无锡国家物联网产业园区的合作虽然愉快，却并没有结出理想的硕果。科学研究无边界，长江把合作的橄榄枝伸向了清华大学，合作方也高度重视，积极协助，却没有取得预想的成果。长江没有灰心丧气，继续寻求合作伙伴，最终找到了中国科学院沈阳自动化研究所，合作方同样派遣了精兵强将前来协助攻关。在总结前几次经验的基础上，经过一年半时间的研发，油水井物联网智能识别系统于2012年10月成功上市，这套系统被命名为"感物"系列，它利用无线传感网和RFID技术，对油井和油井上的变送器进行识别，使得每个设备都具有唯一的身份；当RTU出现故障时，无线仪表可以选择备份通讯链路的RUT正常回传井口数据，智能组态、上位机组态软件能够根据现场增加的单井或者单井上的变送器，自动生成对应的画面和数据，为客户创造方便的维护和管理功能。这套新产品具备智能识别、自由组网、智能组态三大功能，获得多项自主知识产权，在国内同行业中居于领先地位。这些年来，在"油水井物联网智能识别系统研发"项目框架下，长江带领科研团队，相继成功研发出"油水井智能RUT"等感物系列产品,这些产品已经取得欧盟CE、北美FCC实验检测中心报告,并获得国际发明展银奖。

先进的科研技术成为企业核心竞争力,金牛能源物联网公司建立起新疆物联网行业唯一的工程技术研究中心,即"新疆油田物联网工程技术研究中心"承担单位,是自治区发改委批准唯一组建和拥有"新疆物联网变送器工程实验室"的企业,被自治区定位为专业从事油气生产物联网产品研发企业,是新疆引领油田物联网行业发展和行业标准的制定者。2019年,以孙长江领衔研发的上述项目荣获自治区专利技术一等奖,这是克拉玛依建市以来第一次获得的同类奖项。

做精油田物联网业务的同时,长江把视野扩展到智慧城市建设,开展科研攻关,把核心技术融入城市建设,事业发展得蒸蒸日上。

长江后浪推前浪

2014年夏季,孙长江带着助手谢欣岳,到塔里木油田参加油田物联网项目竞标。因为金牛公司处于初创时期,没有配备沙漠越野车,董事长庞涛就把自己的座驾临时调配给他们使用。原计划工作时间一个星期,他们进入现场后,在沙漠里奔波了一个多月,标的物之间最长距离达七百多公里。长江和谢欣岳紧跟业主和竞争伙伴在沙漠里穿越奔波,顶着酷暑,晒得身上开始脱皮。当他们熟悉了现场,便了解到油田生产一线的实际需要,克服多重困难,精心编制出优选方案。功夫不负有心人,长江和谢欣岳申报的投标方案中,技术标的得分在投标单位中遥遥领先,获得业主的充分肯定。归来时,孙长江师徒俩被太阳和风沙吹晒得黑瘦如猴,这让庞涛心疼不已,在公司添置装备时,他特意买了一辆红色牧马人作为长江的专用座驾。

随着油田物联网业务的发展,金牛公司迅速壮大,原有的研究所升级为研究院,长江由研究所所长升格为研究院院长,同时担任公司董事并兼任副总经理。长江不太愿意担任行政职务,董事长庞涛再三劝说,并强调让他担任行政职务,能够有效调动公司所有资源,可以更好地开展科研工作。好说歹说,长江才勉强接受。

长江一直重视科研团队建设，力推自己的助手和徒弟上位，为他们拓展科研空间。他的口头禅是：没有完美的个人，只有完美的团队。

谢欣岳是从新疆大学毕业后来到金牛能源工作的。当初，长江参加新疆大学的一次培训，培训老师严谨的科研态度和务实的工作作风令他敬佩，他们很快成为朋友。当这位老师向长江推荐自己的学生谢欣岳时，长江欣然接纳。谢欣岳跟随长江工作学习，成为他最得力的助手之一，在科研项目方面能够独当一面。因为谢欣岳在科研中表现突出，成绩斐然，于2016年破格晋升高级职称，成为自治区最年轻的高级工程师。在科研工作和学习过程中，谢欣岳和来自长江大学的吴先伟相恋，最终步入婚姻殿堂，成为金牛能源的"梁柱夫妻"。

杨建权也是从新疆大学毕业后来到金牛能源的，在跟长江当徒弟做实习生时，就得到师傅的一顿"教训"。在师徒两个一起去风城作业区的路上，长江有意询问小杨关于采油树三级取样到流程的方法，能够获得的参数有几个？小杨不止一次到现场取过参数，却没有认真准确地记下具体数据是多少，他一边寻思一边回答说是七八个。长江听小杨这么说，立即让司机把车停下来，再次认真询问他是多少，小杨还是回答道："应该是七八个。"

长江沉不住气了，他很严肃地盯着小杨问道："到底是七个还是八个？应该还是不应该？"

小杨脸腾地红了，不敢说话，摸着后脑勺，心里想：真的是七八个！

"这就是你对待科研工作的态度吗？"长江有点恼火了，他不能忍受这种不严谨的行为，这是科研工作的大忌。

小杨自知理亏，向师傅承认了错误。此后，他在科研方面态度严谨，谦虚而细致，凡事讲求精益求精，准确到位，渐渐地成长为长江不可或缺的好帮手。

现在，长江带领的研发团队已经有十多名研究人员，一个个在科研中都能得心应手，他们多是80后、90后，是一帮既热血沸腾而又踏实稳重的年轻人。长江说，年轻人思维敏捷，头脑灵活，善于钻研，最要紧的不是教给他们怎样的技术，而是尽量给予他们发明创造的机会，他们才有可能发挥出自己的聪明才智。做到这一点，就要有宽广的胸怀，拿现在流行的词语就是要有大格局，敢于放手，善于为他们的成长搭建大平台。有了这样的基础，长江便身体力行教年轻科研人员发现问题和解决问题，有了新的科研项目，他敢于往年轻人身上压担子，促使他们快速成长。这样的氛围，使得年轻人都不断进步，不断成长，像他一样，执着于做垦荒牛，敢于突破传统，开拓新的领地，他们的科研团队充满了活力。

"长江，长江，我是黄河，我是黄河，请回答！"

在我少年时代看过的电影里，就有这样的一个无线寻呼的镜头，军队生活更是让我亲历无线寻呼的许多故事。没想到，在互联网技术日益发达的今天，物体与物体之间也能够演绎出相互寻呼的故事。而且，它们之间还能自我感知，彼此相依相恋，心心相印，科学技术竟然是如此的神奇莫测！

我当过当采油工，"跑井"自然是必修，很累的时候，我曾有过许多遐想：要是能够多管理几口油井，该有多好呀！没有想到的是，油田物联网技术普及后，采油生产的效率呈几何倍数增长。随着智慧油田建设的不断发展，油区将迈入无人管理油井的崭新时代，采油作业会变得轻松自如，一切尽在掌控中。想想看，这将是多么惬意和奇妙的趣事啊！

孙长江以他的金子般的品格和垦荒牛精神，让我们美梦成真。

实践出真知

赵 波

◎ 新疆维吾尔自治区优秀共产党员
◎ 新疆维吾尔自治区"最美科技工作者"

科技逐鹿

卢建武

艳阳天。

昨夜西风烈，庭院铺黄金；胡杨卸靓妆，落叶归根忙。

赵波早起，于庭院中信步，在胡杨前停下来，仰望如画的天穹，收回视线，双掌相合搓了搓，蹲下来，趷蹴着身子，捧起一把金灿灿的叶子。这身姿，像极了当年祖父和父亲趷蹴在原上，捧起金灿灿的麦穗，面朝黄土背朝青天，口中默诵先人的仁德，心中感念上苍的恩情，庆幸丰收滋润了生活，还将泽被后人。

一

2017年6月，加拿大长湖油田一栋办公楼的底层，赵波和他的助手正在专心致志做着实验，业主请来的资深专家马田带着几个大眼睛助手守候一旁。

披着茂密银发的马田先生年过六旬，名校毕业，职业生涯是从世界著名的油田化学品公司斯伦贝谢开始的，他当过十年的执业工程师，后因绩效突出，被猎头挖墙，跳槽到几家同业巨头公司任职，足迹遍布全球多个大油田。马田在业界以严谨保守著称，专职监督科力赵波他们的实验，日薪2 000美元。

专家组对赵波的实验组实行车轮战,每两小时替换一组。卜奎勇初出茅庐,总感觉到专家组所有人员的眼睛都像是物联网探头,将临时实验室收入视野,时刻监视着实验人员的一举一动,又有点像医生用的听诊器,要探准确实验人员的一次次呼吸。可当他们看到赵波时,他坚毅的神情却没有丝毫胆怯。

加方给予的这番"厚待",当然源于对赵波一行的不信任,之前有国内一家著名公司来到这里,试图挑战贝克休斯公司争取市场,终以失败而告别长湖油田,回国后徒唤奈何。

斯伦贝谢、巴斯夫、贝克休斯等油田化学工业巨头,以科研技术和生产工艺上的绝对优势,长期垄断全球油田化学品市场,处于不可撼动的霸主地位。巨无霸有如大象,自然要碾压弱小,称雄一时。中国的油田化学工业起步晚,技术和工艺自然要落后,跑到加拿大这人生地不熟的地方来,要跟历史悠久的老牌巨头打擂台,就算敢于赤膊上阵,也未必有胜算。

这些天,赵波的头发脱落了许多,不着急上火才怪呢,出国寻求发展之路一定艰难,这在他带队来加拿大之前早就预料到了。出发时,他和两个助手把130个药剂的样品分装成三份,一人一份,以备不测。虽然他们在出国前办妥了一切手续,心细如发的他还是担心会出什么幺蛾子,尽量做到有备无患。

临行前,赵波跟妻子视频,两人对着手机屏幕通话。妻子居于北京,平时总是抱怨他。这会儿,妻子说着说着就哭了。赵波怕妻子太过伤心,索性切换成音频,眼不见心里好受一些。这些年,他最愧对的当然是妻子,她默默地支持自己的事业,却也时常抱怨他太不爱惜自己,她时刻担心他的身体,老夫老妻的,彼此的牵挂心知肚明。赵波时常跟岳父对饮,共话人生。岳父待他如同亲生,很多话题都谈得来,两人算得上是忘年交。岳父是知名的医外科专家,妙手回春拯救过许多生命。有时候,岳父"嘲弄"他:"你搞科研胆大包天,老是犯错,如果我像你这样,那就会草菅人命,罪该万死!"赵波领会到老丈人对自己的关爱,向岳父敬了一杯酒,也自斟一杯,不无自豪地说:"您那是人命关天,当然得保守严谨,而我这个属于试错攻关,总是从错误中找到答案!"岳父欣然，翁婿二人在不温不火的争辩中心生欢喜，慢慢饮酒，陶然其中。这就是人生，即便是一家人，思想可能归属于不同的领域和范畴，却有着默契和投缘的时刻。

加方把赵波他们安排到一楼的闲置房间里，或许出于方便监督实验的考虑，因为加方的办公室就在二楼。如果了解到二楼就有可以提供他们做实验的房间，而且设施齐全，就能够体会到加方这份对于赵波他们的轻视。这是因为前一个国内知名的同业公司就是在一楼的空闲房子里实验失败的，加方似乎在等待着这三个自命不凡的人步前者的后尘。一般来说，谁也不乐意看别人的笑话，若是在看笑话时给被嘲弄的人留一点情面，也算是一种同情吧。

"瓶试"开始前，马田很礼貌地走到赵波跟前，一脸微笑，主动跟他握手。赵波迎上去，他英语不好，示意卜奎勇做翻译，马田却用不太熟练的汉语说："尊敬的赵，您没有必要为难自己，人贵有自知之明，您喝不下这壶酒！"

赵波略显惊讶，把马田的手握得很紧，尽量传达出自己的热切心情，他坦然道："尊敬的马田先生，感谢您的提醒，事实胜于雄辩，我得给您交一份满意的答卷，我们会成为好朋友的！"

就这样，实验开始了。凭感觉，赵波他们知道，专家组一定做实了油样，科研工作是硬碰硬的，容不得半点马虎，只能勇敢地接受挑战，不能抱有任何侥幸心理。专家组每天工作顶多十二小时，而且工作一天就要休息一天，这让实验的进展非常缓慢。赵波三人虽然心情迫切，却只能按部就班跟着专家组的工作节奏慢慢做。

连续工作了几天，赵波他们从加方提供的油样中进行水中抽油实验，到6月30日午夜2时30分，实验结束，总共得出650个数据。经数据对比，科力的产品完全达到合格标准，符合加方油田生产的要求。专家组和加方代表认真审读着一组组数据，有人不断摇头，感到不可思议。

按照赵波的请求，加方打破工作一天休息一天的习惯，十分配合地在7月1日上午接收赵波提供的实验报告，并召开专题评审会，一致通过了实验报告，同时，果断地跟科力公司草签了合作意向。

7月1日是中国共产党的生日，中国共产党领导中国人民浴血奋战，才有了社会主义新中国。赵波算是一个老党员了，他一直把科研工作当作党的事业。真是机缘巧合，7月1日的这份报告，正好可以作为他们向党的生日呈献的一份礼物。

公司才成立时，恩师张伯礼力主将公司命名为"科力"，取意"科学技术是第一生产力"，这是改革开放的总设计师邓小平的英明论断。张伯礼为新疆石油管理局设计院副院长，赵波参加工作时，恩师就已经是油田化学方面的资深专家。科力公司成立于1992年，当时赵波才二十八岁，从西南石油大学开发专业毕业后到新疆油田工作不到八年，也是像卜奎勇一样的毛头小子。公司成立那天，几位恩师带着赵波他们几个愣头青在院子里种下几棵胡杨树苗，师徒几个齐心协力栽培好树苗。恩师张伯礼对赵波说："十年树木，默默无闻；时不我待，久久为功啊。"

沉吟中，马田和加方代表伸出信任和友善的大手，赵波赶紧迎上前去。仪式完成后，马田用汉语对赵波说："尊敬的赵，人贵有自知之明，您的答卷，我太满意了！"

初战告捷，三人小组赢得一片赞赏，加方主动给赵波他们在二楼安排了专用实验室和办公场所，这样便于双方开展合作，而赵波他们更可以跟外国的同行们平起平坐。

"瓶试"成功，不过是千里之行的第一个阶段。之后得使用大量药剂进行现场实验，以进一步验证配方的可靠性。根据加方要求，科力公司向加拿大长湖油田紧急发运一批用于超稠油开采脱水的反向破乳剂等产品。赵波主动答应了加方的供货要求，决定使用快速运输的方式满足长湖油田的需要，仅运费一项就需要支付80万元人民币。

两批次破乳剂按期到货后，赵波和助手再一次跟加方的技术人员认认真真做项目。现场实验的结果把加方代表和马田所在的专家组吓了一跳，超稠油在经过设定工艺流程的生产过程中脱水，脱水后含水率始终低于2%的标准，甚至达到含水率为0的极端数值。含水率为0意味着经过科力公司脱水流程的超稠油液体全部为纯原油，可以直接输送到炼油厂进行加工。

没有想到的是，加方代表和马田所在的专家组还是对科力的产品和赵波他们产生了怀疑，在加方看来，中国人的技术水平和生产工艺向来落后，怎么可能突然之间就接近甚至超过知名的贝克休斯公司？太不可思议了。他们一致怀疑是科力公司和赵波抄袭了贝克休斯公司的技术和生产工艺。加方和专家组的质疑劈头盖脸，让赵波一时有些招架不住。

赵波听完卜奎勇的翻译，一向沉稳的他一时义愤填膺，但他终究胸有成竹，定了定神，一脸从容，示意助手向对方把技术核心和生产工艺从头到尾细说了一遍：贝克休斯的工艺流程是从油相中找水相，然后进行水处理；而科力的工艺流程则是从水相中找油相，然后对油相进行油水分离，最后进行水处理。两个方案截然不同，而且在"瓶试"和现场实验阶段充分展现，没有任何隐藏的所谓"秘密"！

加方代表和专家组听完陈述，相互看了看，一齐点头，疑惑的目光变得敞亮开来。

赵波继续说："今天的中国不容轻视，请各位用开放的心态看待开放的中国。巴斯夫公司在全球最大的三个生产基地就有一个在中国，中国的科研工作者以虔诚的态度向世界同行学习，我们进军加拿大市场，最根本的目的是学习世界先进技术。"

卜奎勇翻译得有点慢，并非他的英语不流利，而是有意让加方代表和专家们听得更清楚一些。

钟情于同样的事业，遇见同等水平的同行，加方代表和专家们消除了怀疑，喜笑颜开，争相跟赵波三人热烈拥抱。

没几天，加方主动向科力公司支付了80万元人民币的运费补贴，还跟科力公司签订了中长期合作协议，约定初期合作年限为四年。后来的事实证明，加方因为引进科力的技术生产流程，使濒于停产的油田焕发活力，经济效益不断攀升。这分明是一次双赢的合作，事实证明，即使在发达国家，科学技术是第一生产力的论断仍然是正确的、有效的。

赵波他们乘胜前进，紧紧抓住大规模生产环节，用科学手段掌控药品在原油生产中的实际效果。功夫不负有心人，在加方认可的单位体积内加药量PPM为450毫升，而实际使用中，基本上能够维持到300毫升的数值。这就是说，单位体积内的加药量减少了150毫升，有三分之一之多，在脱水效果达到理想水平的情形下，用药成本大幅下降。按照合作协议，加方每生产一桶原油，向科力公司支付5加币（当时的汇率1加元等于5元多人民币）的费用。当年，加拿大长湖油田使用科力公司技术生产原油3 500桶，到2018年采用科力公司生产工艺和技术，生产原油的规模扩大到50 000桶，而2019年达到58 000桶，这是长湖油田数值最高的年原油产量。在科力公司的帮助下，长湖油田超稠油开采取得巨大的经济效益。同时，赵波团队凭借着科研技术跟国际油田化学品巨头公司进行了一次面对面较量，既赢得市场，又赚回大量外汇，可谓经济效益与社会效益双丰收。

二

赵波团队取得成功，科力公司在加拿大成立了全资子公司，专门从事加拿大及北美地区超稠油开采生产工艺技术服务，将科研成果转化为生产力的触角伸展到发达国家。出于战略布局的需要，科力在反向破乳剂原料富集地山东沾化地区建立了生产厂，既可以便捷地通过廉价海运为加拿大提供成品药剂，也能为公司在内地拓展业务创造条件。之后，科力公司又将这类业务扩展到哈萨克斯坦，占领了阿克纠宾、北布扎齐等油田市场，并进入阿塞拜疆。在赵波和领导班子的筹划下，科力公司在哈萨克斯坦成立了第二个全资子公司，以核心技术为基础的业务进一步在中亚国家开花结果。俗话说：一招鲜，吃遍天。科力的先进技术不断走向市场，如进入非洲的乍得、中东的伊拉克。

2010年，科力公司提高原油采收率技术，其成套设备出口哈萨克斯坦共和国。这套设备简称注聚装置，是一个完整的采收系统，自2004年开始科研攻关，从生产工艺、化学药剂到装备制造，具有自主知识产权，到2008年基本完成。

由于这类设备是第一次出口到哈萨克斯坦，以至设备进入哈萨克斯坦时，海关找不到产品代码，国家紧急状态委员会因为一时不能确定设备的归类而犯难。在调试设备的三个月内，国家紧急状态委员会和国家安全部门一直在跟踪监督。

精通俄语的副总经理徐小红带队驻守国外，赵波则在中哈两国间奔走。国外生产体系不完备，即使缺少一根螺丝也难以找到应急的生产厂家，这给设备调试带来诸多困难。赵波体谅到徐小红小组的困难，不断给他们打气，要他们自信，指导他们解决难题。三个月后，设备调试以高分一次性通过国家紧急状态委员会的检测验收，并得到高度评价。

赵波频繁出入哈萨克斯坦国境，手续齐全。有天晚上，他入境刚到阿克纠宾市，就被当地移民局给扣留了，为他接风的徐小红也同时被"请"了进去。赵波并不惊慌，却不愿意因此耽误工作。徐小红找机会跟外界取得了联系，移民局局长亲自过问，经查询了解到，科力公司名列哈萨克斯坦国内前300家优势企业，企业法人赵波的名字赫然在列。移民局局长立即道歉，赵波趁机向哈方工作人员宣传中哈友谊、国际合作、一带一路，由徐小红作翻译，这让移民局的官员们由衷敬佩。

2020年，魏静受命和同事在MIG油田开拓业务。之前，这项业务一直被老牌的油田化学用品公司艾森和原油生产工艺服务商俄罗斯的卢克公司垄断。要想打破壁垒，可谓步履艰难。在药品"瓶试"和现场实验时，业主代表总是先入为主，刻意为难赵波团队，对科力的产品挑三拣四，明明实验数据合格，却始终持怀疑态度。适值新冠肺炎疫情发生，生产现场和实验场所实行隔离，给开拓业务带来新的困难。魏静他们毕竟年轻，被业主方三番五次质疑或者为难后便有点沉不住气。赵波多次亲临现场，给大家打气，他一再鼓励魏静说："一定要相信自己的理论，科力的实力会让他们服气的。"在后来的实验试用阶段，当业主代表有意无意给赵波团队找碴时，赵波总是诚恳接受批评和建议，态度谦逊而严谨，最终让业主代表和专家摒除成见，双方自愿展开长期合作，科力公司又一次赢得了市场。

对于这些，赵波没有丝毫的自满。他说，虽然这项技术在眼下处于领先水平，但跟世界上的油田化学巨头公司相比较，差距还是很大，科力的技术要赶上国际先进水平，任重而道远。

三

2008年，赵波和他的科研团队来到风城油田作业区，介入超稠油开采中脱水和污水处理技术攻关的课题。

由于风城油田地层富含泥岩构造，在油田开发作业中，超稠油通过注入高温高压水蒸气被开采出地面后，只是一团浑浊的黄泥浆，几乎找不出油相，更无法进行油水分离。按照传统的生产工艺，首先要对油水泥混合液体进行油相与水相分离，然后，再对污水进行无害化处理，使其循环使用到生产蒸汽的流程。而摆在赵波眼前的事实是，用传统的方法，从黄泥浆里直接分离不出原油来，更无法延续到下一阶段的污水处理流程。

怎么办？困难像一座高山矗立在赵波和他的团队面前。

这个项目经许多科研单位攻关，持续了很长时间，一直没有取得实质性进展。之前，国内已有辽河油田进行过超稠油脱水实验，可那是模拟超稠油，油相和水相的复杂性没法跟风城超稠油相比，而且实验并没有取得成功。从超稠油中进行油相与水相分离处理，一直没有能够解决好，这实际上是一个世界性的难题。

赵波说，科研是试错的活儿，只能从错误中寻找到正确的答案，从失败中求得成功。赵波从传统思维中跳脱出来，决定改变工艺流程，不从油相中找水相，而是从水相中找油相；先把油相找到，对油相进行脱水，然后再对污水进行无害化处理。当时，他们掌握有5 000个反向破乳剂的单极配方，在此基础上不断实验，不断调整，单极配方达到8 000个。经年累月，赵波带领团队一直蹲守现场，吃住在实验室，反复实验，几经挫折，屡败屡战，最终解决了这个难题，成功从水相中找到油相，完成油液脱水，脱水后原油含水率控制在2%以内，达到行业标准。接下来是对污水进行无害化处理，这项工作也达到标准。

前面说到，含泥超稠油脱水及水处理技术，一直是个世界性的难题，国内的模拟实验始于辽河油田，虽经多年攻关，并未成功，最后只得放弃。而赵波团队攻克了这个难题，为超稠油开采做出了世界性的贡献。随着国家能源安全战略的实施和进一步开放，赵波团队掌握的先进技术将融入世界超稠油开采领域，同时也赢得学习世界先进技术的机会，相信他们在科研的道路上将会越走越远、越走越新、越走越好！

实验取得成功以后，赵波科研团队以此为基础，深化、优化技术，进行工艺攻关。正因为工艺不断改善，他们掌握了硬核技术，才有了前面讲到的科力进军加拿大国际市场的传奇。

纵观古今，传奇往往产生于平凡之中。

2014年，赵波团队承接到风城油田循环水除硅的实验任务。

当时，风城油田注汽锅炉在燃烧中总是效率低下，还接连发生爆管。锅炉燃烧效率不延续，不稳定，对油井注汽不延续，不稳定，造成原油生产不稳定；锅炉在燃烧中发生爆管，是隐性生产事故，存在安全隐患。新疆油田公司组织相关科研机构进行了连续三年的课题攻关，耗费了不少资金，却一直没有任何成效。

科力公司承接到这个科研项目，由于投资立项和审批程序复杂，科力公司必须主动承担科研攻关的所有投资。如果项目取得成功，新疆油田公司将适当给予补贴；如果项目没有成功，无论科力公司花费多少科研经费，油田公司将不给予任何补贴。

赵波团队感受到前所未有的压力。更吃紧的是，新疆油田公司给予项目的全程期限只有三个月。也就是说，科力公司得用三个月时间，解决一些科研机构用了三年时间也没有解决的难题，还要自己承担科研经费。如果科研攻关成功，市场前景可观；若是三个月内不能解决难题，投入的所有科研经费都会打水漂，自动从实验室走人，从此告别市场。这样的业务，无论怎样盘算，都是风险很大。

怎么办？又一座高山横亘在赵波团队的面前。

退缩不是赵波的个性，也不是他这个科研团队的习惯，更不是科研攻关的出路，面对挑战，科研人员唯有迎难而上。

赵波组织自己的科研团队在现场召开"诸葛亮"会，商讨攻关方向，统一思想。卜奎勇参与了这个项目，并在科研过程中崭露头角。他是一个80后，2004年从长江大学毕业后来到克拉玛依，进入科力公司工作，经过历练，成为赵波的得力助手，现已担任科力新技术研究院的执行副院长。

首先得查找出锅炉运行不平稳和爆管的原因，这是进行此项科研活动的基础。单凭目测，流进锅炉的水并无异常，但在进入燃烧的锅炉而发热后，却很快结垢，既影响了热效率，还不时引发爆管。根据经验，赵波初步判断可能是硅含量过高所致。经过对水进行化验，印证了赵波的判断。于是首要任务是解决循环水中硅含量超标的问题。既不能耽误油田的正常生产，又没有足够的科研经费，要对容量3 000—4 000立方米的反应罐进行改造，几乎是不可能的。可时间不等人，赵波他们被逼到绝境。

或许是绝处逢生，无奈的选择反倒成为必然的选择，也成为正确的选择。

经过论证、比对、计算、模拟，赵波团队找到了解决问题的方法，他们研制出容量只有200立方米的反应器，将这个反应器直接安装进原有的大罐里，跟原有流程连接、贯通起来，与原有体系融为一体，在常规运行中就实现了有效除硅。

科研团队夜以继日地工作，到2014年6月25日，经过改造的系统进行调试，一次性调试成功。29日正式运行，系统正常工作，从这天的下午3时开始，水蒸气含硅量从350单位逐渐下降到150单位以下。现场人员坚持每隔一小时测试一遍，硅含量一直保持在100单位左右，而标准含硅量的要求是在150单位以下，除硅效果显著，完全达到实验要求。更令人振奋的是，到30日凌晨，在连续测试中，水蒸气的含硅量保持在70单位，这样的效果，远远超过设计标准。在随后的运行中，锅炉的饱和烧逐渐下降到10%。

科研攻关取得圆满成功。在7月1日党的生日这天，赵波团队向公司、向组织献上了一份厚礼。这项技术也出口到加拿大长湖油田、哈萨克斯坦的阿克纠宾、北布扎齐等油田和其他地区。因为投资少，见效快，效率高，安全环保，深受客户欢迎，这项技术创造了可观的经济效益，赢得了良好的市场声誉。

问题导向正好是科研攻关的方向，赵波团队瞄准绿色油田建设，寻找课题，也找到了转化科研成果的市场。在油田作业中，不可避免地会产生滴漏油现象，原油落地后形成一定量的油泥，造成污染，影响环境，便受到环保法规的严格限制。

赵波团队以问题为导向，开展油泥分离技术攻关，寻找市场。他们经过长时间的论证、实验，已经取得可喜的技术成果，并且正在推广应用之中。油泥属于危险污染物，按传统的方法，每处理好1立方米油泥，清运、处理、环境治理需要花费约600元，还可能造成环境污染。赵波团队对油泥采取技术措施，把油从泥土中分离出来，经过工艺处理后，泥土的含油量控制在2%以下，完全符合国家标准，可直接用于井场铺垫，而没有任何环境风险。这项技术的市场价值非常高，处理好1立方米油泥，花费大约60元，综合成本只有传统方法的十分之一。由此可见，这项科研成果的推广潜力非常大，富有市场前景，而且它必将造福油区作业的工人。

赵波团队取得以上一系列科研成果，荣获自治区科技成果一等奖。领军人物赵波作用最为突出，却从不居功自高，而是归功于团队，归功于那些已经退休离岗的前辈。赵波总说：没有师傅们的深谋远虑和默默奉献，科力就不能发展壮大，他个人更不可能做出什么成绩。前人栽树，后人乘凉。

四

赵波带领科力团队在国内国际油田市场上尽力驰骋，扩大了眼界，也逐渐能够把脉到油田装备市场的新动态。他从高起点入手，结合油田生产工艺，动起智能制造的脑筋，且已初具规模。

科力公司的油田化学和智能装备生产工场位于克拉玛依高新技术园区内，厂区管理严密，井然有序，这是赵波科研团队孜孜不倦的实验场。

在油田装备生产厂内，为数不多的作业工人正认真操作。用于采油的"撬"算得上是一个庞然大物，这是个成套设备。其中，身长8米、直径达3.6米的圆罐，自动化卷筒，由机器人完成所有焊接，克服了人工作业时操作人员因为熟练程度、情绪波动等因素对焊接质量可能造成的不利影响。焊接口均匀细密，经过严格检测，各项指标远高于人工焊接水平，劳动效率大幅提高。

在油水井地面设备生产区，融入物联网技术、人工智能的成套高端采油设备——注聚（往油井里注入聚合物的简称）装置正整装待发，准备出口到哈萨克斯坦。这是成批设备中的一套，它的市场功能是提高原油采收率，而经过赵波团队的改良和攻关，采用这套设备后，原油生产过程省略了水处理工序，在注入聚合物过程中增加了充氮气的流程。按原来的生产工艺，每一口油井必须安装一套同类设备，生产工艺得到改善后，这套设备能够连接41口油井，节省的费用和带来的生产效益惊人。这些设备，从设计理念到生产工艺，定位高，精益建造，技术尖端。它瞄准原油生产的高端市场，把握着同行业的先进技术，具备一流水平。这些设备已经受到国内外客户的广泛青睐，并将在原油生产中大显神通。

2020年的两会《政府工作报告》描绘出克拉玛依地方经济发展的宏伟蓝图，将依托四个千亿级产业集群，建设中北亚石油、化工、智能制造中心和高地，为油田生产服务的油田化学、高端装备制造业正是重点产业。科力公司和赵波科研团队为繁荣地方经济，把油田化学和高端装备生产场地设置在克拉玛依，提供稳定的劳动就业岗位，积极为当地经济建设服务，可谓是造福乡梓。

2020年10月，赵波当选自治区"最美科技工作者"。

完成本文正值寒露时节，露寒为霜，油城竟然飘起纷纷扬扬的小雪，2020年的冬天又来得比较早，是时令对自然的考验。经历从春到秋两波疫情，还有国际油价暴跌，以油田生产为目标市场的民营企业正经历着大考。物竞天择，适者生存。科力公司业绩下滑，一时错失筹备多年的主板上市机会。但有志者事竟成，这个团结奋进的集体，正好展现出从头再来的雄心壮志。

在科力新技术公司的院子里，赵波凝视着他和恩师、同伴亲手栽植的胡杨，黄金树叶正纷纷落下，归于泥土，裸露出一身铮铮筋骨。胡杨树站立的身姿又一次击中赵波的内心：人啊，即使遭遇寒冬，只要肯赤膊上阵，就一定能够赢得春天！

教石油，爱石油，献身石油

谢庆宾

- 国家优秀教学成果二等奖获得者
- 北京市高等学校教学名师奖获得者
- 新疆维吾尔自治区「天山英才工程」培养人选

让名校扎根

薛雅元

不负重托，引进人才

长久以来，克拉玛依作为一座石油城市，没有一所本科院校。拥有一所自己城市的大学，是几代人的梦想。

作为资源型城市，克拉玛依需要一所大学；服务国家一带一路战略，克拉玛依需要一所大学；增强城市活力和发展后劲，克拉玛依需要一所大学。

在形势和需求面前，2015年7月22日，新疆克拉玛依市与中国石油大学（北京）签订关于设立中国石油大学（北京）克拉玛依校区的合作意向书。

2015年12月10日，中国石油大学（北京）克拉玛依校区揭牌仪式在乌鲁木齐市举行，成立后的中国石油大学（北京）克拉玛依校区既是克拉玛依市的第一所本科院校，也是新疆第一所教育部直属的211高校。

学校就这样风风火火地成立了！

校区马上就要开学了，资源勘查工程专业还没有负责人，石油学院也没有院长。

2016年6月15日，正在澳大利亚科廷大学做访问学者的谢庆宾接到中国石油大学（北京）学校本部组织部长梁喜书的短信："老兄，澳大利亚访问学者做完后，愿意去克拉玛依校区石油学院当院长吗？蒋书记让我征求一下你的意见。"

谢庆宾对克拉玛依相当熟悉，与新疆油田有着良好的合作关系，由他负责的中国石油大学（北京）地质工程专业卓越班学生连续四年在新疆油田开展专业实践和毕业设计，他每年都带队来这里看望同学们，对这里的环境都很熟悉。他爽快地答应了！

谢庆宾来到校区以后，既感到兴奋，但更多的是担忧。一切从零做起，摆在他面前的是几大难题：师资队伍如何建设？学院只有筹建克拉玛依理工学院时的几位老师，他们没有上过讲台，如何给本科生上课？实验和实践教学基地该如何建设？学生大一的暑假就有地质实习任务，他们该到哪里去实习？来自祖国各地的大一新生，学校该如何培养？如何发扬学校的光荣传统，让他们愿意学石油、爱石油、奉献石油？

办一所好大学，最关键的是有好老师，高质量的师资队伍是保证教学质量的基本条件。为了做好师资队伍建设，吸引更多的优秀人才到校区工作，谢庆宾做了大量细致的工作，多方面地引进优质人才。

穆总结是他们从西部钻探引进的第一位老师，他是中国石油大学（北京）培养的优秀毕业生，在西部钻探工作了十一年，取得了一百余项发明专利，现场工作经验非常丰富，正是校区培养应用型人才急需的老师。谢庆宾邀请他到石油学院工作，西部钻探单位就是不同意，后来校区就找到了西部钻探的领导，说明了建设校区的必要性，硬是把穆总结挖到校区来了。

能源老师2010年博士毕业后在塔里木油田工作，也是中国石油大学（北京）培养的优秀毕业生，是校本部第一届"王涛英才奖"的获得者。他入选自治区高层次人才引进工程，带领科研团队发现了一批大、中型油气田，先后获得多项重要奖项。他长期从事构造地质学的研究，而当时校区缺少构造地质学的老师。谢庆宾主动跟他联系，告诉他校区的优势和人才的短缺，并亲自给他们领导做工作，说明建设校区的重大意义，最终挖来了人才。

校本部派遣教师、二级教授葛洪魁，教学和科研工作经验丰富，特别注重对青年教师的培养。葛老师的爱人退休了，想让他回北京校本部工作。为了留住葛老师，谢庆宾与他促膝长谈。在谢庆宾的努力下，葛老师终于答应留下来继续为校区工作。

经过谢庆宾等人的不懈努力，石油学院引进具有博士学位者35人，其中长江学者1人，长江学者讲座教授2人，二级教授1人，北京市教学名师1人，教育部新世纪人才1人，自治区引进高层次人才5人，自治区天山英才5人，克拉玛依市领军人才1人，克拉玛依市拔尖人才1人，学校拔尖人才3人。教师队伍建设初见成效。

原来在文理学院的计算机系，被划归到石油学院，师资难以引进，成为计算机系发展的一大瓶颈。谢庆宾又率领学院一拨人马，想尽办法，多方联系，宣传动员，最终吸引来一批高层次计算机专业人员，使短板变为长处。

人才引进了，如何进行培养，如何让青年教师站稳讲台，做一个合格的教师，是摆在谢庆宾面前的一大难题。

"一定要站稳讲台。讲台失败，是没有资格当老师的！"谢庆宾对年轻教师说。作为北京市的教学名师，他率先垂范，主要给青年教师上示范课，每年给全校的新进教师示范"如何讲好一门课"，他自己也亲自承担"造岩矿物学""沉积岩石学""岩浆岩及变质岩石学""普通地质实习"等多门理论、实践课程的授课任务，亲自指导青年教师，做好传帮带培养。

为了让引进的青年教师尽快胜任教学工作，谢庆宾将北京校本部的教学名师请到克拉玛依，为首届大学生上课，让校区的青年教师全程助课，从而培养青年教师的教学能力。此外还选派部分青年教师直接去校本部助课。他先后请来科技创新领军人才黄中伟，国家教学名师朱筱敏，北京市教学名师吴胜和、杨胜来、程林松、岳大力、季汉成，教学卓越奖教师樊洪海，校级教学名师黄志龙，973首席科学家姜汉桥等众多名师，为首届本科生上课，并全程指导校区的青年教师。他还鼓励青年教师出国研修，提高他们的国际化教学水平，目前已有七位教师获得自治区出国留学的资助。

谢庆宾对青年教师搭建成长的"1+1"传帮带模式，建立老中青的课程团队，通过教学研讨、跨学科交流和参加培训、学术会议等方式，不断提高青年教师的业务水平。由于谢庆宾的严格把关，学生对石油学院教师的评价从来没有过差评。资源勘查工程专业2016、2017、2018级多位研究生、交流生离开学校后，还十分感念克拉玛依校区的老师们深入扎实的教学风格和对学生认真负责的工作态度。

克拉玛依校区石油学院地质系主任殷文教授说，谢庆宾院长常挂在嘴边的一句话是："对招来的老师要好。"谢庆宾深知要搞好教育就要留住人才的道理。他用真诚的服务来留住人才，千方百计提高教师们的待遇，在专业上引领青年教师稳步成长，让老师们愿意把青春献给学校。

"我们这几年进来的青年教师，没有一个跑的。经过石油圈子的口耳相传，还有不少高品质人才被吸引来了。刚开始，我们的师资队伍是不足的，现在，我们的师资队伍略有盈余，还有了一点挑选的余地！"殷文说。

克拉玛依校区党工委副书记陈桂刚说："谢院长非常关心教师们的生活，不管是引进人才配偶工作问题、青年教师成家问题，还是教职工孩子入学入托问题，每一件事他都尽量办好，以留住教职工的心。每逢招来新教师，谢院长都是自己掏腰包，组织新旧教师见面联谊活动，业务上传帮带，感情上增强凝聚力和活力。所以，现在的石油学院人气旺，每年年终考核，老师们对石油学院和对他的评价都非常高。"

建成优秀实习实践基地和人才培养基地

在资源勘查工程专业的人才培养过程中，野外地质实习基地的建设和野外教学环节是非常重要的部分。大一的新生暑期就要做普通地质实习，大二的学生暑假就要做综合地质实习，到哪里实习，是摆在谢庆宾面前的头等大事。

"教学一刻也不能耽误，没有实习基地怎么办？就要靠我们自己去建设。"一般来说，一个成熟的教学实践基地的建成，需要不断积累成果，需要几代人的共同努力。但是学生们不能等，谢庆宾带领各个专业负责人，开始利用双休日的时间，踏上了实习基地建设的漫漫征途。

要从38万平方公里的准噶尔盆地中，选取适合野外地质教学的线路，实属不易。谢庆宾带着青年教师在戈壁深山里勘查，翻过了一座山又一座山，走过了一条沟又一条沟，深山戈壁留下了他们无数的足迹，无论寒暑，风雨无阻。经过两年多时间，行程四万多公里，建设了准噶尔盆地西北缘、南缘、准东三大野外地质实习基地。

2017年6月25日，谢庆宾带领十几个老师去白杨河找剖面，由于路途遥远，戈壁滩上实在难走，等看完剖面都下午四点多了。太阳像个火轮似的，照得人满头大汗，大家都盼着早点回去。这时四辆越野车里有一辆车爆胎了，等修完车回到克拉玛依，天都快黑了。

大家又累又饿，就直接冲到了一个小饭馆吃拌面。一天的劳累，加上中午就没吃饭，大家狼吞虎咽。同事冯程老师由于太饿了，加了六次面——这件事后来成为学院的美谈，建设野外基地的艰辛可想而知。

2017年，石油学院主办了"全国地质学实践教学与人才综合培养基地建设学术研讨会"，来自中国地质大学（北京）、中国石油大学（北京）、中国地质大学（武汉）、吉林大学等将近二十所高校的八十余位专家、教师代表参加了此次会议，会间实地考察了校区的实习基地，并给予充分的肯定。2019年，由谢庆宾领衔申报的"一带一路核心区野外实习基地建设项目"获得自治区优秀教学成果二等奖。

2017年春季开学时，谢庆宾要承担"造岩矿物学"的教课任务，当时实验室还没有建好，缺少演示用的教学模型。面对着一穷二白的实验室，谢庆宾就把北京校区的47个矿物晶体模型在开学前背到了克拉依依校区，顺利地完成了该课程的教学。在实验教学过程中，缺少定向薄片，他就让北京校区地质实验教师王春英帮忙快递到克拉玛依。

克拉玛依校区是全国唯一坐落在油田上的石油高校，谢庆宾来到校区就密切联系驻疆知名企业，全面推进校企全方位融合。与多家企业签订了联合人才培养协议，建立了多个校外人才培养基地，为校区人才培养搭建了优质的实践平台。

在谢庆宾的努力下，石油学院成立了校区第一个专业建设委员会。专业建设委员会秉持两个"四年不断线"目标，即"实践教学四年不断线"，"企业高级技术人才参与人才培养四年不断线"。专业建设委员会在校区高层次、应用型、国际化的专业技术人才培养中发挥了重要作用，真正落实了教育部倡导的新工科在专业建设、人才培养、实践平台建设、教学科研成果上的"共建、共用、共享"精神。

把学生当作自己的孩子看待

建校初期，谢庆宾就告诉全院教师："要把学生当作自己的孩子看待，就能真正做到走心的培养。"他是这么说的，也是这么做的。

冯伟刚，资源勘查工程专业2016级3班学生，考入克拉玛依校区时已经三十三岁了。收到录取通知书的那天，谢庆宾院长和院专职副书记林强先后打电话，询问他在经济上有无困难。得知冯伟刚家境困难后，谢庆宾主动帮助他申请了河南商会助学金，让他没有了后顾之忧。

冯伟刚回忆说："谢院长对我们特别和蔼可亲。每年暑假，谢院长总会带领我们野外实习，虽是五十多岁的人了，但总是身先士卒，亲力亲为。为了建设教师团队，他使出浑身解数，保证我们能听到最好的老师的讲课，先后邀请院士给我们作报告，邀请劳模进课堂，邀请名家大师为我们各期丝路讲坛做精彩报告，等等。我基础不好，他叫我不懂的主动找他，还把我单独叫到办公室讲解，不仅讲专业知识，还给我讲人生道理。我现在分到中石化西北石油局采油一厂采油管理三区，工作在沙漠腹地，遇到再大困难，我总是想起谢院长鼓励我们的话语……"

2017年10月，石油工程专业2016级2班学生莫钜峰突发急性肾衰竭住院，谢庆宾第一时间赶到医院看望，并为其争取了2 000元的救助金。莫钜峰当时被医院下了病危通知书，谢庆宾当即和北京的大医院联系，邀请专家为莫钜峰进行远程会诊。出院后，学校安排一个同学陪伴，照顾他的生活起居。莫钜峰后来考上了中国石油大学（北京）的油气井专业研究生。说起谢庆宾院长，莫钜峰说："在我心里早已把谢院长当作自己的亲人，我感谢谢院长对我的帮助，感谢石油学院老师对我的关怀。"莫钜峰的父亲还专门给学院送来感谢信。

谢庆宾在刚当教师时，也做过班主任，当时班上有一位同学叫李勇，家庭贫困，他读大三那一年，萌生了辍学工作、补贴家用的念头。谢庆宾知道后，就告诉他不要放弃学业，拿出当时仅有的160元钱给了李勇，使他顺利地完成学业。后来他以专业第一名的成绩志愿到塔里木油田工作。二十四年来，李勇始终奋战在勘探生产的第一线，曾获中央"企业劳动模范"、集团公司"劳动模范"等众多荣誉称号。

学生方瑞瑞回忆说："谢老师在我上大学时，也资助了我三年。当时是90年代，谢老师和爱人工资都不高，但谢老师知道我家庭困难后，每个月资助我100元，一直到大学毕业。没有谢老师的资助，就没有今天的我。"方瑞瑞如今也来到克拉玛依校区工作，是一名优秀的青年教师。

"看到学生有困难，当老师的怎么能无动于衷？我只是力所能及地做了些该做的事而已，真的不算什么。其实在关键时期，你帮助学生一把，他就很可能成为日后国家的栋梁之材。"谢庆宾感叹道。

谢庆宾将红色文化融入人才培养目标，倡导"学石油、爱石油、献身石油"的择业观。他率先垂范，首先在校区尝试课程思政，带领青年教师在乌尔禾沥青脉备课时，告诉青年教师如何将教学内容与思政教育相结合，如何结合教学内容，讲述大庆精神、铁人精神，引导大学生"学石油、爱石油、献身石油"。此次课程思政示范课得到了教育部直属高校"不忘初心、牢记使命"主题教育第四巡回指导组高度评价。

谢庆宾率先在校区开展劳模导师遴选和聘任工作，受聘的第一批十二位劳模导师全部来自石油行业，由全国"五一劳动奖章"获得者、中国"五四青年奖章"获得者、"开发建设新疆奖章"获得者、"全国劳模"、"中央企业劳模"、"自治区劳模"组成。学院为每个专业聘请一名劳模导师，两个月开展一次宣讲活动，通过讲座、辅导等多种途径，引导学生坚定理想信念，培养奋斗精神，同时围绕劳模开展劳动教育和第二课堂的建设，为学生提供职业生涯规划、就业指导、创新创业教育等相关社会活动的机会。

谢庆宾始终坚持落实立德树人的根本任务，着力培养一大批可堪大用、能担重任的西部建设者。为加强大学生思想政治教育，他充分利用克一号井、黑油山、石油博物馆、101窑洞等红色教育基地加强思想政治教育,利用寒暑假广泛开展社会实践活动,培养大学生扎根边疆的责任担当。

在2020年的第一批应届生中,克拉玛依校区118名毕业生扎根在了新疆,为新疆的经济社会发展注入新的活力。毕业前夕,学生们提笔给习近平总书记写信汇报了自己的学习生活和人生选择,学生们很快收到习总书记的回信,在信中总书记支持毕业生们扎根边疆、艰苦奋斗的人生抉择。

一路走来,谢庆宾获得了很多荣誉:2015年获北京市高等学校教学名师奖,2018年获国家级优秀教学成果二等奖,为2018年自治区天山英才工程培养人选,为2018年克拉玛依市第一届教育行业领军人才。

在大家的不懈努力下,中国石油大学(北京)克拉玛依校区石油学院也取得了令人瞩目的成绩。

在人才培养方面,石油学院共开设五个本科专业:资源勘查工程、石油工程、勘查技术与工程、软件工程、数据科学与大数据技术,五年来共招收本科生1 569名,第一批2020届215名本科生已顺利毕业,入选本博一体化培养2人,保送研究生29人,考取研究生46人,签约就业102人,留疆工作52人,占总人数24%。学生在"中国石油工程设计大赛""东方杯地球物理大赛""挑战杯""互联网+创新创业大赛"等比赛中获得省级以上奖项百余次。

在学科建设方面,地质资源与地质工程学科入选自治区"十三五"重点学科,石油工程专业入选新疆维吾尔自治区创新创业重点专业建设。建成教学实验室27个、科研实验室7个、校外生产实习基地16个、野外地质实习基地2个。获国家级优秀教学成果二等奖1项、自治区优秀教学成果二等奖1项、自治区教育厅综合教改项目5项、校级教改项目20项,发表教育改革类论文30余篇。

在科学研究方面,获国家自然科学基金项目5项、省部级科研项目32项、其他科研项目79项。发表期刊论文180余篇,其中SCI/EI收录90余篇,会议论文30余篇。获国家发明专利36项,获软件登记著作权5项,出版专著1部,出版教材2部。

在师资队伍建设方面，截至2020年8月，石油学院共有教职员工69人，其中教育部长江学者奖励计划1人，北京市教学名师1人，全国优秀科技工作者1人，享受国务院政府特殊津贴专家1人，教育部新世纪优秀人才支持计划1人，天山英才3人，新疆自治区高层次引进人才5人，中石大青年拔尖人才4人，克拉玛依市领军人才1人，克拉玛依市拔尖人才2人，3人入选克拉玛依市高层次人才工作室领衔人，25人获得自治区优秀援疆干部、校级劳动模范、师德标兵、克拉玛依市"五四"青年奖章、克拉玛依市巾帼建功先进个人等荣誉称号。

问谢庆宾今后有什么打算时，他说会以习近平总书记的回信为契机，建设好克拉玛依校区，为新疆、为克拉玛依留下一所西部最好的大学。坚持"立足新疆、面向西部、服务全国、辐射中亚"的区域定位，不断探索将红色文化融入"高层次、应用型、国际化"的人才培养目标定位，把石油精神渗入立德树人全过程，培养更多"下得去、用得上、干得好、留得住"的新时代社会主义事业接班人。

甘做学生成长的铺路石

冯祥杰

- 全国模范教师
- 全国高中教学联赛优秀教练员
- 新疆维吾尔自治区特级教师

情　怀

薛雅元

千里之行，始于足下

1996年7月，冯祥杰大学毕业来到了克拉玛依，在接受短暂的入职教育后，来到了第六中学，担任班主任兼高中数学教师，由此开始了他的教育生涯。

冯祥杰工作后初次担任班主任的1996届1班，是当时全年级六个班中中考成绩靠后的学生组成的一个班级，其中近一半都是后山铬矿在克拉玛依市借读的学生。在这种情况下，冯祥杰利用课余时间，经常组织学生开展各种各样的集体活动，与学生们交流谈心，谈学习，谈理想，谈人生……并且还主动与学生的家长联系、沟通，很快学生们既把他当作老师，更把他当作朋友，不但学习上愿意主动配合完成各项任务，遇到其他事情也愿意找他聊，寻求他的帮助。

在三年的教学和陪伴过程中，这个班的学生整体状况得以不断提升，各方面表现也越来越好，在1996年高考后，近三分之一的学生考入了高等院校，为当年学校高考实现历史性突破做出了贡献。

由于各方面的优异表现，1996年秋季，学校安排冯祥杰担任年级实验班班主任及三个班的数学教学、年级竞赛辅导教练工作。

"由带年级成绩最差的班到带最好的班，我的职业生涯又开始了第二次全新的挑战。"冯祥杰说。

实验班的学生基础扎实，学习能力强，自我意识、个人发展目标和独立性都明显与上届的学生有较大差异，前面的经验在这批学生身上很多已不再适用。加之冯祥杰在当年9月已经结婚成家，个人能够自由支配的时间也远不如带第一届学生，该从何处入手突破呢？

他开始了培养班级干部、加强班级集体意识、树立班级团队品牌的实践探索。三年的努力，该班的学生在文艺表演、各级体育竞技、学习成绩、竞赛获奖、社会公益活动参与等诸多方面都表现优异。

学生毕业时，教室后墙上贴满了一张张奖状和"优秀班集体""优秀班团支部"的奖牌。1999年高考，该班多名学生成绩位居全市前列，两名学生成绩进入全疆理科前十名。

岁月流逝，冯祥杰在班级管理和教学中均收获了令多方满意的成绩，他也一步步成长为克拉玛依市青年岗位能手、教坛新秀、优秀青年教师。

创新理念，大胆尝试

2013年2月，克拉玛依市政府与北京十一学校签约，尝试引进"基于分层分类课程支撑体系下的高中选课走班"教学模式，这一模式和办学理念恰好与克拉玛依市基础教育的价值观和教育观相吻合，后续发展也表明这正是国家新一轮课程改革的基本方向。

2013年1月底的一天，刚上完课的冯祥杰突然接到市教育局的电话，通知他马上到局里去开会。

"当时不知道教育局开会的内容，结果得到的消息是回去收拾一下，准备去北京十一学校进行为期一周的考察、学习。"冯祥杰说。

到十一学校后，"学校的办学氛围，包括学生自主性的体现、课程的搭建等，颠覆了我对以往教学所形成的认识。原来教学还可以这样做！实际上，这就是我们一直说的理想中的教育状态——'因人而教，因材施教'。理想的教育能真正在这样的环境里得到实现"。

那么，这样的教育能顺利移植到克拉玛依吗？大家又该从哪里入手?

回到克拉玛依后不久,经过短暂的寒假,冯祥杰一行十八名教师接到了再次前往十一学校的通知。

与上次不同的是,这次跟他们一同前去的,还有33名学生。

进入学校的第三天,当时十一学校的秦建云副校长就把五门主课教师叫到他的办公室开会。秦副校长坐下后,第一句话就是:"从下周一开始,你们这五位老师要承担克拉玛依孩子的教学任务。以后,你们要边教学边做课程架构,在实践参与体验的过程中学习,对你们回去的工作更有帮助……"

为了有个参照,十一学校又从他们前六个班选拔剩下的初三学生里头再次选拔了30多个孩子,作为克拉玛依学生的伴学班,将这个班命名为7班。克拉玛依的33名学生组成8班。两个班进度一致,齐头并进,同时开启了十一学校课程体系的学习。

秦建云副校长说:"不管你们是多么优秀的老师,以前多么有经验,教学成绩多么好,一概把它忘掉。现在给你们的任务就在课堂上,你们讲话的时间最多不能超过十分钟,硬性要求。因为你们太能讲了,也太善于讲了,现在不让你们讲了,要学会逼着孩子去看书,要留出时间让孩子学会如何去学习……"

"这下传统的课堂教学模式没法进行了,我在课堂上只有不停地围着学生转,不停地去看,去收集、记录学生的学习情况。刚开始的一个阶段,有的学生一节课在那里反复地翻看某一页,还有的学生一节课哗哗哗翻了十几页过去,但你不知道他到底掌握了没有,就看他看书看得很快,一页页往后翻……没多久,这个班级30多个孩子的进度差异就显现出来了。"冯祥杰说。

很快单元测验的结果出来了,成绩并不理想。

面对这样的状况和成绩落差,孩子们有给家长打电话,抱怨在十一学校的这种环境下什么也学不会的,也有给家里说要回去的……

家长们也打来电话询问。当时,冯祥杰和其他老师只能是既安慰学生又安慰家长,还要搞教学,想方设法地处理学生学习过程中出现的各种各样的问题。

这时，33名学生已经来到十一学校一个多月了，与同年级学生的交流也多了起来，学生们也渐渐摸索出一些自主学习的门道，慢慢开始接受十一学校的教学理念，越来越融入这个年级。有的时候找不到老师，他们也会同伴互助，寻求十一学校其他班同学们的帮助。

五一假期要到了，很多家长打电话说要到十一学校来亲自看看孩子们的学习情况，如果实在不适应的话，他们就要把孩子带回去。

4月的最后一周是十一学校的小学段时间，小学段不再进行新课教学，而是留给学生用来查漏补缺。在鼓励孩子们参与各种社会实践活动之余，冯祥杰他们更多的就是对学习有困难的学生进行课程的个性化援助，利用晚自习、课堂自习，对课程内容掌握薄弱的孩子进行有针对性的个别援助。

"实际上，就是从那段时间开始，我们才意识到告诉孩子怎么学习才有效的重要性。因为传统教育中，学生们等着教师教就行了，并不需要自我规划和很强的自主学习能力，同样也没有小学段这个调整和弥补问题的时间窗口。我们充分利用了那两个星期，结果发现学生的转变特别明显，成绩都大幅度提升，甚至不及格的孩子的人数下降到个位数，满分100分的卷子有的学生可以考到八九十分。各科老师都开始感觉到，学生们的心理由原先的急躁逐渐变得平静坦然。"冯祥杰这样说。

在这样的情况下，冯祥杰和孩子们迎来了五一假期。

冯祥杰说："第一天就到了三四个家长，但是到了以后没给我们打招呼，先在学校周边找宾馆住下，悄悄地跟孩子取得联系，我们不知道。第二天他们就进了校园，在校园里默默观察。后来经过参加体育活动和社团活动的孩子们的介绍，我们才知道家长来了。

"当时有一个学生家长，是报社的一位记者。他翻看了我对学生的诊断评价记录夹，当时已经是厚厚的一沓。我对班上的学生按照学情分层进行了学习任务和评价设计，在文件夹里，每一个资料前面都会有一份学生学习和掌握情况的学情分析表。班里33个孩子，每个孩子的学习进度、学习内容、每一次诊断的数据、问题暴露在哪些环节、给出的建议是什么，都写得很齐全。他很惊讶，说冯老师，像这样的工作你们老师都在做吗？

"在得知了肯定答案后,他感慨地说,你们为这批孩子付出的太多了。他说经过这些天观察交流、耳闻目睹,让他由原来对我们的质疑,到现在已是百分之百的信任。他的孩子即使现在学习中存在问题,他相信如果这样做下去,问题也一定是可以解决的。

"到五一假期结束的时候,有两个家长当时开玩笑地试探过自己的孩子,问他们现在回不回去。孩子都明确表态说不回,要在北京把这个学期的课程学完。

"到6月底的时候,我们课程设置跟7班完全一样。7月初到学期结束诊断的时候,孩子们在学习进度、知识宽度和成绩上跟北京十一学校基本一致。有的孩子已经提前进入到高中课程体系的相关内容的学习,还有的孩子买了感兴趣的学科的资料去自主学习。"

到了7月10日,诊断结束,十一学校要放假了,管理团队老师带着学生返回克拉玛依。但是建构课程的十一位老师不能走,他们要准备9月份克拉玛依学校实施教改用的课程资源。

经过种种努力,8月20日,冯祥杰一行完成了课程构架初稿,回到克拉玛依。为了修订完善课程,并培训新学期的参与教师,学校就安排他们在准东封闭研修十天。到了月底,大家回到克拉玛依,开始做开学前的启动准备工作。

这时候高中这边还留了一个问题:竞赛课程和大学先修课程。

冯祥杰又开始去设计竞赛课程,好在竞赛课程一个星期只上一次课,一个学期下来也就是20次课,他只要先把这20节课的内容准备出来就行了,于是他带着两个老师开始加班加点做,因为过度劳累,冯祥杰病倒了。

2016年8月26日晚上,冯祥杰在家中突然晕倒,他爱人惊慌失措地把他送到医院。

急诊紧急请专家会诊,连夜做了CT、彩超等一系列检查,初步诊断是腹动脉瘤。

到天快亮的时候,确定阑尾炎溃疡穿孔,腹腔里已经弥漫积脓。早上开始动手术。

阑尾炎手术本是一个小手术,但冯祥杰的手术持续了五个半小时,前后住了半个月的医院，冯祥杰才勉强下床活动，体重则由去十一学校前的76公斤下降到不足60公斤。

这时已经到9月份，学校开学了，只是他这个做课程构架的人不在学校，教学实施起来会不会出问题？

尽管主治医生不允许，但冯祥杰出院了，医生开了一个月的病假条，他收起来，没告诉学校。当时他想，先去学校，去了哪怕是撑不住，坐在那里也行，最起码能给学生们一个稳定的心理支持。

第一天上课的时候，冯祥杰提前半小时出门，从六中后门走到一中高中部，额头一直冒汗，走了将近半个小时，才进了教学楼，坐在椅子上就起不来了。

"后面是我的数学课，选课走班的学生该上数学课了，跑到教室一看，我在里面坐着。学生知道我病得不轻，他们到医院去看过我，没想到我这么快回到了教室，都被感动了。学生们眼含热泪把我紧紧抱住，然后说冯老师你回来了！

"这种情况促使我无论有多难都要把这批孩子培养好。那次以后，很多老师就说冯老师你要保重身体。但是那天开学看到学生们那样的反应和表现，我根本就没办法让自己不去做这些事。可以说在一中的三年，几乎就是我在十一学校那段时间工作状态的翻版。"冯祥杰说。

从2013年9月开始，克拉玛依市第一中学高中部正式开启了基于分层分类课程体系下的选课走班教学。冯祥杰带着各学科的教师们不断完善课程，研发并丰富教学资源，探索教与学方式的改进。三年多时间，他带领团队先后完成了数学Ⅰ、Ⅱ、Ⅲ层及拓展课程等资源一百多册，为十一学校课程体系及转型课堂在克拉玛依一中平稳实施，起到了榜样和示范作用。

三年来，无论是教师还是学生都在经历一场蜕变，看着学生们洋溢在脸上的自信和收获，老师们也渐渐加深了对有内涵、有品质教育的理解和认识。随着一中在转型变革之路上的不断前行，二中、六中、九中、南湖中学，一大批学校相继跟进，克拉玛依市的教育转型变革开始由点到面，逐渐走向全面深化和跨越式发展阶段，优质生源流失的问题解决了，教育教学成绩和各类创新活动、竞赛的成绩越来越好。

潜心教研，发挥引领

2016年9月，冯祥杰到市教研所担任高中数学教研员兼副所长。2017年，冯祥杰开始主持市教研所行政、党务工作，肩负起改进教研机制、优化教研队伍、助力克拉玛依市基础教育转型全面有效深入推进的艰巨任务。

"冯所长在不断加强教研队伍专业素养提升的同时，带领教研员进学校进课堂，深入教学一线。他立足高位设定团队成员自身发展目标，紧密围绕克拉玛依市教育转型变革过程中课程建设、教师专业发展、教育教学项目申报及研究、中高考改革等多方面内容，采取各种举措进行研究探索，以点带面，广泛持续开展基础教育教学实践和研究。"高中语文教研员邱逸文说。

"他重点解决教育改革过程中出现的问题和困惑，将政策理论学习和教研活动实践相结合，提高教研员对教改政策的理解。教研员中主动发现问题、思考解决问题的人越来越多，教研员领衔的市级名师工作室越来越多。教研合力助推的方式也提高了教师们在教学实践中分析问题、解决问题的能力，培养出一大批具有先进教育理念和丰富实践经验的优秀课改实验教师，有效缓解了教育教学改革转型中遇到的困惑和问题。"教研所高中英语教研员汪文玲说。

"作为教育领军人才，冯祥杰在布置完任务后，总是率先冲在最前。他从自己负责的高中数学学科教研开始突破，尝试以多种形式组织教育教学研究活动，寻求突破课堂教学改革过程中疑难问题的方法，激发教师研究教学，主动求变。随着系列活动的有效切入，学校和教师对教研的支撑作用认可度不断提高，教研员的课程领导力和学术影响力也在实践中不断提升。"市教研所小学数学教研员张连勇说。

在教改之后，由于各学校根据教学大纲和实际情况自主安排教学内容和进度，全市教研所出试卷统考抽考制度被取消，取而代之的是由督导室牵头，教研所配合，成立质量监测中心，通过大数据的方式，获得克拉玛依市教育的各项数据。教研所负责各学科的监测命题，冯祥杰带领出卷教研员一遍遍学习课程标准，研究教育教学目标，组织研讨，反复打磨，努力将命题、改卷、统计工作做到尽善尽美，同时做好质量监测发展性指标评价协作工作，为克拉玛依教育改革的科学性提供监测和数据支持。

2017年和2018年，克拉玛依市教研所连续被评为自治区级优秀教研单位。冯祥杰作为基础教育教学学科专家，不断被邀请赴疆内外多地做交流讲座，多次参与市、自治区等各级各类教育项目评审和人才选拔、学术指导等工作。

回顾二十多年的教学生涯，冯祥杰取得的荣誉包括克拉玛依市教坛新秀、市青年岗位能手、市教学能手、市优秀教师、民族团结先进个人、市优秀共产党员、优秀党务工作者、克拉玛依市四好教师标兵、克拉玛依市劳动模范，同时也是市名师工作室主持人，市第一、二、三届特级教师（油城专家）、市教育领域领军人才等，先后被授予自治区教学能手、自治区具有新疆特色的四好教师、自治区教学能手培养工作室主持人、全国高中数学联赛优秀教练员、自治区优秀教研先进个人、自治区先进工作者、全国模范教师等荣誉称号。

此外，冯祥杰还是自治区特级教师、自治区首批教师系列正高级教师、中国教育学会中学数学专业委员会第九届学术委员、自治区教育学会中学数学教学专业委员会第4届和第5届理事、新疆数学学会第八届常务理事、自治区教师专业评审专家库成员、中国共产党克拉玛依市第十一次代表大会党代表。

冯祥杰的优秀表现受到了众多渴求人才的学校的关注，不断有其他地方的学校和领导给出优厚待遇，渴望他的加入，但他一次次放弃机会，选择继续留在新疆，留在克拉玛依。他说："我是一名生在新疆、长在新疆的兵团二代，我亲眼见证了新疆的发展。我爱这片土地，我的荣誉是这片土地和这里的孩子给我的，这里的孩子也需要优质教育，这里更需要优秀的教师。尽管力量有限，但我仍期望以个人的微薄之力给克拉玛依的教育发展多带来一份的希望！"朴实的话语流露出冯祥杰对这块土地深深的热爱。

要耐得住寂寞和平淡，做有情怀的教育工作者，甘做学生成长路上的铺路石。挚爱教育事业的冯祥杰，默默地扎根课堂，进行着教育教学的研究和实践，为克拉玛依乃至整个新疆教育事业辉煌的明天奉献着自己的力量，用责任、充实和光荣勾勒出心中最美好的教育画卷。

踏踏实实做事，认认真真做人

陈 冬

◎ 全国数学竞赛优秀辅导员
◎ 新疆维吾尔自治区特级教师

潜心育人

薛雅元

以研究学生和教学为乐趣

"我1994年7月毕业于伊犁师范学院数学系,来到克拉玛依后,被分到第三中学担任数学教师,一直到2012年9月。"陈冬说。

第三中学二三十年沉淀下来的教师之间和谐发展的校园文化,为教师的专业发展提供了成长的沃土,创造了良好的发展环境。

"在这种大背景下,我投入其中,获益良多。"陈冬说。

当时第三中学实行"校本教研制度"、"青蓝工程"(师徒帮教制度),对青年教师的成长专门制订教师专业发展方案,培养出关注自身发展的教师队伍,涌现出大批"教坛新秀"。在这种你追我赶促发展的大背景下,陈冬快速地成长起来,并逐步形成自己的教学风格。

"我要去追寻智慧生成的、有创造力的理想课堂。"为了深入研究教学,陈冬除了完成学校的任务外,还订阅了大量的教育教学书籍坚持自学,并且给自己规定了写课例、写论文、写教学日记的目标。

陈冬每天忙完教学已到晚上十一点多了,他打开电脑,开始记录当天课堂发生的事。记录的过程促使他审视自己的课堂教学有效性,审视自己的教学理念、对教材把握的准确程度,思考每个教育教学现象背后产生的原因是什么。写着写着,脑海中有时会突然冒出新的想法,每当写完，已到凌晨一两点，但这种工作热情，让他有种满足感和幸福感。

"到学期末，把教学日志打印出来，装订成册，能编成近百页的小册子！惊喜涌入心头，里面的每一幅图、每一个数学符号、每一个文字都融入我的真情实感，融入我对数学的理解，融入我对教育的追求，我顿时有了一种自豪感、成就感和幸福感。"陈冬说。

他的教学日记《走进七年级的数学世界》后来单独成书，这是对他努力耕耘的一份肯定。他又写了八年级的教学日记近12万字，在《克拉玛依教育》上发表了11篇论文。

陈冬说："研究学生和教学是我的乐趣。"写课例、写论文是一个反思过程，给他提供了一个将理论与实践相结合的机会，使他的理论水平提高很快。

2006至2012年，陈冬主持、开发、推广三中校级课题"数学变式题、开放题教学实验与研究"，在继承中国数学教学传统中寻求发展。他组织了近100节骨干教师示范课，1000多节研讨课，组织六个学科编辑印刷出近30种学案，使学校的课堂教学改革稳步推进。结题后，他编写了课题成果集一本，至今对开发学生思维、激活课堂教学、提高学习成绩都有积极的指导作用。

2006至2009年，陈冬作为克拉玛依市科技局立项课题"促进中学生数学自主学习的实验与研究"的核心成员，每个学期到六所实验学校听课、评课，进行交流和研讨，2009年代表课题组做了结题报告发言。在课题组的《文集》中发表《结题报告》和六篇课例，受到自治区专家、市教育局领导、各学科教研员和到会教师的高度赞誉，并顺利结题。

陈冬曾说："我像一位推销员，向学生们讲述着数学的博大精深，让他们感受数学世界的美妙旋律，激发他们探索数学的求知欲，这种效果，绝不是题海灌输所能获得的。我要让学生富于选择性、能动性和创造性地去自主学习数学。"陈冬对教学的不懈研究，使他的课堂教学受到学生的好评，成为青年教师学习观摩的典范。

在陈冬老师的问卷调查中，有这样的对话：

一、你能把数学课堂描述一下吗？

生1：有意思，具有挑战性，讲课很有吸引力。

生2：课堂气氛比较活泼，有轻松和自信的感觉。

生3：自己的想法能得到重视，一道题能够用多种方法求解。

生4：能够让学生在学习时有学习欲望，可以自己先讨论和解决问题，不会的地方老师会一一解答。

生5：总觉得时间比其他课过得快。

二、你比较欣赏数学老师的哪些行为？

生1：老师都会下来看，我们有不会的问题时，能随时解决，没有因为成绩不好而冷落某些同学。

生2：老师对工作认真负责，既严厉又和蔼，让数学变得很有趣。

生3：有一种莫名的幽默和沉稳，对待学生耐心、细心。

生4：能在每一件事上，老师都做到公平。

生5：数学课学起来比较轻松。数学老师非常顾及我们的感受，布置作业少，关心同学。

生6：数学老师给我们上课时不讲死题，能用各种方法引起我们学数学的兴趣。

走进教育前沿，勇于迎难而上

2012年9月，陈冬接到通知，让他到北京十一学校跟岗学习一年。

"到了十一学校，我看到很多教育教学改革最前沿的新鲜事物，我的眼界一下子开阔了。从跟班听课到参与教研，十一学校正在进行的选课走班以及所带来的学生学习状态的变化，给了我很大的震撼，尤其是理科高层次课程的高度带给学生无限发展空间，给我很大的启迪和思考。"陈冬说起跟岗学习的这一年经历，激动之情仍然溢于言表。

陈冬说："我们到北京十一学校学习，教育局是希望我们能把十一学校的经验带回来，要给克拉玛依教育带来更多的活力，让市民、社会、家长、学生满意，让我们自己满意。我们肩负着这样的责任和历史使命，必须勇于担当，积极主动，学以致用，把新的课程改革理念渗透到学校建设上。"

陈冬开始认真研究北京十一学校的历史、文化，课程改革的历史，尤其是2007年李希贵担任校长后的课程改革发展史，学习《北京十一学校行动纲要》，对十一学校的文化观、价值观及其行动和愿景逐渐有了清晰的认识。

陈冬关注的重点是十一学校的课程建设，为此，他详细了解了课程的各个方面，通过听讲座、阅读相关资料、与老师交流，获得了详尽的信息。对于有些细节问题，就通过当"影子"，跟随部门主管深入观摩，作进一步的了解。

对于十一学校的分布式管理，陈冬又开始细致观察研究：每位学生一张课表，如何排课，能使每位学生满意，教师满意？取消行政班和班主任后，学生的管理怎么办？导师、教育顾问、咨询师的工作职能是什么？运行机制是什么？他们是如何与家长和学生沟通交流的？自习和晚自习怎么管理？小学段不让老师讲课，那么怎样规划和管理使学生能充分地发挥小学段的作用？如何评价学生的品格德行、行为习惯、学习效果？在管理中可能会出现哪些风险和困难？如何避免？

除了以上方面和内容以外，陈冬还研究了十一学校的部门设置和教师成长制度，所有的一切都是新的，他需要打破以往的认知，像一个懵懂的孩子般从头学起。

白天，陈冬走进课堂，坚持每天听课，与老师交流，了解教师的教学观、教育观、师生观，学习有效教学的方法和策略，了解学生的感受和体会。

深夜在灯下，陈冬就忙着写学习日志。"将白天的所见所闻所感所想写下来是个梳理内化的过程，是一个思路逐渐清晰的过程，会形成深刻的理解，提高自己对教育的理解力，自己才能真正变得强大。"陈冬说。

在十一学校学习的一年中，陈冬总是在费尽心思地思考：学到的方法，如果用在克拉玛依，如何复制演变？如何推陈出新？

转眼一年过去了，陈冬被调到第一中学初中部任副校长。他积极推广十一学校的转型经验，将先进经验带到第一中学初中部落地生根。

要实现"统一编班·选课走班·分层分类"的育人方式及课程体

系，满足学生的可选择、多样化、个性化的需求，就要打造配套的课程资源。陈冬开始了初中部各学科的资源研发工作。十一学校的课程资源直接拿来用，学生们还不能完全适应，必须根据克拉玛依学生的实情，编写出适合学情的配套资源。

陈冬作为一中初中数学课程负责人和名师工作室主持人，开始组织各学校的数学骨干教师和一中初中数学教师，利用课余时间、周末、寒暑假研发课程，进行研讨培训，对教材体例、层级间标准的划分，对内容高度、难度的把握，对语言叙述方式的斟酌等，都提出合理化的建议。他带领老师研发出初中数学课程资源《初中数学细目、示例、自诊》（第一分册）、《相交线与平行线》（Ⅳ层、Ⅲ层、Ⅱ层、Ⅰ层读本）等近七十种。研发的初中数学课程资源在九所课改转型学校使用。研发课程资源开阔了教师的视野，提高了教师的专业素养，加速了教师的成长。通过课程重塑，也唤醒了学生的潜能，培养了学生的自主学习能力、规划能力、为自己负责的意识，提升了学生的综合能力。

转型激流勇进，改革初试锋芒

2015年2月至2017年8月，陈冬被调到第九中学担任执行校长一职。

当时的九中，正在推行"三二六"课改，在教育局的统一领导下，开始朝十一学校课改的方向转型。作为执行校长，陈冬进行了扁平化、分布式、分权制、制衡型的管理机制改革。

当时，第九中学在进行绩效工资考核方案讨论过程中，文理课时、学段、教辅等都存在问题，陈冬广泛搜集意见，并根据实情，合理制订改革计划。

第九中学副校长张会杰说："当时搞薪酬制度改革，面对的困难还是挺大的。老师们都习惯了大家收入差不多的原有状态，对突然进行的绩效考核都有疑虑。陈冬校长就和大家一起制订出教育改革和绩效考核的实施方案，他一个部门一个部门地去沟通交流，收集意见。随着课程的分层，教育原先的薪酬制度已经不配套了，如果不体现出差异，改革的推进就会受到影响，也不利于保护教师们的积极性。实施方案最终在教职工代表大会上通过了。"

何颖老师说："陈冬校长在第九中学推行的绩效考核方案，从多维度对教师的工作表现和工作业绩进行评价和量化。绩效考核方案体现了'多劳多得，优绩优酬'的分配制度，提高了教师的工作积极性和主动性。"

方立洋老师说："薪酬制度实施之后，第一名和最后一名的差距还是不小的。利益更加倾向于一线教师，每项付出和成绩都能和收入挂钩，真正体现了优绩优酬的原则。大家最终觉得这样分配是合理的。"

时至今日，虽然九中经历了初高中的调整，领导班子也进行了调整，但是这项配合教改的薪酬制度改革，一直保留了下来，并逐步完善和深化。制度的改革，有力地促进了教育教学，保证了第九中学在白碱滩区的教学成绩始终排在前列。

真抓实干，以质量求生存

2017年8月，陈冬被调到南湖中学担任副校长，主管课程改革和教师发展。

南湖中学是一所年轻的学校。陈冬来到南湖中学后，认真抓了两件事：一是抓教学教研，二是培养教师队伍。

南湖中学教师发展中心主任辛重英说："陈冬校长来了之后，带领大家进行了艰苦卓绝的努力，几年来，形成了具有学校特色的课程体系。"

在课程体系建设方面，陈冬完善了南湖中学课程框架，优化各年级各学科课程设置，制订学校课程设置方案，编制学校课程规划整体方案，加强新开设课程审核机制，编制学科规划或模块课程纲要，开设了地方课程、特色课程、社团课程、小升初衔接课程，更好地开展教育教学。

在教师队伍建设上，陈冬制定了教师分层发展的保障制度，形成"学科带头人、骨干教师、优秀教师、青年教师"四级教师成长发展体系。在青年教师培养上，首先注重师德师风培养，并让青年教师和老教师结师徒对子，让老教师带青年教师。

"我们青年教师必须手写教案，每周写一篇教学反思，我亲自检查。每学期要听课三十节以上，每周说一次课，每周做一次中（高）考试卷。每月参加一次主题培训。教务处在期中、期末对青年教师的学历案、作业、听课都要进行检查、评价、反馈。每年5月，学校组织青年教师转正活动比赛。"陈冬说。

数学学科主任王艳梅说："'三个基于'的学历案研究，让年轻教师的教学质量得到基本保证。这些学历案都是放假前布置下去的，假期备课，上课时再进行二次备课，课后立即写反思，几年下来，青年教师就熟悉了课程体系，教学能力大大提升。教研活动、集体备课都以设计学历案为主，重点研讨学历案的学习目标、评价任务，学习活动的合理性、科学性、一致性，每学期还有学历案设计大赛，以赛助学，以赛促研，促进教师专业发展。"

南湖中学学历案研究卓有成效。2019年，学校研发并投入使用的学历案有85册，还有校本课程资源12册，中考复习课程资源9册，高考复习课程资源8册，练习类课程资源2册，测试类课程资源5册，共计121册，形成了各个学科的成果集。"三个基于"的学历案研究，建立和形成了市科技局课题"基于标准设计与应用学历案的实践研究"，包括市教育局级课题7项，区教育局级课题12项。课题研究引领着教师对教育教学的热点、难点问题开展课题研究，在研究中不断成长。

2019年10月，以"三个基于"的学历案研究为主题，南湖中学承办市教育局校长论坛，全方位进行了分享和汇报，组织5个学科组关于学历案研究的活动展示，8个学科17节学历案学科课堂展示，约140位校长、管理干部、骨干教师来观摩，受到一致好评。后续有市初中英语、中学语文学科来南湖中学开展相关的学历案研究的交流研讨活动，为"三个基于"的学历案研究作了进一步的推广和宣传。

"陈冬校长特别朴实，工作特别认真。平时只要他有时间，就去听课，参加教研活动，之后跟大家交流，提出自己的看法和建议，用他的实际行动在改变着学校的教育教学生态。他布置下去的任务都是自己亲自抓落实，并在之后给予细致的指导。虽然他的专业是数学，但是他在听课后给各个学科教师的评价都十分中肯、到位，是个专家型的校长。他十分注重读书学习，又把工作做得很细致，十分勤奋。"教师发展中心主任辛重英说。

扎实的工作，使南湖中学的教育教学成绩得到明显的提升：2017年10月市"教坛新秀"比赛，南湖中学有12人进入决赛，8位教师荣获"教坛新秀"称号，在参赛的19所学校中名列第一，取得南湖中学历史性突破，成绩显著。2019年市教学能手比赛，南湖中学有9人进入决赛，4人荣获"教学能手"称号，学校荣获"优秀组织奖"。

近三年，南湖中学中考升学率超过市升学率约8个百分点，位居市区前列。

名师引领辐射，培养青年队伍

陈冬工作二十六年来，潜心钻研，严谨笃学，对教育教学不断地深入思考，2018年被评为正高级教师，荣获克拉玛依市"拔尖人才"称号；2009年被评为自治区"特级教师"；2006年、2010年、2014年连续被评为克拉玛依市第一届、第二届、第三届"特级教师"；2014年被评为克拉玛依市第一届"油城专家"。曾荣获市局"教学能手"称号，五次荣获市局级"优秀教师""优秀班主任"称号，十次荣获全国和自治区级"数学竞赛优秀辅导员"称号。2014年被聘为自治区"冯祥杰/陈冬中学数学教学能手培养工作室"主持人，2016年被聘为"克拉玛依市陈冬卓越教师工作室"主持人，2011年、2014年两次被聘为"克拉玛依市陈冬初中数学名师工作室"主持人。2010年荣获自治区两基工作"先进个人"称号，2009年、2010年两次荣获市教育局"优秀共产党员"称号。

此外，陈冬写作教学日记约20万字，出版了《走进七年级的数学世界》（约8万字）、《八年级数学教学实录》（约12万字）、《九年级数学教学实录》（约2万字）等著作，执笔《教师专业发展及教研组建设行动纪录》（13万字）、《北京十一学校培训日记》（约5万字）。在《克拉玛依教育》上发表13篇论文，在自治区《新疆中小学教学》上发表1篇论文，在教学平台上发表45篇文章。3篇论文获奖国家级一等奖，6篇论文获国家级二等奖，3篇论文获国家级三等奖，10篇论文获自治区级奖项，1篇论文获地区级奖项。在课题研究中，他主持、参与、实施自治区级、地市级、校级教科研课题4个，有9篇论文荣获国家级奖项，已顺利结题，课题成果在学校产生了重大的影响力，并获得了积极推广。

2011年至今，近十年时间，陈冬主持了三届名师工作室工作。

名师工作室的主要任务是辐射、引领和培养青年教师。在名师工作室工作中，陈冬注重引领、辐射，传承技艺，传承精神，传承文化。陈冬积极组织教研备课活动，安排学校教师参加工作室的讲课比赛，承担工作室课题活动，多次做主题交流发言，借助工作室的平台，开阔年轻教师的视野，培养教师的教学能力。他为每位教师制订出个性化培养方案，让他们在挑战中成长，帮助工作室成员走向成功。

徒弟杨静说："作为师父，他对徒弟真的特别认真负责。在陈老师的教学中，让我感触最深的是陈老师的一题多解教学和变式训练教学。在陈老师的启发下，学生会想出很多种方法，这一下就调动了学生学习数学的兴趣，激发了学生的探索欲，拓宽了学生的思路。"

工作室从最初的6个核心成员、十几名年轻教师，到2016年，已经发展到20多人。在陈冬的指导下，1人荣获全国讲课比赛一等奖，1人荣获国家级最佳说课奖，2人荣获自治区级讲课一等奖，6人荣获克拉玛依市"教坛新秀"称号，1人荣获克拉玛依市"教学能手"称号。

此外，陈冬还多次应市区教育局、教研所、兄弟学校的邀请，为兄弟学校的校长、管理干部、学科教师、青年教师进行培训。2018年5月，他去喀什市送教，所撰写的调研报告在喀什市教育局反馈会议上得到高度评价，引起广泛重视，对教师专业发展、教研活动、分层课堂教学有效性起到了指导性的作用。

2020年9月，陈冬被任命为南湖中学校长。当笔者询问他今后有什么打算时，他说："我想尽自己所能，把南湖中学办成一所受家长和社会认可的有内涵、高品质的学校。"年富力强，大有可为，我们期待陈冬校长在新的征途上，不断取得新的辉煌。

今天，我很重要

颜福新

◎ 中央企业劳动模范
◎ 中国石油天然气集团公司采油技能专家

榜　样

万　丽

颜福新站建于2005年，管理着一座转油站、D1集转站、一个水橇、十五个杠点、十个站和二百三十口油井，先后获得"全国工人先锋号"、全国能源化学系统"劳模创新工作室"、"自治区工人先锋号"等荣誉称号，2011年9月被新疆油田公司命名为"颜福新站"，成为油田公司首批十大命名班组之一。

四张牌聚拢人心

颜福新站的雏形是红浅采油作业区运行三组，刚组建时只有两名员工，管理着十几口井。班组成立时赶上新区投产，每天有三四口焖开井等着挂抽，注汽工作量多，任务重。

刘世国和王健每天从上班干到下班，常常一刻也不得闲，留下加班是常有的事，这样的状态持续了几个月。随着新井增多，班组力量也不断得到充实。

2006年，班组正式命名为D1集转站。2007年，新投井四十口，员工增加到十人。但由于班组的井距远，走路到最远的单井要二十分钟，工作量多，人手吃紧。

冬天气温低，巡检时在油稠的井上取样，要先解冻，等管线预热好才能取，管线解不通时要扫线，员工在井口一站就是一个多小时，手脚冻得没了知觉，手套也被伴热流出的水冻住，凝结成了冰壳。

夏天天气炎热，新井投产忙，员工们每天冒着酷暑巡检两次重点井，还要到井口挂抽。

刚开始，员工们摸不清井号，班长颜福新每天早晨拿着井位图带着员工找井位，每找到一口井就用颜料写上井号并在图上做标记；中午休息时他又给员工重复一遍井位加深印象。就这样，员工们渐渐熟悉了，去哪个井干活只要看一眼图就能准确找到。

D1集转站的员工是从各运行组抽调来的，彼此之间不太了解，缺乏信任。如何让大家在短时间内迅速融合，是摆在颜福新面前的难题。

为了搭建交流平台，颜福新把每天的班前讲话当作沟通的第一张牌。

在班前讲话中，他把具体工作和天气状况结合起来，强调安全防范措施和注意事项，然后利用二十分钟开展技能培训，每天给员工讲一项实际操作。他会在工作前询问员工们的身体状态，保证每个员工都在安全的状态下工作。

有一次，资料员严晓蓉在开会时无精打采，耷拉着脑袋。会后，颜福新走到严晓蓉跟前问："你今天怎么了，早晨一来就没精神，培训也没有参加。"

"昨天晚上受凉了，有点发烧，早晨头还是晕的。"严晓蓉说话有气无力。

"生病了不要自己硬撑，你回家休息吧。"会后，颜福新叫了辆值班车送严晓蓉回家。

下班后，颜福新还是不放心，买了药送到严晓蓉家中。

营造温馨的班组氛围是颜福新增近员工感情的第二张牌。

班组给每个员工过生日，让员工在站上也能感受到家的温暖。元宵节和端午节，班组小食堂会准备元宵和粽子，过年还组织员工在一起聚餐，大家的感情慢慢加深了。

"自己做好了，员工才愿意跟着你一起干。"在工作中颜福新对自己要求严格。

那年冬天，他带张浩去井口解冻，这口井距离班组两公里，值班车被其他人带出去了，他就和张浩扛着两卷十公斤重的皮管子往井上走。那口井冻了一夜，井口已经冰凉，他们把另一口井的外伴接过来一点一点解冻。四十分钟过去了，张浩有些坚持不住了。

"颜师傅，我想回站暖和一会儿。"张浩不好意思地说。

"你回吧，这口井还有一会儿就能解开了。"这时，颜福新的鞋子上已经结了冰，但他想坚持把井解开。

张浩看着班长这样，决定再坚持会儿，便从他手中接过皮管子继续解冻，两个小时后这口井才解冻，他们又去了下一口井。

班组人心凝聚了，颜福新开始规范规章制度。班组管理奖罚分明是他打的第三张牌。

班组人员奖罚全部公开透明，考核、奖金、考勤、班费使用都在展板中公开，每个员工的考勤、奖金一目了然。

第四张牌，是他把安全环保和培训提上了日程。

2008年，D1集转站以"四无班组"为突破口，强化班组安全管理的基础工作，建立了"安全学习栏""安全曝光台"，加强了员工的安全教育和培训，还针对隐患排查开展专项培训。

一次，班员张浩和李禄巡检重点井，在Dh5293井巡检憋压时，张浩开回压闸门，看到压力停在0.1兆帕，一直没有动静。

"不可能呀，这是刚开的井，怎么会憋不上来？"李禄看完憋压值开始找原因。

"看看是不是闸门出了状况？别漏掉任何一种情况！"张浩带着疑惑和他一起找。

李禄检查了井口流程，又把每个闸门看了一遍。

"快来看，是套管闸门漏了……"李禄找出了问题，赶紧打电话汇报给班长颜福新。由于发现问题及时，避免了一起安全事故。

员工技能提高了，才具备查找身边隐患的能力，颜福新把技能培训当作班组的重点工作来抓。

班组开展"一帮一"结对子活动，用"传帮带"的方式举办互动交流学习班、技能培训，鼓励员工参加各类技能比赛活动，在提高技能的同时实现自我价值。

通过培训，员工的整体技术水平提高了，每年的技能鉴定通过率大幅上升，班长颜福新连续三届获得集团公司技能专家的称号；副班长张浩在新疆油田公司技术比赛中脱颖而出，夺得第一名；青年员工王晶晶在2010年新疆油田公司油水井三级地质动态分析中获得了三等奖的好成绩……

经过两年实践，D1集转站的班组建设已初具特色。

技术创新，匠心独具

发生在员工身上的一件事触发颜福新发明了碰调器。

那天，霍新艳和张露巡井结束后拿着工具去井口碰调，张露把抽油机停到位以后，霍新艳去井口卸卡子。两人操作时违规，正巧让颜福新撞见，他立即严厉制止了他们。

这事之后，颜福新琢磨上了，碰调是采油工的日常操作，可碰调操作不当就会砸伤或夹伤手，怎样才能避免这样的事发生呢？

颜福新在工具房里捣鼓开了，不时在纸上写写画画。一周后，他有了想法，便淘来高压管子、螺栓、弹簧、螺帽，又买了一些小配件，倒腾起来，后来找加工厂帮他加工了自己设计的碰调器。员工操作时把碰调器装在上卡子和悬绳器的夹板之间，悬绳器上的光杆卡子在下冲程时，刚好碰上泵，但加上碰调器就不碰泵了，这样的操作最大限度避免了员工操作时发生砸伤手事件。

他把碰调器拿到井上让员工试用，效果不错，这个小工具很快推广到全厂。

后来，颜福新又陆续研制出抽油机驴头悬绳器夹板防碰装置、抽油杆防脱器、光杆防碰弯装置等工具，员工在使用后评价都很高。

2011年9月，这个班组被新疆油田公司命名为"颜福新站"，成为油田公司首批十大命名班组之一，班组挂上"颜福新站"牌匾。

同年，颜福新站以"小发明、小革新、小改造、小设计、小建议"的"五小"创新活动为载体，创建了以培养高技能人才、开展技术创新、解决生产难题为目的的"颜福新创新工作室"。

颜福新不仅自己在工作中用技术改造和发明创新解决问题，同时也注重培养员工的创新能力。

日复一日,创新成为颜福新站的招牌,颜福新站的成员几乎人人都成为技术能手、创新明星。

班员周荣兵遇事爱动脑筋,先后发明了盘根切割器、双面卡子、方罐取样器、井口方罐管线固定卡和弯头起子,他的发明灵感大部分都来自生产一线。

"周师傅,今天跑井用加力杆我差点摔倒了!"有一天,一位员工向周荣兵抱怨,当短节上有冰或地面比较湿滑,紧盘根时加力杆就会脱出,用力大了重心不稳,人容易摔倒。

周荣兵把这些"抱怨"当成工友对自己的信任,他开始琢磨:能不能做个挂钩之类的东西把加力杆固定住?

忙完井上的活,周荣兵就跑到井口观察,说是闲转,其实是搞"研究"去了。

井口、工具房……周荣兵来回做着试验,不离身的几根铁丝随时拿出来比画着,个把月后,"一个半圆弧连一个直角"的固定端点,也就是他说的"挂钩"做成了。有了这个挂钩,紧盘根时,越用力挂钩反而钩得越牢,且不会滑脱。

周荣兵发现,由于被油糊住了,换盘根时不容易找到盘根斜45度的切入口。用起子来回捅,手使不上劲,还会掏烂盘根,且不易挑出。直起子不好用,周荣兵就想改"直"为"弯",让起子也有一个45度的切口,在起子上加个"爪子"抓在光杆上。当弯头起子下压时会自动寻找盘根切口,将废旧盘根完整绞出。他发明的防脱加力杆、弯头起子成了采油工换盘根的宝贝,过去两个人配合二十分钟才能完成的操作,现在一个人操作,只需要五到十分钟就可完工。

他的许多发明都得到员工的认可,成为创新工作室的发明大户。

植根于班组的颜福新创新工作室,发挥技能人才的团队精神和集体智慧,在技术创新、技能人才培养方面取得了突出的成绩,已有二十三项技术创新成果获国家实用型专利项目,一项QC成果获国优称号,一项技术创新成果获新疆石油学会优秀论文一等奖,多项成果获厂级优秀成果奖,创造效益累计1 500余万元。

颜福新的徒弟王健在中国石油天然气集团公司采油工职业技能大赛上勇摘个人银牌，实现了新疆油田自1997年以来此项赛事为"零"的突破；周荣兵、李涛也获得新疆油田公司级"技术能手"称号。

承接力人井和谐

2013年6月7日，在中国石油基层建设经验交流暨"千队示范"新疆油田现场会上，颜福新站作为采油一厂基层建设示范点之一参加了交流展示，得到中国石油全国各地兄弟单位的一致肯定和高度赞誉，作业区也获得"中国石油天然气集团公司基层建设标杆单位"的荣誉。

为了迎接这次交流展示，班组全员行动，人人参与，献计献策。

大家逐字逐句推敲、反复提炼展板内容，推敲润色文字细节，晚上又在会议室讨论解说词。

颜福新作为解说员，要为来宾进行解说，他通过刻苦练习，圆满完成了任务。

班组在抓好生产的同时，用绿色油田的理念和标准，进行油区自然地貌恢复和油田设施的规范统一工作，作业区也将具体任务与指标下达到班组和个人。炎热的夏季，员工们利用中午时间对217国道九公里至"颜福新"站沿途两侧两百米内，"颜福新"站周围的站库环境卫生、设备及井场的视觉形象环境进行治理、整改。

员工在酷热天气里带车填埋油坑，平整井场，工作环境有了改善，顺利完成了现场参观点建设。

班组安装了荣誉柜，设立"每日一星"员工榜，还在墙上悬挂获得荣誉的员工个人照片，将班组的荣誉和个人的先进事迹结合起来，让每个员工都为是班组成员而骄傲。

2019年，由于工作需要，颜福新离开了颜福新站，到作业区工程组管理电力维修和保温工作，可他的心还留在颜福新站。

2020年6月，在电力设备安全排查中，他发现颜福新站泵房照明灯的防爆穿管没有跨接线，这让他心头一惊："幸好及时发现，否则后果不敢想！"

他立即给颜福新站的班长梁鹰打电话，让他下午两点把员工都集中起来，开展电气设备隐患排查专项培训。

颜福新到其他班组解决了一些问题，下午两点准时来到班组。

"我发现照明灯防爆穿管无跨接线的问题，这件事后果严重，如果没有及时查出来，会造成着火爆炸！"颜福新的语气充满火药味。

"现在，我教大家如何识别电气设备的隐患。"说完，他带着大家进了泵房。

他给员工们讲解查找各类隐患的方法，又让几个员工随机查找了站内电气设备的隐患，直到每个人都掌握了方法才离开。

颜福新将自己所掌握的专业知识和技能毫无保留地传授给每一位员工，走到哪里就讲到哪里。他给员工讲课时还因人而异，深入浅出，总结经验和窍门，提高他们的学习效率。

在他离开班组的一年时间里，秦川和梁鹰分别在班组带班，管理颜福新站。在他们身上，时常可以看到颜福新的影子。

新井投产时，梁鹰连班启泵，几天几夜不回家，困了就在电动车上打个盹，衣服上散发着浓烈的汗味，新井开井后连班次数最多的就是他。

新冠疫情期间，秦川也和梁鹰一起驻井三十天，班组的油井全归他俩管，每天巡两次井，走两万步以上，工鞋磨坏了，鞋底变薄了，连袜子都磨出了几处破洞，但班组产量平稳，运行正常。

颜福新调离后，班组把技能培训制度坚持下来，每年至少开展两次技能培训，还不定期组织员工参加防硫化氢中毒、防中暑、消防演练等应急培训，注重员工由单一操作型向多技能转变，全面提升员工的技能水平。目前，班组员工普遍达到高级工水平，有十四名员工获得高级工职业技能等级证书，一名员工成为技师。近三年中，这里走出两名班长、四名副班长，还有不少优秀员工。

班组坚持"今天我很重要"的文化理念，秉承"人为本，井为先，人井和谐"的管理理念，把员工培养成复合型、创新型人才。

来到颜福新站，我们能感受到这样一种班组文化情怀：艰苦奋斗，有责任感，有奉献精神，遇到难处会想办法，有创新精神。相信艰苦奋斗的石油精神在颜福新站会代代相传，爱岗敬业的石油精神也会在颜福新站历久弥新，并被发扬光大。

没有学历不怕,我有脑子;没有经验不怕,我就在一线

肖 刚

◎ 新疆维吾尔自治区第十一批突出贡献优秀专家
◎ 新疆维吾尔自治区劳动模范

匠　心

张新兰

　　说起肖刚，你上网搜搜，就会发现许多关于他事迹的报道，也许某一瞬间，一个高大的形象便在脑海中浮现，这是人们对于英模的直觉反应。

　　油气储运是新疆油田的血脉，其特点是点多线长。茫茫荒芜的戈壁滩上，几间工作室，一个班五六个人，他们白天与戈壁做伴，夜晚与沙石聊天。他们长年过着一周一换的倒班生活，没有节假日，有的却是寂寞的工作环境。与家里的人更是聚少离多，不少人都会想着法子离开这里。所以，许多年前就有这样的说法：输油职工房子多，源油到哪哪安家。而肖刚就是戈壁小站上的一名输油工。很难想象，在这样一个远离城市的工作环境中，会走出一个享受国务院特殊津贴的技术工人，这样一个平凡的岗位会造就出一位"输气技能专家""创新先进人物"。

　　这让我迫不及待地想见一见这位不平凡的劳动模范。而当我们见面的时候，就被他一口新疆人也能听懂的四川话所感染，再加上他中等的个头、休闲的着装、一脸自信的笑容，在这个绵绵秋雨时节让人感受到他在经受风沙洗礼后所具有的石油情怀，同时也让我感觉他就像个邻家的大男孩。我们的谈话就是在一种轻松而真实的氛围中进行的。

子承父业，油田一线经受磨砺

肖刚出生于四川，有着四川汉子的勤劳与乐观；儿时随父亲、母亲支援新疆生产建设来到南疆油田，是标准的第一代石油子弟，有着石油人的豁达与坚韧。

1992年，高中毕业的他没考上大学，受父亲影响，毅然决然地加入油田大军。当时，下海经商之风席卷全国，在油田工作的父亲对肖刚说："跟我学手艺吧。"父亲的这句话让他有了去工作的想法，因为母亲在家照顾家庭，全家五口人靠父亲一个人的工资，日子过得清苦。为了替父亲分忧，他答应了父亲，从此开始了子承父业的生涯。

父亲是肖刚人生道路上最重要的老师。学习期间，有一次父亲让他递个扳手，他认错了工具，结果被父亲狠狠地批评了一顿，父亲告诫他："当工人怎么了？当工人也要当个好工人才行。干一行爱一行，脚踏实地才能精一行。"自从跟了父亲做学徒，父亲对肖刚严加管教，每次轮到休息，父亲都让他跟着去加班，用手给机器做密封工作。这些零星的小事，无形中都让他加快学习技术的步伐。父亲常说，工作的事没有大小，都要认真对待。

1995年，肖刚调到油气储运，要独立面对工作，面对压缩机，工作上的问题他都往往询问父亲。1996年春节，肖刚想着早早下班回家过年，可是单位的压缩机出了问题，他怎么也找不到症结所在，回到家时心情很不愉快。父亲知道后悄悄去了现场，当天就把问题处理好了。看到父亲一脸轻松的样子，他从心里对他敬佩有加。后来父亲说就是一个简单的线路问题，他是靠着多年经验解决了问题。这件事对肖刚的触动却很大：只有认真对待工作，熟悉设备，才能解决工作中出现的问题。同时也让他懂得一个道理：只有在技术上更加钻研，工作上更加努力，才会取得像父亲那样的成功。

就这样，肖刚从一个迷茫的学徒工成长为一名能够沉下心来精雕细琢的设备维修行家，成为"甘当压缩机上一颗永不生锈的螺丝钉"。

深入实际，开拓创新中勇攀高峰

　　油气储运是连接油气生产、加工、分配、销售诸多环节的纽带，它主要包括油气田集输、长距离输送管道、储存与装卸及城市输配系统等。作为一个储运技术工人，肖刚不满足于掌握现有的知识与技术，不满足于出现问题要请技术员或专家来解决，他坚持自学，利用一切可以利用的时间，利用一切可以利用的资源，坚持提高自己的理论知识和解决实际问题的能力。

　　1996年，他到了彩南，单位当时使用的是一套国外的设备，为了能尽快掌握设备使用，多学习技术，他跟着厂家来的工程师，利用休息时间一边帮他们干活，一边学习和请教。这些技术人员看他是个勤快爱学的小伙子，就一次一次地给他单独讲解。与此同时，单位领导看他勤奋好学，吃苦耐劳，便拿出名额派他去内地学习。后来，单位领导一致同意，以后无论什么地方有学习压缩机方面的机会，一定派肖刚去学习。肖刚说起这些的时候，内心充满感激之情。没有父亲和那些工程师的指引，没有单位的支持，也就没有他肖刚的今天。肖刚一边努力学习，一边琢磨怎么提高生产效率，完成了一系列进口设备的维修技术积累，成为公司的技术尖兵。在实际工作中，他发现许多设备运行、保养方面的问题，比如压缩机冻冷剂冻堵、压缩机活塞缩进螺母等问题，他将这些作为自己研究的方向与突破口，通过查阅资料、请教专家，不断地摸索，用不同材料进行实验，从做简单模型到委托厂家制作，自己亲手完成，取得数据，不断改进，最终完成一个个改革与创新。现在，他已取得发明专利7项、实用技术专利20项。但他并没有因此而骄傲，主动放弃新疆油田公司给他的聘干机会，放弃外企的重金邀请和入股私人公司股份的丰厚报酬，一直扎根坚守在生产一线，从事设备设施现场维护，用自己的技术实力实现着自我的价值。

　　2007年春节前夕，正值举国欢庆，人们都沉浸在佳节的气氛里。而当时，新疆油田石西油田作业区的一台往复压缩机投产时却出现烧"十字头"的问题，项目部成员都放假回家了，厂家工程师只好邀请肖刚前往现场技术支援。在了解了工况条件后,肖刚判断这是由于低温导致润滑油不起作用,就协同厂家现场修复机组的磨损部件,终于在除夕前夜投产设备,并根据自己多年的机器运行经验,指导现场操作人员避免事故再次发生,顺利完成冬季保供任务。当肖刚回到家时,已是深夜,桌子上还留着一盘温热的饺子,他知道这一定是妻子一次又一次给他加过热的年夜饺子,这让他内心感到无比的幸福和温暖……

随着肖刚不断攻克压缩机方面的技术难题,他在新疆油田的名气逐渐大了起来。2010年8月,新疆油田采气一厂五三东气站安装一台压缩机,肖刚受公司委派前往站上担任技术总指挥,在此期间他对设计方案和图纸提出改进意见和建议,严格把控每个环节的技术要求,仅用二十天就完成了机组的基础浇筑、现场安装、调试等全过程,并一次试车成功。

从此,油田公司各单位知道了油气储运有一个压缩机方面的能人肖刚,只要有问题就会找他来解决。2013年9月,肖刚正在独山子学习,忽然接到集团公司下属某油田技术人员的电话,说他们一台燃气压缩机组启动困难,遍找原因,还是无法启动。肖刚通过手机听设备启动时的声音,成功判断出故障,并远程指导现场进行处理。仅用半小时,机组顺利运行。就这样,肖刚的专业技能又一次得到验证,他的名气在集团公司也传开了。

2017年,肖刚接受新疆油田人事处的安排,对土库曼斯坦阿姆河气田的操作员工进行培训,他自己独立编写《压缩机培训教材》约11万字,随后在两个俄文翻译协助下完成相关内容面对面的授课和答疑解惑,又一次展现了新疆油田进军周边国家油田发展的实力。

带着问题学习、在学习中解决问题是一线技术人员提高水平的最佳方案。肖刚也是如此,通过二十多年的努力与拼搏,从一名普通工人到一名技术工人,再到一名技术专家,肖刚完成了一次次华丽的蜕变,其中的艰辛与磨砺只有他自己才能够真正体会到。他这样说:"没有学历不怕,我有脑子,学;没有经验不怕,我就在一线,干;遇到问题不怕,我就辨别分析,解决。愚公能移山,咱就能创新。"现在回想起所有经历,留在肖刚脸上的是满满的自信和担当。

这就是肖刚，一位石油工人的情怀与匠心。

打造团队，拼搏中坚持传帮带

一枝独秀不是春，百花齐放春满园。为了更好地让新疆油田各单位都能掌握压缩机技术和技能，也为了让肖刚这位开发建设新疆奖章获得者、中国石油集团劳动模范、被誉为中国西部"压缩机大拿"的专家发挥更大的作用，2013年，新疆油田公司在肖刚班的基础上成立肖刚技能大师工作室，聘任肖刚为带头人。2014年8月，自治区又将彩南油田原"储运技能大师工作室"命名为"肖刚劳模创新工作室"。

肖刚工作室的格言是：练就精湛技艺，打造优秀团队。工作室17名成员主要承担彩南站内所有运行设备的维修保养，确保彩南站7条共467公里长的油气管线安全畅通，在大漠里巡线就是他们每日的必修课。

彩南站距离油气储运公司基地两百多公里，设备一旦发生故障，单靠生产厂家或从基地派专业维修队，不仅人力、物力、时间上耗不起，更直接影响到彩南油田的安全输油、输气工作。

"这就是责任，我们不能等，也不能靠。"肖刚是这么说，也是这么做的。多年来，工作室对此形成"四个统一"：统一思想，自己动手自主维修，优化设备设施的状态；统一目标，保证站内设备设施的完好率达到100%；统一行动，设备出现故障，第一时间处理；统一分析，处理完一次设备故障，必须讨论故障原因以及防范措施。

作为领军人物，肖刚处处身先士卒，他每天坚持提前半小时到库区巡查，了解设备运转情况，及时发现问题，做好工作计划。他要求班组成员树立"以站为家，站兴我荣"的思想，要像爱护自己的家一样保障站内设备完好，像爱护自己的眼睛一样爱护班组的荣誉。

"知识是一种力量，是一种财富，而培训就是不断挖掘力量和财富的金钥匙。"这是当年贴在肖刚班组墙上的一句话。每次有新设备进站或有新技术推广，肖刚就带领工作室成员认真学习与钻研，探索不同的学习与培训方式，最后形成自己的独特经验。工作室以"小培训、小练兵、小讲堂"为中心的"三小"活动将学到的技术向横向、纵向延伸。利用这种培训方式，设备出现故障，肖刚班就不再需要专门请厂家来维修保养，每年仅此就节约上百万元的维修费用。

如今肖刚工作室有17名员工，其中4人取得技师资格，4人/次被评为油田公司级"青年岗位能手"。工作室下设输油、输气、油气计量、自动化四个课题小组，肖刚作为首席专家，带领工作室成员服务于新疆油田环准噶尔盆地的70余个油气站点——长达4 837公里的原油、天然气骨干输送环网，同时在带徒和传授技能方面发挥积极的作用。

工作室成立以后组织编写和审核《输油工多媒体培训课件》《输油工技能大赛习题集锦》《新疆油田公司石油工人技能培训系列丛书·输油工》《输气工技能大赛习题集锦》等教材，贴近油气储运的生产实际，满足员工培训需求，使员工操作技能普遍得到提高。结合现场积极技改创新活动，工作室先后取得国家实用新型技术专利25个，开展QC活动40余项，取得国家QC成果6项，自治区QC成果13项，解决企业难题64项。肖刚积极参与技能培训及传承，配合油田公司开展技能竞赛培训22次，累计培训员工840人次。

2016年，肖刚带领肖刚技能大师工作室的成员实施"压缩机大修"项目，实现了进口压缩机由"依赖第三方大修"到"自主大修"的转变。该项目获得新疆维吾尔自治区科技进步三等奖，肖刚作为工人农民代表在新疆维吾尔自治区科技创新大会上做了专题汇报。

2014年10月，肖刚技能大师工作室成为国家级工作室，经过多年的运行和发展，肖刚技能大师工作室已成为新疆油田技能人才孵化的基地、技能成果推广的平台、技能操作规程规范的示范窗口、技能项目的攻关先锋。2019年6月，工作室接受国家人力资源和社会保障部审核评估，考核成绩名列前茅（总分115分，肖刚工作室获得112.8分），吸引了中烟集团、新疆天富集团等多个国家工作室的学习参观。

面对这样的成绩，肖刚感慨地说，二十年的油田岁月磨砺了我，我要感谢生我、养我的这片神奇沃土，更感激伴随我成长的油田和肖刚班（工作室）的家人们，是他们成就了我。我也会将所有的技能传授给大家。所有的耕耘一定要有付出，才会有收获。

勇于担当，夫唱妇随中感情升华

说起妻子张绚，肖刚总是一脸的幸福和自豪。

张绚是大学生，谈起如何获得她的芳心，肖刚说压缩机是他们两人的"月老"。1996年，张绚大学毕业分配到肖刚所在油气储运公司彩南站的时候，肖刚已是公司的"大拿"了。初来乍到的她为了尽快了解压缩机的原理、操作及维护，胜任技术员的工作岗位，经常向肖刚请教问题。对工作一样的认真和追求，让两人的心越走越近，最终结合到一起。在张绚看来，学历不是最重要的，她看重的是肖刚的聪明认真、吃苦耐劳，看重的是他身上散发的阳光的气息。

为提高维修工作效率，肖刚经常会动手制作一些专用维修工具，与妻子共同分享自己的革新与创意。张绚每次都能给他提出一些意见和建议，两人共同分析、探讨改进措施。自2010年以来，肖刚先后发明了20余项国家技术专利，都离不开张绚的大力协助。张绚在做技术方案的过程中遇到与施工现场相关的问题，也习惯性向肖刚寻求帮助。夫妻俩相互探讨，相互学习，共同进步。

2008年，在油气储运公司第四届创新大会上，肖刚、张绚夫妇双双荣获科技创新铜奖。2012年，新疆油田为了给技能人才的成长提供广阔的专业平台，开始探索专家工作室的建设，肖刚筹建技能大师工作室初期，张绚义不容辞地充当了"工作室秘书"的角色。工作室初期的一些规章制度，都是在张绚的参与和协助下制定完成的。有多少个夜晚，肖刚去现场解决难题，张绚就守着电话，直到收到他完工的消息才安然入睡。结婚以来，夫妻俩琴瑟和鸣，比翼齐飞，相辅相成，互相成就，堪称油田公司双职工模范家庭的典范。

谈到父母与孩子，肖刚既内疚又感激，内疚的是自己无法分身照顾他们，父母、小孩生病住院，他很少能照顾上，孩子从小到大，他没有参加过一次家长会；感激的是家人的理解与支持，特别是妻子张绚，家务重担大多压在她的肩上，所以每次回家，肖刚总想着多干一些家务活，减轻妻子的负担：把房子收拾干净，衣服洗干净，把饭菜做好一点,和女儿一起聊聊最近阅读的书籍,拉拉家常……虽然在家一天到晚忙个不停,但是肖刚心里感觉特别幸福。

因为工作的性质,他和家人总是聚少离多,肖刚深深感到,除了自身的努力、同事的支持和领导的关爱,和谐温暖的家庭更是他勇攀事业高峰的强有力支撑,他的每一张奖牌都凝聚着妻子张绚的深情和心血,凝聚着父亲、母亲对他的理解、支持和美好的愿望。

2017年,肖刚有一次调到北京管道公司的机会,妻子从他的前途和发展考虑,劝他抓住这次机会,而他却出于对新疆油田的感恩和对家庭照顾不周的愧疚,最终选择留在新疆油田。在肖刚看来,无论到哪儿也都是要做现在的工作,家人的理解与支持、爱人的付出与陪伴,给了他无比强大的动力,使得他在开拓创新的道路上走得平稳坚定。

一个没读过大学的石油工人,成长为行业内有名的技术专家,这是肖刚二十多年来不断努力拼搏的结果,也是新疆油田公司多年来加强技能人才队伍建设,不断培养精益求精、勇于拼搏的技术人才的结果。弘扬"铁人精神、工匠精神、创新精神",践行"劳动光荣、技能宝贵、创造伟大"的理念,是肖刚的毕生追求。现在他已顺利读完中央广播电视大学企业管理专业和西南石油大学机械设计制造及其自动化专业课程,在新的征程上,他对自己的要求是不断探索,为石油事业做出更多更大的贡献。

国是大的家,家是小的国

薛新克

◎ 全国五一劳动奖章获得者
◎ 中国石油天然气集团公司劳动模范

风霜地质路

冯炜凯

"薛总晕倒啦！快，送医院！"

听到呼喊声，现场一片慌乱，大家急忙将薛新克抬上车，火速向最近的医院飞驰而去。

薛新克被送到医院之后，经由国外高级医师逐步确诊："由于操劳过度，长期血压偏高，加之最近没有注意休息，导致脑出血，现在患者处于昏迷状态，急需手术。"

事情发生于2018年4月5日，薛新克，这位新疆油田公司勘探开发研究院的技术专家，正在对海外油气储量进行现场调研时，突然晕倒在地，不省人事，于是出现上文一幕，令人唏嘘。

翻开新疆油田公司近些年的成长发展史，在石油天然气勘探方面，所有的重大成就都无法绕开一个人，他就是勘探技术专家、总地质师薛新克。

薛新克从事地质勘探三十余年，在区带综合分析、油藏评价、油藏描述、储量参数研究确定方面均有很高的技术水平。他先后负责油田公司和股份公司级十余项重要科技工程项目：准噶尔盆地西北缘红山嘴地区勘探目标，准噶尔盆地东部油气分布规律，准噶尔盆地腹部石南地区岩性油气储藏勘探，玛湖背斜油气条件分析及玛科1井论证，彩南油田、陆梁油田、石南油田油藏评价、储量计算，西北缘精细勘探等，所完成的科研成果中，获得省部级科研成果一、二等奖有十二项之多。

1991年，薛新克被评为市局级优秀科技工作者；1995—1999年，连续三次荣获市局级劳动模范；2000年，荣获集团公司劳动模范、自治区劳动模范称号；2005年，荣获新疆油田"十五"科技杰出贡献者称号；2006年，被评为集团公司先进科技工作者，荣获中华全国总工会"全国五一劳动奖章"。

2012年到2017年，薛新克担任新疆油田公司勘探开发研究院党委书记兼纪委书记、工会主席，分管油藏评价和储量工作。

"十三五"以来，勘探开发研究院党委坚持强化顶层设计，推动党建科研双向融合，构建"大党建"工作格局，荣获"两优一先中央企业先进基层党组织"称号。

经过近几年坚持不懈的持续探索，玛湖凹陷、吉木萨尔凹陷两个十亿吨级大油区逐步形成，成为"十四五"新疆油田油气主力产区。高探1井获日产超千方的高产油气流，证实了准噶尔盆地南缘前陆大型油气富集区巨大的勘探潜力。《凹陷区砾岩油藏勘探理论技术与玛湖特大型油田发现》获得新疆油田首个国家科学技术进步奖一等奖，成为新疆油田历史上获得的最高科技荣誉。

2019年8月22日，薛新克光荣退休。脑出血手术后，他的身体在逐步康复中，虽然坐着轮椅，但思维还是清晰，可以短暂地站立。面对笔者的采访，这位为新疆油田地质勘探事业作出突出贡献的老领导和技术专家，断断续续地说起他的勘探往事，每到动情处，不由地热泪盈眶。

肩负重担显身手

让薛新克记忆犹新的是2006年那段难忘的岁月。当时，中国石油天然气集团公司给新疆油田公司下达任务：通过精细勘探，在准噶尔盆地西北缘拿到一亿吨石油储量。

谁是担纲精细勘探任务的最佳人选？按照水平、能力和以往的工作业绩，勘探专家薛新克成为无可争议的总负责人，具体负责勘探研究项目的开展。

通常拿下一亿吨三级储量，需要两年的时间，而薛新克和他的工作小组的时限只有半年。

从3月初接到任命起，薛新克心急如焚，快马加鞭，集团公司的任务重担、新疆油田公司的前景、克拉玛依的发展，一下子都与他肩上的重任联系在一起，真是压力山大啊。

从接到任务的那一天起，薛新克就住在办公室，四十天的时间里，每天至少工作十八个小时以上。

要想拿到地质勘探的第一手资料，就要到野外现场进行作业，跑荒漠戈壁更是家常便饭。为了中国的石油地质勘探事业，薛新克带领勘探组人员，忍受严寒酷暑，在荒无人烟的戈壁荒漠深处，寻找着地下的石油宝藏。

为按时完成上级下达的一个个勘探目标，有时他们在沙漠或者戈壁滩上，一待就是一个月不能回家。由于长时间在外工作，妻子、儿女的生日顾不上，孩子的家长会顾不上，跟妻子、儿女的团聚更是少之又少。面对妻儿的心疼和抱怨，他们心里十分愧疚，但是当最难啃的勘探目标任务完成时，他们会流下激动的泪水，拥抱在一起欢呼跳跃，甚至高歌……

他们心里明白：国是大的家，家是小的国，只有国家这个大家富强了，小家才能幸福。为了这个大家，他们虽然放弃了休息日和节假日，却换来了新疆油田勘探开发事业的蓬勃发展。

虽然这些勘探组成员的脸被狂风和太阳吹晒得红黑，冬天手被冻得满是皲裂的血口子，头发因不能及时理剪，长得跟野人一样，但他们为祖国贡献石油的赤心昭然可鉴，热血涌动，豪情满怀。

他们的足迹遍布新疆大漠深处，用汗水和智慧，用奉献和担当，勘查出一处又一处石油储藏地，为中国梦的实现加油助力。这个地质勘探组，可以说就是个探宝组，而他们也是祖国的宝。

功夫不负有心人，薛新克带领团队如期拿出的规划和方案，在2006年5月初获得中油集团公司的高度评价，并且有三个亿资金一次性到位。

在薛新克的带领下，项目组的工作以新疆油田公司前所未有的高速度和准确率，不断刷新着进度，他们部署的几轮井位非常顺利，取得了三个重要发现，并在一批探井中见到好的苗头。

最终，项目组只用了几个月的时间，就拿到探明控制预测三级储量近两亿吨，远远超过中国石油天然气集团公司要求的一亿吨的三级储量任务。这项成果因此获得中国石油天然气集团公司重要发现一等奖。

征战彩南立奇功

由于技术和设备的局限，沙漠一直是石油勘探开发的禁区，直到20世纪80年代，引进国外先进技术和设备的中国石油人，才真正踏进了茫茫沙海。

提到沙漠，它在平静时好像一个睡美人，高低起伏，让人浮想联翩；可当天公发怒、狂风大作时，美丽的沙漠就会变成恶魔，天昏地暗，五十米之内看不清人。一个个沙丘会被大风挪移到另外一个地方。勘探中遇到这样的天气，人只能趴在沙漠里，有时会被沙子淹没。沙漠被称为死亡之海，在沙漠里要是断水，就会被活活渴死。

沙漠里即使天气晴好，但住在铁皮房或者帐篷里，早上起来被子上也会是厚厚的一层沙子，连嘴巴里也会吹进沙子，鞋子和头发里就更不用说了，洗澡就更是一个梦想了。

在野外勘探作业，除了恶劣的气候外，还有蚊虫叮咬，更有饥肠辘辘的野兽的出没威胁。每当夜深人静之时，躺在帐篷里可以听到野狼站在沙丘的顶端，对着广袤寒冷的夜空不停地号叫。那叫声，听得人毛骨悚然。然而，这一切对地质勘探组来说，都是再平常不过的事情了。

在荒漠戈壁深处，地质勘探组看到最多的是戈壁的红柳，他们把自己也比喻成红柳，虽然生长在最荒凉的地方，没有人观赏，但这些红柳每年5月份开花，可以一直开到10月份。空旷无垠的辽阔大漠，因为这一片片粉红，显得朴素而又美丽，它们装点了勘探工人单调艰苦的生活，也成为一种陪伴、一种激励。

说到最常见的红柳，薛新克感叹地说："我就是生长在戈壁滩上的一棵红柳，深扎荒漠的根，就是我对祖国石油勘探事业深深的爱！"

那时，薛新克刚刚在油气勘探领域摸爬滚打了十年。虽然，他当时只是一名普普通通的勘探工人，但兴趣是最好的老师，他不但系统地学习了勘探的专业知识，积累了大量的实践经验，而且取得一系列骄人的业绩，成长为一名工学硕士，成为勘探开发研究院东部室副主任。

彩南勘探开发之初，条件异常艰苦。薛新克每日带着项目组的同志们在沙海中艰难行进。白天他们各自在至少相隔几公里远的数十口井之间奔波，获取现场资料；晚上还要趴在帐篷里的床上工作到黎明，两三日无眠的连续工作已是常事，到最后，薛新克困得站着都能突然睡着。

薛新克团队通过对彩南油田的现场跟踪研究、油藏滚动描述、滚动评价，终于快速查清、落实了油田的断裂构造、沉积储层特征、油水界面、油藏类型和控制因素，探明了含油面积和储量。

奋力拼搏攻陆梁

陆梁油田的发现，将新疆油田公司的油气勘探开发带入一个全新的领域。油田发现是一个喜讯，但是否具有开采价值，油藏的类型、状态、储量如何，还需要经过大量艰苦细致的勘探采集工作来探究。

当时，薛新克手中只有已见油的陆9井和周围413平方公里的三维地震资料。在勘探程度如此低的情况下，要搞清整个油藏的真面目，必须放宽视野，找准工作思路和创新手段，开辟新的路线。

为此，项目组严格制订了陆9井区块油藏描述和储量参数研究的技术路线，工作中大胆引入对该油藏进行滚动描述和滚动评价的方法，同时广泛采用适用的新技术，一系列重大难题得以连连攻克。在半年的时间里，薛新克他们从未休息过一个周末，在最后两个月的攻坚战中，薛新克和几位同事几次累得病倒，甚至虚脱，但他们每天仍工作十六个小时以上。

站在茫茫沙海之中，有时薛新克会觉得自己很渺小，有时又会觉得自己带领的地质勘探组很了不起，能够找到深埋地下深处百万年甚至数亿年的石油宝藏，这样一想，自豪感便填满胸怀，激励他砥砺前行。

地质勘探工作很辛苦，勘探任务的完成，不知道需要付出多少辛勤的汗水，一次次实验研究的失败，总会让一些队员垂头丧气。

每当面对这样的情况时，薛新克总会微笑着鼓励大家："彩虹总在风雨后。我们的工作即使失败九十九次，只要第一百次成功，也是令人喜悦的。石油勘探没有随随便便的成功，我们的工作虽然艰难，但想到我们是在为祖国找油气储藏，我们的工作就是光荣的，我们肩负着重要使命。新疆油田勘探开发研究的发展，需要我们每个人的不懈努力。我们要发挥每个人的智慧，集思广益，寻找突破口。"

薛新克的话语就像黑夜里的一盏明灯，给迷茫的地质勘探队员指明了前进的方向，鼓舞了士气，大家继续撸起袖子加油干。

智慧和辛勤的汗水终于浇灌出鲜艳的花朵。

薛新克和他带领的勘探项目组仅用了半年的时间，就一口气走完了陆梁油田从发现到探明的漫漫长路。2000年12月，陆9井区探明储量顺利通过国家储量委员会的审查，荣获国家储委颁发的科研成果一等奖。

言传身教传帮带

薛新克在工作中注重对年轻人的培养。他带的徒弟马亮、吴宝成、刘文峰、孙宇已经走上项目长岗位，在勘探开发研究院评价所的科研生产中发挥着重要作用。

按照集团公司和油田公司组织部门的安排，薛新克成为国际合作部路建光和王金高的指导老师，他根据他们俩的实际情况，量身制订培养计划和措施，三个月后，他们俩在地震、测井解释和油气藏研究动手能力方面得到提升，基本熟悉了院勘探和评价研究岗位的主要专业情况和工作流程，并在综合分析和判断能力上也有所提高。

薛新克作为研究院地质总师，多次在新疆油田公司亲自汇报井位，不仅起到传帮带的积极作用，而且为之后井位论证研究思路和汇报模式起到示范作用。

薛新克成为集团公司的专家后，不忘对青年勘探技术人员的技能传授和关怀。他深知这些青年技术人员的不容易，谁有困难，他就会主动给予帮助，对待他们就像自己的亲兄弟一样。

2009年，薛新克承担油田公司级及以上重点科研项目三项，发表论文一篇，获教育部科技成果奖二等奖一项、新疆油田公司科技成果奖两项，为新疆油田公司油藏评价、西北缘勘探及石油天然气三级新增储量任务的完成作出自己应有的贡献。

他负责编制油田公司2009—2017年油藏评价规划意见，为油田公司油藏评价工作的决策起到参谋作用。他还是油田公司油藏评价一路评委，参与油田公司组织的各类油藏评价审查决策等。

殚精竭虑铸辉煌

风起潮涌，自当扬帆破浪；任重道远，更须策马加鞭。

薛新克没有辜负新疆油田公司的重托，更没有辜负克拉玛依人民对他的期望。勘探开发研究院始终坚持稳健发展，加大创新创效，他以昂扬向上的精神风貌、科学扎实的工作作风、优质高效的科研成果，为建设"一流油气科学研究院"，为推进现代化大油气田建设奉献了自己的美好年华！

薛新克在勘探开发研究院任职期间，带领全院职工奋发努力，2017年，勘探开发研究院取得的成绩尤为辉煌，在他的人生中留下了浓墨重彩的一笔，也注定载入勘探开发研究院的史册。

这一年，勘探开发研究院全面完成股份公司下达的储量任务，提交探明石油地质储量6382.9万吨，技术可采561.4万吨；探明天然气地质储量12.7亿方，技术可采5.2亿方；控制石油地质储量9437万吨，技术可采1226.8万吨；天然气控制储量539.7亿方，技术可采232.1亿方；预测石油地质储量1.1亿吨，预测天然气地质储量533.86亿方；开发老区新增石油可采储量159.16万吨；新增SEC石油储量1001.23万吨，天然气储量6.41亿方，完成SEC储量封顶考核指标的125%，达历史最好水平。

油气预探再创新高。以落实规模效益储量为核心，突出富烃区带集中勘探，加强新区新领域甩开勘探，油气预探取得显著成效，全年47

井60层获工业油气流，其中百吨井4口，获探井成功率、试油成功率均创近年新高。

油藏评价成果丰硕。全年完成评价井部署方案14个，33井45层获工业油气流，钻探成功率达76.2%。

油气开发成效显著。以经济效益为中心，优质高效推进产能建设，在21个原油产能建设区块部署开发井691口，钻井成功率100%。设计建成产能151.37万吨，实施开发井454口，建成产能78.42万吨；在克拉玛依美丽气田设计实施2口井，新建天然气产能0.31亿方，推进气田稳步上产，年产气量10亿方。新区产能建设实现玛湖规模建产，致密油有效动用，红车断裂带石炭系高效建产，做好了中拐五至八区上乌尔禾组开发准备，为实现"十三五"末上产1 300万吨目标迈出坚实的一步。

海外技术支持不断拓展。持续强化勘探开发综合研究与油田现场技术支持互为支撑、紧密结合的工作模式，充分发挥海外市场技术引领作用，与三院密切合作，为中国石油阿克纠宾公司、PK公司、ADM公司、KMK公司稳油增储、降本增效发挥了重要的参谋决策作用。

品质效应影响力不断增强。新增中国石油乌兹别克斯坦新丝路公司天然气开发和中信石油公司稠油开发技术支持项目；继续拓展吉尔吉斯斯坦油气勘探开发项目研究领域；与海外中资企业开展合作与技术交流，积极寻求伊朗及加拿大油气服务市场的突破。

油气战略规划研究工作扎实开展。紧密结合公司生产经营形势及发展需求，不断完善和优化"十三五"后三年滚动规划指标，制订中长期愿景规划方案；完成了资源潜力评价和探明未开发储量有效动用研究，落实可动用储量资源和建产潜力；完成全年矿权评估、年度SEC证实储量评估及新增可采储量标定任务；紧密围绕新疆油田公司储量评价、原油产能方案、油气规划开展技术经济评价，不断深化经济效益论证和方案优化工作，为公司扩大自主经营权，进一步提升生产经营效益和发展质量奠定了坚实的基础。

《新疆石油地质》同时被中国科学院中国科学引文数据库、《中国科技核心期刊》收录，在所收录的三十八种石油天然气工程类核心期刊中综合排名第十一，位居上游行列。

多年来，薛新克以他的拼搏、学识和成就，还有特别能吃苦、特别能战斗的精神，为新疆油田的勘探开发研究事业作出突出的贡献。他是新疆油田科技人员中的突出代表，是大家学习的楷模。

在新疆石油工业史册上，薛新克已经成为一个闪亮而耀眼的名字。

"薛书记，祝您早日康复！"

"谢谢！作为一个地质工程师，我做了应该做的事情，对得起自己的良心，对得起国家。我对不起的只有自己的妻子和女儿，只有康复后再弥补亏欠。"

为什么他的眼里饱含热泪？因为他对祖国的石油勘探事业爱得深沉。

虽然笔者已经离开了薛新克的家，但心情久久不能平静，愿像薛新克这样的技术专家保重身体，健康长寿。

薛新克的座右铭是：一切名利都是过眼云烟，只有为祖国多勘探到石油储量，才是真正重要的事情。——他做到了。

爱岗敬业，就是爱国奉献

张 杰

◎ 全国三八红旗手
◎ 中国石油天然气集团公司优秀共产党员
◎ 中国石油天然气集团公司劳动模范

铁骨柔情半边天

冯炜凯

金秋时节,黄叶飘飞。张杰,一位70后女性,踏着矫健的步伐,微笑着向笔者走来。她一头短发,没有化妆,身板笔挺,显得自信而又干练。虽貌不惊人,但却在工作岗位上取得了非凡的业绩。

翻看她近几年获得的荣誉:全国三八红旗手,自治区职业技能竞赛集输工第二名,自治区城镇妇女"巾帼建功"标兵,中国石油天然气集团公司优秀共产党员、技能专家,石油工业质量管理小组活动优秀推进者等,让人肃然起敬。

一个柔弱的采气女工,她是如何取得这些非凡荣誉的?让我们一起走进张杰的世界。

天道酬勤,不负韶华

张杰,汉族,1971年8月出生,山东牟平人。

1989年9月,十八岁的张杰从新疆克拉玛依技工学校毕业后,被分配到新疆油田分公司采油三厂一级要害岗位稀油处理站。

刚参加工作的她,利用一切机会刻苦钻研业务技术。在站上干完活儿,同事们或聊天或休息,她却看着刚干完的活儿反复琢磨。利用倒休时间,她泡在图书馆查阅专业资料,如饥似渴地阅读学习。天道酬勤,通过刻苦钻研，不断历练，张杰很快成为一名熟练的操作工人。

面对采访，神采飞扬的张杰，说起了自己不负韶华的往事。

"我刚分配到采油三厂注输联合站原油处理站当一名集输工时，那会儿高兴坏了，想着集输工虽然倒班，但不用跑井呀，相比采油工不但倒班还要跑井，觉得真不错。后来采油工不倒班了，我那个羡慕嫉妒呀，心里还懊恼过呢。

"那时我年龄小，跟师傅跟得可紧了，觉得上班很好玩儿，干起活来不怕脏、不怕累。我是属于那种特别有眼色的孩子，只要师傅一抬脚，就立马问：要干吗？让我去！

"当班员时觉得最自豪的是我上夜班决不睡觉，当了两年的调度工没跑过油。可能对于现在的现场生产来说这不算什么，但那时一周不跑油都很新鲜。所以我能做到两年不跑油，真的很不容易。现在你跑个油试试，各种考核会让你做梦都惊醒，不仅是因为现在管理严了，关键是以前的设备不像现在这么先进，工艺设备也不像现在这么合理。

"比如液位计，就是个简易浮标，两个小时要过去拉一下，特别是快满罐的时候，基本不能靠算了，要站在罐跟前看着，一两分钟拉一下。为什么？因为容易卡住，储油罐太小了，也就500立方米，不一会儿就满了。现在净化油罐多大呀，2 000立方米以上的多得是。我们后面的新站是5 000立方米的净化油罐。但我们稀油处理站的罐都是300立方米到500立方米，平均三四个小时倒罐一次，最快两个半小时就倒满了，半夜三更倒罐是再正常不过的事了。有时候稍眨一下眼罐就黑了，一数少个罐，因为天黑，罐被油淹成黑的了，所以就找不到了。

"记得特别清楚的是有一次要倒罐，我实在太瞌睡了，站着都能睡着，要不停地走动才行。刚好外面下着小雨，我困得实在没办法，只好到外面去淋雨，想把自己淋清醒，结果淋着淋着靠着墙就睡着了。幸好雨下大了，给淋醒了，我疯一样跑到罐区，腿都软了，简直是连滚带爬呀，就差跪着走了。当时，我不仅跑得太用力，也吓坏了，浮标都掉到地上。改完罐上去一看，又吓一跳，油面就在眼前，伸手就能捞出来一样，已经到了消防管线的位置，再有几十秒估计就溢出来了。毫不夸张地说，二十多年过去了，我现在还偶尔做梦在那个老站上班，梦见自己睡着了，起来一数，罐少了，急得要哭！最过分的一次，居然做梦油跑得太多，要划着船才能去把倒罐的阀门关上。可见那时候的压力有多大，现在说起来满眼都是泪。"

张杰笑着继续说："两年后，我当了班长，是一起分配过去八个人中最先当上班长的。虽然心里很得意，但我还是保持着清醒的头脑，因为两年里，我见过因为生产事故班长被撤换的，也见过班长当不下去主动要求撤换的。我好不容易有点儿小成就，可不想落得太丢人。所以就想，当这个班长就要好好当，不说让这个班争当优秀，起码要做到两点：第一，班员要团结，大家每天开开心心地上班，安安全全地回家；第二，安全生产，坚决不能跑油。这两点是不是看上去很简单？

"完成第一点好办，以我的性格来说本来就不是什么难事儿。我总结了以下两点：干活儿我总是走在最前面，最累最脏最难的活儿我来干。集输工男少女多，所以我就算班里的男人。印象中，我当班长时不管在哪个班，男的都只有一个。

"比如推架子车，我肯定是掌把子的那个；清管沟，我肯定是蹲在沟底的那个。要是下雪，我是第一个去扫雪，而且悄悄地去扫。有时候他们准备要扫的时候，我已经扫完了，时间长了，大家都不好意思，一下雪，一个比一个出来得早。

"奖金我不拿最高的。我知道调度工的辛苦，责任重大，因为我当过调度工，晚上几乎睡不成觉，比起转油、药剂等其他岗位，辛苦得不是一点点。因此奖金考核时，我都会刻意将调度工的分数打得比班长还高，所以我的奖金从来没有拿过全班第一。

"就这样，你对别人好，别人也会对你好，谁也不是天生不懂事的人。榜样的力量是无穷的。我们班的氛围非常好，活儿抢着干，从没有人叫苦叫累，每天都盼着上班，很开心呀！

"有一次，我带领大家给一个油罐的管汇间——也就一间十几平方米的小房子里的好多粗粗的管线刷漆。当时我觉得头晕恶心，特别不舒服，胃里翻江倒海地想吐，但扭头看到大家都在热火朝天地卖力刷着漆，还边干边开着玩笑，嘻嘻哈哈的。我想可能是我没休息好的缘故，强忍着终于刷完了。结果一出来，全班人蹲一排，都吐了。

"后来才知道，其实大家都很不舒服了，但看别人都没说要休息，自己也不好意思说。我将这事汇报上级，最后得到的结论是那批油漆不合格，收回去停用了，也就是说那天我们有可能全都油漆中毒了。有时候想想我们那样干活儿，简直是忘我。

"完成第二点就不太容易了。因为我资历浅，工作经验少，更因为眼界窄，看问题不全面。后来想想我真是傻呀，以为跑油就非得那几个小罐罐，我们是原油处理站呀，泵可以跑油，管线可以跑油，阀井可以跑油，哪哪儿都有可能跑油，但我太没经验，天天惦记着那几个小罐别跑油，调度工盯着罐，我盯着调度工。

"那时真累啊，我发现自己不仅是班长，而且还算半个调度工，最后我们班的调度工都累得半死。现在想来，工作仅靠蛮干是不够的，还要懂管理。"

醍醐灌顶，顿悟管理

张杰再次陷入回忆之中。

她缓缓说道："老站关停后，我到新稀油处理站当副站长，其实也可以算是大班班长。要说管理，主要管理设备，不管理人。那时，我一小个子女人，带着一帮男人干活儿，什么修理设备、清罐、掏管沟都干，我不但不拖后腿，而且是主要劳动力。

"那年冬天，新站刚投产，大家都知道，新站投产时期集中暴露的问题最多。而且，新站投产一般都在入冬前，所以刚投产初期，冻管线、堵下水道、设备故障等经常发生。

"有次冻管线，让我至今记忆犹新。

"当时净化罐排污管线被冻，5 000立方米的罐啊，排污管线其实有伴热的，但那是整个流程最末端的一个罐。我个人认为是由于设计问题，供热能力达不到造成的。发现问题的时候已经是傍晚七点多了，我们刚到家。

"接到电话后,维修班全上去了,我们要把二十多米管线上的保温层全拆下来。九点多的时候,突然刮起了风,风越刮越大,吹到脸上真像刀子在割呀。你穿多少都感觉像没穿衣服,冻得手指头都不能动了。包管线的铁皮全是用螺丝上紧的。可以想象一下,大冬天,刮着大风,伸手不见五指,打着手电,拿着螺丝刀一颗一颗地卸螺丝,要把保温层全拆下来,然后再缠上电热带加热解冻,这该有多难。等到后面,我们才发现,拆根本就不是什么难事,装才要人命呢。等拆完装好,都到夜里两点多了,人也快冻僵了!

"稀油处理站还有一个大活儿,让我至今想起来头都疼,那就是清罐。净化罐5 000立方米,毛油罐2 000立方米,每年到了夏天就要清理,特别是净化罐,每年要清两次。

"现在这些活儿好像都外包出去了,但那时候我们全是自己清理,清一轮罐,累得人好像扒了一层皮。虽然每次清罐的时候都有联合站维修班配合,大活儿都是他们干,比如用消防水清理罐里的污泥,开人孔、上人孔,但小活儿都得自己干。每次清罐前一天小班放油,但放到排污管线以下的部分就放不掉了,这时候就要卸掉人孔部分螺栓,从人孔往排沙道放,还要在维修班上站之前放完。像其他的布消防水龙带、清洗螺栓那些更不用说了。因此每次要清罐,我基本早上七点到站上,开始卸螺栓、铺塑料布、布水龙带。等大班九点半到站上,我已经全部布置停当,配合他们清完,我还要把他们穿的水鬼服全洗出来,所有工具清洗收回去,擦干净人孔,打扫完地面上的污迹,基本上要干到晚上七八点。只要清罐,基本上都是从早上七点忙,工作十二个小时左右,回到家累得根本不想动,跟瘫了一样!

"再加上设备的问题,特别是污水泵,三天两头修,刚投产那阵子,污水打污油池的泵动不动就要修到半夜,那都是正常的事儿。为啥半夜修呀?因为坏了就要修,否则站上只进不出就会有问题,耽误生产。最晚一次我记得,从下午修到凌晨五六点,人又累又瞌睡,看东西都是摇晃着的,跟醉了一样。一直到最后进行了工艺改造,那种修泵到半夜的状态才结束。

"后来,有个叫王东华的领导,他的一席话改变了我的观念。他说:'你们每次泵坏了就修,有没有想过为啥总坏?正常情况应该是啥样的?从根源上找到原因、解决问题了没有?作为一个设备的管理者,并不是带头干多少活儿、工作忙就证明你干得好。如果管理到位,就应该做好设备故障防范,保障设备运行正常.'

"我当时听了犹如醍醐灌顶,对管理有了理解。

"之后,我便从设备的管理入手,预防为主,工作量真的减少了很多。此后,我开始迷上了对油气设备的维修和技术方面的研发。"

钻研技术,喜获硕果

张杰默默奉献,忘我工作,十余年如一日。她经常放弃节假日和双休日,有问题随叫随到,一头扎在集输系统生产管理的第一线,把困难和问题留给自己。每一个与她打过交道的人都对她交口称赞,工人们称她是"设备的守护神""设备的保姆"。在她的影响下,稀油处理站上下齐心协力,从严管理,精细操作,成为"油田公司技术交流窗口",多次受到中石油集团公司、新疆维吾尔自治区领导和社会各界代表团的观摩和好评。

由于工作的需要,张杰调入员工培训站担任培训师。在培训中,她凭着多年的工作经验,帮助现场的技师及员工解决生产过程中出现的难题。

她利用自己掌握的过硬技术,刻苦钻研,勇于创新,积极建言献策,解决难题。为了解决更换盘根存在的安全隐患,她积极想办法,找出解决方案,制作完成"盘根盒压盖帽支撑器",不仅提高了工作效率,还彻底消除了更换盘根时存在的安全隐患。

维修更换曲杆泵定子耗时又费力,间接影响正常生产。于是她和同事们研制出"曲杆泵定子拔卸器",操作方便,经济快捷,具有推广价值,现场实践取得很好的效果。经过专利申请,盘根盒压盖帽支撑器和单螺杆泵定子拔卸器在2010年取得国家实用型专利。

在采气处理站培训期间,她发现气田生产中压力表更换安装操作存在扳手易打滑、损坏压力表接头的安全隐患。为了解决这个问题,她参与组织"压力表接头研制及应用"QC小组，研制完成安全可靠的压力表接头，彻底消除过去更换压力表时存在的安全风险。完成的"压力表接头研制及应用"获新疆油田公司QC成果三等奖。

匠心筑梦，师者荣耀

传授知识与技能，又身体力行、以身作则，是张杰为人处事的境界。她一直非常注重对年轻人的传帮带，从来不保留自己的技术和经验。她总是耐心地、手把手地把技术传授给青工们，几名徒弟如今个个是岗位上独当一面的好手，有的已经成为单位的培训骨干，多人获得技师、高级技师资格。

作为一名高级技师，张杰积极参与采气一厂生产一线操作员工上岗、技能鉴定考核、技能大赛培训工作，多次担任厂、油田公司、集团公司技能大赛的培训工作，每次她都腾出大量的业余时间，尽职尽责向选手传授自己的比赛经验和规范的操作技能知识。

她带领厂集输工种参加新疆油田公司职业技能竞赛，获得团体二等奖，个人一等奖1名、二等奖4名、三等奖2名的好成绩。

2008年，她作为新疆油田公司集输工种参加集团公司职业技能竞赛的副领队、教练，在整个培训期间，为了让选手节约体力和时间，她每天早上六点半就到达训练场地，将所有的工具摆放到位。经过努力，新疆油田公司代表队取得团体第二名的好成绩，并获金牌1枚、银牌2枚、铜牌3枚，其中1人获高级技师资格证书，2人获技师资格证书。

2009年，在首届集团公司采气工职业技能竞赛中，张杰担任新疆油田公司代表队班主任及实际操作项目教练，负责管路安装实际课题训练及选手的日常生活和管理工作。因为担心自己转采气工种时间短，操作及理论知识水平达不到要求，她花费了大量的业余时间，每天只睡五六个小时，认真研读理论课本及实际操作标准，制订切合实际、通俗易懂的教学提纲，经过努力，取得了团体第二名，收获1枚银牌、5枚铜牌，为新疆油田公司及采气一厂赢得了荣誉。

采气一厂自成立以来，由于采气工的工作性质特殊、集中培训难度大，以致每年技能鉴定合格率不高。针对这一情况，2010年年初，张杰在厂人事组织科的协调下，负责组织成立"提高采气工技能鉴定合格率"QC小组。她带领小组成员，通过对问题存在原因展开详细调查，采取有效措施，加强培训，使当年采气一厂采气工职业技能鉴定合格率达到91%，操作工的综合素质得到全面的提高。她负责完成的"提高采气工技能鉴定合格率"活动，获自治区QC成果二等奖。此外，她所编写的《关于预防硫化氢中毒培训的探索与思考》获集团公司当年HSE优秀论文奖。

张杰始终坚持"理论与实践并重"的培训目标，每年在各类技能大赛和职工技能鉴定考试培训中，她都尽职尽责地传授知识和技能，经她培训的职工，技能鉴定考试及格率达到90%以上。

她还积极参与采气工、集输工种的教材编写工作，参与完成"降低集输工动漫教材分镜头台本的返工频次"的QC活动，参与编写《集输工》动漫教材，增加了油田公司乃至集团公司专业化技能培训模式的多样性。这项成果先后获得油田公司QC成果一等奖、自治区QC成果二等奖。

2012至2015年，张杰先后参与研制乙二醇注醇气手柄调节装置、缩短铂电阻检定时间固定装置、法兰对接定位器的研制、采气练兵撬的研制、降低气田采集系统能耗的研制、降低V3/6-65型天然气压缩机振动研制的QC小组，都大获成功，取得集团公司优秀质量成果一等奖、全国优秀质量成果的好成绩。

张杰是个平凡的采气女工，但在普通的岗位上干出了非凡的业绩。她凭靠满腔的热忱和孜孜不倦的追求，不断钻研和提升自身专业技能水平，创新创效，传授技能。在遇到急、难、重的工作任务时，她知难而上，永不言败；在遇到技术难题时，她潜心攻克技术难关；在遇到职工有困难时，她一再把爱心和温暖送上。哪里有困难、有危险，她就冲向哪里，就像一面高高飘扬的红旗，为采气一厂的青年员工树立了很好的榜样。

她秉承和践履着爱国、敬业、诚信、友善的核心价值，在技能传承的道路上，不断地淬炼着自己，照耀着别人。

她说："我能取得今天的成绩，靠的就是'认真'二字。"张杰是这样说的，更是这样做的。

超越自我，永不言败

李海涛

◎ 中央企业劳动模范
◎ 新疆维吾尔自治区职业道德建设标兵

了不起的"八六"

冯炜凯

在百口泉采油厂，大家都亲切地叫他"八六"。"八六"是什么意思呢？见到他本人，你就明白了。

他皮肤有些黑，很有男子汉的气概，身高一米八六，站在那里犹如一座铁塔，所以，熟悉他的人都亲切地称呼他为"八六"。他的笑容极具感染力，笑起来时宛如一朵花儿绽放。虽然他还不到五十，但已经两鬓斑白，脸上也出现一些黑色斑点。

"我今年得了一场病，四月份在北京做了手术，一直在跟病魔抗争。五月我上班前体检，身体的各项指标都正常了！放心，狂风暴雨折不断雄鹰的翅膀。"说完这话，笑着的他，眼里有了泪光。

我心头一震："多保重身体，别太辛苦了！国家需要你这样的技能人才，你的团队也离不开你。有了好身体，才能为祖国的石油事业多作贡献！"

他重重地点了点头，脸上的笑容再次灿烂起来。

从眼神里，能看到他所经受的痛苦，以及重获健康后的喜悦。他是质朴的，也是谦和的，更是坚强的。要战胜病魔，需要付出多大的勇气和毅力，只有他和家人才能深深体会到。

一个人要取得一番成绩，不会是一帆风顺的，往往光耀背后的艰辛和不易，会震撼人心……

他叫李海涛，新疆油田公司采油技能专家，百口泉采油厂21作业区班长，曾经获得"中央企业劳动模范""自治区职业道德建设标兵"等荣誉称号。

以他的名字命名的李海涛班，2010年荣获"中央企业红旗班组"称号，2011年成为油田公司"十大命名班组"，2012年荣获全国巾帼文明示范岗，2013年成为创建新疆油田公司千队示范岗。

他的"劳模创新工作室"被命名为"自治区级劳模创新工作室"。

看着李海涛多年来不断取得的成就和累累硕果，我心生敬意。这其中都有什么样的动人故事和经验呢？让我们一起追寻他成长的足迹，揭秘"八六"成功的秘诀吧。

逆风扯帆辟航道

李海涛，汉族，祖籍河南，出生于1973年，中共党员，本科学历，高级技师。

1991年，他从克拉玛依技校毕业后，分到百口泉采油厂。

从走进百口泉采油厂的那天起，李海涛就严格要求自己，先后购买了《采油技术手册》《抽油机井治理》《井下工具结构与原理》等专业书籍，全身心扎进知识的海洋。他不甘平凡，更不愿意做一个碌碌无为的普通石油工人。勤奋好学的他，不断向老师傅们请教，不断汲取老一辈石油工人的宝贵经验，很快便适应了艰苦的工作环境，成长为独当一面的采油工人。

他不断刻苦学习采油理论知识，进行技术钻研。功夫不负有心人，2006年，他被聘为采油技师；2010年获得高级技师资格；2012年5月，他被聘为新疆油田公司采油技能专家，完成了从工人到技师、从技师到技能专家的完美蜕变。

百口泉21采油作业区运行六班，是李海涛一直坚守的阵地，后来这个班被命名为"李海涛班"。这个班有员工20多人，管辖着8座计量站、136口油井和38口水井。

1992年，工作第二年的李海涛开始了他的班长生涯。这么快担当重任,他感觉压力很大。为了能够胜任,他更加积极地向书本学习,向身边的老班长和同事学习。

他对班长的定位是处处为员工着想、为员工分忧、带领大家共同进步的好"家长"。

那时,刚成立不久的六班,住的是铁皮房子,夏天热得要命,冬天冷得要命。下雨天,外面下大雨,房子里下小雨,接水的脸盆时常会发出悦耳的交响曲。班里除了两张破桌椅,其他什么都没有。班员来自五湖四海,文化程度参差不齐,性格各异,要想让大家心往一块想、劲儿往一处使,太难了。

李海涛说:"没有两把刷子,是带不好这个班的。要想使这个班有凝聚力和战斗力,不仅要有一个磨合的过程,还要看我这个班长怎么做。当时,许多抽油设备还比较落后,一个班要管理那么多的计量站,还有上百个油井和水井,难度可想而知;我只工作一年,班长要怎么当,一点儿经验都没有,只有靠平时观察学习,还有不断摸索,更重要的是以身作则带好头,发挥自己的聪明才智带好队伍。"

那时,百口泉基地四周连树木都很少存活,可谓是"风吹石头跑,地上不长草,兔子不撒尿的鬼地方"。为了带好这个班,李海涛煞费苦心,不等不靠,不给领导添麻烦,他把自己家里的电视和电脑搬到班组会议室,要建数字化班组。有人说他傻,他不在乎,因为他把班组当成他的第二个"家"。

石油行业,就需要像李海涛这样的人,如果一点儿亏都不能吃,那是干不成大事的。没有付出,哪有回报?石油工人的荣光是几代人不怕吃亏、不怕吃苦、奋斗出来的。

面对班组那面"一穷二白"的墙壁,他发动班员,发挥大家的聪明才智和特长,买来彩色纸张开始写标语,画一些石油工人战天斗地的漫画。渐渐地,这里有了"家"的样子。

班里的工作任务艰巨而又繁重。早上出去时,大家穿着干净的工作服,回来后便是一身的油泥,许多班员变成了花脸猫。时间久了,个别"刺头"开始冒头,开始抱怨。有人想看李海涛的笑话,但看笑话的人最后希望落空了。脏活儿、累活儿、苦活儿,他抢在前,干在先;干得多,拿得少。李海涛用自己的高贵品格征服了大家的心。

"以行带之,以德感之,言传不如身教"是他一贯的信条。

有人说:"八六,你是班长,指导一下就行了,何必什么都非要亲自干呢?"

李海涛说:"我是班长,又是党员,不干不行,党员就要起模范带头作用。"

班员每当提起李海涛这个班长,都会跷起大拇指:"八六用自己的言行,为班员展现了特别能吃苦、特别能战斗、困难面前不低头、甘于奉献的精神。"

"班组里不论大小工作,例如扣保温盒、平井场……他都带头干。清蜡时,他总是摇得圈数最多的那个,我真心疼他,他是给累病了……"

李海涛常说:"活儿是靠干出来的,可不是吹出来的。"

在工作中他坚持:"凡是要求班员做到的,自己必须首先做到;凡是要求班员不做的,自己必须首先不做。"这就是己所不欲、勿施于人的道理。

他还严肃地说:"我叫李海涛,六班又以我的名字命名,现在我就是这条航船上的舵手,如今正航行在这一望无际、波涛汹涌的大海上。可以说是逆水行舟,不进则退,我们要上下齐心,逆风扯帆辟航道。"

就这样,李海涛班犹如一艘冲破浅滩的帆船,踌躇满志,扬帆启航!

直挂云帆济沧海

李海涛工作笔记的扉页上,写着六个字:"少批评,多指导。"这是他为当好班长时刻警醒自己的话。

李海涛的座右铭是:办法总比困难多,只要方向对,没有干不成的事情。

虽然管理的是只有二十多人的小集体,但李海涛将班组利益放在首位,把班员利益放在心中重要位置。他把"快乐"当成班组健康成长的摇篮，在"快乐工作，享受生活"的理念下，带领班员快乐充实地度过一个又一个平凡的工作日。

李海涛的"快乐班组"很快感染和影响了周围的人，成为百里戈壁油区的一颗耀眼的明星，被大家亲切地誉为"海涛快乐工作站"。

提到对班组的精细化管理，李海涛津津乐道地说起自己的带班秘诀——

"第一招：精细管理，增油上产。为确保产量的完成，我对班组的油井、水井生产状况进行了详细的摸排。针对不同类型的油井、水井进行了深入细致的管理。对日常油井、水井进行分类管理，采用一井一策一法管理油井。做到'三及时''三精确'。提出的'合理安排调开周期'在现场得到了实践，达到增油的效果。为作业区的稳产起到了积极作用。

"第二招：分解指标，责任到人。班委每人都有详细分工，每个小站都有负责人，使员工的具体责任覆盖整个生产的全过程。使班员对每一周、每一月的工作任务和成本指标人人做到心中有数，班组管理成效大大提高，逐步形成了组员自主管理、积极主动完成工作任务的良好氛围。

"第三招：站站有主管，人人有职责。班员几乎每人都有一顶'乌纱帽'，这也是我管理班组的一大特色。每年班组和班委、班长和员工一起签订安全业绩责任书，把责任落实到每个人头上，并且每月进行一次考核。对于工作不认真、违反劳动纪律的严格按章办事，给予批评和处罚。此项举措成为提高班组执行力、提升自主管理的一把利剑。

"在我的带领下，班组总结、创新了一套抽油机维护保养及管理方法，成效显著。因现场管理的抽油机老化严重，管理难度大，我在管理过程中总结、创造了自己的一些方法，在具体实施过程中对连杆横船连接部位进行加固，减少拉断的可能；曲柄销子部位及转向进行标记，方便检查；优化地面参数，减少震动载荷的影响；重点部位专人保养，并及时调整平衡率。这些方法的实施，自2002年开始到2020年，我们百口泉采油厂21作业区运行李海涛班，创造了连续十八年安全生产无事故的奇迹。

"我还在班组中实施'明星小站''星级员工'等管理办法,定期评选'红旗员工''明星小站'及'荣誉之星',使员工学有榜样,赶有目标,人人争当提升素质的领跑者。

"对于不同民族、不同性格、不同爱好的班员的管理,我花费了很多心思,因为我深知员工的心情直接影响着安全生产,带着情绪上班,小则出差错,大则发生安全事故。员工每天在班组工作八个小时,比在家里的时间都长,班组更应该像个家。于是我提出了'家'文化的班组建设理念,力争把班组建成员工第二个温馨的'家'。

"在我的感召下,班组开始努力打造具有'家'氛围的站区文化,员工们为装点这个'家',集思广益,群策群力。鱼缸、花卉、电子体重秤、穿衣镜、书架、装饰画、文体用品等各式家居用品陆续进入这个大家庭,越来越丰实的'家当'、越来越浓郁的'家味',让我们这个班组处处充满着'家'的温馨。

"为了使员工爱家恋家,我在班组建立了详细的员工信息档案,开展了'你的生日我祝福'等活动。定做了生日牌,制作了'我的午餐'定餐牌,充分体现了班组人性化的管理,让大家感受到家的温暖、家的氛围。

"班务公开是班组建设的基础,我坚持实行'四公开、一监督',即班组大小事公开、奖金公开、考勤公开、班费使用情况公开,接受每一位员工的监督。在员工生病或遇到困难时,我会做到'三必访';员工思想有包袱,做到'三必谈'。并定期在班组开展稳心、爱心、交心活动。

"二十多年来,我管理的班组通过不断努力,出色地完成了上级下达的各项工作任务,全面提升了基础管理水平,得到上级领导和员工的一致好评,班组的先进管理经验目前已在全厂广泛推广。我们班作为新疆油田公司基层建设示范点,迎来了各级领导和兄弟厂的基层站长、班组长的参观检查,班组'建立和谐之家,促进油气生产'的做法得到众多来访者的肯定。

"多年来我们班先后获得自治区级青年文明号、市局巾帼文明示范岗、新疆油田先锋号、中央企业红旗班组、自治区巾帼文明示范岗、自治区安全先进班组等一系列荣誉称号，并被授予命名班组，被评为全国巾帼文明示范岗。"

匠心研发创辉煌

提到技术研发方面的成果，李海涛有些激动地说："在工作中，我不仅在技术好的老师傅身上学习到各种技能，自己也认真学习，勤于思考，积极参加作业区及上级部门开展的各种技术革新活动。作为作业区技师攻关小组组长，我也结合现场工作中的很多难题，提出了多项合理化建议和技术改进措施。

"为了技术研发，我不知道熬了多少个日日夜夜，不知道画了多少张图纸，不知道掉了多少根头发，不知道抽了多少包烟，眼睛都熬红了呀！

"技术改进研发，不是一蹴而就的事情，失败很正常。荣誉是属于大家的，我个人微不足道。作为个人，就要有这股不服输的劲儿，有人把这种劲儿叫工匠精神，但无论是什么精神，只要能研发成功，就是对国家做贡献，我们将不再受到国外技术专利的牵制。我们中华民族是世界上富有智慧的民族，只要我们技术人员多动脑筋进行技术研发，何愁祖国不繁荣富强？

"下面这些都是我的技术研发项目。

"抽油机电机滑轨的改造。华东十型和兰州系列的抽油机电机滑轨，因为设计上的原因，造成在更换电机、皮带和调冲次时，调整成四点一线很困难，因为滑轨间隙小，槽钢的中间位置在操作过程中拆卸电机底脚螺丝困难，有时需要一个多小时才能完成操作，平均也要用五十分钟左右的时间。完成改造后，机器操作起来方便，而且时间也大大缩短。

"抽油机更换皮带操作占时长，一直是现场解决不了的难题，我研制了一款电机快捷滑轨，使原来更换皮带的操作时间由一百二十分钟缩短为现在的十五分钟，班组单井全年产生经济效益约 6 000 元，获得厂 QC 质量管理一等奖。

"压裂开井装置的研制。压裂井在开井前，需要动用电焊改井口，转抽后，还要电焊改井口，这样一是产生两次电焊费用，二是延误开井时间，三是外排时检查更换油嘴不方便。研制出压裂开井装置后，解决了以上三个问题，更解决了新投井在没有及时连管线时，因套管压力高，无法泄压延误下泵转抽。这项改造，仅2016年节约特车费用约4万元。

"防滑升降井口操作平台的研制。抽油机井碰泵调防冲距时，由于抽油机井口采油树流程的限制，经常发生操作人员因脚部支撑面不平整滑落跌伤等不安全事件。研制防滑升降井口操作平台，使用方便，操作简单，占时少，杜绝了操作员工的违章行为，使事故率降为零，并获得厂QC质量管理三等奖。还有五个技术革新，我就不一一说了。"

传承技能好班长

说到技能传承，李海涛自豪地说："我作为班长和班组里唯一的技能专家，班组的培训工作和对新员工的传帮带是我义不容辞的职责。我精心制订班组的培训方案，结合生产现场，开展形式多样的班组培训活动，使班组员工的技术素质都得到极大提高。特别是对新来的员工，我更是以手把手、结对子等方式，使他们的技术能力在短时间内就得到很大提高。

"新工人哈山刚来到班组时，技术水平低，我就和他结成民汉师徒对子，实际操作我就亲自带他。通过一年的共同努力，他参加厂里举办的青工技术大赛，获得三等奖；参加油田公司民族计算机大赛，获得二等奖。2009年11月，他和我的另一名徒弟居热体提江都被选拔为参加油田公司大赛的技术选手。

"近几年，我还多次参加厂里和作业区组织的对采油工的培训活动，先后带徒弟10人，都已成为各作业区班组生产骨干，2人已经走上班组长岗位。

"为了祖国的石油事业，一枝独秀不是春，百花齐放春满园。团队的整体发展、赶帮超后继有人，才是企业发展的基础。"

采访接近尾声的时候，李海涛真诚地说："这些荣誉和技术研发，只能代表过去，未来的路还很长，我要不断超越自己，永不言败。"

李海涛有一个幸福的三口之家，聪明贤惠的妻子跟他在同一个单位工作，已经十八岁的漂亮女儿，今年考入武汉大学。

"我取得这些成绩，与上级领导的关怀和爱护，以及班员们的支持是分不开的。我还要感谢我的老婆，在我得病住院、生命最艰难最脆弱的时候，是她一直鼓励我、照顾我、陪伴我，才使我走出了人生的低谷，再次扬帆起航。我更愧对我的女儿，她从小就在外婆家长大，为了百口泉采油厂21班的工作，我很少有时间陪她去玩耍，更没有去参加过她的家长会，一转眼她都已经上大学了。还有我年迈的父母，我也很少去乌鲁木齐看望他们……"

说到这里，李海涛再次泪光闪闪。他带领班组收获了许多荣誉，对国家油田事业忘我工作，无私奉献，唯独对家人照顾得很少，心里有许多亏欠和愧疚。

让天空成为雄鹰的翅膀，让精神穿越时代长空，像李海涛这样的工匠，他们是国家技术发展和飞跃的生力军。新时代呼唤大国工匠，开拓创新，拥抱未来，使生命在滚滚的洪流中激起美丽浪花，不断展示自己的才华，为这个伟大的时代绘出浓墨重彩的一笔。

图书在版编目(CIP)数据

荒原筑梦:克拉玛依城市工匠纪实. 二/申广志主编. —上海:复旦大学出版社,2022.1
ISBN 978-7-309-15923-3

Ⅰ.①荒… Ⅱ.①申… Ⅲ.①纪实文学-作品集-中国-当代 Ⅳ.①I25

中国版本图书馆 CIP 数据核字(2021)第 180332 号

荒原筑梦:克拉玛依城市工匠纪实(二)
申广志 主编
责任编辑/宋文涛

复旦大学出版社有限公司出版发行
上海市国权路 579 号 邮编:200433
网址:fupnet@fudanpress.com http://www.fudanpress.com
门市零售:86-21-65102580 团体订购:86-21-65104505
出版部电话:86-21-65642845
上海盛通时代印刷有限公司

开本 787×960 1/16 印张 22.75 字数 339 千
2022 年 1 月第 1 版第 1 次印刷

ISBN 978-7-309-15923-3/I・1292
定价:78.00 元

如有印装质量问题,请向复旦大学出版社有限公司出版部调换。
版权所有 侵权必究